À PROPOS DE L'AUTEUR

Après des études de littérature anglaise, Lynda Curnyn a décidé de se lancer dans l'édition. Quand un collègue lui suggéra qu'elle pourrait écrire elle-même, sa première réaction fut de rire. Sa deuxième fut d'écrire, écrire et encore écrire. Depuis, le succès a suivi !

Confessions d'une ex

LYNDA CURNYN

Confessions d'une ex

Traduction française de

F.M.J. WRIGHT

HARLEQUIN

Titre original :
CONFESSIONS OR AN EX-GIRLFRIEND

Ce roman a déjà été publié en 2004.

HARPERCOLLINS FRANCE
83-85, boulevard Vincent-Auriol, 75646 PARIS CEDEX 13
Service Lectrices — Tél. : 01 45 82 47 47

www.harlequin.fr

ISBN 978-2-2804-2925-2

Ce livre est dédicacé à

Ma mère, Marianne Nappo.
Tu ne m'as pas seulement donné ton amour, mais aussi ton courage. Bravo pour avoir trouvé ton âme sœur.

Mon père, James Curnyn, qui n'a jamais cessé de croire en moi.

Rose Nappo et Lillian Curnyn, deux fantastiques jeunes citadines branchées.

Linda Guidi, ma rouquine de sœur, et surtout une amie qui m'a beaucoup inspirée.

Tony Chiaravelotti, mon amour, mon ami, mon « cher », et Extraordinaire Ex-petit ami.

Chapitre 1

« *On ne naît pas ex-petite amie. On le devient.* »

EMMA CARTER,
ex-petite amie en voie de guérison.

De vous à moi : j'aurais dû le voir venir…

Mon amie Jade prétend que si vous sortez sans le savoir avec un serial killer, il arrivera dès le premier rendez-vous à vous mettre au courant, l'air de rien. Et qu'une fois passé le premier effet de surprise, vous lui sourirez, en vous empressant d'oublier ce détail de sa vie…

C'est vrai qu'à notre premier rendez-vous, Tony m'avait prévenue qu'il partirait pour la côte Ouest, sitôt vendu son premier scénario. Mais depuis cette déclaration fracassante, juste avant notre premier baiser, alors que nous flânions en amoureux sur les bords de l'Hudson — profitant d'un superbe coucher de soleil —, je n'ai pas du tout, mais alors pas du tout, assimilé le message.

A savoir qu'il me quitterait un jour.

Tout ce que j'ai retenu, c'est qu'il était : a) très doué pour embrasser, et b) écrivain. En d'autres termes, un homme fait pour moi. A l'époque, j'étais moi-même vaguement écrivain…

Ce qui est terrible de nos jours à New York, c'est que les hommes intéressants sont trop ambitieux, trop créatifs ou trop désirés par le reste du monde pour avoir ne serait-ce qu'une journée entière à vous consacrer.

J'ai pourtant trouvé le moyen de m'imaginer que notre couple avait de l'avenir, après avoir pendant *deux ans* passé tous les samedis soir pelotonnée contre Tony sur le futon de mon studio à loyer bloqué… D'autant qu'au départ, personne n'aurait misé un dollar sur notre couple.

Nous nous sommes rencontrés sur le quai du métro, à la station *West 4*th *Street*, au nord de la ville. J'ai remarqué Tony parce que nous étions habillés pareil : T-shirt et jeans noirs. Et puis il a eu cette façon si hésitante et si timide d'essayer d'attirer mon attention que je n'ai pas pu résister. Il s'est frayé un chemin vers moi et m'a dit :

— Hello !

L'espace d'un instant, j'ai joué les névropathes, le prenant pour un de ces cinglés qui depuis quelque temps poussent sur les rails des femmes sans méfiance. Mais à la vue de son bouc impeccablement taillé, j'ai ressenti un curieux sentiment de sécurité. Il y a quelque chose d'apaisant et de rude à la fois chez un homme qui porte le bouc. Je me souviens aussi que j'ai été bluffée par le bleu clair de ses yeux derrière ses lunettes d'intello à monture métallique. Ah, j'oubliais ! J'ai aussi été séduite par ses lunettes. J'adore les hommes à lunettes !

C'était l'été, et l'atmosphère était étouffante.

— Il fait chaud, a noté Tony fort justement.

J'ai répondu sans réfléchir :

— Comme un dessous de bras.

Ça, c'est tout moi ! Jade me reproche assez souvent mon franc-parler qui frise la vulgarité : « Il y a des choses qu'on ne peut pas *dire* à un mec quand on a l'intention de faire l'amour avec lui ».

Tony m'a regardée bizarrement, puis il est parti d'un petit rire forcé et s'est approché pour se présenter.

— Au fait, je m'appelle Tony.

J'ai bredouillé : « Moi c'est Emma », juste avant l'arrivée du métro qui a interrompu notre dialogue un tantinet emprunté.

En fait, vous savez ce qui m'a immédiatement séduite chez Tony ? C'est qu'avec ce look un peu dur, il n'avait au départ aucune chance de me séduire !

— Vous quittez la ville pour le week-end ? m'a-t-il demandé en jetant un œil sur mon énorme fourre-tout.

— Non ! ai-je répondu, consciente de la platitude de ma repartie.

— Ah bon !

Perplexe, il m'a dit en fronçant le sourcil :

— Moi, si. Je vais sur la côte.

Et il a brandi son sac, si petit qu'il devait tout juste y avoir de la place pour une bouteille d'huile solaire et un slip de rechange. Et alors, où est le problème ? Je le trouvais attirant, non ? Pas la peine de faire la fine bouche.

C'est au moment où la rame est entrée à *Penn Station*, *sa* station, et juste après lui avoir expliqué que je me rendais dans la 85e Rue pour voir l'exposition de Guggenheim sur « L'Inéluctabilité du phallus et l'Ecole surréaliste » — ce qui m'a valu un haussement de sourcils admiratif — que j'ai commis ma première erreur tactique.

Bien que Jade m'ait conseillé à maintes reprises de ne jamais faire le premier pas, j'ai sauté du wagon pour emboîter le pas à Tony. Que faire d'autre ? Je l'imaginais là, sur ce quai, farfouillant dans son sac à la recherche d'un stylo pour noter mon numéro, au moment où les portes étaient sur le point de se refermer sur lui comme un étau, anéantissant tous mes espoirs de bonheur…

Que voulez-vous, j'ai paniqué !

Il a paru perplexe.

— Tiens, je croyais que vous alliez…

— Oui, mais la correspondance est moins longue par ici !

J'espérais qu'il ne se rendrait pas compte de la stupidité de ma remarque.

Avec un regard de soulagement, il m'a tendu un stylo et un morceau de papier. J'ai noté mon numéro et lui le sien sur le même papier qu'il a ensuite déchiré en deux fébrilement, et il m'a tendu la moitié qui me revenait. Puis il a jeté un coup d'œil sur sa montre, a marmonné un bref mais chaleureux au revoir, et il est parti. Je suis restée là, sur le quai, les yeux pleins de rêve.

Pendant trois bonnes minutes.

J'étais là, nous voyant déjà tendrement enlacés à papoter autour d'un verre dans une petite boîte hip du centre-ville — le *Bar Six* ou le *Lansky's Lounge* — quand j'ai été prise d'un doute. J'ai voulu en avoir le cœur net, me convaincre que j'avais bel et bien réussi à décrocher le numéro de téléphone d'un mec incroyablement mignon... Lorsque j'ai défroissé le papier que je tenais encore à la main, j'ai réalisé avec horreur que j'avais gardé le morceau avec *mon* numéro !

Quand j'ai raconté l'histoire à Jade, elle m'a dit :

— Dommage, vous étiez faits l'un pour d'autre, pas de doute. Mais vous n'êtes pas près de fricoter, vous deux, quand j'imagine le nombre de fois où vous avez dû essayer...

Je me suis tournée vers ma copine Alyssa en quête d'un peu de réconfort. A l'inverse de Jade, Lys a toujours réussi à voir la vie du bon côté. Quand je lui ai expliqué que je ne lui avais même pas laissé mon nom pour qu'il puisse me retrouver, elle m'a redonné espoir :

— Il va peut-être faire paraître une annonce dans le journal... Tu sais, pas mal de gens font ça. Tiens, dans *The Voice*, il y a même une page spéciale dédiée à ce genre de messages. Il pourrait mettre, par exemple : « Vue sur la ligne A du métro — jolie brunette aux yeux verts... »

— Mais mes yeux sont noisette !

— « ... timide et douce... »

— Moi ?

— Quand on te voit pour la première fois, oui !

La voilà qui continue à prendre la voix du parfait inconnu et se lance dans de grandes envolées lyriques :

— « … Suis à la recherche d'une beauté comme la vôtre. Pensais vous avoir trouvée, mais avez pris la fuite. Prière appeler… Signé : l'Ecrivain ».

— Oublie ça ! Les mecs ne font pas ce genre de choses.

— Alors, à *toi* de le faire, Emma ! Vas-y, passe une annonce. Tu n'as vraiment rien à perdre.

— Et ma dignité, qu'est-ce que tu en fais ?

— Ta quoi ?

— J'en ai déjà lu, des annonces de ce type, Lys. Avant j'en lisais tout le temps, je trouvais ça romantique. Mais plus tu en lis, plus tu vois ce qui se cache derrière : des tas de gens désespérés. Rien que d'imaginer qu'on pourrait se tromper sur ma démarche… Prendre cette rencontre due au hasard (c'est comme si j'avais marché sur le pied de quelqu'un dans la foule) pour un signe du destin… Non, vraiment, lâche-moi avec ça !

— Ça y est, elle va nous rejouer les cyniques.

C'est vrai que j'étais cynique dans la Période Pré-Tony. Mais à qui la faute ? A l'époque, j'avais vingt-neuf ans, et j'étais déjà sortie avec tellement de mecs que j'avais tendance à comparer le futur homme de ma vie avec une bonne paire de chaussures

Et puis le destin m'a donné un coup de pouce. Deux semaines après cette malheureuse rencontre dans le métro, j'étais en train de prendre un café et de partager un moment de cafard (le syndrome du dimanche soir) avec Alyssa au *Peacock Café*, et voilà que j'ai repéré Tony. Il était assis deux tables plus loin et portait le Levi's le plus délavé qu'il m'ait jamais été donné de voir. Dieu sait pourtant que je suis la reine de la fripe !

J'ai marché vers lui. Il s'est levé d'un bond, faisant presque tomber la minuscule table devant lui.

— Ah, c'est vous ?

Deux minutes après, il me faisait face, l'air stupéfait. Et moi plantée là devant lui, les yeux fixés sur son adorable visage, n'en croyant pas mes yeux. Alyssa nous a jeté un regard perplexe, un vague sourire aux lèvres.

— Quel idiot j'ai été.

— Et moi donc, dis-je en bafouillant.

Oubliant les recommandations de Jade, je me suis laissé emporter dans une explication sans fin, insistant sur mon effarement en découvrant — un peu tard — que j'avais le mauvais papier.

— Je te l'ai dit, c'est le destin, a souligné Alyssa d'un air rêveur lorsqu'il est parti quinze minutes plus tard, avec mon numéro de téléphone dans la poche de sa veste en coton.

Le destin. Tiens, le même mot qu'Alyssa avait prononcé quelques jours plus tôt en affirmant avec la plus grande conviction que je devais chasser Tony de mon esprit. Pour toujours.

De vous à moi : contrairement à la croyance populaire, je ne m'en sors pas mieux sans lui.

Tony a eu l'aplomb d'essayer de me persuader que j'étais heureuse, même s'il me quittait. D'après lui, j'avais une vie de rêve. Combien de personnes pouvaient se targuer d'avoir passé les plus belles années de leur jeunesse dans la plus belle ville du monde ?

— Si c'est la ville la plus extraordinaire, pourquoi la quittes-tu ? lui ai-je répondu.

Alors il m'a expliqué une fois de plus de façon très rationnelle, et de cette voix calme que je commençais à prendre sérieusement en grippe depuis quelques jours, que pour mener à bien sa carrière, il devait se rendre à Los

Angeles. C'est là qu'il trouverait les opportunités qu'il cherchait. Maintenant qu'il avait vendu son scénario, le studio voulait l'engager comme *script doctor.* Sa situation serait bien meilleure sur la côte Ouest.

« Sans moi », ai-je pensé dans le silence qui a suivi son discours. Au moment où j'envisageais de me jeter à ses pieds pour le supplier de m'emmener avec lui dans cette ville de rêve, il a changé de tactique.

— C'est ici que tu as toutes tes attaches. Ton appartement, ta *carrière.*

A ce stade, une brève explication s'impose.

D'abord en ce qui concerne l'appartement. Si l'expression « grand placard » vous fait baver d'envie, réfléchissez-y à deux fois. Mon grand placard à moi contient un lit, une commode, un bureau et une étagère qui a connu des jours plus glorieux. J'allais oublier la cuisine Barbie collée contre le mur. Oui, c'est vrai, mon appartement *est* bien un grand placard. Pour être tout à fait honnête, il faut ajouter que non seulement le loyer est bloqué, mais que l'appartement est situé sur la 14e Rue, d'après moi le seul quartier où il fait bon vivre.

Côté carrière maintenant… Chaque fois que, dans une réunion, on me pose la question fatidique : « Que fais-tu dans la vie ? », je réponds que j'écris pour un magazine féminin à couverture nationale. Ce n'est pas faux, mais mon boulot est moins cool qu'il n'y paraît. En réalité, j'écris des articles pour *Bridal Best.* Je suis chargée de la composition des titres, des accroches, et je rédige de plus en plus souvent des articles sur des sujets tels que « Coins chauds pour votre voyage de noces » ou « Pour celles qui fuient les robes de mariée *carcan* ».

Mon illustre carrière chez *Bridal Best* est ce qu'on peut appeler la conséquence d'un heureux hasard. J'y ai fait mes premiers pas professionnels en tant qu'intérimaire, pour une mission de deux semaines. Et le poste s'est transformé en CDD lorsque Caroline Jamison, l'éditrice senior spécialisée avec laquelle je travaille, a jugé intéressant pour elle de me garder. Comment résister à ses encouragements quand je n'avais jusqu'à présent à mon palmarès qu'une poignée d'articles jamais publiés et un poste de serveuse à plein temps !... Et ce malgré une maîtrise d'écriture créative en poche, décrochée à l'université de New York.

Aujourd'hui, Tony s'envole pour la Californie. Nous sommes mercredi matin, et je participe à une conférence de rédaction. Je ne vous dis pas dans quel état je me trouve. Je me dégoûte ! Je compte les minutes qui me séparent du moment précis du décollage. Je commence à me dire que j'ai eu tort de céder à la tentation de l'appeler à 3 heures du matin pour me défouler et lui dire qu'il n'est qu'un salaud sans cœur.

Surmontant la vague de désespoir qui me submerge, je vois Patricia Landers, la rédactrice en chef de *Bridal Best*, se lever pour nous faire son discours hebdomadaire. « Chez *Bridal Best*, notre devoir éditorial est de parler à la mariée qui sommeille en *chaque* femme, qu'elle se contente de rêver à ce jour très spécial, ou qu'elle en soit déjà au stade des premières démarches. »

Tiens, à propos de démarche !

Etape n°1 : « Ne laissez jamais votre petit ami quitter la région. »

Je soupire, déjà fatiguée par le topo sur l'organisation des mariages que Patricia est en train de nous servir pour la énième fois ! En contemplant ses cheveux blonds en cascade, son visage pâle et ses yeux bleus et vifs, je me demande si j'aurai le même destin qu'elle. Devenir la rédactrice en chef ultramince — un peu guindée mais plutôt pas mal conservée — d'un magazine national... Une femme qui ne pense qu'à sa carrière, qui n'a pas besoin d'homme mais seulement d'un bon compte en banque, et de ramener suffisamment de boulot chez elle pour lui faire oublier que le travail n'est pas tout dans la vie.

Voilà que tout à coup quelque chose me revient.

Contrairement à moi, Patricia est mariée. Et même si le bruit court que ce mariage bat de l'aile, ça fait une sacrée différence avec la rédactrice sans homme que je suis et qui rame pour faire son trou.

Mon regard balaye l'auditoire. La glorieuse équipe éditoriale de *Bridal Best* semble scotchée aux lèvres de Patricia.

Rebecca est la seule collègue de bureau que je considère comme une amie et qui partage mon enthousiasme pour tirer à boulets rouges sur le pouvoir en place. Mais Rebecca a un petit ami, et, ce qui est pire, il est absolument parfait : non seulement il a un boulot de comptable avec un salaire plus que confortable, mais en plus il vient d'une famille aisée. Disons même *très* riche.

Il y a aussi Caroline, ma patronne. Elle est enceinte de son quatrième enfant, un cadeau de son bosseur de mari qu'elle cache dans son immense résidence du Connecticut. Les trois autres éditrices seniors spécialisées sont également mariées. Il y a Sandra, dont le mariage avec Roger il y a deux ans est aussi foireux que celui de Patricia. Debbie, bientôt la cinquantaine et mariée depuis si longtemps que personne ne se souvient exactement de la tête de son mari. Et Carmen, qui a non seulement un mari mais aussi un amant, si j'en crois les dires de notre assistante de production et commère de service Marcy Keller. A la production, Janice a été mariée deux fois, malgré le poireau qui lui orne la figure ! Les seules célibataires sont les assistantes d'édition, trop jeunes pour penser au mariage…

Je regarde à l'autre bout de la table. Il y a là un étrange trio : Lucretia Wenner, l'irascible responsable de rubrique qui, de toute évidence, est détestée des hommes comme des femmes ; Nancy Hamlin, la gestionnaire au look très masculin et couverte de piercings, que tout le monde prend pour une lesbienne. Sans oublier Marcy Keller, qui passe tellement de temps à étudier la vie privée des autres qu'elle n'a pas le temps de se préoccuper de la sienne.

Je ferme les yeux un instant pour oublier ces regards désespérés que leurs sourires amers ont bien du mal à masquer.

Mon Dieu, est-ce à ça que je suis condamnée ?

De vous à moi : je ne suis pas prête à jouer le rôle d'ex-petite amie.

Cette réalité m'est apparue comme une évidence lors de mon premier week-end de vraie célibataire. Tony n'était parti que depuis trois jours, en me promettant de m'appeler une fois installé là-bas. Mais nous étions tombés d'accord pour n'être, à dater de ce jour, que des amis. Autant vous avouer tout de suite : c'est le seul « ami » que j'aie jamais eu dont j'espérais secrètement que notre amitié n'échoue lamentablement ! J'étais déjà en train de faire des grands projets pour le jour où il reviendrait à New York, *la queue entre les jambes*, me suppliant de le reprendre.

Malgré l'invitation de Jade à une soirée entre filles avec deux de ses amies de chez *Threads*, le magazine de mode où elle travaille comme styliste, j'ai choisi d'éviter de passer la nuit à me trémousser sur une piste de danse, et de me comparer au look top model de Jade et de ses copines. A côté d'elles, je me trouvais grosse et moche… J'ai donc opté pour une soirée pépère chez Alyssa.

« On t'a enlevé le droit d'être en colère », m'a expliqué Alyssa après m'avoir servi un Martini.

Au bout de deux gorgées, je me suis lancée dans un numéro d'autocompassion sans fin, jusqu'à ce que Lys ne m'interrompe par un de ces conseils dont elle a le secret : « Je vais bien, et *tu* vas bien. D'accord ? »

En soupirant à fendre l'âme, je l'ai regardée expédier

dans sa poêle d'une main experte une poignée de champignons pour le dîner de gourmet qu'elle concoctait pour Richard, le petit ami avec lequel elle vit et qui n'était pas encore rentré du boulot. Il est avocat d'affaires, un job plutôt stressant mais, ai-je besoin de le préciser, très bien payé. Alyssa aussi est avocate. Le genre d'avocate pure et dure qui se bat pour sauver des arbres et milite en faveur de l'amélioration de la qualité de l'eau du robinet pour la santé du consommateur. En plus de son travail d'avocate écolo, dans lequel elle excelle (c'est une sacrée nana !), elle adore confectionner des petits plats revigorants aux noms bizarres, comme son ragoût de gluten de blé aux germes de maïs rôtis.

D'une certaine manière, toutes ces qualités que j'admirais tant chez Alyssa ont commencé à me donner le cafard... En la regardant s'affairer dans sa cuisine, je ne pouvais m'empêcher de penser : « Est-ce que c'est le prix à payer pour conserver son statut de Petite Amie ? ». J'aurais peut-être dû faire plus d'efforts avec Tony, lui préparer quelque chose de plus consistant qu'un cappuccino tous les dimanches matin ?

— Ce n'est pas parce qu'il avait une bonne raison de partir que tu ne dois pas avoir une bonne raison d'être en colère, poursuit Alyssa en faisant sauter ses champignons.

Elle avait relevé ses cheveux bruns et bouclés qui lui arrivent à l'épaule en queue-de-cheval, Les sourcils qui lui barrent le front faisaient ressortir ses yeux d'un bleu intense.

Bien qu'Alyssa me connaisse mieux que quiconque, elle ne fait pas le poids dès qu'on aborde le sujet des ex. A sa décharge, il faut dire que depuis sa puberté, elle collectionne les rendez-vous. Une fois, je lui ai demandé comment elle faisait pour avoir toujours un petit ami sous la main, elle m'a répondu en riant qu'elle restait avec un garçon jusqu'à ce qu'ils ne puissent plus se voir en peinture, et qu'elle le quittait au moment où un nouveau soupirant était sur les rangs.

S'agissant d'une autre fille, j'aurais pu dire qu'Alyssa souffrait du syndrome chronique du Petit Ami, un état qui conduit de nombreuses femmes à multiplier les sorties, mais aussi à planifier leur vie autour d'hommes qui ne sont pas forcément des saints. Mais plus intéressants quand même que l'autre option… n'avoir aucun petit ami. Mais honnêtement, malgré ses dires, je suis sûre qu'Alyssa n'est jamais sortie avec un garçon sans en éprouver le besoin. Parce qu'elle est tout simplement adorable, si adorable que la plupart des hommes souhaiteraient, dès leur première rencontre, la garder rien que pour eux.

Son soupirant du moment, Richard, le premier homme avec lequel elle ait osé vivre et, je dois le dire, le mec le plus super qu'elle ait jamais rencontré, est une parfaite illustration de ma théorie. Richard (n° 3) était le copain de chambrée du petit ami précédent, Dan (n° 2). Tous les deux étudiaient le droit ensemble, et comme Alyssa était assez souvent chez Dan pour éviter son petit ami de l'époque (n° 1) qui commençait à lui taper sur les nerfs, Richard a eu tout le temps de faire connaissance avec cette fille si sympathique et si drôle chaque fois qu'il se trouvait en sa présence. Vous me suivez ?

J'imagine la joie de Richard lorsque Dan est retourné dans l'Ohio pour exercer son métier dans l'entreprise familiale, lui laissant le champ libre pour conquérir Alyssa dont, entre parenthèses, il était déjà tombé éperdument amoureux.

Tandis qu'Alyssa quitte ses champignons des yeux pour quêter en silence mon assentiment sur son interprétation psychologique à trois sous, j'ai du mal à trouver les mots pour exprimer ma pensée.

— Je ne pense pas être en colère, Lys. Il me manque, c'est tout.

— Mais il faut que tu sois en colère, Emma, insiste Alyssa en me regardant droit dans les yeux. Sinon, tu ne t'en sortiras jamais.

La seule pensée de tirer un trait sur Tony me terrifie. C'est l'homme que j'aime, l'homme de ma vie. Je ne veux même pas *essayer* de l'oublier.

Je marmonne un vague « Mmm », en méditant sur l'audace de sa suggestion. Mais j'accepte son invitation à dîner, ce qui, je l'ai compris plus tard, était une erreur. En les voyant échanger des regards éloquents et parler de leur journée de travail, une chose m'est apparue clairement : il fallait absolument que je vive ma vie. Une vie dont les couples étaient exclus...

De vous à moi : j'ai vécu dans la conviction absolue — et fausse — qu'on ne m'obligerait jamais plus à faire la chasse aux rendez-vous.

Samedi matin, j'ai appelé Jade toutes affaires cessantes pour la supplier — le mot n'est pas trop fort — de déjeuner avec moi. Malgré une légère gueule de bois, elle a accepté de se traîner hors de chez elle avant la tombée de la nuit.

Nous nous sommes retrouvées au French Roast. Ils ont des tables dehors, ce qui permet à Jade de fumer. Pendant que je l'attendais, sur le coup des 12 h 55 — je suis toujours en avance, une habitude que j'ai probablement prise en souvenir des retards chroniques de Tony (dont c'était bien le seul défaut...) —, j'avais envie de voir arriver une solide célibataire, le genre à vous remonter le moral. Après tout, Jade est l'une de mes rares amies qui ne semble pas avoir peur de ce champ de bataille qu'est la ville de New York, lorsqu'il s'agit de rendez-vous. Apparemment, elle est moins malchanceuse que les autres femmes. Lorsqu'elle donne son numéro de téléphone à un mec, il l'appelle toujours.

Parfois, elle est tellement sûre d'elle qu'elle ne se donne même pas la peine de décrocher.

A 13 h 15, elle arrive d'un pas léger à la table que j'ai retenue. Elle n'a pas d'effort à faire pour être sublime : un pantacourt, et un pull moulant sans manches qui découvre ses épaules de déesse. Jade est une de ces femmes qui sont nées pour s'habiller — un 36, avec tout ce qu'il faut de poitrine mais pas trop, et pas de hanches. Ses cheveux d'un roux lumineux tombent en cascade sur ses épaules, d'un mouvement très naturel, sans artifice. Une rousse aux yeux verts, à la peau lisse et fine, aux pommettes saillantes. C'est le genre de femme que les autres femmes haïssent dès qu'elle entre dans une pièce, car elle attire aussitôt tous les regards masculins. Mais il se dégage quelque chose d'elle que même les femmes trouvent irrésistible… Je suis parfois étonnée d'être son amie, elle si gracieuse et sûre d'elle, moi si maladroite et souvent ronchon. Nous nous sommes connues sur les bancs du lycée, et nous sommes liées par des souvenirs communs : nos premiers soutiens-gorge, nos premiers petits copains et nos premiers émois. Quand elle a eu vingt ans, un photographe a encouragé Jade à se faire un press-book. Mais lorsqu'il a fallu le soumettre aux agences de top models, elle a balayé les occasions qui s'offraient à elle d'un haussement d'épaules, comme si c'était à la portée de tout le monde. Finalement, après plusieurs tentatives pour trouver sa voie, elle a fini par dénicher un job de l'autre côté de l'objectif en travaillant comme styliste de mode pour le magazine *Threads*.

— Désolée, je suis en retard, me dit-elle en me donnant une vigoureuse tape dans le dos.

Puis elle sonde mon regard pour voir quelle est mon humeur du jour et se glisse sur la chaise face à moi. Nous commençons par passer notre commande : une salade niçoise pour elle — ce n'est pas qu'elle ait besoin de manger léger, c'est tout simplement par goût — et moi un émincé de saumon fumé aux œufs (une version plus sympathique que ces plats chargés de graisse et d'hydrate de carbone que je choisis chaque fois que je tombe dans la déprime.)

— OK, vas-y, accouche ! Dis-moi ce qui ne va pas. Tu ne serais pas en train de broyer du noir, des fois ? Je l'ai bien vu en arrivant... Mais crois-moi, il n'en vaut pas la peine. Aucun mec d'ailleurs.

Alors je lui sors tout ce que j'ai sur le cœur. Je lui dis que ma vie n'a plus aucun sens depuis que je suis passée du statut de petite amie heureuse à celui de célibataire éplorée... et tout ça avant mon week-end du *Memorial Day*, en plus !

Alyssa pense que je suis incapable de me mettre en colère parce qu'il m'a quittée pour une raison valable. C'est vrai que je ne peux pas en vouloir à Tony d'aller au-devant de ses rêves. Il a toujours voulu vivre de sa plume, et quand il a trouvé acquéreur pour son scénario, sa chance, l'étape suivante pour lui, c'était forcément Los Angeles.

Jade allume une cigarette. Pour moi, qui ne fume plus, c'est un peu douloureux car, chaque fois que j'ai un coup dur, l'envie d'une cigarette me reprend.

— Je peux te poser une question ? Si tu es si malheureuse sans lui, pourquoi ne pas le suivre ? Pars à Los Angeles !

Cette Jade ! Elle a le chic pour appuyer là où ça fait mal... Sa question, je n'ai pas osé me la poser moi-même.

— Tu voudrais que je renonce à ma carrière ? dis-je en répétant presque mot pour mot l'argumentation de Tony, lorsqu'il m'a expliqué pourquoi il ne m'invitait pas à le suivre. Un point qui d'ailleurs continue de blesser mon ego.

— Ta carrière chez *Bridal Best* ?

Elle n'en croit pas ses oreilles.

— Parfaitement. Je suis en tête de liste pour obtenir une promotion.

Je réalise combien tout ce que je dis est ridicule. Je suis là, à m'envoyer des fleurs, à dire du bien de mon boulot.

Alors que je ne perds pas une occasion de le critiquer quand j'en parle à Jade au cours de nos agapes du vendredi soir. Mais comment expliquer à Jade, qui sait très bien que j'ai toujours rêvé d'écrire, que depuis deux ans — la période Tony — ma créativité n'a pu s'exprimer qu'à travers mon job de rédactrice de magazine. Un magazine qui non seulement fait ses choux gras des joies du mariage, qu'il présente comme l'ambition suprême de la femme, mais qui est aussi une industrie très prospère. Dieu sait si j'ai pu en rire…

Dans ma relation avec Tony, il n'y avait de place que pour un seul écrivain. Et lui, avec son scénario fin prêt et une série de nouvelles publiées dans des journaux littéraires, a gagné cette place haut la main. Pour ma part, je n'ai pas écrit un seul mot depuis un an et demi ! Mais ça, Jade ne le sait pas. Personne d'ailleurs, à l'exception de Tony. Quand on passe soixante-quinze pour cent de son temps avec quelqu'un dans un minuscule studio, difficile de cacher ses faiblesses…

— Et puis, je ne peux quand même pas abandonner mon appartement à loyer bloqué, dis-je d'une toute petite voix tandis que la serveuse nous apporte nos plats.

Jade laisse échapper une dernière bouffée de fumée et me regarde fixement en écrasant sa cigarette dans le cendrier.

J'essaie en vain de me concentrer sur mon assiette et d'éviter son regard. Car Jade me connaît mieux que quiconque, parfois davantage que je ne me connais moi-même, et je ne suis pas encore prête à affronter certaines vérités.

— Emma…

— La vérité, Jade, c'est qu'il n'a pas *voulu* de moi à ses côtés au moment où il allait enfin devenir quelqu'un. Il n'a pas besoin de moi.

Quand je réussis enfin à relever la tête, je perçois dans les yeux de Jade comme de la pitié. Et ça, c'est pire encore que si elle s'était mise en colère.

— Ce dont tu as besoin, c'est de rebondir, de vivre une autre histoire. Je connais justement un mec qui ferait l'affaire. Je viens de travailler avec lui sur une séance photo d'*Outwear*.

— Je ne sors jamais avec des mannequins (*Traduction : ils ne sortent pas avec moi)*. D'ailleurs toi non plus, tu ne sors plus avec eux.

C'est vrai. Elle a passé des mois entiers à essayer d'en apprivoiser un pour s'offrir au moins une soirée d'extase, mais elle s'est rendu compte qu'ils sont trop préoccupés par leur ego pour être de vrais séducteurs. Plus exactement, j'*espère* qu'elle l'a compris.

— Allez, Emma. Tu sais très bien que la meilleure chose pour toi, c'est de reprendre tout à zéro. Et puis, il est peut-être très gentil, ce type.

— Alors pourquoi ne sors-tu pas, *toi*, avec lui ?

Je scrute son visage pour guetter un changement d'expression... Car s'il y a bien une chose que j'évite comme la peste, c'est de sortir avec quelqu'un qui est déjà passé entre les mains de Jade. Comme elle est très douée pour jauger les hommes, je sais parfaitement que si elle n'a pas voulu de ce type, c'est qu'elle a dû lui trouver au moins un sérieux défaut qu'elle n'avouera jamais.

— Ce n'est pas mon type.

Maintenant, je sais qu'il a une tare...

— Allez ! Je pourrais même te mettre sur le coup pour le prochain week-end.

— Le prochain week-end !

Je suis sidérée. Comment peut-elle penser que moi, avec mes trois ou quatre kilos de chair flasque en trop sur les cuisses — les suites de ma rupture — et mon cœur en lambeaux, je serais prête à m'asseoir à une table de bar enfumée en face d'un homme beau comme un dieu, et à débiter des stupidités pour essayer de me montrer digne de sa beauté et de ses talents ?

— Non vraiment. Sans façon.

— Mais alors, qu'est-ce que tu vas *faire* ?

— Je ne sais pas. J'essaie juste de passer au mieux l'épreuve de *ce* week-end. Le suivant, on verra bien. A propos, que fais-tu après déjeuner ? Si on allait au ciné ? dis-je en espérant ne pas me retrouver seule ce soir.

— Je peux pas. J'ai un rendez-vous.

— Ah bon ? Avec le roi des stéroïdes ?

— Tu veux parler de Carl ? Non, lui, c'est de l'histoire ancienne. Je t'en ai parlé… enfin, il ne peut pas. Quand on est amoureuse, on peut essayer de comprendre les pannes sexuelles d'un homme. Mais comme ce n'est pas le cas… Tu te rappelles ce que j'ai subi avec Michael ?

Michael est l'homme qui se rapproche le plus de ce qu'on pourrait appeler l'amour de sa vie. A part qu'il l'a laissée tomber pour une petite blonde évaporée assez quelconque, une collègue de bureau. Pourtant, Jade ramait depuis plus d'un an pour supporter sa vanité, son immaturité et, pire encore, son impuissance (bien entendu, lui n'a jamais prononcé ce mot !). Il prétendait que faire l'amour avec Jade ne l'intéressait pas, ce qui a porté un sérieux coup à l'ego de ma copine. Depuis leur rupture, il y a deux ans, Jade fait tout ce qu'elle peut pour se préserver, pour faire la part des choses entre sentiment et sexe. Quand elle a envie de s'amuser, elle sait que ce sera purement sexuel.

Mais, ironie du sort, le problème est justement qu'en dépit de sa beauté, de son intelligence et de son indépendance financière, elle n'est pas encore arrivée à dénicher dans tout New York un homme capable de la satisfaire sexuellement. J'ai moi-même connu ce genre de déboires depuis que je suis à New York. Je peux comprendre. Nous avons souvent dit en blaguant que nous pourrions créer notre propre sitcom. Nous lui avons même donné un nom : *Panne de sexe dans la ville*. Carl a été la dernière expérience de Jade en matière de rendez-vous, un Monsieur

Muscle tellement accro aux stéroïdes qu'il ne fallait pas lui demander de bander autre chose que ses biceps !

— Non, c'est aussi un type du club de gym, mais lui, ce n'est pas du vent. Un corps superbe, le genre surfer, si tu vois ce que je veux dire.

— Laisse-moi deviner… c'est un mannequin.

— Oui, mais il est très simple, pas du tout le genre frimeur.

Elle insiste, délaissant sa salade, à laquelle elle a à peine touché, pour boire une gorgée d'eau.

N'en déplaise à Jade — elle a horreur qu'on lui dise ça —, je suis fermement convaincue que ses ennuis avec les hommes sont dus à ses critères de sélection. Elle a toujours privilégié la beauté — en la matière, elle s'y connaît ! C'est d'ailleurs sans doute pour cela qu'elle est devenue une styliste très recherchée dans l'industrie de la mode. Mais ce qu'apparemment elle n'a pas encore réussi à intégrer, c'est que tous ces hommes beaux ont une chose en commun : l'incapacité à aimer ou l'égocentrisme.

— Je sais ce que tu penses, Emma. Mais cette fois, c'est différent. Ted est beau, mais je ne crois pas qu'il se rende compte *à quel point* !

— Bien sûr. C'est pour ça qu'il a choisi ce métier !

— Arrête un peu. Ce mec vivait au milieu d'un champ de blé dans le Midwest quand un agent l'a repéré dans une boîte.

— Pas très original, comme histoire.

C'est tout de même drôle que les mannequins soient toujours repérés par des découvreurs de talents. On dirait qu'aucun n'a jamais eu tout seul l'idée de présenter sa candidature ! Pourtant le travail est attirant, et pas mal payé semble-t-il…

— Il a presque l'air… naïf. C'est-à-dire, il a pour ainsi dire rougi quand je lui ai donné mon numéro de téléphone.

— Tu te fiches de moi…

Elle éclate de rire et allume une cigarette.

— Alors, que fais-tu ce soir ? Tu sors avec Alyssa ?

Jade et Alyssa sont devenues très vite amies, dès que je les ai présentées l'une à l'autre au collège, malgré leurs personnalités opposées.

— Non. Elle a sûrement prévu quelque chose avec Richard. *Pas question* pour moi de passer la nuit pendue aux basques de ces futurs jeunes mariés !

— Bon, mais tu ne dois pas rester toute seule chez toi. Que dirais-tu de prendre un pot avec Ted et moi ?

— Il s'appelle donc Ted...

— Je sais, ça a un petit côté, comment dire... rassurant, non ?

— Très « voisin de palier ».

— Alors ? Qu'en dis-tu ? Une petite tournée des bars avec moi et Ted la Terreur ?

— Non. Non, vraiment. Je préfère rester chez moi. Mets-toi un instant à ma place... Tu me connais. Je vais peut-être faire un peu de rangement. J'avais l'intention de changer mes étagères de place. Et peut-être de mettre quelques cadres au mur.

— Tu es sûre ?

— Tout à fait. Ne t'inquiète pas, ce n'est pas le premier samedi soir que je passerai seule...

De vous à moi : ça fait deux ans que je n'ai pas passé un samedi soir seule.

Ce n'est pas *tout à fait* exact. Il est arrivé que Tony passe toute la nuit chez lui à écrire. Alors je faisais la même chose de mon côté. Du moins, c'est ce que je disais à Tony lorsqu'il me proposait de sortir un autre samedi pour rattraper le temps.

Je disais toujours : « Pas de problème. J'ai justement

l'intention de commencer l'écriture d'une nouvelle qui me trotte dans la tête depuis un moment... »

Tu parles !

Et dès qu'il avait raccroché, j'allumais mon ordinateur. Pendant qu'il se mettait en marche, je commençais à laver à la main toute ma lingerie et à ranger mon tiroir à chaussettes. Si le moral n'était vraiment pas au rendez-vous, je prenais une vieille brosse à dents et du produit nettoyant pour le ciment de la salle de bains. Si jamais Tony m'appelait au cours d'une de ces crises d'altruisme, juste pour me demander ce que je faisais, je répondais invariablement : « Je travaille. » Ce n'était pas vraiment un mensonge.

Maintenant, je n'ose même plus allumer mon ordinateur. Et je n'ai plus le cœur à laver mes petites culottes. La peur d'affronter mes souvenirs... Je me contente de me coucher sur mon lit dans la position du fœtus, et de contempler l'obscurité qui me guette.

J'ai déjà appelé Alyssa qui m'a dit que Richard et elle allaient dîner chez la sœur de Richard. Cela m'a confirmé, si besoin était, que j'allais passer cette soirée seule, sans même un ami à appeler. Il y avait bien Rebecca, ma collègue de bureau, mais nous ne sommes jamais sorties ensemble le week-end. Il y avait aussi Sebastian, mon coiffeur avec qui je copine un peu — à moins qu'un nouvel éphèbe ne l'ait appelé ailleurs... Mais ça fait un moment que je ne lui ai pas parlé. Ça ne serait vraiment pas sympa de ma part de l'appeler au moment où j'ai besoin de lui alors que je ne me suis pas beaucoup manifestée pour prendre de *ses* nouvelles...

— Tu devrais te dorloter un peu, m'a dit Alyssa au téléphone, tout à l'heure. Prends un bain chaud, fais-toi un masque de beauté et mets-toi au lit avec un bon bouquin.

Je sais qu'elle a raison. Je *devrais* faire ce qu'elle me dit. En tout cas, c'est le conseil qu'on donne dans n'importe quel magazine féminin, et dans toutes les méthodes de maîtrise du comportement. Personnellement, je n'en ai lu aucune, mais ma mère en lit largement pour deux.

Au lieu de ça, j'avale une livre de crème glacée aux brisures de cookies et garnie de pépites de chocolat de chez Ben & Jerry's, je m'épile (trop) les sourcils et je plonge le nez dans mes vieilles photos de vacances, l'été dernier à East Hampton, où Tony et moi avions loué une maison avec quelques amis. Pour la énième fois, je scrute ce visage que j'aime tant. Sur les photos où nous sommes enlacés, reposés, bronzés et filant le parfait amour, le bonheur se lit dans ses yeux. En tout cas, c'est ce que j'y vois, *moi*.

Que s'est-il passé ensuite ? Pourquoi est-ce que ça n'a pas marché ? Je n'arrête pas de me poser la question.

Le téléphone sonne, faisant diversion dans le silence lugubre de mon appartement. Je décroche et je me rappelle — un peu tard — qu'à cette heure, je *devrais* être ailleurs…

— Emma ! Je n'espérais pas te trouver chez toi.

— Bonjour, maman.

Ça y est ! Ma mère m'a surprise *chez moi*, un samedi soir.

— Oui, heu, figure-toi que j'ai décidé de rester ici ce soir. J'avais des tas de choses en retard… Et toi, ça va ?

— Bien, très bien. Clark vient juste de sortir chercher du lait et des œufs pour demain matin. Alors je t'ai appelée, à tout hasard.

Clark est le dernier petit ami en date de ma mère. Bien qu'ils soient ensemble depuis bientôt trois ans, je n'ai jamais pensé que leur liaison durerait. Ça n'a rien à voir avec Clark : c'est l'homme le plus génial qui soit pour ma mère. Non, c'est que ma mère n'a jamais eu beaucoup de chance avec les hommes. Je suis d'ailleurs en train de me demander si ce n'est pas héréditaire…

— Alors, comment ça va avec Tony ?

Elle me pose la question pratiquement chaque fois que je l'ai au bout du fil. Bon, j'exagère un peu, disons une fois par week-end. En plus, il faut « lire entre les lignes », bien que ma mère s'en défende avec énergie : « *Est-ce que votre relation évolue normalement ? Allez-vous annoncer bientôt vos fiançailles ? Aurai-je un jour la joie d'être grand-mère ?* »

J'ai tendance à ignorer le message subliminal. Je réponds par un joyeux :

— Tout va très bien.

Pourtant, il est plus que probable que ma mère ne voie jamais cet enfant. A trente et un ans, sa fille vient de voir s'envoler sa dernière chance, direction Los Angeles ! Si l'on considère que cette même fille reste en moyenne deux ans seule après chaque rupture, et qu'un seul sur trois de ses petits amis est un père en puissance digne de ce nom, on comprend aisément que, dans la course à la maternité, elle commence à donner des signes de fatigue… Malgré tout, je persiste et signe, en continuant à répondre :

— Tout va très bien. Tony est en forme. Pas de problème.

J'ignore pourquoi je mens ainsi. Sans doute parce que je n'ai pas envie d'aborder le sujet. Je sais que je finirai par lui dire, mais je n'ai pas le cœur à m'entendre dire pourquoi j'ai échoué, alors que tout mon être souffre encore de son départ.

De toute façon, ma mère a apparemment d'autres choses à me dire. Ça m'arrange.

Après avoir papoté quelques minutes sur son job — elle est directrice chez Bilbo, un grand laboratoire pharmaceutique où elle a fait toute sa carrière —, elle en vient enfin à la vraie raison de son appel.

— Je n'avais pas l'intention de t'annoncer la nouvelle par téléphone, mais comme je ne sais pas quand je te reverrai…

Ça, c'est un autre point de discorde avec ma mère. Mes visites mensuelles à Long Island dans sa coquette maison de Garden City ne lui suffisent pas.

— Que se passe-t-il ?

— Eh bien voilà. Clark et moi avons décidé… c'est-à-dire, nous allons nous marier.

Pour être franche, ma première réaction a été de prendre la nouvelle par-dessus la jambe. Ce serait quand même le mari n° 3 (presque 4) dans le long cortège des hommes dont ma mère est tombée éperdument amoureuse au point d'envisager le mariage. A sa décharge, il faut dire qu'elle a toujours abordé le mariage avec les meilleures intentions du monde… Ce sont les hommes qu'elle a choisis qui ont toujours tout gâché.

D'abord il y a eu mon père. Ma mère s'est aperçue après vingt ans de vie commune que c'était un alcoolique invétéré. Elle m'a dit un jour, en se rappelant le bon vieux temps : « C'était vraiment un boute-en-train. On ne s'ennuyait pas avec lui, dans les soirées. »

Puis il y a eu Donald — qui a failli être le mari n° 2. Après avoir fait une cour express à ma mère, ils ont atterri à Las Vegas pour officialiser leur union… et Donald a été épinglé au pied de la passerelle par la police de l'aéroport munie d'un mandat d'arrêt… Motif : trois détournements de fonds !

Warren lui a succédé. Lui, je n'hésite pas à dire qu'il a été le vrai amour de ma mère… mais leur union n'a pas duré assez longtemps pour qu'on sache si elle aurait résisté à l'épreuve du temps. Après avoir courtisé ma mère pendant huit ans — cette fois, elle ne voulait prendre aucun risque —, ils se sont mariés dans l'arrière-cour de la maison. Une cérémonie très intime. J'étais demoiselle d'honneur… Malheureusement, Warren est mort d'une crise cardiaque en pleine lune de miel.

Et maintenant, c'est le tour de Clark. Ce cher Clark, doux comme un agneau. Je l'aime bien. C'est un professeur d'anglais au sourire un peu niais, qui adore réciter des vers de poésie métaphysique du XIXe siècle. Ce que ma mère trouve absolument charmant.

Mais j'ai réalisé qu'il ne fallait pas prendre la nouvelle à la légère quand elle a commencé à me donner tous les détails de la cérémonie.

— … Je pense à la mi-septembre… sur un petit bateau de croisière, seulement la famille. Mamie Zelda, toi et Tony, Shaun et Tiffany…

Shaun, c'est mon frère. Marié et pourtant *plus jeune* que moi. Ma mère reprend :

— Le fils et la fille de Clark et leurs enfants. Nous ferons une petite croisière aux Caraïbes, jusqu'à Saint Thomas. C'est là que nous nous marierons, en présence de la famille, et sur un fond de vagues déferlantes… Ce sera en même temps des vacances en famille et un mariage. Tu ne trouves pas ça amusant ?

— Si. C'est super.

Chapitre 2

De vous à moi : depuis ma rupture, je suis devenue une menteuse pathologique.

Le lundi suivant, j'entre dans le minuscule bureau de Rebecca et je m'installe sur la chaise destinée aux visiteurs. Rebecca est avant tout une collègue de travail sympa, mais cela ne nous empêche pas de faire des virées dans les bars du coin et de passer de bons moments ensemble. On trouve toujours un prétexte : fêter une bonne critique d'article, ou débiner une collègue particulièrement pénible.

Malheureusement, ces sorties se font de plus en plus rares depuis quelque temps. C'est surtout parce que je soigne mon image de vie en couple… J'évite tous mes amis autres que Jade et Alyssa en prétextant une soirée en amoureux avec Tony autour d'une pizza et d'une bonne vidéo.

Quant à Rebecca, bien qu'elle soit avec son petit ami Nash depuis à peu près deux ans, elle trouve toujours du temps à consacrer à ses amis et ne rechigne jamais à faire quelques heures supplémentaires le soir autour d'un repas improvisé pour finir un boulot dans les délais, même si ce bon vieux Nash a réservé une table de deux pour le dîner. En fait, je pense qu'elle est fière de cette capacité qu'elle a d'être à la fois copine avec tout le monde et la petite amie fidèle d'un seul. Je dois avouer que ça me rend un brin jalouse.

— Ma mère m'a annoncé qu'elle se remarie, lui dis-je avec un peu d'exaspération dans la voix.

Rebecca stoppe net la relecture de la maquette. Elle hausse les sourcils et lève le nez vers moi, avec un sourire radieux.

— C'est génial.

Cette réaction chaleureuse à l'annonce de *la* nouvelle me met immédiatement la puce à l'oreille. Une des choses que nous avons toujours partagées, Rebecca et moi, surtout à l'occasion de nos cocktails de fin de soirée, c'est notre mépris royal pour *Bridal Best*, ce microcosme de la planification industrielle du mariage. C'était notre façon à nous de « faire bloc » face à tous ces gens du bureau qui collent de la poésie partout, du choix des locaux jusqu'à l'épaisseur des cartons d'invitation.

Si je ne connaissais pas aussi bien Rebecca, je jurerais qu'elle a été frappée à son tour par le virus de *Bridal Best*. Parce que, chez *Bridal Best*, chaque mariage est en soi un événement, même s'il s'agit du troisième mariage de votre mère !

— Ouais, bon, difficile pour moi d'être très enthousiaste. C'est-à-dire, le parcours de ma mère me donnerait plutôt envie de ne *pas* trouver l'amour éternel.

Rebecca me regarde d'un air songeur, comme si je lui avais parlé en chinois.

— Tu devrais être heureuse pour ta mère. Ce n'est pas donné à toutes les femmes de tomber amoureuse après toutes ces expériences malheureuses. Je trouve ça très courageux.

— C'était ça ou augmenter sa dose de Prozac.

Depuis l'épisode de Warren, ma mère est une fervente adepte du bonheur dispensé sous forme de gélules faciles à avaler.

— Qu'est-ce qu'il te prend ? Tu m'as l'air plus cynique que d'habitude. Tu t'es disputée avec Tony ce week-end ?

Sa question provoque en moi une soudaine réaction de panique, comme si le stress de mon célibat forcé était devenu évident. J'hésite un instant, étudiant ses cheveux blonds coupés court et ses sourcils parfaitement dessinés — elle les épile avec le même soin qu'elle aligne ses crayons sur son bureau. Voilà que je me mets à me méfier. Même la superbe photo encadrée de Nash de huit centimètres sur dix qui trône dans le bureau a l'air de me lancer un œil méchant. Pas moyen de lui dire la vérité.

— Non, non. Pas de problème avec Tony. Tout va bien. Super, même.

— Supergénial, tu veux dire, déclare Rebecca en se remettant au travail. Comme ça, tu auras les idées claires pour aider ta maman à organiser ce mariage. Tiens, tu pourrais même y penser pour *toi.*

Bien sûr.

A moins qu'un chagrin d'amour ne m'emporte avant.

De vous à moi : le mariage prend soudain des airs de fléau social.

De retour dans mon bureau, je réalise que je dois relever mon plus grand défi depuis La Rupture : essayer de jouer les désinvoltes et adopter un ton guilleret pour dresser une brève liste des « choses à faire » par la future mariée. Je l'ai intitulée : « Comment organiser son mariage sans déclencher des catastrophes naturelles ? »

Tandis que je m'efforce de venir à bout de l'introduction, je sens monter en moi cette colère qu'Alyssa appelait de ses vœux. Qui se soucie de nous, qui n'avons pas le statut de futures mariées ? Ma propre mère elle-même m'a enrôlée pour l'organisation du jour J… Elle m'a demandé de commencer à faire une sélection de bateaux de croisière et, grâce à ma petite base de données si pratique, de me renseigner sur les mariages « clé en main ». Pire encore, elle m'a allègrement proposé de prendre un jour de vacances — elle en a tellement accumulé pendant ses vingt ans de carrière chez Bilbo — pour venir déjeuner avec moi la semaine prochaine et voir le résultat de mes recherches.

C'est fou ce que mon job peut rendre service aux autres ! Il y a toujours quelqu'un en quête de conseils et de bonnes idées pour me pressurer le cerveau. Normal avec des articles tels que « Comment passer une lune de miel romantique sans être bronzée ? » ou « Tout pour choisir des hors-d'œuvre originaux sans efforts ».

Travailler dans ce petit monde de faux-semblants m'a amenée à cette conclusion : dans le monde où nous vivons, si on ne se marie pas, on ne compte pas. Un jour, au cours d'une conférence de rédaction, j'ai suggéré en plaisantant que toutes les femmes de trente ans devraient avoir droit à une cérémonie de remise de cadeaux, qu'elles soient mariées ou pas. Tout le monde s'est mis à me regarder comme si j'avais proféré une insanité. J'ai trente et un ans, pourquoi n'aurais-je pas droit, moi aussi, à une Sitram gratuite ?

Le téléphone sonne. Je suis ravie d'être obligée d'interrompre mon travail en cours.

— Salut, Emma.

C'est la voix de Jade.

— Jade. Merci, mon Dieu !

— Pourquoi ? Tu t'attendais à quelqu'un d'autre ?

— J'avais peur que ce ne soit encore une candidate au mariage.

— Pas d'inquiétudes de ce côté-là. Pourquoi, que se passe-t-il ?

— Rien, rien. Enfin, comme d'habitude. La pression habituelle sur les délais à tenir, mais un taux de motivation au plus bas… Comment s'est passé ton rendez-vous avec Ted la Terreur ?

— Terriblement… bien, naturellement. Nous avons pris des pots, joué au billard. Je t'ai dit qu'il a les avant-bras les plus beaux que j'aie jamais vus ? Epais, puissants, comme je les aime. Il a aussi deux tatouages, et tu sais ce que je pense des hommes tatoués…

— Nous voilà bien. Tu es fichue.

— Si je ne couche pas avec lui, je me demande ce que je peux faire.

— Te marier, peut-être ?

— Mais qu'est-ce que tu as, ce matin ?

— C'est ma mère. Elle va encore se marier.

Jade pousse de tels cris de joie que je suis obligée d'éloigner le téléphone de mon oreille.

— Mais c'est magnifique ! Ils sont tellement mignons tous les deux. Il faut que je l'appelle pour la féliciter. Tiens, et si je lui envoyais un mot…

J'aurais dû savoir que Jade serait le défenseur le plus acharné de ma mère. Il faut dire qu'elle la connaît depuis son mariage n° 1.

— Jade, j'ai l'impression d'être la seule personne au monde à ne pas sauter de joie à propos de ce mariage…

— Eh bien, tu devrais le faire, me dit-elle d'un ton réprobateur. C'est ta mère, tout de même ! Tu ne veux pas qu'elle soit heureuse ?

— Heureuse, si. Simplement, je ne suis pas tout à fait sûre que le mariage soit la clé du bonheur. Est-ce que tu réalises vraiment que ce sera son mari n° 3, presque le n° 4 ?

— Emma, ne pense pas à ça. Tout le monde ne vit pas une vie bien rangée, sans surprises. D'accord, ta mère a passé le plus clair de son temps à chercher, et alors ? Elle finit toujours par trouver ce qu'elle recherche… Où est le problème ?

Je pousse un long soupir.

— Après tout, tu as peut-être raison. Si je ne suis pas folle de joie en pensant au jour J, c'est peut-être parce qu'elle compte emmener toute la famille en croisière dans les Caraïbes pour assister à la cérémonie. Et devine qui sera la seule invitée à avoir une cabine single ? Mais ça, ma mère ne le sait pas encore…

— Que veux-tu dire ?

— Je n'ai pas pu me résoudre à tout lui dire au sujet de Tony. J'ignore pourquoi… simplement… je n'ai pas pu.

— Il faudra bien que tu finisses par le lui dire. Quand a lieu le mariage ?

— Elle espère que tout sera prêt pour la mi-septembre.

Il y a un silence, comme si Jade était en train de jauger la situation.

— Ça ne nous laisse pas beaucoup de temps, mais qui sait ce qui peut arriver d'ici là. Tu peux très bien tomber amoureuse de quelqu'un d'autre, ou bien te dénicher un beau steward sur le bateau pour partager ta cabine.

— Franchement, ça m'étonnerait. Mais je pourrais peut-être me chercher quelqu'un pour partir avec moi.

— Ah oui, notre vieil ami Le Secouriste

C'est le nom que nous avons donné à Cal, un ancien serveur du restaurant Good Grub où j'étais serveuse moi aussi pendant mes études. Cal est un de ces amis masculins toujours prêts à rendre service dès qu'il s'agit de jouer le rôle de chevalier servant pour un mariage ou un pique-nique d'entreprise. Le genre de mec auquel les filles font appel dans les cas d'urgence, mais avec qui elles n'ont aucune envie de *sortir.* Cal est un excellent Secouriste : très bon danseur, suffisamment grand pour que je puisse danser avec lui sans renoncer à mes talons aiguilles, pas assez beau pour risquer de provoquer des mêlées ouvertes sur la piste de danse, ce qui est toujours gênant… Le problème, c'est que Cal s'est marié pendant ma Période Tony. Ces hommes, quels salauds ! On ne peut jamais compter sur eux.

— Je viens de me rappeler que notre Secouriste est hors circuit. Cal s'est marié l'année dernière, souviens-toi.

— Mais oui, bien sûr.

Elle marque une pause, et je l'entends tirer sur sa cigarette.

— Et que dirais-tu de Sebastian ?

— Pourquoi pas ? C'est toujours une possibilité, c'est vrai. Mais lui, ce serait plutôt le genre *Madame* La Secouriste ! Le choisir comme cavalier peut poser problème.

— Non, dans cette histoire, je n'ai pas envie de passer pour la bonne grosse fille portée sur les homos.

— Mais tu n'es pas grosse !

On ne sait pas ce qui peut arriver d'ici septembre... Tiens, ce week-end, j'ai avalé un demi-litre entier de crème glacée de chez Ben & Jerry's, celle aux cookies et aux pépites de chocolat. Et pas la version yaourt glacé, non, la formule *gusto* — vingt-quatre grammes de matière grasse par portion, quatre portions par demi-litre.

— Quelle importance ? Ne t'en fais pas, Emma, on te trouvera quelqu'un. N'oublie pas le mannequin dont je t'ai parlé...

— Tu sais parfaitement ce que je pense des mannequins.

— Mais enfin, on ne te demande pas de l'*épouser* ! Et puis, des photos de mariage avec lui, ça aurait de la gueule, non ?

Je me force à répondre :

— Je vais y réfléchir.

— Enfin, je retrouve mon Emma. Ne crains rien, tout se passera superbien.

De vous à moi : je me marierais rien que pour avoir droit à une chambre pas chère aux frais de l'Etat.

J'en suis à la troisième semaine de ma Période Post-Tony. J'ai réussi à me débrouiller pour passer le reste de la semaine sans nouvelle catastrophe majeure. Et après avoir survécu à l'épreuve du second week-end en célibataire sans tomber en loques, je me sens presque fière de moi.

Je descends la rue bordée d'arbres qui mène du bureau à chez moi et, soudain, je réalise qu'être célibataire dans la plus grande ville du monde n'est peut-être pas si mal que ça. Et en passant devant les maisons cossues de la 13e Rue Ouest, je me dis qu'en plus, j'habite dans la plus belle avenue.

En arrivant devant mon immeuble, la façade recouverte d'une peinture délavée et écaillée, et partiellement cachée par une rangée de poubelles cabossées, je soupire de désespoir. Pourquoi, oh, pourquoi Tony et moi n'avons-nous pas partagé nos rêves immobiliers ? Jamais il ne m'aurait quittée si nous avions pu atterrir dans une chambre pas chère en ville, réservée aux jeunes couples. Aucun homme sain d'esprit ne peut résister à ce type d'offre.

Aucune femme non plus, d'ailleurs. Je réalise à quel point je déteste Tony pour m'avoir interdit ces rêves-là.

Avec un nouveau soupir, je monte l'escalier.

Tony adorait surnommer mon immeuble de vingt-quatre appartements « La Maison des Lilliputiens ». Parce qu'il est composé de minuscules studios où les gens tentent de mener une vie normale. Des personnes âgées aux étudiants, chacun a fait son petit trou.

Comme moi qui, têtue comme une mule, m'accroche à mon studio à loyer bloqué comme si ma vie en dépendait. Entendons-nous bien, il est très bien situé — à quelques pâtés de maisons du métro, des cinémas, des bars du centre-ville, du Peacock, de l'université. Bref, proche de tous les endroits où on a envie d'aller. Je compense aisément mon manque de rangements et d'espace vital par les regards d'envie qu'on me lance chaque fois que je donne mon adresse. Et puis, quand j'étais avec Tony, j'avais toujours cet espoir de partager un jour ma chambre avec lui ailleurs, quand il comprendrait enfin que le deux pièces du Lower East Side qu'il partageait avec un tenancier de bar à l'haleine douteuse n'était pas le top.

Je fantasmais beaucoup sur notre (hypothétique) appartement de rêve... J'imaginais de magnifiques étagères murales, pour ranger nos vertigineuses collections de vidéos et de bouquins. Je crois bien que ce qui m'aidait à garder le moral, à ne pas devenir folle au milieu de mes compagnons de fortune, ou de ces jeunes crétins de passage, c'était l'espoir.

Seulement voilà, Tony est sorti de ma vie. Je suis passée de la catégorie des couples solides à celle des... disons à *autre chose*. Quoi exactement ? A moi de le trouver...

En pénétrant dans le hall d'entrée, je tombe sur Béatrice. Elle est à côté des boîtes aux lettres, les bras chargés de tas de catalogues, de publicités et d'enveloppes de tous les formats.

— Emma !

— Salut, Béatrice, ça va ?

Je lui ai parlé d'une voix douce, presque chantante. Celle que l'on réserve aux enfants et aux gens comme Béa. Qui sont, comme on dit, un peu « simples d'esprit ».

— Oh, très bien...

— Parfait.

Je m'éclipse vers l'escalier et je commence à monter les marches.

— ... à part ces sinus qui me causent toujours des problèmes. Tous les matins, quand je me réveille, j'ai le nez pris, et j'ai comme un bouchon dans les oreilles. Et je ne vous parle pas de mes dents du fond ! Oh ! là, là ! C'est insupportable.

Elle ouvre tout grands ses yeux gris derrière ses lunettes.

— Oui, j'ai entendu, Béa. C'est vraiment moche !

Je mets un pied sur la première marche, prête à bondir à la première occasion.

Béatrice adore discuter avec les gens de ses problèmes

de santé. Et je n'ai pas encore réussi à trouver un moyen efficace d'échapper à ses litanies. Souvent, après avoir supporté pendant dix bonnes minutes le récit de ses bobos — de la congestion nasale aux bouffées de chaleur —, j'essaie de me raisonner. C'est vrai qu'elle est toute seule, et que, pour elle, c'est très important que je prenne le temps de l'écouter.

Mais au lieu de continuer avec un cours complet sur le drainage des sinus, sujet qu'elle ne devrait pas tarder à aborder, la voilà qui s'arrête brusquement de parler. Elle a une façon de me regarder des pieds à la tête qui me met mal à l'aise. Et avec son corps massif engoncé la plupart du temps dans des chemises en flanelle et moulé dans un pantalon en Stretch, elle a un look à faire peur.

Cette sorte d'examen auquel elle me soumet est assez angoissant, surtout en pleine Période Post-Tony.

— Vous, vous me comprenez bien !

Elle a la bouche ouverte, comme chaque fois qu'elle se concentre sur une idée.

Au moment où je commence à grimper les marches en priant le ciel pour que sa santé se rétablisse bientôt, elle me crie : « Attendez ! » en regardant ses enveloppes.

Elle commence le tri des catalogues, extirpe un pli épais en papier glacé, et me le tend.

— Tenez, je pense que ça peut vous servir.

Je prends le pli du bout des doigts et je jette un coup d'œil sur le recto de l'enveloppe. On y voit une grande femme, solidement charpentée, vêtue de la même chemise de flanelle que celles dont Béatrice raffole, et d'un jean foncé.

— Y a pas mal de modèles pour les femmes comme nous, poursuit-elle en me regardant d'un air satisfait.

Les femmes comme nous ? Je suis déjà sur la défensive, mais finalement, j'opte pour la fuite.

— Merci, Béatrice. Je vous le rends dès que je l'ai lu.

— Oh, pas besoin, me répond-elle en me décochant un large sourire.

Je m'enfuis dans l'escalier.

De vous à moi : un poisson serait-il plus heureux avec un vélo ? Ça se pourrait.

— Dis-moi, Jade, pourquoi ne sommes-nous pas encore mariées ?

— Parce que nous sommes des femmes fortes !

Ce genre de réponse commence à m'agacer.

— Ça veut dire quoi, exactement ? Que j'ai une tête blindée qui me permet de résister aux coups ?

— Mais de quoi parles-tu ?

— Peut-être que nous ne regardons pas assez autour de nous.

— Oh, en ce qui me concerne, je regarde... et on me regarde.

— Ah, je vois... Alors comment ça va avec Ted la Terreur ?

J'entends un long soupir au bout du fil.

— Je crois qu'il est en train de devenir Ted le Lâcheur.

— Quoi ?

Elle soupire.

— Il n'a pas appelé.

Inutile de dire que ça me fait un choc... J'en tombe des nues ! De toutes les femmes que je connais, Jade est la seule qui n'ait jamais été rembarrée par un mec. Les hommes appellent *toujours* Jade. Elle était mon dernier espoir que les femmes n'étaient pas condamnées à guetter en vain le téléphone. C'est pas vrai ! Mais alors, qu'allons-nous devenir si Jade, la reine des célibataires, a des problèmes pour obtenir son second rendez-vous ?

Consciente — ô combien — de la frustration qu'elle doit ressentir après cet affront, je lui offre les seuls mots d'encouragement que toutes les femmes plaquées, ou qui ont peur de l'être, ont besoin d'entendre :

— C'est le dernier des crétins, c'est clair.

La colère est apaisante.

— Bof…

— Ou alors, c'est un homo. Ou bien un attardé mental. C'est vrai, quoi, il faut être vraiment con pour sortir avec une fille aussi belle et intelligente que toi et oublier de la rappeler. Ne serait-ce que pour lui dire qu'il est heureux de la connaître, heureux d'avoir pu passer quelques heures avec elle…

— Je pense qu'il n'a pas supporté que je l'aie battu deux fois sur trois au billard.

— Quelle tache !

Nous restons silencieuses, ruminant sur le pourquoi du changement d'attitude de Ted la Terreur.

— J'ai peut-être été trop agressive, avance Jade

— Non mais tu plaisantes ? Je suis sûre que tu n'as rien fait.

— Je l'ai invité à monter chez moi, c'est-à-dire… pas pour coucher avec lui. Mais je venais d'acheter le nouveau CD de Jamiroquai, et je savais qu'il aime aussi ce genre de musique, alors…

— Et il est monté ?

— Non. Il m'a dit qu'il devait se lever tôt le lendemain. Il m'a embrassée devant mon immeuble, tu vois ce que ça veut dire, puis il est parti. Je n'y comprends rien. Nous avions pourtant passé une soirée fabuleuse. Nous avons pris des pots, joué au billard, et discuté comme si nous nous connaissions depuis toujours. Nous aimons la même musique, nous détestons les mêmes boîtes. Nous avons tout de suite flashé l'un pour l'autre, c'est incroyable ce que nous avons comme goûts communs. Et voilà le résultat ! J'aurais voulu qu'il monte, nous aurions au moins fait l'amour avant qu'il ne disparaisse. Je suis sûre que j'ai raté quelque chose !

Pour parler franchement, je ne sais pas quoi dire. Mais mieux vaut conclure sur une note un peu optimiste.

— Tu sais, il peut encore appeler. Quel jour êtes-vous sortis ensemble déjà ?

— Samedi dernier. D'accord, j'ai quitté New York jeudi pour une séance de photo pendant le week-end, mais ça, il ne le savait pas. Quand je suis rentrée dimanche matin, il n'y avait pas de message.

Les choses se présentent mal. Une semaine, je veux bien. Mais qu'il n'ait pas encore donné signe de vie la deuxième semaine, ce n'est pas bon signe. Il aurait quand même pu se fendre d'un petit bonjour en passant, juste pour dire qu'il était très occupé mais qu'il la rappellerait bientôt...

A mon avis, il faut qu'elle fasse une croix dessus.

— Il a peut-être eu un accident. Avec le bus de la Seconde Avenue, celui qui passe près de ton club de gym. Il était en retard, il a voulu faire vite... et bang !

— Oui, peut-être.

Je sais très bien que nous ne connaîtrons jamais la réponse. Dans la vie de toute célibataire, la question *Pourquoi n'a-t-il pas appelée* reste l'un des grands mystères... Je suis malheureusement bien placée pour le savoir.

De vous à moi : le mariage en général commence à devenir plus tentant.

Comme si ce n'était pas déjà assez épuisant de me retrouver de nouveau célibataire, j'ai encore eu ma dose le lendemain au travail. J'ai été obligée de me farcir des histoires de couples séparés mais restés bons amis. Rebecca a atterri dans mon bureau pour me décrire en long et en large la soirée que Nash et elle ont passée en amoureux.

— Tu sais, depuis quelque temps, il est différent. Plus *impliqué*.

Et la voilà qui se met à me parler de ce petit restaurant français de l'Upper East Side, absolument génial, où ils ont dîné la veille.

— Le jour où Tony et toi accepterez de vous aventurer dans les quartiers nord de la ville, nous pourrions y dîner tous les quatre.

Ce à quoi j'ai répondu avec un sourire convaincant, du moins je l'espère :

— Oui, pourquoi pas ?

Ce serait déjà un miracle si Tony revenait un jour sur la côte Est !...

En rentrant chez moi ce soir, je ne peux m'empêcher de réfléchir à tout ça pendant le trajet. Et je crois avoir trouvé *la* solution à mon problème. Il faut que je déniche un homme — peu importe lequel — qui tourne suffisamment longtemps autour de moi pour que je puisse le séduire et le traîner jusqu'à la mairie. Quelqu'un de stable, auquel on peut faire confiance... Un type comme Nash. Ou, mieux encore, comme Richard.

Et curieusement, comme pour me conforter dans ma décision, j'ai reçu un appel de mon père.

Bien qu'il ait réussi à noyer une bonne partie de son existence dans le Johnnie Walker étiquette noire, on ne peut nier que mon père ait été, à son époque, « une bonne pêche ». Vers l'âge de trente ans, il était déjà directeur d'une société spécialisée dans l'investissement immobilier. Et même lorsqu'il a demandé ma mère en mariage, quelques cinq ans plus tôt, il gagnait déjà très bien sa vie. Et il n'a fait que progresser... J'ai eu une enfance assez insouciante dans notre grande maison de Garden City. Pas étonnant qu'il ait fallu à ma mère vingt années pour réaliser que le seul vrai amour de mon père, c'était la bouteille !

— Papa ? Bonjour... Tu vas bien ?

Je suis toujours un peu anxieuse en posant cette question. Même s'il s'est passé plus d'un an depuis que la seconde femme de mon père, Deirdre, l'a traîné dans une clinique de désintoxication pour la troisième fois en douze ans de mariage… Je suis très surprise que Deirdre, qui n'a pas eu conscience de ce qu'elle faisait en l'épousant, ne l'ait pas quitté à ce moment-là, malgré la superbe maison dans un décor de rêve. Elle a sans doute fait le bon choix. Après tout, il est resté sobre depuis ce dernier incident, et cela fait plus d'un an : pour lui, c'est un record ! Malgré tout, nous craignons tous un peu qu'il ne fasse une rechute un jour…

— Oui, très bien. J'ai enfin eu gain de cause pour ce four qui a explosé, me dit-il d'un ton satisfait.

A partir du jour où il est devenu sobre, mon père a été victime d'un effet secondaire : il est devenu extrêmement procédurier. Cela a commencé dès ses premières tentatives d'échapper à l'alcool. Il a commencé à faire des procès à tous ceux qui, pensait-il, l'avaient traité de haut.

Son entreprise par exemple, qui l'a forcé à prendre une retraite anticipée il y a trois ans sans lui donner toutes les indemnités auxquelles il avait droit (d'après mon père). Et plus récemment cet épisode du four qui se serait enflammé spontanément. Il n'a fallu que peu de temps à mon père pour découvrir que ce modèle avait été retiré de la vente six mois plus tôt.

— Et comment va ma petite fille ? Elle a fait fortune ?

— Papa ! Pour ça, mieux vaut compter sur Shaun.

C'est vrai qu'à vingt-neuf ans, mon petit frère gagne en un an beaucoup plus d'argent dans la société d'informatique où il travaille depuis trois ans que moi depuis quatre ans chez *Bridal Best*.

Il se met à rire.

— Je ne sais pas, Emma, tu pourrais toujours être dans la course avec ton paumé. C'est quoi déjà son nom ?

Bien que je sois avec Tony depuis deux ans, mon père

s'arrange toujours pour oublier son nom. Je sais parfaitement combien il serait ravi d'apprendre que je ne suis plus avec celui qu'il appelle « mon promeneur de chien et barman patenté »... Mon père n'a jamais cru Tony lorsque ce dernier affirmait qu'il ne pouvait pas s'enfermer dans une carrière professionnelle classique parce qu'il était au service d'une plus noble cause.

Mais je suis déjà empêtrée dans un tissu de mensonges... impossible de revenir en arrière !

— Il va bien. Je t'ai dit qu'il a vendu son scénario ?

Peu importe ce qui vient de se passer entre Tony et moi. J'éprouve toujours le besoin de le défendre vis-à-vis de mon père, de le présenter comme un prétendant tout à fait respectable et plein d'ambition.

Et ce qui est complètement dingue, c'est que je suis là à papoter sur toutes les opportunités de carrière qui s'offrent à lui maintenant qu'il a le pied à l'étrier.

Ce que je m'abstiens de lui dire, c'est qu'après le pied, tout le corps a suivi. A Los Angeles !

Mon père se contente de répondre par un « Hmm » distrait. Chaque fois — ou presque — qu'on aborde ce sujet, il a tendance à déconnecter. Il se fait du souci pour l'avenir de sa fille... Que va-t-elle devenir si elle épouse un homme qui n'a aucune chance de toucher une bonne retraite ?

— Et Alyssa, ça va ? Elle sort toujours avec cet avocat ?

Mon père s'y connaît, en avocats ! Presque toutes ses économies sont passées entre leurs mains pour ses fameux procès. Mais j'ai remarqué qu'il est devenu très respectueux de cette nouvelle race de prétendants potentiels.

— Oui, ils sont toujours ensemble. Je suppose qu'ils finiront par se marier, encore que... en ce moment, Richard ne pense qu'à la recherche d'un partenariat. A mon avis, il ne parlera pas mariage tant que le problème ne sera pas résolu.

— Voilà le genre de choses que j'aime entendre !

— Jade aussi va bien. Un des projets sur lesquels elle a travaillé l'an dernier a remporté un oscar.

— Non, c'est vrai ? Cette Jade, quelle fille ! Une véritable artiste en herbe... Je parie qu'elle n'a toujours pas de petit ami, je me trompe ?

— Tu la connais, elle a toujours quelqu'un, dis-je en m'efforçant d'oublier que le dernier en date s'est volatilisé...

— Hmm...

Ça y est, mon père a re-déconnecté. Il doit avoir peur que le succès de Jade en matière de célibat ne m'incite à suivre la même voie. Quand on prononce le mot célibataire, il a tendance à entendre « vieille fille »...

— Dis-moi, papa, tu ne me parles pas de Deirdre...

— Oh, elle est aux anges depuis que je lui ai donné ma bénédiction pour acheter un nouveau canapé. De toute ma vie, jamais je n'ai vu passer autant d'échantillons sous mon nez... Elle me demandait justement de tes nouvelles. Elle voudrait savoir si tu envisages de venir pour le week-end du *Memorial Day*.

Mon Dieu ! Comment vais-je pouvoir dénicher un remplaçant de Tony d'ici là ?

— Eh bien, euh... Je n'ai pas encore décidé. Tu sais, Tony et moi avons quelques projets ici...

— Tu es en train de me dire que vous allez passer le week-end du *Memorial Day* à *New York* ?

Mon père, qui a passé ces trente dernières années à faire la navette de chez lui à ce « trou à rats puant » (c'est comme ça qu'il appelle Manhattan !) n'arrive toujours pas à croire que j'ai *choisi* de vivre ici, dans un studio à peine plus grand qu'un timbre-poste. Il est de ces propriétaires de pavillon qui achètent toujours plus grand, bien que sa famille se soit réduite après son divorce. Sa résidence actuelle, un manoir victorien à Huntington, est le plus bel exemple de sa mégalomanie.

— Je ne sais pas ce que je ferai pour le Memorial Day. Je n'ai pas encore pris de décision.

L'anxiété commence à se faire sentir dans ma voix.

— Bon, très bien. Pas de panique. Deirdre a juste posé la question parce que nous, nous comptons justement partir ce week-end-là.

Je suis vraiment ennuyée pour mon père et pour Deirdre. Ils regrettent que je ne sois pas présente comme chaque année pour le barbecue familial.

— D'accord, bon, loin de moi l'idée de te faire renoncer à tes projets, dis-je en espérant que Deirdre et lui quittent la ville et me laissent seule avec le fantôme de Tony.

Nous bavardons encore un peu avant de raccrocher. Avec un soupir qui se transforme vite en gémissement, je ne peux résister à la tentation d'attraper un album de photos sur mon étagère. Je tourne les pages et m'arrête sur la première photo de Tony et moi. Je contemple longuement ces yeux énigmatiques, cherchant des réponses à sa fuite. Et tandis que j'étudie son visage souriant, je réalise soudain que, malgré tous les bons moments passés ensemble, notre relation n'était finalement bâtie sur rien. Du vent. Je me souviens aussi de l'admiration qu'il y avait dans la voix de mon père quand il me parlait de Richard…

Peut-être que mon père a raison. Peut-être que je dois chercher un homme avec une belle situation, et plus ambitieux. Un homme qui a su construire son avenir et se faire un nom seul, et qui n'attend plus qu'une épouse pour venir le rejoindre. C'est avec ce type d'homme que je dois sortir. Avec quelqu'un comme Richard, avec lequel vous ne vous posez aucune question du genre : « Va-t-il se décider ? » mais simplement : « Quand et comment ? »

Je compose le numéro d'Alyssa en espérant qu'elle me branchera sur un bel avocat supersexy. Comme ça, j'aurai au moins un rendez-vous pour le week-end du Memorial Day. Et peut-être aussi pour le mariage de ma mère.

— Pourquoi un avocat ? me demande Alyssa.

— Tu dis ça d'un air tellement dégoûté que je me demande si j'ai rêvé ! Lys, rassure-moi, c'est bien toi qui vis *avec* un avocat ?

— Mais là il s'agit de toi. Jusqu'à présent, tu as toujours refusé tous les rendez-vous que je t'ai proposés !

— Disons que je viens seulement de comprendre l'intérêt de sortir avec un avocat.

— Ben voyons. Comme ça, tout d'un coup !

— Tu sais, j'ai pas mal observé le comportement de la gente masculine depuis quelques années. J'en suis arrivée à cette conclusion : les hommes n'envisagent le mariage qu'après avoir atteint un certain niveau de revenus. Comme j'imagine que la plupart des avocats de notre âge atteignent plus ou moins ce niveau, voire le dépassent largement, j'en déduis que mes chances de me marier sont plus grandes avec un avocat. Au pire, je pourrai au moins négocier…

— Eh là, attends une seconde. Depuis quand es-tu devenue aussi fana du mariage ?

— J'ai trente et un ans. Il est plus qu'urgent que j'y pense, non ?

— Moi aussi, j'ai trente et un ans. Et tu ne m'as pas vue, que je sache, me précipiter dehors pour acheter une robe.

— Lys, ne sois pas de mauvaise foi. C'est quand même beaucoup plus simple d'être courageuse face au célibat quand on a sous son toit un mari n°1 !

— Il n'y a absolument rien de définitif entre Richard et moi.

— Peut-être, mais en attendant on voit bien que vous êtes…

Je sens tout à coup comme un vent de panique m'envahir. Je commence à entrevoir… il se passe quelque chose !

— Eh, une minute, Lys. Qu'est-ce que tu as ?

— Oh… rien.

— Arrête... Ne me dis pas que Richard et toi êtes en froid, tu détruirais mes dernières illusions. L'âme sœur, « l'amour-toujours », c'est grâce à toi que j'y crois !

— Puisque je te dis que *ça va* !

— Lys !

— Bon, d'accord... J'ai rencontré quelqu'un d'autre.

— Quoi ?

— Ne crois pas que je l'ai cherché... c'est venu comme ça.

Bien sûr que je la crois ! C'est vrai. Ce sont les hommes qui tombent amoureux d'Alyssa sans prévenir.

— C'est qui ?

— Promets-moi de ne pas rire.

— Promis juré.

— Le Dr Jason Carruthers

Ça, c'est bien elle. Passer de l'avocat au médecin.

— Voyons, laisse-moi deviner... c'est ton gynéco ?

— Ne sois pas ridicule...

— Ton opticien ? Ton dentiste ?

— Mon véto !

— Ton quoi ?

Soudain je me rappelle, j'ai dans la tête l'image d'un homme décharné, à la voix douce et avec des plaques de poils sur le visage.

Après tout, je n'ai jamais vu un seul véto ne pas finir par ressembler un peu à ses patients !

— Je t'ai dit que Lulu a eu quelques problèmes intestinaux... Eh bien, je suis allée voir le vieux vétérinaire, mais il a pris sa retraite. Et son remplaçant, c'est Jason.

— Jason ! Tu veux dire que tu l'appelles déjà par son prénom ?

— Je sais ce que tu penses. Mais je t'assure, je n'ai jamais rencontré un homme comme lui avant, jamais. Ce n'est pas seulement parce qu'il est superbeau. Il dégage quelque chose de spécial... Une certaine tendresse...

— Mon Dieu ! Non, ne me dis pas que vous...

— Non, tu n'y es pas. Je parle de la façon dont il traite Lulu.

Je commence à avoir des doutes. Lulu est le Lhassa apso d'Alyssa, la chienne avec laquelle elle a grandi dans l'Upper East Side. Elle est attachée au souvenir de sa mère, qui est morte il y a deux ans. Le père d'Alyssa est mort d'une crise cardiaque lorsqu'elle était adolescente, et sa maman a acheté à sa fille un chiot pour l'aider à passer ce cap difficile. Alyssa est folle de cette chienne, comme si elle était désormais sa seule famille. C'est un peu vrai. A part Jade et moi, bien sûr.

— Comment va Lulu ?

— Pas très bien. Jason pense qu'elle a peut-être un problème rénal.

— Aïe. Ecoute, Lys, ne t'emballe pas ! Pour l'instant, occupe-toi seulement de faire soigner Lulu. Après, il sera toujours temps de voir où en sont les choses. Tu connais Richard depuis longtemps, c'est une longue histoire entre vous. Il ne faut pas prendre ça à la légère.

— Je sais, je sais. Mais tu vois, les choses ont changé entre nous. Je... j'ai parfois l'impression de ne plus le comprendre. Peut-être est-ce *lui* qui est différent. Ou bien c'est *moi*. Je ne sais plus où j'en suis.

— Lys, je t'ai juste dit de ne rien faire...

— Oh, zut ! Faut que je raccroche, Richard vient de rentrer. Ecoute, Emma, tout ça reste entre nous. Je n'en ai même pas parlé à Jade. Tu la connais... Et je n'ai pas envie qu'on me chambre en ce moment. Je vais essayer de te trouver un avocat. Peut-être que Richard connaît quelqu'un. Je t'appelle...

— Alyssa...

— Au fait ! Si on dînait ensemble samedi soir ? Richard sera en déplacement, et ça fait longtemps que nous ne sommes pas sorties entre filles. Une vraie sortie. Tu crois que Jade sera là ? Il faut qu'on organise quelque chose.

— C'est d'accord, Lys. Mais ne crois pas que tu vas t'en tirer comme ça, que je vais te laisser faire des bêtises.

— OK ! Promis. Je serai sage. Enfin, jusqu'à samedi…

Chapitre 3

« Se marier, c'est le plus facile. »

VIRGINIA MCGOVERN, mère d'Emma Carter.

De vous à moi : je commence à comprendre la sagesse de ma mère (mon Dieu, aidez-moi).

J'ai prévu de déjeuner demain avec ma mère, laquelle est toujours intimement convaincue — c'est charmant, mais bien entendu entièrement faux — que sa fille unique est sur le chemin de la félicité avec l'homme de ses rêves. Je n'ai pas encore décidé comment je vais aborder le problème de Tony…

Je me dirige vers le restaurant qu'elle a choisi, près de mon bureau, les bras chargés de catalogues et de brochures de voyage, la tête pleine d'un tas d'idées pour la réussite de ce mariage auquel elle tient tellement.

Elle est déjà là, assise à une table au fond de la salle. Et soudain, je comprends de qui j'ai hérité cette manie d'arriver toujours cinq minutes en avance. Et si je ressemblais plus à ma mère que je ne le croyais ? Cette question me remplit d'effroi.

— Emma ! s'exclame-t-elle en me voyant.

La voilà qui se lève et me prend dans ses bras, m'enveloppant d'un parfum d'abricot. Finalement, m'occuper de ma mère, ça ne s'annonce pas si terrible que ça, en tout cas pour ce qui concerne le look. A cinquante-neuf ans, c'est toujours une belle femme, avec sa chevelure châtain foncé et ses pommettes saillantes. Bien qu'elle ait les mêmes yeux noisette que les miens — même si les siens tirent un peu plus sur le vert —, difficile de deviner que je suis sa fille ! Pourquoi n'ai-je pas hérité de ses cheveux ondulés (les miens sont raides comme des baguettes de tambour et d'une couleur moins flatteuse) et de ses pommettes ? Ce sont peut-être des traits physiques qui sautent une génération…

— Comment vas-tu, ma chérie ? dit-elle en s'asseyant en face de moi et en me dévisageant.

— Bien, bien…

Je plonge aussitôt la tête dans le menu pour qu'elle ne puisse déceler sur mon visage aucune ombre qui trahisse mon désarroi.

— Bien, mais un peu fatiguée. J'ai un boulot pas possible, comme d'habitude.

— Il faut savoir faire de temps en temps une bonne pause à midi. Je suis justement en train de lire un livre qui vient de sortir : *Un espace mental à soi.* Ils expliquent comment renouveler ses énergies créatrices… Il suffit de s'octroyer tous les jours un petit quart d'heure de méditation.

— Tu sais, ça m'étonnerait qu'on me donne l'autorisation de brûler de l'encens au bureau.

— Emma, je t'en prie…

Elle stoppe tout net, comprenant sans doute que ce genre de discussion ne la mènera nulle part avec moi.

— Pourquoi faut-il que tu critiques tout à tout bout de champ ?

— Je suis désolée, maman. Je…

C'est à ce moment-là que j'aperçois à sa main gauche une magnifique pierre d'un bleu profond et qui brille de toutes ses facettes.

— Oh ! C'est la bague que Clark t'a offerte ?

Elle tend la main vers moi, radieuse.

— C'est une merveille, n'est-ce pas ? Nous avons décidé de renoncer aux diamants parce que… tu sais, après les deux premiers… enfin je veux dire, j'ai eu peur que ça ne me porte malheur ! Bref, quand Clark m'a offert ce saphir, il m'a dit que les anciens considèrent ce bleu comme le plus pur qui existe, un reflet du ciel. Il veut que je voie dans cette pierre le symbole de sa fidélité et de sa sincérité.

A cet instant, je surprends ma mère à rougir un peu.

— Tu connais Clark. Toujours un peu poète…

Le visage de ma mère reflète un bonheur indicible. Je commence à me demander si ce n'est pas *ça* le plus important, dans la vie… Mais je suis vite ramenée à la réalité.

— Clark et moi avons décidé de faire un vœu d'abstinence.

— Quoi ?

Bien que la vie sexuelle de ma mère, ou sa non-vie, soit un sujet que je me refuse toujours à aborder, je ne peux m'empêcher de lui demander :

— Pour toujours ?

— Bien sûr que non !

Elle jette un regard furtif autour de nous et se penche vers moi.

— Ça ne fait qu'une semaine, et Clark en a déjà un peu assez. Alors la nuit dernière…

Je l'interromps brusquement sans attendre qu'elle se lance dans les détails. Je ne le supporterais pas.

— D'accord, d'accord !

Au fil des années, le statut « d'intermittente du célibat » de ma mère a fait de moi sa confidente. Il faut dire que je suis la seule femme proche d'elle depuis toujours. Malgré tout, nous avons l'une pour l'autre des secrets, une ligne à ne pas franchir.

— Attends un peu, laisse-moi deviner ! Jusqu'au soir du mariage ?

— Oui ! C'est ça. Alors, tu as entendu parler d'autres couples qui font comme nous…

— Oui, je crois même que nous avons fait paraître un article sur ce sujet dans *Bridal Best*. Un truc comme : « Le retour au romantisme des nuits de noce d'antan »…

— C'est exactement ça. Au début, Clark m'a dit que j'étais folle, mais tu le connais, il fait tout pour me faire plaisir.

Le serveur se décide à s'approcher de notre table.

— Ces dames désirent-elles prendre un apéritif ?

Ma mère lève la tête et lui décoche un de ces sourires dont elle a le secret, et qui le fait presque rougir.

— Je pense que nous allons passer notre commande tout de suite. Emma, que prends-tu ?

Je n'ai pas encore eu le temps de choisir, mais ce n'est pas ça qui arrêtera ma mère. Depuis qu'elle a lu *Douze façons de gagner du temps pour prolonger votre vie*, elle a changé de comportement.

— Commande d'abord, dis-je en lisant à toute vitesse le menu pour être prête à prendre le relais.

— Pour moi, ce sera un poulet grillé avec la garniture à part, et une eau minérale gazeuse.

Puis elle me regarde avant d'ajouter :

— Tu sais, les salades sont délicieuses ici.

C'est le genre de réflexion qui me rend instantanément paranoïaque. Si elle m'a dit ça, c'est sûrement parce qu'elle essaie de me faire comprendre que j'ai grossi… Elle veut m'éviter de prendre des bourrelets, et de perdre des heures devant mon placard à choisir une tenue qui dissimulera mon passage de la taille 38 à la taille 40 ! Si je me fie à mon propre regard — qui a toujours eu tendance à me cacher la vérité chaque fois que les soucis de la vie m'ont amenée à chercher un peu de réconfort dans la nourriture —, je risque un matin d'avoir besoin d'une grue pour me tirer du lit.

— Pour moi, ce sera la salade Cobb et un thé glacé, dis-je en tendant le menu au garçon qui hoche la tête et s'en va.

— Dis-moi, as-tu déjà parlé du mariage à Tony ?

— Bien sûr !

Je m'empresse d'enchaîner.

— Et aussi à Jade. Elle est excitée comme un pou !

Ma mère me dévisage un long moment.

— Tu veux dire que toi, tu n'es pas aussi enthousiaste ?

Ça y est, c'est le moment de vérité.

— Ne me fais pas dire ce que je n'ai pas dit. Si, je suis *heureuse*...

— Mais tu n'y crois pas, c'est ça ? C'est bien ce que je craignais.

Ouf ! Sauvée. Je sens que ma mère va me tenir le crachoir pour m'expliquer en long et en large les raisons qui la conduisent à convoler en justes noces pour la troisième fois.

— Je sais très bien ce que tu crois : que j'ai passé une grande partie de ma vie à me cacher la tête sous le sable. Et c'est probablement vrai, reconnaît-elle.

A présent, elle me regarde d'un air grave, et je vois dans ses yeux qu'elle a un besoin profond de me faire comprendre la situation.

— En fin de compte, tout n'a pas été si mal que ça pour toi..., dis-je en essayant d'étouffer en elle toute velléité d'angoisse.

— Parfois oui, parfois non. Je me suis souvent voilé la face, refusant de voir ce qui m'attendait. Mais aujourd'hui, quand je regarde Clark, je suis sereine. Cette chaleur, ce regard bienveillant qu'il porte sur moi. Et surtout, sa tendresse, son immense tendresse...

Ses yeux commencent à s'embuer. Elle fait une pause avant de poursuivre :

— Mais je suis réaliste, je connais très bien ses défauts. Par exemple, il est tellement accaparé par son travail qu'il lui arrive de me négliger un peu. Parfois aussi, il a du mal à me suivre… et tu sais à quel point j'aime le changement… Et puis, il ronfle. Très fort !

— Mais toi aussi, maman.

— Oui mais lui, c'est une vraie turbine !

Elle éclate de rire et redevient sérieuse.

— En tout cas, une chose est certaine : je l'aime plus que tout au monde. Je ferais n'importe quoi pour lui. J'irais n'importe où pour être à ses côtés, je le soignerai s'il est malade (Dieu nous en préserve !). Et je sais, cette fois, c'est une certitude, qu'il ferait la même chose pour moi.

Ses mots résonnent au plus profond de mon être, avec une force à laquelle je ne m'attendais pas. Je me demande soudain si Tony et moi sommes vraiment faits l'un pour l'autre… Nous sommes tous deux tellement réticents à sacrifier un peu de notre façon de vivre. Mais je chasse rapidement ce doute… C'est ce moment que choisit le serveur pour nous apporter nos salades.

Dès qu'il a disparu, maman me demande :

— Est-ce que tu comprends ce que je viens de te dire ?

Je lis sur son visage combien elle a besoin de mon approbation. Et bien que, pour différentes raisons, je ne sois pas prête à tout avaler, je peux au moins essayer de considérer ses espoirs et ses rêves d'un œil plus indulgent.

— Oui, maman, je comprends. Et je suis heureuse pour toi. D'ailleurs, j'ai un tas d'idées en tête pour que ton troisième mariage soit inoubliable !

Puis je pars d'un éclat de rire et je finis ma phrase par une petite touche d'ironie :

— Parce que tu le sais aussi bien que moi, maman, ce qui compte, ce n'est pas tellement *qui* tu épouses… c'est *comment* !

Sur ces mots, nous attaquons le repas, et je lui fais toutes mes suggestions pour le grand jour. Nous sommes aussitôt sur la même longueur d'onde. Je comprends d'autant moins la vague d'émotion qui nous submerge une fois les assiettes débarrassées… Nous voilà à passer en revue quelques photos de mariées regardant l'objectif d'un air songeur, des images prises çà et là sous une fausse arcade ou un faux belvédère — du matériel à louer et à installer sur le lieu de son choix.

Je sens tout à coup, venu de je ne sais où, comme un grand vide. Une vague d'angoisse et de solitude, un besoin impératif de partager ma souffrance… Et avant que je ne réalise ce que je suis en train de faire, je déballe *tout* à ma mère. Oui, tout sur le départ de Tony et sur ma détresse… Après avoir versé quelques larmes et nous être posé des tas de questions sur le pourquoi de cette rupture — pour s'être plongée dans les bouquins spécialisés après chacune de ses liaisons, ma mère n'a pas son pareil pour analyser ce genre de comportement —, nous nous offrons en guise de dessert d'énormes tranches de gâteau au chocolat. Accompagnées de tonnes de crème glacée à la vanille…

— Tu veux savoir ce qui te manque ? me demande maman après avoir englouti la dernière bouchée.

Je la regarde sans bouger d'un cil, pressentant la venue d'une formule empreinte de sagesse.

— Des repères.

De vous à moi : il y a des maladies que seules quelques mèches blondes peuvent guérir.

Je dois l'admettre, être d'accord avec ma mère n'est pas mon fort. Mais là, il est clair qu'elle a raison…

Et comme je ne sais absolument pas comment retrouver mes repères, je décide de faire ce que j'ai toujours fait pendant la Période Pré-Tony (c'était le temps où je me teignais régulièrement les cheveux). J'appelle Sebastian, un vieux copain. Mon coiffeur.

— Emma, quelle surprise ! dit-il avec un brin de retenue dans la voix.

Ça, c'est le problème quand on copine avec la personne qui finit par devenir le responsable de vos cheveux. Elle s'attend à ce que vous vous preniez d'amitié avec elle, alors que tout ce dont vous avez besoin, c'est de quelques mèches blondes… Comme je n'ai pas parlé à Sebastian depuis plus de six mois, il faut d'abord que je l'invite à boire un pot pour désamorcer tout risque de conflit.

— Emma, je ne peux pas. Je ne bois plus. Un thé peut-être ? dit-il en me suggérant le nom d'un tripot mal famé de la 3e Rue Ouest.

Il me propose de nous rencontrer là-bas le lendemain soir.

Le couplet sur la sobriété aurait dû me mettre la puce à l'oreille, mais j'étais tellement focalisée sur ma future transformation que ça ne m'a pas frappée.

Après le boulot, je me rends donc à l'adresse indiquée, heureuse de renouer avec Sebastian et d'échanger des blagues marrantes sur les mâles new-yorkais et autres spécimens de la faune locale.

Quand j'ai fait la connaissance de Sebastian, il sortait avec un de mes copains de collège, Keith. Tous deux n'ont tenu ensemble qu'un semestre, mais cela a suffi à créer un lien entre Sebastian et moi. Je lui ai tenu la main pendant sa période de débâcle sentimentale, je l'ai aidé à noyer son chagrin dans l'alcool en maudissant tous les mâles de la terre, sauf lui bien entendu. Une fois terminé cet épisode de sa vie, Sebastian a commencé à me teindre les cheveux.

Nos relations ont été difficiles dès le départ, bien que mes cheveux n'en aient jamais souffert. Sebastian m'a fait essayer toutes les nuances de blond, quelques teintes de rouge, et même un *brun chocolat* très chaud qui, appliqué par ses soins, m'apparaissait un peu dangereux et très excitant.

C'est un artiste, mais comme tous les artistes, il est insaisissable. Il refusait que ses amis le payent… se plaignant ensuite d'être entouré de profiteurs ! Au point que j'ai été forcée de laisser de l'argent en douce sur son comptoir après avoir fait faire ma couleur, comme un amant laisse des cadeaux en secret à sa bien-aimée… Côté vie privée, il était selon les moments très ouvert ou très secret, de sorte que je n'ai jamais su si c'était ou non le moment de lui demander comment allaient ses amours (il fréquentait des garçons très sensuels, toujours splendides).

— Emma !

Il m'appelle et me fait signe de la main tandis que je repousse le rideau de velours pourpre qui sépare le bar du restaurant où Sebastian est assis. Je devrais dire *trône* car il ressemble vraiment à… une reine. Il a réussi à trouver un endroit qui lui ressemble, qui colle avec son look unique — un mélange de simplicité et d'exotisme. Au milieu des cadres dorés contenant des gravures représentant diverses herbes et plantes, Sebastian, avec ses épaisses boucles blondes et ses yeux d'asiate sur son visage de chérubin, a tout simplement l'air d'être chez lui !

Il m'étreint affectueusement, contrairement à son habitude d'embrasser sur les deux joues.

— Assieds-toi ! Tu ne trouves pas cet endroit fabuleux ? insiste Sebastian en m'observant avec un mélange de respect et d'inquiétude.

Chaque fois que je suis avec Sebastian, je me sens un peu mal à l'aise, comme lorsque je me trouve en présence d'une jolie femme. Je me dis que mes sourcils ont besoin d'être épilés ou qu'il est temps de changer de rouge à lèvres… Bref, je me sens — question féminité — toujours en état d'infériorité.

— Alors, comment vas-tu ? s'inquiète-t-il.

Nous sommes assis face à face. De gigantesques menus en tissu de couleur pourpre sont posés devant nous. C'est assez curieux.

— Très bien. Et toi ?

Je jette un coup d'œil sur lui par-dessus le menu.

— Tu as l'air… détendu.

— C'est vrai ? Oh, j'ai tellement de choses à te raconter.

— Puis-je prendre votre commande ?

Je tourne la tête et me retrouve nez à nez — si j'ose dire — avec un nombril orné d'un très joli piercing et un jean taille basse. La serveuse, une fille longue et mince, a sur le visage une expression d'ennui qui en dit long sur l'intérêt qu'elle nous porte. Elle est plantée là, et elle attend. Elle semble épuisée, et je remarque sur le dos de sa main un faux tatouage décoloré, qui vient probablement d'un club de l'East Village. Si elle ne nous avait pas posé de question, j'aurais pu m'attendre à ce qu'elle s'étende sur le banc, là, près de nous.

— Pour moi, ce sera un Darjeeling, dit Sebastian.

Je présume qu'il s'agit de thé… Si j'en crois le menu, ils manquent cruellement de boissons caféinées dans cette maison ! Je commande donc une camomille.

— Alors raconte, je t'en supplie, raconte-moi ! Comment ça va ? Et Tony, il va bien ? me demande Sebastian en s'adossant confortablement à ses coussins.

— Je vais bien. Tony… est parti.

— Parti ? Mais…

— On lui a proposé un boulot, il est parti sur la côte Ouest.

— Ça alors !

Sebastian a l'air peiné pour moi.

— Oui, bon, on ne peut pas dire qu'il ne m'a pas prévenue.

— C'est le problème avec les hommes ambitieux, beaux et pleins de projets. Ils ont toujours mieux à faire que de rester avec nous.

Je prends mon verre d'eau et je trinque avec Sebastian.

— A la santé des tire-au-flanc !

— Oui, mais des tire-au-flanc qui ont des fonds de pension, rétorque Sebastian. Les hommes sans argent ne sont vraiment pas marrants !

— Alors ça, c'est bien vrai. Tu sais, j'ai pensé à une chose… Je pourrais me lancer dans la coiffure pour hommes. Je dois juste apprendre le métier de coloriste ! Qu'en dis-tu, Sebastian ? Tu es d'accord ?

Je me force un peu à rire pour ne pas avoir l'air trop désespéré. J'ai besoin d'avoir les cheveux plus blonds, et Sebastian est le seul en qui j'aie confiance pour y arriver.

— Emma, attends. J'ai découvert que les cheveux colorés — même si la couleur est bien faite — ne peuvent pas résoudre tous les problèmes.

Là je commence vraiment à réaliser combien Sebastian a changé. La peur m'envahit, mais je m'efforce d'adopter un ton léger :

— Allez, raconte !

— Tu te souviens de John ? L'impossible John ?

— Ne me dis pas que vous vous êtes remis ensemble !

Je n'en crois pas mes oreilles. John est l'homme dont Sebastian a subi les frasques pendant près de trois ans. Acteur à ses heures, John était connu pour ses serments d'amour éternel à Sebastian juste avant de s'enfuir avec un quelconque assistant de production bien musclé ou un costumier de plateau.

— Non, pas du tout. Nous n'avons jamais vécu ensemble, en fait. John a un remplaçant, et c'est du sérieux.

Sebastian commence à fourrager dans son sac minuscule. Il prend son portefeuille et me tend une photo.

Là, je reçois un choc. C'est la photo d'une indienne souriante revêtue du costume traditionnel, bandeau sur le front. Non seulement c'est une *femme* — c'est-à-dire le genre de partenaire inimaginable pour Sebastian — mais en plus, elle n'a aucun des attributs que Sebastian apprécie chez une femme : pas de trace de rouge à lèvres, pas de décolleté, pas d'épilation des sourcils… Tout ça est d'un négligé ! C'est très inquiétant.

— Je te présente la femme qui m'a sauvé la vie, dit-il en souriant.

Je le regarde, perplexe.

— Je ne comprends pas.

— Emma, c'est extraordinaire ! Je suis complètement transformé !

— Ne me dis pas que tu t'es fait faire…

— Dieu m'en garde ! s'exclame-t-il en secouant la tête. Non, tu n'y es pas du tout. C'est mon gourou !

— Ton *gourou* ?

Il me sourit d'un air un peu indulgent, comme on sourit à un enfant qui a besoin d'éclaircissements.

— Commençons par le commencement ! J'ai rencontré John il y a environ deux mois, et tu ne peux pas savoir l'allure qu'il a. D'abord, il est complètement chauve.

— John ? dis-je un peu éberluée. Il a toujours adoré ses longs cheveux noirs.

— Je sais, *je sais*, insiste Sebastian.

Il a l'air un peu triste tout à coup, comme si la perte de ce garçon, si beau avec ses mèches noires, lui faisait encore mal, malgré la grande nouvelle qu'il doit m'annoncer. Mais il se reprend et poursuit :

— Il avait le visage serein, c'est à peine si je l'ai reconnu tellement il avait changé. Je dirais même qu'il est encore plus beau qu'avant. Tu imagines ! Je lui ai demandé ce qu'il devenait, et il a commencé à me dire que sa vie avait pris un tour nouveau. J'ai voulu en savoir plus, et il m'a dit qu'il était adepte d'une forme d'hindouisme… et qu'il était en formation pour devenir guérisseur.

— Dis donc ! Incroyable !

J'avale ma camomille d'un trait. J'aurais vraiment préféré autre chose, un Martini par exemple. Plus Sebastian parle, plus j'ai l'impression que mes projets de teinture vont tomber à l'eau. Mon Dieu, je viens de remarquer que lui aussi laisse pousser ses sourcils. Mauvais signe pour un homme que j'ai jadis vénéré pour sa recherche constante de la beauté.

— Et puis il m'a invité à une réunion. La première fois que j'ai accepté d'y aller, je dois avouer que j'avais une arrière-pensée, faire l'amour avec lui. Tu sais que, malgré ce qui nous a séparés, nous nous sommes toujours très bien entendus sur ce plan. Mais dès que j'ai franchi les portes du centre de guérison holistique, je suis devenu un autre homme. En l'espace de quelques semaines, j'ai suivi son parcours et maintenant, je suis presque devenu guérisseur moi-même. Ce sera bientôt officiel. J'ai même planifié un voyage en Inde l'automne prochain pour rencontrer le gourou. J'ai hâte de la voir !

Je suis effondrée. Il a l'air vraiment heureux. De quel droit pourrais-je gâcher sa joie en lui parlant égoïstement de mes petits problèmes ?

— Sebastian, mais c'est merveilleux !

— J'étais sûr que tu comprendrais, Emma. J'ai même failli t'appeler pour t'inviter à une réunion. Je suis convaincu que ça te ferait du bien à toi aussi.

Il pose sa tasse de thé et se penche en avant pour prendre mes mains dans les siennes.

Je dois admettre que je ressens une sorte de courant d'énergie bienfaisante au contact de ses doigts. Pourtant, je suis totalement hermétique à ce genre de choses…

Je reviens à mes moutons et tente un ultime plaidoyer en ma faveur, mi-sérieuse, mi-taquine.

— Bon, j'imagine qu'il est hors de question qu'un futur guérisseur me fasse quelques mèches blond cendré, n'est-ce pas ?

Il me sourit béatement et me lâche les mains.

— Oh, Emma, si tu savais comme ce monde me paraît loin à présent.

Il me fait un clin d'œil.

— Et puis d'abord, tu sais bien que je t'ai toujours préférée en blond doré !

De vous à moi : je prends contact avec la carriériste qui est en moi... mais elle est partie déjeuner.

Le lendemain, tandis que je compulse de vieilles notes pour essayer de rédiger un article sur les tendances actuelles de l'art floral, Marcy Keller, l'assistante de production et la commère de service, se glisse dans mon bureau et s'assied sur la chaise « visiteurs ».

— Alors, quoi de neuf, Emma ?

Je me mets immédiatement en état d'alerte. Quand Marcy Keller s'assied sur cette chaise, c'est a) parce qu'elle a une anecdote un peu juteuse à me raconter après avoir déjà fait le tour de tous les bureaux ou b) parce qu'elle a une anecdote un peu juteuse sur *moi* et qu'elle essaie de la vérifier sans en avoir l'air.

Un frisson me parcourt le dos. Ils savent. Ils ont appris ma brutale et récente rupture ! Mais comment ?

— Alors, Marcy, quel bon vent t'amène ?

Elle lève la tête et s'approche de moi. Ses yeux ressemblent à deux petites fentes derrière les énormes montures noires et carrées qu'elle porte sur son petit nez pointu qui ressemble à un crochet.

— Sandra est partie, me siffle-t-elle.

Puis elle chasse ses cheveux châtain foncé derrière l'oreille, se recule et croise les bras sur sa misérable poitrine pour juger de l'impact de ses paroles sur moi.

Je suis d'abord soulagée de ne pas être en cause, puis je réalise soudain le sens de ses paroles. Sandra est l'une des trois éditrices spécialisées qui règnent en maître chez *Bridal Best*, et elle vient tout simplement de renoncer à l'un des rares postes de direction auquel une rédactrice telle que moi peut aspirer. Maintenant je comprends mieux pourquoi j'ai été choisie pour apprendre cette nouvelle. Comme j'ai une expérience de rédactrice de quatre ans et le plus d'ancienneté, je suis la candidate idéale ! D'où la présence de Marcy… Je décide de ne pas lui donner satisfaction.

— Sandra part ?

Je m'adosse à ma chaise.

— C'est fou !

Puis je marque une pause pour faire monter la tension dramatique.

— Euh, moi qui pensais qu'elle finirait ses jours ici. Depuis combien de temps est-elle chez *Bridal Best* ? Cinq ans ? Six ?

— Sept ans et *demi*, dit Marcy excitée comme un pou devant les remous créés par le départ d'un des piliers de la boîte. J'ai entendu dire qu'elle a eu des mots avec Patricia. Tout est réglé, maintenant.

Là, il est clair qu'elle brode un peu. Notre éditrice en chef est une personne très posée qui n'élève jamais la voix, et probablement la dernière susceptible de déclencher une querelle. Le magazine *Bridal Best* est comme son enfant. Je me pose des questions sur cette prétendue joute qu'elle aurait eue avec Sandra, laquelle, soit dit en passant, n'a rien non plus d'une brute épaisse, même si le bruit court qu'elle a du tempérament.

— Ah bon ? Difficile à imaginer !

— Oui, mais tu connais Sandra. Quand les choses ne vont pas comme elle veut, elle peut devenir une vraie peste. Et justement, tout ne va pas comme elle veut depuis que son mari l'a quittée.

— Parce que son mari l'a *quittée* ?

Je suis sciée.

— Bien sûr, il y a six mois. Emma, comment se fait-il que vous ne le sachiez pas ?

Je trouve que le moment est venu de remettre Marcy à sa place.

— Eh bien, en général j'ai beaucoup trop de boulot pour avoir le temps d'écouter tous les potins.

Marcy accuse le coup et commence à faire marche arrière. Constatant que sa façon de faire ne la mènera nulle part avec moi, elle change de tactique…

— Oui, c'est vrai que vous travaillez beaucoup. Je vous ai même déjà vue plusieurs fois rester au bureau assez tard.

— Oui, bon, très rarement. Quand j'ai des délais à tenir.

Je n'aimerais pas qu'on pense que je suis l'une de ces dévouées à l'Entreprise, dont certaines ont abandonné leur vie, leurs rêves et apparemment — dans le cas de Sandra — même leur mari juste pour sortir un mensuel destiné à redorer le blason du mariage.

— Non, vous travaillez dur, proteste-t-elle en me regardant fixement.

Je remarque pour la première fois que ses yeux sont gris derrière leur épaisse couche d'eye-liner.

— J'ai lu votre article : « Le syndrome Cendrillon : comment trouver chaussure à son pied pour le jour du mariage. » C'était formidable.

Un point pour elle.

— Merci, c'est gentil. J'ai beaucoup aimé rédiger cet article.

— J'ai *adoré* la façon dont vous décrivez l'angoisse des jeunes filles pour trouver une chaussure à la fois confortable et agréable à regarder. Et puis, aborder le sujet sous l'angle du conte de fées, c'est vraiment une *trouvaille*. La première phrase, c'était quoi déjà ?

Le dos calé contre le dossier de ma chaise, et avec un sentiment de fierté un peu gênant, je cite la fameuse phrase :

— « *Maintenant que vous avez trouvé votre prince charmant, il est temps de trouver chaussure à votre pied.*

La cérémonie du mariage est longue… ne la rendez pas douloureuse ! »

— Oui, c'est bien ça ! s'exclame Marcy en se redressant sur son siège. Cette phrase fait vraiment peur.

— Merci, Marcy. Vous savez, j'étais loin de penser que vous lisiez vraiment le magazine.

— Vous plaisantez ? Emma, vous rédigez bien, vous avez vraiment du talent. Depuis combien de temps êtes-vous ici déjà ? Trois ans et demi ?

— Très exactement quatre ans et deux mois la semaine prochaine.

— Eh bien, dites-moi ! Ce n'est pas rien… Vous savez que vous avez le profil idéal pour occuper ce poste.

— C'est gentil à vous mais…

— De toutes les rédactrices, c'est vous qui avez le plus d'ancienneté.

— Je sais, mais ça ne veut pas dire…

— Et *tout le monde* sait que vous êtes celle qui rédige le mieux, conclut-elle avec une lueur de satisfaction dans les yeux.

Elle a gardé l'argument choc pour la fin…

— Vous croyez ?

— Emma, pourquoi jouer les modestes avec *moi* ? Je pensais juste que vous seriez intéressée par ce poste. Parce que *vous* êtes la meilleure candidate, tout simplement.

— Eh bien, maintenant que vous me le dites, j'avais l'intention de parler à Caroline des possibilités de promotion dans la société.

C'est vrai, l'idée d'aller voir ma patronne pour parler de mon avenir m'a vaguement traversé l'esprit récemment. Je m'imaginais entrant dans son bureau avec un discours tout préparé, pour finir par des propos agressifs sous prétexte que personne ne reconnaissait mon immense talent. C'est ce qui m'a toujours empêchée d'aborder le sujet avec Caroline. Mais à présent, il semblerait — du moins si j'en crois Marcy — que tout le monde ici m'apprécie.

— Vous devriez lui parler.

— C'est-à-dire, je lui en toucherai peut-être un mot la semaine prochaine. J'ai d'abord un article à finir, et un autre en chantier…

— A votre place, je n'attendrais pas *trop* longtemps, m'avertit Marcy.

Puis elle se lève pour porter l'estocade :

— Vous ne voudriez quand même pas que quelqu'un d'*autre* vous coiffe au poteau !

Encore un point pour elle.

— C'est vrai, vous avez raison.

Je scrute son visage pour y déceler ne serait-ce qu'une once de bienveillance, et j'y vois *quelque chose* qui ressemble à de la sympathie et à de la bonne volonté. Mais il est un peu tôt pour en être sûre.

— OK, je vais lui parler. Lundi matin à la première heure. Elle pourra peut-être me conseiller sur la façon d'aborder Patricia.

La seule pensée de parler de ma fonction à la rédactrice en chef me noue l'estomac. Patricia sait-elle seulement que j'existe ? Mais il faut bien en passer par là.

C'est en voyant le sourire triomphant de Marcy — qui bredouille quelques vagues excuses avant de se ruer hors de mon bureau — que je comprends enfin que j'ai été le dindon de la farce. Marcy va se précipiter sur la première venue digne de prêter oreille à ses commérages pour lui annoncer qu'Emma Carter en a assez d'être une obscure rédactrice. Et qu'elle se présentera sur la ligne de départ pour obtenir la plus haute promotion à laquelle une fille ne fantasmant pas sur le mariage puisse aspirer au sein de la société.

— Mon Dieu ! Qu'est-ce que j'ai fait !

Je me mets aussitôt à la recherche de Rebecca. J'espère

qu'elle pourra me donner son point de vue sur ce qui vient de se passer. Je me faufile dans son bureau. Rebecca est absorbée dans la frappe d'un texte.

— Coucou !

— Salut ! dit-elle en détournant les yeux de son écran.

— Je ne te dérange pas au moins ?

Elle a l'air si concentrée sur son travail…

Je réalise tout à coup que je tombe un peu comme un cheveu sur la soupe. Pas sympa de déranger une copine.

— Non, pas du tout. Je veux juste terminer cet article avant le déjeuner.

Elle sauvegarde le document et se tourne vers moi.

Elle veut finir avant midi ! Depuis quand Rebecca est-elle si pressée ? Bon, pas le moment de chercher une réponse. Je vais droit au but.

— Tu as entendu parler de Sandra ?

— Oui, bien sûr. Marcy a déjà fait la tournée des bureaux.

— Je crois que je vais me présenter pour le poste.

Elle hésite un bref instant, mais suffisamment longtemps pour que je voie l'expression de surprise sur son visage.

— Tu penses que je ne devrais pas ? dis-je, subitement sur la défensive.

Pourquoi Rebecca pense-t-elle que je n'ai pas le profil du poste ? Et puis après tout, est-ce bien à elle d'en juger ? Elle n'est là que depuis un an et demi.

— Non, ce n'est pas ça. Vas-y, fonce, si c'est vraiment ce que tu veux.

— Bien sûr que je le veux ! Que veux-tu que je fasse ? Que je reste encore quatre ans au même poste, avec ce salaire de misère ? Ce genre d'occasion ne se présente pas tous les jours… Tiens, regarde Sandra, il lui a fallu sept ans et demi pour avoir le poste !

— Exact.

Elle soupire.

— Les choses ont changé pour elle depuis le départ de son mari.

— Oui, j'ai déjà entendu ça quelque part. Ils ne sont mariés que depuis deux ans. Tu ne trouves pas ça dingue ?

— Si. J'ai toujours cru qu'elle et Roger étaient faits pour s'entendre.

— Parce que tu le connais ?

— Eh bien, euh, Sandra m'a invitée à dîner avec Nash il y a un an environ. Il y avait aussi Sarah Lawrence, qui a eu son diplôme quelques années avant moi. Elle devait penser que nous avions plein de points communs. La soirée a été très agréable. Sandra est très simple, quand on apprend à la connaître.

— Oui, je vois...

Je suis atterrée par ce que je viens d'apprendre. Jamais je n'aurais cru que Rebecca et Sandra puissent être amies. Du coup, mes soupçons sur Rebecca resurgissent. Quels liens a-t-elle exactement avec tout ce petit monde ? Je n'ai pas à attendre bien longtemps pour avoir la réponse.

— Si tu penses que c'est là ta voie, tu dois postuler, Emma.

Puis elle baisse les yeux un instant, contemple ses mains agrippées à sa cuisse.

— Mais je veux jouer franc-jeu avec toi. Sache que j'ai déjà posé ma candidature.

De vous à moi : la carriériste qui est en moi a déclaré forfait.

— Mais pour qui se prend-elle, celle-là ? fulmine Alyssa, le front plissé d'indignation.

Elle est assise en face de moi, dans ce restaurant à peine éclairé. Nous nous sommes donné rendez-vous pour dîner au *Bar Six*, un de nos repaires favoris dans le West Village. Jade doit nous rejoindre, mais comme d'habitude, elle est en retard. Nous avons pris place au bar — pour que Jade puisse se fumer une petite cigarette en arrivant —, attablées devant deux Cosmopolitan. Je suis en train de déballer à Alyssa tous les détails sordides de ma découverte : je suis en concurrence avec Rebecca !

— Elle n'a même pas tenu compte de l'ancienneté. Et puis cette bonne vieille Sandra lui a sûrement donné tous les tuyaux pour avoir le poste sans faire le moindre effort...

Je reprends une gorgée de Cosmopolitan. Il faut que je me calme, que je fasse disparaître cette douleur qui m'élance derrière les yeux.

— Pourquoi faut-il que ce genre d'histoire m'arrive toujours, à moi ?

— Quel genre d'histoire ? demande Jade qui vient d'arriver pour m'entendre ronchonner.

Elle se penche pour nous embrasser avant de se laisser tomber sur sa chaise.

— Figure-toi que Rebecca est en concurrence avec Emma pour un poste d'éditrice senior spécialisée chez *Bridal Best*, l'informe Alyssa.

Jade se tourne vers moi et me lance :

— Parce que *tu* te présentes à ce poste ?

Je bondis sur mes pieds et lui réponds d'un ton agressif :

— Parfaitement ! Et je ne vois pas en quoi c'est si difficile à croire. Je travaille pour la société depuis quatre ans... et j'estime que je m'en tire très bien. Tiens, pas plus tard qu'hier, ma patronne m'a demandé d'écrire un article sur le type de lingerie à porter sous la robe. Et j'ai été particulièrement inspirée pour le titre : « Les Dessous du mariage ».

Je me rassieds, à bout de souffle. Jade a changé d'expression. Elle a le regard vide.

— Oui... c'est bien trouvé, dit-elle en allumant une cigarette.

Le serveur s'approche pour prendre la commande. Il est

jeune et pas mal du tout, comme la plupart des serveurs du Bar Six, avec un look vaguement méditerranéen. Jade lui sort son œillade favorite… Je rentre dans ma coquille pour bouder.

Je sais ce que Jade a en tête. Elle se demande pourquoi je me jette tout à coup corps et âme dans cette compétition, pourquoi je mets dans la balance mes compétences et l'estime que j'ai de moi, tout ça pour une carrière dont je me fichais comme de l'an quarante il y a seulement quelques jours… Mais elle a tort. Elle ignore que pendant ma Période Tony, mon rôle au sein de *Bridal Best* a pris une importance considérable. C'est toute ma raison d'être. Personne ne le sait, à part Tony bien sûr. Lui était admiratif : j'étais une des rares veinardes à avoir dégoté un job de rédactrice à plein temps, alors que lui devait se taper à peu près tous les petits boulots — servir au bar ou promener des chiens — pour se faire quelques dollars et pouvoir continuer à pratiquer son « art ». Ce Tony qui m'admirait tellement n'a, entre parenthèses, même pas pris la peine de m'appeler pour me dire qu'il se lançait dans une nouvelle vie sans moi !

Quand je refais surface, j'entends Alyssa exposer calmement les raisons pour lesquelles je suis infiniment plus qualifiée pour le poste que Rebecca. Cette chère vieille Alyssa, ça c'est une copine. Je peux toujours compter sur elle quand je me berce d'illusions. Avec Jade, c'est différent. Elle est un peu plus compliquée…

— Bon, d'accord ! Je comprends ton point de vue, affirme Jade tandis que le serveur arrive avec un nouveau Cosmopolitan et le dépose avec précaution devant elle.

Elle l'attrape par le bras, puis nous regarde l'air de dire : « Regardez qui vient dîner ».

Il réussit à échapper à l'examen critique de ma copine. A mon avis, ce n'est que partie remise !

Jade lève son verre, et nous l'imitons.

— Bon, si nous devons soutenir cette candidature et dégoter cette promotion, au moins, faisons-le bien ! Je bois aux nouvelles fonctions d'Emma, à la santé de la Reine de l'Edition !

Nous interrompons net notre geste, le verre à demi levé. Alyssa décoche à Jade un sourire où l'on peut lire une pointe d'exaspération.

— OK, j'arrête, lance Jade. Portons un autre toast… là, je suis sûre que vous me suivrez !

Elle me lance un regard incisif.

— A notre serveur ! Il est suffisamment beau mec pour que je garde encore l'espoir de refaire l'amour un jour !

Nous trinquons. Alyssa a retrouvé son sourire. Quant à moi, je suis soulagée que nous ayons changé de sujet. Le nouveau n'a vraiment rien à voir avec ma susceptibilité soudaine concernant ma future carrière ! Jade a horreur que je me fasse des illusions, mais elle sait quand même battre en retraite quand il le faut.

— Et toi, que deviens-tu ? demande Alyssa à Jade. Emma m'a dit que tu as rencontré un mec super. Ted, c'est bien ça ?

— Oui, c'est ça, dit Jade en soupirant.

Puis elle hausse les épaules.

— … J'imagine qu'Emma a oublié de te dire que le Ted en question avait brusquement disparu de la surface du globe…

— Que s'est-il passé ?

— Que veux-tu que je te dise ? Il n'a pas appelé, c'est tout.

Elle jette sa cigarette qu'elle écrase sous le pied, avec un nouveau haussement d'épaules.

Bien qu'elle fasse beaucoup d'efforts pour ne pas le montrer, j'ai bien vu dans son regard que cet échec l'a blessée au plus profond d'elle-même. Sans doute parce que Ted est pour elle le seul homme qui ait disparu dans cette gigantesque nébuleuse des *Hommes qui n'appellent plus*. C'est le genre de vide qui vous démolit une femme. Rien à voir avec la souffrance d'une rupture, mais un lancinant « Pourquoi ? ».

Généralement, ce genre de question se retourne contre la femme, pas contre le coupable. « Je suis sûrement trop grosse, ou trop ennuyeuse, trop fauchée, trop sûre de moi, trop angoissée, trop agressive, trop passive, trop heureuse ou trop déprimée… » C'est bizarre, ce genre de remise en cause n'est pas du tout le style de Jade. Ce serait plutôt le mien. Mais il faut croire que même les plus solides peuvent devenir fragiles quand elles sont confrontées à ces soudains silences, bien pires qu'une rupture orageuse. Elle a peut-être besoin qu'on lui rappelle que Ted la Terreur n'est pas si terrible que ça !

— J'ai lu quelque part que la taille du muscle est inversement proportionnelle au volume du cerveau. Tu m'as bien dit que, question muscle, Ted est pas mal équipé ?

Jade se force à sourire.

— D'accord, je sais ce que tu essaies de faire. Mais non, j'ai dit que Ted n'avait pas un gramme de graisse. Comme tous les surfeurs, d'ailleurs. Oh ! et puis ce n'est pas le problème !

— Mais alors, c'est quoi le problème ? s'inquiète Alyssa.

Elle voit bien elle aussi que Jade est mal dans sa peau.

— Je croyais que nous avions vraiment des points communs. Nous aimons la même musique, il va dans les mêmes clubs que moi. Il adore même Simply Red. Et Simply Red, vous savez ce que j'en pense…

— Oui, mais vous n'êtes sortis qu'une fois ensemble, note Alyssa avec sa logique habituelle.

— C'est vrai, mais c'était tellement génial ! Ça n'arrive pas si souvent…

Là, elle marque un point. Je sais très bien que, dans une ville aussi immense que New York — où tout contact avec le sexe opposé est phagocyté par le temps, la circulation et tous les autres obstacles qui vous empêchent de faire des travaux d'approche —, passer ne serait-ce qu'une soirée en phase avec quelqu'un, c'est déjà beaucoup ! C'est d'ailleurs pour ça que la perte de Tony, après deux années de complicité, de partage — de la brosse à dents aux échanges affectifs —, prend pour moi des allures de désastre.

— Ce sont tous des salauds sans cœur !

— Oui, mais si je veux avoir des chances de refaire l'amour un jour, il va falloir que j'apprenne à en garder un suffisamment longtemps.

— Je me demande si tu ne te focalises pas trop sur l'objectif, dit Alyssa. Tu devrais peut-être avoir une approche un peu plus zen…

Facile à dire quand on a un homme objet à demeure ! Difficile pourtant d'imaginer Richard en homme objet avec ses costumes sombres et ses mocassins à pompons. N'allez pas imaginer des choses, mais avec son allure de playboy et son corps d'athlète, il est franchement à croquer…

Richard est le genre d'homme que les femmes rêvent d'épouser. Il ne leur viendrait pas à l'idée de jouer avec lui à Tarzan et Jane dans une chambre de motel de Disneyland… Mais Jade vous dira que je ne connais pas assez les hommes…

— Tant qu'il y a de la vie, il y a de l'espoir, dit Alyssa.

— Vraiment ? rétorque Jade, qui commence à s'énerver. Parlons-en ! Ça fait très exactement six semaines et quatre jours que je n'ai pas fait l'amour… et je ne compte pas Carl parce que lui, à part les préliminaires ! Et toi, quand as-tu couché avec Richard la dernière fois ? Si tu me dis que c'était hier, comment veux-tu que je ne sois pas jalouse…

Alyssa, qui a baissé les yeux, regarde fixement son verre et répond :

— Il y a trois mois.

— Quoi ?

Alyssa relève la tête et nous regarde. Elle soupire :

— Bon, ce n'est pas tout à fait vrai, nous avons fait l'amour il y a trois semaines. Mais autant oublier cette fois-là… Rien que des gestes, aucun sentiment. Comme si nous lâchions simplement la pression après une dure journée de travail…

— Qu'est-ce qui ne va pas entre vous ? s'enquiert Jade.

— Je l'ignore. Depuis quelques mois, nos rapports ne sont plus les mêmes. Les hauts et les bas classiques dans un couple, je suppose.

— C'est peut-être que vous vous encroûtez, dis-je, cherchant désespérément une bonne raison pour expliquer que ces deux-là ne s'entendent plus, alors qu'ils étaient pour moi les deux dernières personnes au monde dont je sois sûre qu'ils étaient faits l'un pour l'autre.

— Peut-être que Richard essaye de créer un partenariat ? Tu sais, il a une pression énorme au boulot. Quant à toi, tu travailles sur le même procès depuis pas mal de temps…

— C'est possible. Mais c'est comme si on ne se *voyait* plus l'un l'autre. J'ai l'impression d'être une copine de chambrée. Une fille avec laquelle il partage les corvées ménagères.

— Eh bien, il est temps de te secouer pour que ça change ! s'exclame Jade. Fais quelque chose pour lui rappeler qu'il vit avec une femme belle et intelligente que tous les mecs ont envie de lui piquer…

Tout à coup, elle est prise d'une inspiration :

— Il faut que tu lui fasses croire qu'il y a quelqu'un d'autre, un concurrent sérieux. Oui, c'est ça. Fais-le douter !

Alyssa me regarde aussitôt avec un sourire coupable, et je ne peux m'empêcher de sourire à mon tour. Je pense à son vétérinaire… J'imagine cet homme, qui passe probablement une bonne partie de ses journées à éviter les crottes de chiens, entrer en concurrence avec Richard, un avocat d'affaires renommé qui pourrait n'en faire qu'une bouchée !

— Pourquoi souriez-vous ? demande Jade, soupçonneuse.

Je regarde Alyssa. C'est à elle de tout dire.

— Eh bien, la vérité, c'est que... j'ai *déjà* rencontré quelqu'un d'autre.

— Tu te fiches de moi, dit Jade.

Elle doit se demander, comme je l'ai fait, quel est le secret d'Alyssa pour garder les hommes, quelle que soit la situation.

— C'est qui ? Et surtout, *comment* l'as-tu rencontré ?

— D'abord, promets-moi de ne pas rire, dit Alyssa en regardant Jade droit dans les yeux.

— Rire, moi ? Certainement pas. Si tu as une méthode à m'apprendre, au contraire, ça m'intéresse.

— Bon, d'accord. Encore que je ne sois pas certaine que cette méthode te convienne ! Il faut avoir un animal de compagnie...

Alyssa fait une pause, me jette un regard pour se rassurer.

— Voilà. Lulu, ma chienne, n'était pas très bien ces derniers temps, je l'ai donc emmenée chez le véto. Là j'ai appris qu'il avait pris sa retraite et cédé son cabinet à un nouveau véto, jeune et... superbe.

— Tu couches avec le vétérinaire de Lulu !

— Mais non !

Alyssa et moi avons poussé ce cri « comme un seul homme »...

Il est clair que la véhémence avec laquelle j'ai repoussé l'idée de Jade prouve à quel point il est important pour moi qu'Alyssa ne fasse rien qui puisse mettre en danger son couple.

— Alors où en êtes-vous ? A échanger des tuyaux sur les bains antipuces ?

— En fait, il ne se passe *pas grand-chose*. C'est juste...

— Elle a le béguin pour lui. Tu sais, un amour d'adolescente...

— Je ne sais pas si c'est juste une lubie, proteste Alyssa.

C'est exactement ce que tu nous as dit éprouver pour Ted, Jade. Je me sens vraiment *en phase* avec lui.

— Oh ! Tu sais, Alyssa, moi, ce que j'en dis...

— Jade, je suis désolée. Je n'avais pas l'intention de...

— Ecoute, je n'ai pas besoin d'excuses, d'accord ? rétorque Jade. Tu dois te concentrer sur une seule chose : qu'est-ce que ce ramasseur de crottes de chiens représente pour toi exactement ? Est-il simplement mignon ? Ou si important à tes yeux que tu prennes le risque de perdre Richard ?

Pas de réponse.

Je regarde Alyssa.

— Eh, Alyssa !

Jade allume une cigarette et prend une pose très « moi, je suis blasée de ces histoires de couples ». Elle se comporte comme ça depuis que Michael a anéanti tous ses rêves de romantisme.

— Eh bien, ma petite, si ce mec est si important pour toi, alors vas-y !

J'interviens :

— Jade, ne l'encourage pas dans cette voie !

Mais Jade se penche vers nous et dit tout bas :

— Mais quoi que tu fasses, évite son bureau. Je vois d'ici l'ambiance, au milieu des garnitures et des antiseptiques... Très romantique !

Alyssa porte son verre à sa bouche pour qu'on ne la voie pas sourire...

Voilà un sourire qui en dit long. A mon avis, elle a l'intention de faire tout ce que Jade lui a dit. Avec un homme qui jusqu'à présent n'a d'autre mérite que d'avoir guéri Lulu de son mal de ventre !

Regardons les choses en face ; il y a vraiment un problème entre Alyssa et Richard. Quant à Jade, dont j'ai vu le visage s'éclairer lorsque notre beau serveur a réapparu, elle est passée du stade de Femme Partiellement Insatisfaite à celui de Femme Totalement Insatisfaite…

Et bien sûr, il y a moi, qui n'ai pas l'ombre d'un espoir de convaincre l'homme que j'aime d'avoir fait une énorme bêtise en partant sans moi à l'autre bout du pays. Moi qui n'ai encore reçu aucun appel de ce sombre crétin… Il ne doit pas avoir le temps ne serait-ce que de me dire bonjour !

La question qui reste ancrée au plus profond de moi resurgit aujourd'hui tout à coup. Elle me hante l'esprit, me taraude.

— Quel avenir avions-nous tous les deux ?

De vous à moi : c'est certain, la situation risque d'empirer.

La soirée s'est terminée comme prévu (pour Jade !) : encouragée par Alyssa, elle a réussi à obtenir le numéro de téléphone de notre serveur.

Hier, je me suis réveillée bien décidée à « casser la baraque » chez *Bridal Best*. Peut-être grâce aux encouragements d'Alyssa, ou piquée au vif par l'incrédulité totale de Jade concernant ma décision. J'ai fini par passer une partie de mon dimanche à préparer un topo que je devais présenter le lendemain à Caroline. Et je me suis offert une petite séance de manucure pour avoir un look nettement plus professionnel…

Ce matin, je sors de mon placard la seule chose qui ressemble à un tailleur — un pantalon noir qui ne jure pas trop à côté du seul et unique blazer noir de ma garde-robe, et un chemisier blanc qui est juste un petit peu moins ordinaire que tous mes T-shirts. Et me voilà partie rejoindre ces vénérables bureaux du centre-ville où mon destin m'attend…

J'ai l'intention de parler de ma décision à Caroline et d'obtenir son accord pour passer à l'étape suivante :

persuader le pouvoir en place de *Bridal Best* que non seulement je suis la meilleure candidate au poste à pourvoir, mais qu'en plus j'ai fait mienne la devise du journal : « Le mariage ou la mort ».

A peine arrivée, je me dirige vers mon bureau, le regard braqué droit devant moi pour ne pas voir les éventuels haussements de sourcils de collègues étonnées de me voir dans cette tenue de cadre sup.

— Croise les doigts et fonce ! m'a dit Alyssa samedi juste après le dîner, en me prenant dans ses bras. Tout ce que tu as à faire, c'est leur montrer combien tu es sûre de tes compétences pour ce job.

Je m'assieds à mon bureau pour répéter mon discours faussement improvisé, mais tout ce que je suis capable de faire, c'est de penser à Sandra et à Rebecca. Je les imagine assises côte à côte au cours de ce déjeuner, Sandra expliquant à sa protégée quelle est la voie la plus sûre pour obtenir le poste. Comment lutter contre cette concurrence déloyale ? Tout le monde sait que, dans ce milieu, c'est magouilles et compagnie… Les postes les plus recherchés sont réservés à une élite carriériste et manipulatrice, si douée pour faire sa promo auprès de ses supérieurs que le pouvoir en place — soucieux de sa descendance — met tout en œuvre pour lui faciliter l'accès aux plus hautes sphères.

On pourrait objecter que Rebecca, avec son petit ami si parfait, son nez refait, ses petits corsages de soie si élégants et ses jupes au ras du genou ne ressemble pas du tout, même de loin, à Sandra qui a un look moins strict.

Mais je suis certaine à présent qu'il s'est créé un lien entre elles depuis que Rebecca est entrée dans la boîte. A la même époque, Sandra venait de rejoindre le peloton des jeunes mariés pleins d'avenir. Elle a dû jeter un œil attendri sur Rebecca, avec sa collection de diplômes et son jeune loup de petit ami. Elle a retrouvé en elle les mêmes aspirations.

Après tout, Sandra venait tout juste de dénicher depuis quelques mois son mari, à la santé financière assurée, et son duplex dans l'Upper East Side. Je suis sûre qu'elle n'attendait que l'occasion, ce dîner avec Rebecca et son chevalier servant, pour sortir sa porcelaine Lenox qui l'a toujours fait fantasmer et qu'elle s'est offerte juste avant de marcher vers l'autel au bras de son malheureux époux.

Bien que Sandra vienne, pour je ne sais quelle raison, de rejoindre le clan des Divorcés Maudits, je sais que cette nuit-là, elle a partagé quelque chose avec Rebecca. Et que cette relation privilégiée n'a fait que croître et embellir puisque, à présent, Sandra a quitté son habit de « femme mariée épanouie » pour le léguer à celle qui lui succédera. Quelqu'un d'accompli, d'équilibré et de parfait comme… Rebecca.

Comment lutter contre cela ? Moi, avec mes escarpins éraflés, extirpés du fond de mon placard, et mon petit ami qui joue les Arlésiennes !

— Quelle élégance ! s'exclame Marcy Keller en passant la tête à la porte de mon bureau.

J'ai même droit à un clin d'œil complice.

Je suis — à mon corps défendant — touchée par son compliment, même venant d'une femme plus connue pour son opportunisme que pour son esprit de camaraderie. Je lui souris, et elle prend ce sourire pour une invitation à venir s'asseoir.

— Alors, vous avez fini par vous décider, n'est-ce pas ?

Elle parle tout bas et d'une voix rauque, comme si je m'apprêtais à tirer à la mitrailleuse sur mes collègues plutôt que d'aller demander une promotion à ma patronne.

Je réponds avec un brin de défi dans la voix (qui masque une trouille bleue !) :

— Moins on perd de temps, mieux c'est.

— Je suis bien d'accord. Surtout que Rebecca n'a pas

perdu de temps. Elle a déjà remis son CV et son dossier de candidature.

— Déjà ?

— Si je vous le dis…

Je jette un coup d'œil sur ma boîte d'archivage où j'ai fourré tout ce qui concerne ma carrière : coupures de presse et vieilles pubs pour la livraison de plats à domicile (c'est utile en période de vacances.)

— Vous croyez que je devrais rassembler quelques éléments avant d'aller voir Caroline ?

Elle pose son regard sur la pile de papiers, écarquille les yeux et fait un geste l'air de dire que je m'inquiète pour rien.

— Mais non, ça prendrait trop de temps. Le mieux, c'est d'aller la voir le plus vite possible et de lui annoncer que vous êtes intéressée par le poste. C'est seulement après que vous pourrez constituer votre dossier, quand vous irez voir Patricia.

Je commence à comprendre l'intérêt que j'ai de copiner avec Marcy. Cette fille, c'est une mine d'informations sur la façon de négocier une promotion. Je n'avais même pas *pensé* à rassembler mes articles de presse et à me constituer un dossier. Je supposais que Patricia, en tant que rédactrice en chef, connaissait tout de mes travaux.

— Je serais vous, je mettrais aussi des articles que vous avez écrits pour d'autres sociétés, poursuit Marcy comme si elle lisait dans mes pensées. Je crois que Rebecca a ajouté un tas de trucs qu'elle a faits avant, pour un journal professionnel.

Je commence à paniquer. Rebecca a d'autres articles. Mais moi, qu'est-ce que j'ai, à part quelques nouvelles inachevées et quelques poèmes autodestructeurs que j'ai écrits au cours d'une fête, après une rupture ?…

— Vous pensez à quoi exactement ?

— Vous savez, ces trucs que vous avez écrits en free-lance, ou pour un job précédent.

Puis Marcy se mord les lèvres en réalisant la situation.

— Que je suis bête ! C'est vrai que vous n'avez jamais travaillé *avant.*

Elle a raison. En dehors de mon job de serveuse et d'une série de petits travaux d'intérim qui n'ont débouché sur rien, à part des cals aux pieds et de la mauvaise fiction. Même mon illustre carrière chez *Bridal Best* est le fruit du hasard.

— Avez-vous déjà travaillé en free-lance ? demande Marcy.

Elle a l'air de prendre ma candidature à cœur. C'est assez bizarre, mais en même temps, ça m'encourage. J'ai peut-être tout faux sur son compte…

— Pas vraiment.

Mon moral retombe. Elle m'examine un instant, comme si elle jaugeait ma valeur et mes chances de promotion, puis elle hausse les épaules.

— Après tout, ça n'a pas vraiment d'importance. Rebecca n'a travaillé que pour un journal *professionnel.*

Elle plisse le nez, presque méprisante.

— On dirait qu'elle rejette l'idée de travailler pour un obscur journal qui finit par échouer quelque part au fond d'un bureau. Collaborer à un magazine distribué en bonne place dans les kiosques à journaux, c'est tout de même autre chose !

— Vous avez sans doute raison.

En fait, j'ai dit ça sans conviction. Marcy jette un coup d'œil sur sa montre.

— Bon, le devoir m'appelle. Allez-y, Emma. Vous les aurez !

Après avoir quitté mon bureau l'air joyeux, elle passe de nouveau la tête par la porte :

— J'allais oublier… *Bonne chance !*

Tu en auras bien besoin. C'est ça ? Elle ne l'a pas dit, mais en la regardant partir, je jurerais qu'elle l'a pensé.

De vous à moi : ma vie est devenue une sorte de* private joke... *que je suis la seule à ne pas comprendre.

Après avoir rassemblé le peu de courage qu'il me reste, je frappe à la porte du bureau de Caroline.

— Entrez !

Dieu merci, je dois d'abord « plancher » devant Caroline avant de défendre ma cause devant Patricia. Depuis mon arrivée chez *Bridal Best*, Caroline m'a prise sous son aile. Au tout début, quand j'ai fait mes premiers pas dans l'écriture, elle n'a cessé de me féliciter, de me pousser à briguer le poste que j'occupe maintenant.

J'entre dans son bureau, très clair et décoré de plantes vertes. Ses étagères débordent d'objets et de documents : une collection de poupées du monde entier, des photos d'elle et de Miles, son mari ainsi que de leurs trois enfants, mignons à croquer. Je suis heureuse de l'avoir pour patronne. Mais en m'asseyant face à elle, je repense à la théorie que j'ai bâtie sur les liens solides qui existent entre Sandra et Rebecca. Cette théorie ne tient pas la route en ce qui concerne Caroline et moi. Je ne suis pas, moi, une miniversion de Caroline. Je n'ai rien de commun avec elle. J'imagine son nid douillet dans le Connecticut, décoré d'œuvres artisanales faites de ses propres mains (elle est très douée pour ça), avec une odeur délicieuse de cookies à peine sortis du four. Je la vois glisser les cookies dans le sac-repas de ses enfants avant de les envoyer chacun rejoindre leur école privée chic. Elle a pris un soin tout particulier à sélectionner ces écoles, en fonction des talents personnels de chaque enfant. Quant à son mari, il semble sorti d'un moule très spécial. Je n'ai encore jamais rencontré un seul spécimen de ce genre. C'est un entrepreneur de travaux publics, toujours prêt à ajouter une nouvelle aile à leur maison déjà immense pour accueillir le petit dernier de la famille, Jamison...

Pourtant, je n'ai jamais été invitée dans cette maison, je n'ai jamais rencontré le mari ni les enfants. Mais Caroline m'a raconté de sa voix douce tellement d'histoires sur eux, sur les joies de la vie de famille… Aujourd'hui, elle attend son quatrième enfant, qui sera sûrement aussi parfait que les autres. Elle est plus épanouie et féminine que jamais dans sa robe de grossesse fleurie.

Tout le monde se demande comment elle fait pour revenir au bureau après chaque naissance, toujours prête à œuvrer pour le bien de *Bridal Best*.

Je suis confortablement assise sur la chaise placée près de son large bureau, couvert de documents soigneusement empilés.

— Je suis heureuse de vous voir.

Quelle que soit sa charge de travail, Caroline est toujours prête à vous recevoir et à vous écouter. Que vous soyez légitimement indignée parce qu'on n'a pas publié votre article, ou démoralisée pour des raisons qui n'ont rien à voir avec le travail… Qui ose parler ainsi de ses problèmes à un supérieur hiérarchique ?

Remarquez bien, je ne l'ai jamais fait. Je n'oserais jamais parler à quiconque au bureau de ma récente mésaventure avec Tony. Je suis censée faire de tels progrès dans ma vie que la prochaine étape est tout naturellement de décrocher une promotion. A-t-on jamais vu promouvoir au titre d'éditrice senior spécialisée, au sein du guide le plus complet du pays en matière de mariage, une petite éditrice mécontente et admise depuis peu à l'amicale des Nouveaux Largués ?

— Vous vouliez me dire quelque chose ? dis-je à Caroline, craignant soudain qu'elle ne me fasse remarquer de sa voix posée quelque chose comme « je m'aperçois que vous avez encore de sérieuses lacunes »…

— Non, rien de particulier. C'est simplement parce que nous n'avons pas eu l'occasion de parler depuis un bon moment, et je voulais savoir si tout allait bien. Vous savez, avec cette constante pression des délais à tenir, et cette vie trépidante, on oublie parfois de faire le point. Alors, comment allez-vous ?

— Bien, très bien, même.

Je m'attache à prendre le ton d'une femme responsable de sa vie, et prête à relever n'importe quel défi professionnel.

— Merveilleux !

Elle sourit et caresse doucement de la main son ventre arrondi.

— Et vous ? Vous allez bien, et votre bébé aussi ?

Elle se met à rire.

— Oh oui, je suis devenue experte en matière de bébés. Miles me dit toujours pour plaisanter que la maternité va certainement m'offrir une chemise de nuit avec mes initiales !

Mon regard tombe sur la photo de Miles. Avec sa peau bronzée et son sourire d'une blancheur éclatante, il a vraiment tout pour rendre une femme heureuse.

— Je parie que Miles et vous êtes aussi excités à l'idée d'avoir ce bébé que pour le premier.

Je réalise soudain que j'ai complètement oublié son nom. J'espère que ça ne va pas gâcher cet entretien cordial et si important pour moi. Il ne faut surtout pas que je lui donne l'impression d'être indifférente à ses enfants, qui représentent tout pour elle. Ce n'est pas que je n'en aie rien à faire, car ils ont plutôt l'air mignons, du moins sur les photos. Simplement, au rythme où elle va, j'ai du mal à suivre…

Heureusement, Caroline m'évite cette honte.

— Vous avez raison… Mais notre Sarah s'arrange toujours pour nous rappeler qui est l'aînée ! Elle a une telle façon de régenter son frère et sa sœur… je suis presque certaine que, plus tard, elle deviendra manager !

— C'est drôle que vous me parliez de ça…, dis-je en

sautant sur l'occasion qui m'est offerte d'aborder un autre sujet.

Je suis dans mes starting-blocks, prête à m'élancer et jaillir comme une fusée pour débiter mon petit speech : « Oui, je suis la plus intelligente, la plus raisonnable et la plus forte des candidates au poste d'éditrice senior... ». Mon Dieu, que c'est difficile !

— Comme vous le savez, dis-je en agrippant mes accoudoirs pour tenter de faire cesser le tremblement de mes mains, j'ai été nommée au poste d'éditrice il y a deux ans.

— Oui, et vous avez fait de l'excellent travail, dit Caroline avec un sourire.

— Merci.

Je me sens un peu plus rassurée, moins crispée.

— Pendant ces deux ans, j'ai beaucoup œuvré pour le journal. J'ai apporté de nouvelles idées d'articles, et je me suis impliquée de plus en plus dans la création de maquettes. J'ai même écrit la plus grande partie de l'article promotionnel sur notre tout dernier concours réservé aux abonnés.

— C'était parfait, Emma. Comme toujours.

Je lui réponds par un nouveau : « Merci ! », et je poursuis mon petit laïus sur un ton posé (alors qu'une petite voix intérieure n'arrête pas de crier : *Tout va bien, tout va bien !*) et assène le coup final :

— Je pense donc que mes compétences de rédactrice, ainsi que ma solide connaissance du journal acquise au cours des quatre dernières années, font de moi une excellente candidate pour le poste d'éditrice senior qui vient de se libérer.

Caroline change de visage, ses traits expriment la surprise, une surprise totale.

— Oh !

Oh ? Elle a bien dit : Oh ? Mon estomac se noue.

— Intéressant, murmure-t-elle.

Elle plisse le front en m'examinant. Qu'a-t-elle voulu dire par « *Intéressant* » ? Mon nouvel espoir s'écroule.

— Euh, je me demandais... C'est-à-dire, je veux, enfin, que faut-il que je fasse pour, euh, pour déposer ma candidature ?

Elle finit par sourire, retrouvant sa chaleur coutumière et m'insufflant de nouveau un peu de courage.

— Eh bien, la première chose à faire, c'est bien entendu d'en parler à Pat.

Elle a utilisé le diminutif de Patricia, un privilège réservé aux cadres, je suppose, car je ne l'ai jamais entendu dans la bouche de personne.

— Et vous me conseillez de faire un dossier pour Patricia, avec mes articles ?

J'ai dit ça en espérant qu'elle noterait que je suis très au fait de la marche à suivre...

— Bonne idée. Vous pouvez aussi mettre à jour votre CV, pour que Pat ait une vue d'ensemble de toute votre carrière.

C'est pas vrai ! Je me demande comment mon court passage chez *Good Grub* et mes petits boulots peuvent faire le poids face à l'expérience professionnelle de Rebecca (et encore, je ne connais pas tout de son CV)...

— Hmm. Oui. C'est une bonne idée.

Plus Caroline m'étudie, plus elle plisse le front. Après quelques minutes — une éternité pour moi —, elle finit par me dire :

— Emma, puisque vous parlez de trier vos articles et de mettre à jour votre CV, prenez donc le temps de faire le point. C'est une bonne occasion pour vous de voir le travail que vous avez accompli, d'analyser vos points forts et de réfléchir aux différentes possibilités qui s'offrent à vous.

Elle s'adosse à sa chaise et poursuit.

— Après tout, ce n'est pas tous les jours qu'on réfléchit à ce qu'on veut faire dans les années à venir.

Que dire ? Elle a raison. Si j'*avais* pris le temps de réfléchir à mon avenir, j'aurais compris que je n'ai vraiment aucun moyen de me battre contre Rebecca. Elle a bien trop d'expérience, et elle progresse de jour en jour. J'aurais aussi dû me rappeler qu'à trente et un ans, je suis toujours célibataire. J'aurais pu être la femme de Tony, mais je sais bien qu'il a programmé son départ depuis le premier jour de notre rencontre.

A quoi bon parler de tout ça à Caroline… Je me lève, je murmure quelques mots de remerciement et je quitte le bureau.

Mon Dieu, que peut-il encore m'arriver ?

Chapitre 4

« *Faire ou ne pas faire la fête, telle est la question.* »

Une rescapée des Weight Watchers.

De vous à moi : je ne suis pas aussi mince que je le croyais.

En retournant chez moi après le boulot, je réussis à me convaincre que j'ai parfaitement le droit de faire une fête à tout casser. Je m'arrête donc à la bodega du coin.

— Salut ! me crie Monsieur Sourire derrière son comptoir.

C'est Alyssa et moi qui l'avons baptisé ainsi parce que, malgré son statut de smicard de service, et bien qu'il soit exploité par sa propre famille qui dirige la bodega en franchise, c'est un homme sans rancœur aucune et absolument charmant, quelle que soit l'heure à laquelle vous débarquez (il travaille toute la nuit).

Je lui rends son bonjour d'un ton joyeux qui masque mon désespoir, et je me dirige tout droit vers le rayon « Sucreries » au fond de l'établissement. Je contemple les appétissantes photos de gâteaux de toutes sortes, avant de retourner un emballage de *Twinkies* pour vérifier le contenu en matière grasse, avec le vague espoir que l'absence de chocolat pourrait me sauver… Je réalise alors que, pour la première fois en deux ans, je suis sur le point de m'approcher *seule* de ce comptoir couvert de gâteaux à la crème. Pas de Tony à mon côté pour me délester des trois quarts de mon butin en me balançant une de ses vannes habituelles…

Oh ! Et puis zut ! Je prends un gros gâteau à la crème… puis des petits gâteaux, et dont la teneur en chocolat au centimètre carré est la plus élevée. J'ai l'impression que si je fais le plein de ces délicieuses friandises riches en matière grasse, j'arriverai à chasser tout sentiment de mal-être et je pourrai enfin me consacrer à ma future carrière chez *Bridal Best* et à mes projets d'avenir en général.

C'est alors qu'un accès de colère me prend, comme autrefois. Ce que Monsieur Sourire pense de mon régime alimentaire, franchement, qu'est-ce que j'en ai à faire ? me dis-je en attrapant d'un geste décidé un gâteau au café avant de passer au rayon suivant pour prendre un peu de crème surette et des chips oignon-pomme de terre. Mon problème, c'est que j'attache trop d'importance à ce que pensent les gens. Je ne parle pas de Caroline avec ses expressions énigmatiques (« Intéressant », ça veut dire quoi d'ailleurs ?). Et puis pour qui se prend-elle, pour la Reine du Monde ? Ce n'est pas parce qu'elle vit dans sa bulle parfaitement organisée au fin fond de sa banlieue qu'elle a le droit de me juger, me dis-je en saisissant au passage un pot de crème au chocolat dans les produits laitiers.

Puis je me dirige vers la caisse d'un air faussement désinvolte, et je déverse le tout sur le comptoir.

— C'est tout ? me demande Monsieur Sourire dont le visage s'épanouit au fur et à mesure qu'il découvre le produit de ma pêche.

— Oui, c'est tout, dis-je d'un ton ferme.

Et je reste stoïque en découvrant l'addition faramineuse qui tombe après que la caisse a enregistré tous mes articles.

— Au revoir ! Et bonne soirée, claironne Monsieur Sourire en réponse à mon merci un peu coincé.

En descendant la rue pour regagner mon studio, je tente

désespérément de chasser les souvenirs qui resurgissent : Tony et moi avions l'habitude de faire cette route la main dans la main. Nous admirions au passage ces magnifiques résidences, imaginant celle où nous aimerions vivre…

— Bonjour, voisine, me dit Béatrice en me tenant la porte du seul immeuble délabré du quartier.

Le mien !

— Salut, Béatrice, ça va ? dis-je par habitude, craignant déjà la réponse.

— Bien ! Mais ça irait beaucoup mieux si je n'avais pas mangé de *pastrami* au déjeuner. Depuis, j'ai un arrière-goût dans la bouche. Ce truc m'a flanqué une belle indigestion et je ne sais vraiment pas pourquoi. Voulez-vous que je vous dise, j'ai…

— Il y a du courrier aujourd'hui ? dis-je pour échapper à tous les détails sur sa digestion du *pastrami*.

— Bien sûr.

Elle me suit jusqu'à ma boîte et reste plantée près de moi, un peu trop près à mon goût. Je sors de la boîte un tas de courrier sans intérêt et des factures.

Elle jette un coup d'œil sur le catalogue de vêtements que je tiens à la main.

— Est-ce que vous avez trouvé quelque chose qui vous plaît dans le catalogue que je vous ai donné ?

Pour être franche, j'ai parcouru le catalogue du regard — sans doute poussée par la curiosité — avant de le balancer dans la première poubelle venue. J'avais envie de voir ce qu'achètent les femmes vieilles et solitaires. Une chose est sûre, je n'ai absolument pas l'intention de faire partie de ce monde-là. Dieu m'en garde !

— Non, je n'ai rien trouvé.

Je ferme ma boîte aux lettres, marquant un bref temps d'arrêt pour dire au revoir. Je suis sur le point de battre promptement en retraite quand Béatrice m'interpelle de nouveau.

— Ça me surprend. Je veux dire, c'est parfait pour des femmes comme nous. En général, je...

Je lui coupe la parole.

— C'est quoi exactement « des femmes comme nous » ?

Je sais que j'aurais mieux fait de ne rien dire, mais c'est parti tout seul ! Je dois savoir...

Ses yeux s'agrandissent derrière ses verres épais, sans doute parce que je la regarde avec insistance.

— Euh, c'est-à-dire, les femmes qui font du 44 ou plus. Les femmes fortes, comme on dit. Ce n'est pas facile pour nous de trouver des vêtements qui nous aillent bien et qui soient confortables en même temps. Tenez, personnellement...

Le sac de gâteaux me pèse à bout de bras. La voix de Béatrice s'éloigne tandis que je vois se dessiner dans ma tête une version plus large de moi-même... Beaucoup plus large. Celle que je réussis à me dissimuler à moi-même chaque matin en me regardant dans la glace.

Mes défenses reprennent le dessus.

— C'est très gentil à vous de penser à moi, Béa, mais je vous signale que je fais du 38.

Sur ce, je grimpe l'escalier laissant, j'en suis certaine, Béatrice contempler mon fessier devenu soudain énorme.

Mais une fois bien à l'abri dans mon appartement, je ne peux m'empêcher de penser à toutes ces jupes que j'ai reléguées dans le fond de mon placard ces derniers mois, parce que la fermeture à glissière était un peu trop serrée à mon goût. Et à tous ces gilets et ces tuniques qui les ont remplacées au premier rang pour essayer de cacher les bourrelets que j'ai à la taille.

Je me souviens tout à coup des nouveaux pantalons que j'ai achetés il y a deux mois... Je laisse tomber mon sac de friandises interdites et je me rue vers mon placard. Je me mets frénétiquement à la recherche du cintre où je les ai rangés, et je jette un coup d'œil à l'étiquette. Taille 40.

Je suis effondrée.

Je remets le cintre en place, j'enlève mon blazer et je me tourne de profil devant la glace. Pour la première fois apparemment, je remarque que mon ventre est légèrement proéminent, suffisamment en tout cas pour donner à mon pantalon un air avachi. J'ai l'air d'un sac.

Je m'écroule sur une chaise, fusillant du regard les gâteaux qui pointent le nez hors du sac comme s'ils étaient une incarnation du démon. Comment ai-je pu me laisser aller à ce point ?

Pour m'enfoncer un peu plus — si besoin était —, je repense à toutes ces fois où j'ai dit à quelqu'un que j'avais pris du poids… Je réalise avec horreur que, ces derniers mois, personne, absolument personne n'a démenti mes propos. Même pas ma mère. Ni mes copines, Alyssa et Jade. Même pas Rebecca qui, malgré les défauts que je viens de lui découvrir, m'a toujours lancé à tout bout de champ des « tu as l'air en forme », quelle que soit ma corpulence. Et ce qui est pire encore, Tony non plus ne m'a rien dit.

Les premiers mois de notre liaison, quand nous filions encore le parfait amour et que nous échangions nos premiers mots doux, il m'est arrivé de dire en plaisantant que j'avais pris quelques grammes superflus imputables à la douceur de vivre en couple avec lui. J'aurais dû voir que nos orgies de nourriture et de sexe n'ont jamais eu aucun effet sur la silhouette de Tony (*lui* a réussi je ne sais comment à garder la ligne…). Et chaque fois qu'il me sentait mal à l'aise, Tony me prenait dans ses bras et m'affirmait qu'il m'aimait de toute façon.

Puis je repense tout à coup à cet incident plus récent, il y a quelques semaines. Je m'évertuais à rentrer dans une minijupe pour assister à un festival de cinéma où un ami de Tony présentait un court-métrage. J'ai posé à Tony la question qui tue.

— Est-ce que ça me grossit ?

Tony s'est contenté de lever la tête de son magazine.

Tous ces signes, j'aurais dû les interpréter à temps. Maintenant, je me demande si ça n'a pas eu d'effet négatif sur ma relation avec Tony, vers la fin. Peut-être qu'il a envisagé de m'emmener avec lui à Los Angeles, mais qu'il a renoncé en réalisant que la femme qu'il avait aimée était devenue une candidate possible au titre de Miss Poids Lourd !

Et si j'étais devenue… totalement indésirable ?

Mon regard tombe sur le téléphone. C'est fou cette envie irrépressible que j'ai subitement de lui parler. J'ai besoin d'une confirmation… mais laquelle ? Qu'il m'a quittée parce qu'il ne voulait plus de moi ? Que s'il ne m'a toujours pas appelée — bien qu'il soit probablement bien installé à présent — c'est parce qu'il sort déjà avec une grande blonde genre fil de fer qui n'a même pas besoin de confier sa chevelure dorée à un coiffeur un peu déjanté ?

Je les imagine montant le grand escalier pour la première du film de Tony, elle s'appuyant à son bras, vêtue d'un de ces petits modèles à lanières que seuls les ascètes peuvent retirer en restant dignes. Je la déteste. Et lui encore plus.

J'appelle Alyssa.

— Pourquoi ne m'as-tu pas dit que je suis devenue grosse ?

— Quoi ?

— La femme qui est toujours fourrée près des boîtes aux lettres, tu sais, cette Béatrice, eh bien, elle vient juste de m'accuser d'être un membre du club des tailles 44 et plus…

— Sans blague ! Et depuis quand tiens-tu compte de l'avis d'une femme qui a une plaque métallique à la place du cerveau ?

— Tu crois que Tony m'a quittée parce qu'il a réalisé que s'il restait avec moi, il se retrouverait au bras d'une épouse au double menton, une de ces femmes au foyer habillées avec des sacs et qui ont tendance à se trouver toutes les excuses possibles et imaginables pour se remplir la panse ?

— Ecoute, Tony t'a quittée parce qu'il a trouvé un boulot sur la côte Ouest.

— Il aurait pu m'emmener.

— Tu ne voulais pas t'installer à Los Angeles.

— Alors là, tu n'y es pas du tout, Lys. La vérité, c'est qu'il ne me l'a jamais demandé !

J'entends d'ici le soupir d'Alyssa.

— Ecoute, si tu veux, tu peux venir avec moi à mon club de gym. J'ai des tas d'invitations que je n'ai même pas utilisées.

— Mon Dieu, tu te rends compte de ce que tu viens de me dire ? Tu viens de l'admettre… tu viens d'admettre que je suis trop grosse, toi aussi.

— Emma…

— Tu peux me le dire. Je sais encaisser…

— Bon sang, Emma, si seulement tu me laissais en placer une ! Je pense que tu es bien comme tu es. Le problème, c'est que *toi*, tu ne te plais pas. Et ça, c'est mauvais. Si je t'ai parlé de ce club de gym, c'est juste parce que, après une bonne séance d'exercices, je me sens toujours mieux. En plus, c'est bon pour le stress. Et de ce côté-là, manifestement, on peut dire que tu es gâtée !

— Avoue qu'il y a de quoi ! Aujourd'hui, je suis allée voir Caroline pour lui dire que je voulais être candidate au poste d'éditrice senior. Devine ce qu'elle a grommelé alors que j'étais là, assise devant elle, super bien habillée et prête à recevoir sa bénédiction ?

— Quoi ?

— « Intéressant ! » Depuis deux ans, elle fait tout pour me pousser de l'avant, et voilà tout ce qu'elle trouve à dire quand je lui annonce que je veux continuer à progresser : « Intéressant ! »…

— Moi je trouve ça plutôt sage.

— Pardon ?

— Tu dois toujours rencontrer la rédactrice en chef ?

— Il faut bien, maintenant que j'ai enclenché le processus. Caroline m'a dit que je devais mettre mon CV à jour. Pour que Patricia puisse juger de mon expérience dans le domaine de l'édition… Mais le problème, c'est que je n'ai *aucune* expérience avant *Bridal Best* !

— Je t'aiderai à remanier ton CV. Il y a toujours une façon de bien se présenter, de donner l'image d'une candidate solide. Même sans avoir des tonnes d'expérience. Mais prenons les choses dans l'ordre. Viens avec moi au club de gym demain. Tu verras, après un peu d'exercice, tu te sentiras mieux.

— D'accord.

Je parviens enfin à me calmer. Alyssa a toujours ce don de m'apaiser. Nous raccrochons quelques minutes plus tard, après avoir appris que Lulu avait des problèmes avec son nouveau médicament, et qu'Alyssa devrait sûrement la ramener chez l'irrésistible Dr Jason Carruthers. J'essaierai de lui en toucher un mot demain à la gym pour qu'elle ne fasse pas de bêtises avec son véto…

Je me sens beaucoup mieux. Je m'octroie donc un demi-gâteau au chocolat… C'est vrai, quoi, demain je vais faire travailler mes muscles, j'ai bien le droit de m'offrir un petit quelque chose pour me préparer à une journée particulièrement difficile !

Après quoi je me fourre dans mon lit, avec le téléphone près de moi, au cas où Tony serait déçu de sa nuit avec sa blondasse et aurait envie de parler à la seule femme qu'il ait jamais aimée…

De vous à moi : j'ai toujours eu une peur bleue des clubs de fitness.

Le lendemain soir, je suis presque obligée de me traîner, de me donner des coups de pied et de me traiter de tous les noms pour me décider à aller au club de gym.

La journée n'a pas été plus réjouissante que la veille. J'ai passé pas mal de temps à compulser mes collections de coupures de presse pour essayer de dénicher quelques textes dignes d'une experte en mariages, et qui me permettraient d'appuyer ma candidature. C'est le moment qu'a choisi Marcy Keller pour débarquer dans mon bureau. D'un ton joyeux, elle m'a annoncé que Rebecca avait hérité du texte de couverture du prochain numéro sur « Les plus beaux sites de mariage dans le monde ». Par-dessus le marché, Tony n'a toujours pas appelé. J'ai quand même réussi à m'endormir… sans essayer de me convaincre qu'il préférerait m'appeler au bureau plutôt que de risquer de tomber sur mon répondeur…

Toute la journée, j'ai tenté de communiquer avec lui par télépathie pour que le téléphone sonne… mais en vain. Rien, à part un appel de ma mère pour me rappeler que le *Memorial Day* est dans deux semaines, et que si sa célibataire de fille n'avait rien d'autre de mieux à faire, elle était naturellement la bienvenue au barbecue prévu le dimanche.

— Nous pourrions aussi faire les magasins toutes les deux le lundi, pour choisir ma robe, me dit-elle au comble de l'excitation, malgré ses efforts pour essayer de le cacher.

Avec tous ces « rendez-vous » en perspective, comment faire pour ne *pas* déprimer ?

Une fois arrivée au club, j'attends Alyssa à l'extérieur en échafaudant mille excuses pour lui expliquer qu'il faut que je regagne immédiatement mon minable appartement où m'attend le gâteau à moitié entamé. Je me sens accablée.

— Salut, me dit Alyssa en venant à ma rencontre, en tailleur gris foncé et le sac de gym bleu vif en bandoulière.

— Salut, ô toi l'élégance personnifiée, dis-je en m'efforçant de prendre un ton enjoué. Apparemment tu es allée au tribunal aujourd'hui.

D'habitude, Alyssa adopte une tenue moins stricte

quand elle se rend à son cabinet, sauf s'il faut plaider devant la cour.

— C'est vrai.

Elle se penche en avant pour m'embrasser et me regarde dans les yeux.

— Dis-moi, comment vas-tu ?

— Je n'ai pas le moral ! Je suis sûre que même le Stairmaster ne pourrait rien pour moi en ce moment.

— Que se passe-t-il ?

— Tony est parti depuis presque trois semaines, et j'attends toujours son coup de fil.

— Il était prévu qu'il t'appelle ?

— Imagine-toi à sa place une minute. Tu pars à l'autre bout du pays… Tu ne crois pas qu'il te viendrait à l'idée d'appeler celle à qui tu as juré un amour éternel ?

— Tu sais, c'est une vraie expédition d'aller là-bas. Il n'a peut-être pas encore fini de s'installer, me répond Alyssa sans grande conviction.

— S'installer ! Depuis le temps, il est peut-être déjà *marié*.

— Ça m'étonnerait.

— Il n'est pas loin de Las Vegas. Et tu sais comment sont les hommes quand ils sortent d'une liaison assez longue. Parfois, ils se sentent tellement perdus qu'ils sautent sur la première femme consentante venue, juste pour se calmer.

J'ai tout à coup la vision de Tony, allongé sur le lit de camp d'un appartement crasseux, accablé de solitude et essayant désespérément de composer mon numéro, prêt à exiger de moi de gagner Los Angeles pour l'épouser. Je l'imagine déçu, frustré en tombant sur mon répondeur et fonçant vers le bar du coin pour noyer son chagrin. Puis prenant quelques heures plus tard la route de Las Vegas pour épouser à la va-vite la première fille disponible à longues jambes et au sourire enjôleur.

— Il faut que je rentre chez moi.

— Quoi ? s'écrie Alyssa incrédule en me tenant la porte de la salle de gym.

— Je ne sais pas, j'ai l'impression qu'il va m'appeler ce soir. Si je ne suis pas là, ça pourrait être très embêtant. Il a peut-être décidé de revenir pour le *Memorial Day*. Il est encore temps pour moi de renoncer à la réception de ma mère. Entre parenthèses, il n'y aura pas que mon jeune frère Shaun, qui est déjà marié. Il y aura aussi la dernière jeune mariée en date de la famille : ma mère. Et puis, tout compte fait, je n'ai pas vraiment besoin de ce cours de gym. Tony m'a toujours aimée avec un peu de chair sur les os !

— Pas question de te défiler, Emma. Tu ne couperas pas au cours de ce soir. Allez, viens.

Alyssa m'attrape le bras et m'entraîne à l'intérieur du club.

Vaincue, je la suis à contrecœur. Mais la pensée de Tony ne me quitte pas. Cette fois, je l'imagine aux pieds d'une réplique d'Elvis, les yeux rivés sur une inconnue complètement abrutie. Cette image m'achève.

Nous descendons dans les vestiaires, et je me retrouve cernée par une horde de femmes en petite tenue, plus ou moins dénudées selon leur niveau de musculation et de minceur.

Je ne suis allée dans un club de gym que deux fois dans ma vie. La première, j'ai été embrigadée par une mordue du sport de mon collège, une de ces filles qui sont souples de naissance. Elles vous font un grand écart les doigts dans le nez… La deuxième fois, c'était avec Tony. Un de ses copains nous a donné des laissez-passer pour un club à la mode, et nous avons passé tout notre temps dans le petit bain de la piscine, à tester nos capacités respectives à faire gicler de l'eau façon baleine !

Les deux fois, j'ai été assez sidérée de constater que les vestiaires semblent faits pour vous convaincre que vous avez de la cellulite ! Avec ces bandes de femmes à moitié nues qui s'agitent dans tous les sens, les unes se séchant les cheveux, les autres étirant leurs jarrets ! Je me tourne face au mur et je commence à déboutonner mon chemisier en bougonnant.

Où se cachent donc les filles dans mon genre, à la fesse molle ? Je suis sûre qu'elles sont chez elles en train de déguster des gâteaux, et qu'elles se sentent très bien dans leur peau.

Je réussis à n'exhiber qu'un bourrelet ou deux avant d'enfiler mon seul et unique short, qui n'est plus tout jeune, et un des rares T-shirts que je ne mets pas pour aller au bureau. J'avais d'abord pensé prendre un vieux pull à manches courtes, au tissu très doux, mais en le mettant dans mon sac, je me suis rappelé qu'il appartenait à Tony. C'est même une des rares choses qu'il me reste de lui. J'ai donc rangé soigneusement le pull dans un tiroir en bas de ma commode, à côté des copies de tous les e-mails qu'il m'a envoyés, d'une rose séchée — un souvenir de l'un de nos tout premiers rendez-vous —, d'un dessin de nous deux en train de regarder un film écrit et réalisé par Tony Holt (d'après le générique) et d'un tas d'autres vestiges de ces deux années passées ensemble…

Une fois en tenue, je me retourne vers Alyssa, qui a enfilé un maillot et un petit short de jogging assorti.

— Prête ? me demande-t-elle, un sourire décidé sur le visage.

— Ménage-moi !

Résignée, je la suis en direction de l'escalier après son refus catégorique de prendre l'ascenseur.

Une fois arrivée au troisième étage, auquel on a donné le nom infâme de « Zone d'entretien cardiovasculaire », je me retrouve devant des rangées de machines barbares et brillantes comme des sous neufs, manipulées par des rangées d'hommes et de femmes suant sang et eau… Qu'est-ce qui les motive ? Dieu seul le sait.

— Commençons par quelques mouvements d'étirement, puis par un peu d'échauffement pour le cœur. Nous irons à la musculation après.

Sur ces bonnes paroles, Alyssa se met en quête de tapis de sol stockés au fond de la pièce.

— Tu ne crois pas que c'est un peu trop pour ma première séance ? Inutile de forcer… Tu comprends, si j'ai trop mal, je ne pourrai pas revenir avant un bon moment. Et ce n'est pas le but. Qu'en penses-tu ?

Elle s'assied sur l'un des tapis.

— Allez, viens, Emma. Tu vas aimer ça.

Mais c'est qu'elle a raison ! Je suis là près d'elle, les jambes allongées et le buste roulant alternativement à gauche et à droite. J'ai même failli m'endormir pendant l'un des exercices, heureusement qu'Alyssa est là pour me stimuler.

Nous nous dirigeons ensuite vers les machines… Du vrai matériel de torture !

J'essaie de changer de sujet :

— Figure-toi que Jade va sortir avec le serveur…

— Ah bon ? Je l'ai poussée à demander son numéro de téléphone mais comme ça, pour rigoler. Il est quand même un peu jeune, non ?

— Peut-être, mais il travaille dans un bar. Si je ne m'abuse, il faut avoir au moins dix-huit ans pour servir de l'alcool, non ? Et puis, Jade ne déteste pas les hommes plus jeunes qu'elle, à condition qu'ils soient majeurs bien sûr. Elle n'a pas très envie de se faire arrêter.

Alyssa éclate de rire.

— Quand Jade a commencé à le draguer, je n'étais même pas sûre qu'il comprenne l'anglais, à sa façon de bafouiller.

— Tu n'avais pas tout à fait tort. Il s'appelle Enrico, et je ne pense pas qu'il soit dans ce pays depuis très longtemps.

Mais quand Alyssa a une chose en tête… Mes efforts

pour détourner la conversation n'ont servi à rien. Elle s'arrête net devant l'une des machines. Et naturellement c'est celle qui ressemble le plus à un instrument de torture : le *StairMaster*. Si je connais cet engin de nom, c'est grâce aux rares collègues de bureau qui l'ont essayé. Ils m'ont d'ailleurs raconté des histoires épouvantables à son sujet.

— Tu sais, franchement, ce truc n'est pas pour moi. N'oublie pas que j'habite au quatrième étage de mon immeuble… Tu ne crois pas que j'ai intérêt à essayer quelque chose que je ne fais jamais ailleurs ?

Et je me mets à regarder désespérément autour de moi à la recherche d'un engin plus sympathique. J'avise une fille qui pédale sur un vélo tout en lisant, le livre posé sur le guidon qui lui sert de pupitre. Elle n'a pas une goutte de sueur sur le front. Je saute sur l'occasion :

— Tiens, celui-là, par exemple.

— Essaie d'abord celui-ci, d'accord ? C'est avec ça que tu auras les meilleurs résultats. Dès que j'ai commencé, mes fesses se sont vite remusclées…

L'œil rivé sur le fessier d'Alyssa, je grimpe sur la machine. Il faut dire que ma copine a des fesses qui frôlent la perfection, ce qui explique sans doute qu'elle soit prise douze mois sur douze…

J'attends qu'Alyssa appuie sur deux ou trois boutons pour mettre la machine en route, et en avant, c'est parti ! Je lève les genoux alternativement comme pour monter des escaliers. Seulement voilà, le rythme n'est pas celui auquel je suis habituée pour gravir mes quatre étages… Je souris d'un air soumis à Alyssa qui vient de grimper sur la machine d'à côté.

Au bout de quatre minutes et des poussières, je suis déjà tellement essoufflée que l'espoir d'avoir un postérieur de rêve s'est envolé. Maintenant, j'ai une peur bleue d'avoir une crise cardiaque. Mourir si jeune, à trente et un ans, quelle misère ! Je lâche mes marches et je saute à terre. Je murmure à Alyssa, toujours en train de monter ses marches :

— Je n'en peux vraiment plus…

Elle n'est même pas essoufflée…

Voyant mon teint devenu subitement pourpre, elle s'apitoie un peu sur mon sort :

— C'est assez dur de tenir le rythme au début. Tu devrais essayer autre chose, maintenant.

— Bonne idée. Et si j'essayais la douche ?

— Le tapis roulant n'est pas mal non plus, dit-elle en faisant un vague geste derrière elle.

J'aperçois une rangée de gens qui courent sur place. Ça me fait penser au hamster que j'ai eu dans le temps…

— Est-ce qu'ils ont aussi une piscine ?

Je pourrais peut-être mettre à jour mes talents de « gicleuse d'eau ». Parce que si Tony revient un jour, je vais lui administrer une de ces douches ! Quand je pense à tout ce que j'endure pour lui…

— Non, pas ici. Essaye le tapis roulant. Je suis sûre que tu vas aimer.

Oui, bien sûr… Je longe la file mais je m'aperçois, à ma grande joie, que toutes les places sont prises. Je pousse un énorme soupir… destiné à Lys. Puis je fonce vers la fille qui continue de pédaler sans le moindre effort apparent en lisant son roman, le front toujours sec. Il y a justement un vélo de libre à côté d'elle. J'attrape un magazine féminin sur le présentoir judicieusement installé tout près des machines, et je m'installe confortablement sur le vélo. Je cherche l'article qui a attiré mon attention en couverture : « Dix bonnes raisons de vous assurer qu'Il vous aime ». Je sélectionne le parcours qui me semble le mieux adapté à mon cas, pas trop difficile. Et hop, je commence à pédaler en lisant mon article.

« Vous espérez que son cœur est bien à vous ? Lisez, et vous verrez si l'homme de votre vie montre les signes

évidents d'un amour total et entièrement dédié à une seule femme... vous ! »

En pédalant comme une malade, je détaille la liste proposée. Chaque « signe » est précédé d'un petit cœur rouge.

♥ *Il vous achète des fleurs sans raison particulière.*

Je souris en repensant à cette rose séchée de Tony dans la commode.

♥ *Il est plus que probable que ses amis vous apprécient, car il n'arrête pas de leur dire quelle merveille vous êtes !*

Là, c'est la tête d'Ed Riley, le meilleur ami de Tony, qui me vient à l'esprit. Je fais la grimace. Ed n'arrêtait pas d'inviter Tony à des sorties, dont j'étais curieusement toujours exclue. Hmm.

♥ *Vous êtes la première personne qu'il appelle lorsqu'il décroche une promotion.*

Bon, j'étais chez lui le soir où son agent l'a appelé pour lui annoncer qu'il avait vendu son scénario. Juste après avoir raccroché, Tony m'a prise dans ses bras et m'a embrassée comme un fou. Il me serrait tellement que j'ai cru qu'il ne me lâcherait jamais.

♥ *Il pense que vous êtes belle matin, midi et soir... et sans le moindre soupçon de maquillage !*

Je me revois au lit avec Tony, un dimanche matin. Le *New York Times* était déplié sur le couvre-lit en bataille. J'ai pris soudain conscience que j'avais les cheveux en pétard, et que je n'étais pas maquillée, lorsque Tony s'est penché sur moi pour effleurer ma jambe nue de ses longues mains. Je me souviens aussi de ce sourire carnassier qu'il eu avant d'ôter mon T-shirt miteux comme s'il s'agissait d'une robe du soir, de me caresser le visage, puis tout le corps. J'avais l'impression d'être la femme la plus désirable qui soit.

Ma gorge se noue. J'accélère l'allure.

♥ *Il part en voyage d'affaires et vous appelle tous les soirs, juste pour vous dire combien vous lui manquez.*

Là, les caractères se mettent à danser sous mes yeux, et le souffle me manque... Je referme le magazine d'un geste brusque.

Le parcours que j'ai sélectionné indique que je vais bientôt franchir une colline, mais je ne suis pas prête à le faire. Ni physiquement, ni moralement... Je cesse de pédaler, j'agrippe ma serviette que j'ai nouée derrière la selle, et je vais tout droit vers les StairMaster pour rejoindre Alyssa.

Elle me fait un petit signe. Ses joues ont pris une teinte rosée qui met en valeur le bleu de ses yeux. Elle continue de lever les genoux, inlassablement.

— Je vais me prendre une bonne douche, dis-je en m'épongeant le visage avec ma serviette, espérant dissimuler le trouble intérieur qui doit se lire sur mes traits. Je ne pensais pas que ça serait si long que ça, et j'ai des choses à faire chez moi.

Du genre : m'engueuler comme je le mérite...

Elle met pied à terre.

— Les poids ne te prendront qu'une demi-heure.

Elle me scrute le visage, et je sens bien qu'elle a compris dans quel état je me trouve.

— Tu verras, tu te sentiras mieux après. Je te le jure.

Après avoir vainement bredouillé quelques excuses assez minables, je suis Alyssa en traînant les pieds jusqu'à la salle de musculation. Et là, suivant ses instructions, je déverse tout mon désespoir, ma colère et mon angoisse sur ces gros blocs en béton qui sont censés me rendre plus forte, meilleure et plus belle... Je pousse, je tire, je jure et je transpire...

Quelques instants plus tard, en m'allongeant sur mon matelas pour les derniers exercices d'étirement, je m'aperçois que Lys avait raison. Je me sens mieux. Beaucoup mieux.

— Je reviens faire des exercices samedi matin. Si tu veux m'accompagner, dit-elle en faisant son dernier étirement. Mais assez tôt, parce que, après, j'emmène Lulu chez le véto. Son médicament ne lui réussit pas.

— Euh… d'accord, je viens avec toi.

— Chez le véto ?

— Oui. Je pense que Lulu a besoin de soutien. Quant à *toi*, tu as bien besoin d'un chaperon.

Alyssa sourit et je vois comme une lueur fugitive de soulagement dans ses yeux. Elle a peut-être aussi peur que moi de faire un faux pas, d'anéantir ses chances de bonheur avec Richard.

— D'accord, ça te donnera l'occasion de rencontrer Jason. Tu finiras peut-être par comprendre pourquoi je me suis fourrée dans ce guêpier.

— Oh, toi et tes états d'âme… Un mec super à domicile, un autre en réserve. Tu ne peux savoir à quel point je compatis.

— Tiens, ça me fait penser que j'ai un homme pour toi sous la main, dit-elle en se levant et en s'essuyant le visage avec sa serviette.

— Quoi ?

— Tu te souviens, tu m'as dit récemment que tu voulais te trouver un avocat ? Eh bien, j'ai quelqu'un pour toi. Enfin, grâce à Richard. C'est un mec de sa boîte, Henry Burke.

— Henry ?

Le seul Henry que je connaisse, c'est le voisin de ma mère à Long Island. Un petit homme chauve et bedonnant qui me reluquait chaque fois qu'il m'arrivait de le voir dans sa cour, torse nu, arrosant sa pelouse avec ferveur.

— C'est un type très gentil. Je l'ai rencontré l'année dernière, au réveillon organisé par Richard.

— Mais personne ne l'appelle Hank ?

Vais-je vraiment avoir la force de sortir avec un type qui s'appelle Henry ? J'entends d'ici les questions/réponses : « Qu'as-tu fait hier soir ? Oh, je suis allée au bowling avec Henry. » Et puis j'ai beaucoup de mal à m'imaginer criant ce nom pendant nos transports amoureux...

— Et alors ? dit Alyssa en se dirigeant vers l'escalier pour rejoindre les vestiaires. Il est très gentil et... (elle se tourne vers moi) j'ai l'impression qu'il cherche à se caser.

— Je ne suis pas prête, dis-je en examinant mon corps encore moite de sueur. De toute évidence, ce n'est pas en une seule séance qu'on devient reine de beauté.

— Comment ça, pas prête ! Mais c'est *toi-même* qui m'as demandé d'arranger un rendez-vous.

— Oui, mais c'était avant que je ne réalise qu'on pourrait mettre ma photo dans les pubs pour régime « avant/après »...

— Mais enfin, tu n'es pas *grosse*, proteste Alyssa en pénétrant dans le vestiaire.

Nous voici de nouveau cernées par la jeune génération de top models minces et souples comme des lianes.

— Je pourrai toujours dire ça quand Henry se mordra les doigts d'avoir accepté de passer une soirée avec un thon.

Combien de séances de torture me faudra-t-il encore avant d'être vraiment prête à rejoindre le club des célibataires ?

De vous à moi : se vendre est plus facile que je ne le pensais.

Le lendemain, je me réveille avec la vague sensation d'avoir un objectif à atteindre. Ce n'est qu'après mon café du matin que la mémoire me revient : c'est aujourd'hui que je rencontre Patricia.

La veille, avec l'aide d'Alyssa, j'ai remanié mon CV. Pour montrer a) que je suis très motivée et prête à assumer les fonctions du poste, mais aussi b) que je suis plus que qualifiée, avec à l'appui une longue liste de toutes les compétences acquises durant ces quatre dernières années.

Je n'en reviens toujours pas de la façon dont j'ai réussi, grâce à Alyssa, à mettre l'accent sur la richesse et l'intérêt de mon expérience d'éditrice ! Quatre années à ressasser les mêmes lieux communs sur l'organisation des mariages, à m'extasier sur des maquettes dont je n'avais rien à faire, à écrire des accroches pour capter l'attention des accros au mariage qui n'ont qu'une idée en tête : dire oui devant l'autel !

Ce matin, j'ai même retrouvé une jupe grise que j'avais totalement oubliée dans un coin, et qui va très bien avec ce cher vieux blazer noir. A ma grande surprise, la jupe me va... alors que je l'ai achetée lors d'une précédente crise de boulimie ! Je me sens de nouveau le moral à zéro. Heureusement, il y a un point positif. Elle est restée tellement longtemps stockée dans mon placard qu'elle est redevenue à la mode : ourlet au genou, ligne princesse, c'est ce qu'on fait cette saison. Du moins, c'est ce que Jade m'a dit au téléphone quand je l'ai appelée pour une consultation sur ma garde-robe.

Tout ce qu'il me reste à faire à présent, c'est rencontrer Patricia. Pour commencer, je dois m'assurer qu'elle est disponible en allant faire un tour du côté de son bureau. Je sais déjà qu'elle est dans nos murs aujourd'hui, car j'ai mémorisé son emploi du temps, mais l'important est de savoir quel est le meilleur moment pour lui parler. J'ai décidé de la voir avant le déjeuner. Pas question de discuter avec une femme qui somnole parce qu'elle a trop mangé. Comment pourrait-elle juger de mes compétences ?

Je me dirige vers le bureau de sa secrétaire administrative.

— Patricia est là ?

Malgré son piercing sur le sourcil, qui lui donne l'illusion d'être un peu en marge, la fille m'a l'air d'être très compétente, le genre à ne commettre aucune erreur. Quand on doit gérer un emploi du temps aussi fou que celui de Patricia, c'est impératif...

Je feins d'ignorer son haussement de sourcil (et de piercing...) quand elle me voit entrer dans son bureau en jupe et blazer.

— Bien sûr, lâche-t-elle avec un sourire affecté.

« Elle a toujours cet air-là ? » me demandé-je en passant près d'elle d'une démarche un peu raide... Il faut dire que j'ai encore mal partout après ma séance d'hier. Je m'arrête devant le bureau de Patricia.

Je frappe doucement à la porte. Patricia, qui était absorbée dans la lecture d'un document, lève la tête et hausse un sourcil interrogateur en me voyant.

— Je voulais savoir, euh, auriez-vous quelques minutes à m'accorder ?

J'ai parlé tellement bas que c'est à peine si j'ai réussi à m'entendre !

— Mais bien sûr. Entrez et asseyez-vous. Je finis de lire ce document, j'en ai juste pour une minute.

Je me faufile dans la pièce et je m'assieds avec précaution devant son bureau, le regard rivé sur sa chevelure blonde coiffée en chignon. Puis j'aperçois la photo sur l'étagère, derrière elle. C'est une photo d'elle et de son mari le jour de leur mariage.

Ce mariage, tout le monde en a parlé dans la boîte. Un vrai conte de fées. Ça s'est passé dans une résidence très romantique du sud de la France. Patricia portait une robe signée Vera Wang — qui avait coûté dans les dix-sept mille dollars. Elle tenait à la main un bouquet d'orchidées sauvages importées d'Amérique latine. La seule chose bizarre à propos de ce mariage, c'est qu'aussitôt après, son mari — un trader très puissant dans le monde de la Bourse — a pour ainsi dire disparu. Aucune apparition en public, que ce soit pour le Noël de l'entreprise, ou les fêtes de charité que Patricia fréquente assidûment, car elle appartient à une famille très fortunée et reçoit systématiquement des invitations. J'ai même vu sa photo une fois dans la rubrique « Société » du *New York Times*, toujours aussi belle dans la dernière création d'un styliste de renom, mais toujours aussi seule… C'est comme si elle avait loué les services du futur marié Lawrence Landers en même temps que les chefs cinq étoiles français qui supervisaient l'événement, et les avait tous remerciés — lui avec — sitôt desservie la dernière crème brûlée… La seule chose qui rassure son personnel sur son statut de femme mariée, c'est qu'elle porte un diamant de 2,5 carats, taillé façon émeraude, et qui brille de mille feux à sa main gauche. Au bureau, certains prétendent — Marcy Keller notamment — que Patricia est lesbienne et qu'elle s'est mariée uniquement pour sauver la face. C'est vrai que la rédactrice en chef de *Bridal Best* ne pouvait pas faire autrement que dépenser deux années de salaire et passer dix-huit mois épuisants à organiser son propre mariage. Logique, non ? Quand je pense que nous avons dédié un numéro complet à ses noces…

Elle relève la tête. Un sourire serein éclaire son visage lisse, ses traits presque parfaits. Ses yeux bleu marine sont interrogateurs.

— Que puis-je faire pour vous, Emma ?

Bluffée qu'elle se souvienne de mon nom, je me lance.

— Eh bien, je ne sais pas si Caroline vous en a parlé…

Attention à la gaffe. Me voilà embarquée dans un discours non prévu. Mentalement, je me fais toute petite. « Ne parle pas de Caroline », me murmure une petite voix intérieure. Dieu seul sait quel « intéressant » résumé elle a pu faire à Patricia de son entretien avec moi.

— Voilà. Je souhaite poser ma candidature pour le poste d'éditrice senior spécialisée qui sera prochainement à pourvoir.

Je déglutis avec peine, puis je me mets en pilotage automatique pour la suite du petit speech que j'ai longuement répété.

— Depuis quatre ans, j'ai écrit de nombreux articles pour les rubriques « Style » et « Beauté ». J'ai aussi collaboré à la rubrique « Voyages » et « Lunes de miel », lorsque l'équipe était en sous-effectif, il y a six mois.

Ça, c'est Alyssa qui m'a conseillé de le dire. Pour montrer combien je suis dévouée au journal dans les moments difficiles.

— Par ailleurs, j'ai travaillé sur des maquettes avec le service Production, pour le numéro anniversaire de l'an dernier. Et je suis souvent sollicitée pour la rédaction de titres, ou de textes pour les promotions spéciales.

Maintenant que je suis bien échauffée, je pars dans des envolées lyriques sur ma connaissance du marché, mes capacités à diriger un service, ainsi que sur le don précieux que j'ai de repérer les nouvelles tendances.

Au terme de mon discours, non seulement je me suis convaincue moi-même que j'étais *la* bonne candidate mais, à en juger au regard de Patricia, je l'ai convaincue elle aussi.

— Eh bien, Emma, vous avez très brillamment plaidé votre cause, me dit-elle en souriant. Et pour être sincère, j'ai personnellement apprécié la qualité de votre travail. Votre article sur la lingerie était excellent, et Caroline m'a souvent parlé de votre contribution à notre magazine.

Encouragée par ces quelques mots, je lui tends mon press-book, avec tous ces clips qui m'obsèdent depuis une semaine, ainsi que la version remaniée de mon CV.

— J'espère que ceci vous permettra d'avoir une vue globale de mes compétences pour ce poste.

— Merveilleux.

Elle s'empare du press-book et me signifie, en se levant, que la réunion est terminée.

— Soyez certaine que je tiendrai compte de tous ces

éléments. Merci d'être venue, Emma. J'apprécie votre enthousiasme, et je suis ravie que vous souhaitiez poursuivre votre carrière chez nous.

Je me lève et quitte son bureau sur un petit nuage…

Je souris d'un air entendu en passant près du bureau de Nancy, et même celui de Rebecca, juste pour leur montrer que moi aussi je sais m'habiller et qu'il va falloir désormais compter avec moi ! Soudain, tout me paraît possible. Avoir cette promotion, et même, qui sait, tomber amoureuse… (je sais que ce dernier point n'entre pas en ligne de compte, du moins en ce qui concerne Patricia).

Il est évident que Patricia n'a besoin de personne pour prendre ses décisions, si j'en juge la façon dont elle garde son pseudo-mari à distance. Nous sommes peut-être faites pour nous entendre, elle et moi. Cette lueur que j'ai vue dans ses yeux quand je lui ai dit l'intérêt que j'avais pour ce poste disait clairement que j'étais passée du stade de la formation à celui du management. Et cela, personne d'autre que moi, Emma Carter, n'aurait pu le voir. Ni Caroline, ni Rebecca, et tiens, pas même Tony.

C'est mon tour maintenant ! Mon heure a sonné. Je vais faire regretter à Tony le jour où il a osé me quitter…

De vous à moi : je me sens prête à adopter un petit chien.

Samedi matin, comme promis, je retrouve Alyssa à la gym. Je passe une heure et demie à faire travailler mes jambes, à lever les bras et à transpirer comme un bœuf. Puis je fonce chez Alyssa chercher Lulu. Car je vais enfin faire connaissance avec l'irrésistible (si j'en crois ma copine) Dr Jason Carruthers… Dans les vestiaires, tandis qu'Alyssa prend sa douche et se remaquille consciencieusement pour l'occasion, j'essaie de ne pas trop penser à cette histoire. Mais il est clair que je me sens mal à l'aise sur ce coup-là.

Mon sentiment de malaise ne fait qu'empirer en arrivant chez elle. Car Richard est là, assis sur le canapé. Il a l'air si vulnérable avec son short et son vieux T-shirt de la fac de droit de New York…

Il m'accueille avec un « Salut ! » cordial, sans se douter que je suis en train de le trahir bien contre mon gré.

— Salut, Rich, ça va ? lui dis-je d'un ton presque trop altier, tout en guettant Alyssa du coin de l'œil.

Elle est en train de préparer Lulu.

— Très bien. Et *toi* ?

Il m'observe, se demandant probablement si je suis dans le même état que la dernière fois, c'est-à-dire quelques jours après le départ de Tony. S'il savait que maintenant, c'est peut-être son tour !

— Je vais bien. Toujours autant de boulot…

— Alyssa m'a parlé d'une promotion…

— Ah oui, bien sûr, mais tu sais, je n'ai fait que rencontrer la rédactrice en chef. C'est vrai qu'elle a eu l'air de m'encourager, alors…

— Super !

Il a un sourire si doux, si innocent que j'ai envie de m'asseoir à côté de lui, de l'avertir des dangers qui le guettent, de lui conseiller de ne pas laisser Alyssa seule. Mais elle nous a déjà rejoints. Lulu est toute contente qu'on lui ait mis sa laisse ! Elle ne part pourtant pas en promenade, la pauvre, elle va chez son véto…

Et ça, c'est beaucoup moins drôle ! Il va sûrement la tripoter et l'embêter avec des tas d'instruments en métal tout froids pendant que la pauvre bête regardera sa maîtresse d'un air suppliant…

— Alors, les troupes sont prêtes ? dit Richard en se levant d'un bond du canapé.

Il commence à gratouiller Lulu derrière l'oreille en lui murmurant quelques mots d'encouragement. La chienne frétille de la queue, toute guillerette… Mon cœur fait un raté.

Richard se dirige vers la porte et embrasse Alyssa sur le front, un peu comme mon père m'embrassait lorsque j'avais six ans.

— Prends soin de toi, Emma, dit-il en se tournant vers moi. Et viens nous voir plus souvent. Si jamais ça marche entre toi et Henry, on pourra peut-être sortir tous les quatre. Lys, tu lui as bien parlé d'Henry ?

Allons bon ! Je me demande si Henry accepterait de me parler et surtout de sortir avec moi s'il découvrait que je suis restée sans rien faire pendant qu'un vétérinaire coureur de jupons subtilisait la femme de son meilleur copain…

— Bien sûr que je lui en ai parlé ! A propos, Emma, rappelle-moi de te donner son numéro.

— C'est un mec génial, me dit Rich pour m'encourager.

Mais toi aussi, tu es génial. Je me sens de plus en plus en porte-à-faux. L'oreille basse, je quitte l'appartement pour accompagner Alyssa et Lulu vers leur destin.

Une fois sur le trottoir, je m'aperçois que je suis obligée de courir pour suivre le rythme d'Alyssa qui me semble un peu trop pressée à mon goût.

— Je ne crois pas que ce soit une très bonne idée, dis-je une fois mon pas calqué sur le sien.

— J'ai besoin de savoir si c'est une simple irritation des intestins ou quelque chose de plus grave, me répond Alyssa en regardant Lulu avec inquiétude.

— Mais non, je ne parle pas de ça. Je parle de ce Dr Carruthers. Tu es avec Richard depuis un bon moment. Bon sang, cette *chienne*, elle est à vous deux !

— Non, Emma. Lulu est *à moi*. Je l'ai depuis l'âge de seize ans.

— Oui, et je suppose que tu te souviens pourquoi ta mère te l'a offerte, n'est-ce pas ?

Alyssa continue d'avancer, le visage fermé.

— Pour me récompenser ?

— Non, c'est parce que ton père était mort un mois avant. Elle espérait que ça te donnerait un coup de fouet, que tu retrouverais le goût de vivre. C'est toi-même qui me l'as dit.

Elle stoppe net pour me regarder, et Lulu s'assied au pied de sa maîtresse, attendant son bon vouloir. Alyssa baisse les yeux sur sa chienne qui dresse la tête et lui fait une mimique qui ressemble presque à un sourire...

— Je ne vois vraiment pas pourquoi tu me parles de ça.

Et elle se remet en marche. Mais je continue de plaider ma cause.

— Tu as peut-être peur de perdre Lulu, ou même Richard, sur un autre plan. Ce que j'essaie de te dire, c'est que tu viens de perdre ta mère, il y a deux ans, et que cette histoire avec le Dr Carruthers, c'est peut-être une façon pour toi de contrôler la situation. Mais tu sais, si tu continues à prendre ta vie en main toute seule, ça ira beaucoup mieux.

— C'est ridicule !

Alyssa s'arrête de nouveau, cette fois devant le porche de bois d'une magnifique demeure. Une plaque de cuivre est fixée juste au-dessus de l'Interphone : « Dr Jason Carruthers, Médecin vétérinaire D.V.M. »

Elle presse la touche de l'Interphone. Dès qu'elle entend le clic d'ouverture, elle pousse la lourde porte d'un air décidé, me regardant à peine. Nous traversons un petit vestibule et nous nous retrouvons dans une salle d'attente très accueillante, décorée de tableaux représentant des chiens et des chats dans diverses poses, et de coussins brodés de dictons du genre « Le chien est le meilleur ami de l'homme ». Derrière le comptoir de la réception, une femme aux cheveux gris et à la voix très douce accueille Lulu comme il se doit, puis se tourne vers Alyssa.

Pendant que ma copine est occupée à remplir les papiers,

je me cale confortablement sur un coussin où l'on peut lire « Ne réveillez pas le chat qui dort ». J'aperçois au beau milieu de la pièce un sac aux couleurs criardes apparemment destiné à transporter les animaux de compagnie. Il est vide, il attend son locataire. J'imagine déjà la tête du propriétaire, sans doute une mémé à chats, lorsque la porte du bureau s'ouvre. Une grande blonde apparaît, arborant une jupe de la taille d'un timbre-poste. Elle tient à la main un chien absolument minuscule. Je n'ai jamais vu ça.

Je regarde d'un air soupçonneux les longues jambes de la femme. Dites-moi quel genre de femme porte un collant résille un samedi, surtout pour aller chez le véto ?

Elle se baisse pour remettre le chien dans le sac tape-à-l'œil, et ses lèvres soulignées de gloss lui murmurent quelques mots de réconfort. Je commence à me poser des questions sur ce Dr Carruthers.

— Le docteur nous attend, me dit Alyssa qui a terminé de remplir ses papiers.

Elle me fait signe de me lever. Je marmonne entre mes dents : « Ben voyons ! » et je suis Alyssa et Lulu dans le bureau.

En pénétrant dans la pièce d'une blancheur éclatante où l'on sent une odeur d'antiseptique et de litière pour chat, je reste pétrifiée, sans voix.

Le Dr Jason Carruthers est là devant moi, vêtu de la classique blouse blanche de labo sous laquelle on aperçoit une chemise bleue qui fait ressortir l'extraordinaire couleur de ses yeux. Un mètre quatre-vingt-cinq pour quatre-vingt-cinq kilos, une carrure d'athlète, des hanches étroites... Un des plus beaux spécimens de mâle que j'aie jamais vu.

Je déglutis avec peine. J'étudie les traits de son visage tandis qu'il nous attend derrière la table d'examen, les mains dans le dos, le sourire éclatant sur des lèvres... allez, j'ose le dire : sensuelles.

— C'est lui, me souffle Alyssa.

Je reviens sur terre... Pas le moment d'oublier pourquoi je suis venue.

— Alyssa, comment allez-vous ? dit-il avant de se pencher vers Lulu.

Ce qui est étrange, c'est que la chienne aussi a l'air tout excitée de revoir l'homme qui s'apprête à la martyriser. Il la gratte derrière l'oreille avant de l'empoigner sans effort.

— Vous avez amené une amie, cette fois, constate-t-il en me faisant un petit signe de bienvenue.

Alyssa semble se souvenir tout à coup que je suis dans la pièce.

— Oh oui, euh, Jason, je vous présente une de mes meilleures amies, Emma Carter.

Ses mains étant occupées à tenir Lulu, je me contente de lui sourire. De toute façon, je crois que j'aurais été incapable de proférer le moindre mot. Je n'ai plus de salive.

— Emma est inquiète, poursuit Alyssa en me regardant. Je veux dire, pour Lulu.

Il hoche la tête comme si ces propos lui semblaient parfaitement limpides, et dépose délicatement la chienne sur la table en continuant de la caresser de ses belles mains bronzées.

— Vous m'avez dit au téléphone que le médicament n'agissait pas...

Je suis tétanisée. Très franchement, j'ai reçu un choc, car je comprends soudain l'évidence : cet homme pourrait être le nouvel amour d'Alyssa.

Il est doux avec les animaux, incroyablement beau... et ses mains ! Justement, il s'empare de son stéthoscope pour ausculter Lulu. La chienne tire une langue longue comme ça... On la croirait chez le kiné pour un massage complet. Jason Carruthers n'a pas du tout l'air d'un véto. Ou alors, d'un véto du petit écran...

— Il va falloir faire quelques tests, dit-il en regardant

Alyssa. Certains seront assez longs. Je devrai peut-être garder votre chienne toute la nuit.

Il marque une pause. On dirait qu'il va suggérer à Alyssa de rester elle aussi toute la nuit. Puis il détourne son regard comme s'il se souvenait brusquement de quelque chose et commence à traverser son bureau de long en large. Il ramasse ses instruments, marque une nouvelle pause et consulte un registre.

Puis il se tourne de nouveau vers Alyssa.

— Aujourd'hui, je vais me contenter de faire une prise de sang, puis nous prendrons un nouveau rendez-vous. Il faudra la ramener dans deux semaines pour la nouvelle phase de tests. D'ici là, j'aurai les résultats de la prise de sang. De cette façon, s'il faut, euh — il s'arrête, comme fasciné par le regard d'Alyssa —, s'il faut aller plus loin, nous serons prêts.

— Aller plus loin ? s'inquiète Alyssa.

Il l'examine avec tant d'attention qu'il semble sur le point de la prendre dans ses bras pour la réconforter, la couvrir de caresses.

— Une éventuelle opération. Mais je veux d'abord éliminer d'autres hypothèses. Lulu commence à prendre de l'âge, et je n'opérerai que si c'est absolument nécessaire. En attendant, continuez à lui donner son médicament et tout ira bien. Ayez confiance en moi.

Pour ma part, je sais que je lui ferais une confiance aveugle !

Alyssa remet sa laisse à Lulu et fait descendre avec précaution sa chienne de la table d'examen. Au moment de partir, je ressens comme une pointe de déception. Je m'en veux terriblement.

Jason me serre la main.

— Heureux de vous connaître.

Je ressens dans tout mon corps la force de cette poignée de main. Tout à coup, je me mets à envisager de faire un saut dans un chenil pour acheter un schnauzer, ce chien miniature sur lequel je lorgne depuis le départ de Tony. Je serais capable de prendre un python s'il le fallait pour croiser de nouveau le chemin de cet homme !

— Je pense revenir après le *Memorial Day*, dit Alyssa. Je pars pour quelques jours.

— Vous avez des projets pour ce long week-end ?

Il paraît vraiment intéressé.

— Oh, rien de spécial. Une réunion de famille…

Bien sûr, la famille de *Richard* ! Mon sens du devoir reprend le dessus.

Au moment où nous nous dirigeons vers la porte, le Dr Folamour nous rappelle :

— Attendez, j'allais oublier.

Je ne peux m'empêcher de me retourner en même temps qu'Alyssa.

— Oui ? dit Alyssa, les yeux pleins d'espoir.

Il sourit.

— La prochaine fois que vous viendrez, n'oubliez pas d'apporter un échantillon de ses selles.

Mon Dieu, quel romantisme ! Un vertige me saisit tandis que le Dr Carruthers nous raccompagne jusqu'à la sortie. Bien que la vue de ce brave docteur ait été à deux doigts de me faire perdre la tête, maintenant que nous sommes sorties de son bureau, je suis soulagée. Pas de dégâts majeurs ! Pas de drague ouverte. Le Dr Jason Carruthers a beau être superbe, je n'arrive pas ou plutôt je me refuse à le voir entrer dans la vie d'Alyssa.

Pendant le trajet du retour, nous observons toutes les deux un mutisme complet, chacune plongée dans ses pensées… Quand Lys s'arrête brusquement à deux pas de son immeuble, je découvre avec surprise que ses yeux sont humides de larmes retenues.

— Qu'est-ce que je vais faire ?

— Lys, ne t'affole pas. Quoi qu'il arrive, ce sera ton

choix, le bon choix. Comme toujours. Maintenant si tu veux savoir, je le trouve génial. Je commence à te comprendre…

— Mais non, je parlais de Lulu. Tu sais, Emma, si on doit l'opérer, elle ne le supportera pas. Elle est trop âgée.

Elle regarde Lulu et ne peut retenir ses larmes. La chienne se frotte contre la jambe d'Alyssa et pousse des gémissements devant le désespoir de sa maîtresse.

— Oh, Lys !

Je la presse dans mes bras. C'est tout ce que je peux faire. Que dire d'autre ? Nous sommes impuissantes pour affronter la tristesse du moment, et de ceux qui vont suivre.

Chapitre 5

« Le plus important, dans la vie, c'est d'avoir un bon avocat. »

BURT CARTER, père d'Emma.

De vous à moi : je préfère encore qu'on me torture plutôt que d'enfiler une robe de soie couleur d'écume…

Est-ce pour fuir ma détresse ou par fierté, stimulée par les encouragements de Patricia ? Toujours est-il que la semaine suivante, je me retrouve au bureau dans des dispositions très inhabituelles. J'ai décidé le plus sérieusement du monde de viser un objectif qui a toujours été le cadet de mes soucis : faire carrière.

Je mets en ordre mes dossiers, je réponds à tous mes e-mails en temps et en heure, rattrapant même mon retard. Et je rends mes textes en avance. Je me sens de plus en plus dans la peau d'un directeur qui n'hésite pas à envoyer une assistante d'édition faire une photocopie ou envoyer un fax, juste pour le plaisir de donner des ordres.

Jusqu'à ce que Rebecca débarque dans mon bureau ce mercredi après-midi, le sourire ravageur, et vêtue de ce tailleur bleu marine devant lequel les autres ne peuvent que se prosterner.

— Je crois que c'est bien parti, dit-elle les yeux pétillant d'excitation.

Sans attendre mon invitation, elle s'assied devant mon bureau.

Un signal d'alarme retentit dans mon cerveau. Je m'efforce de lui dissimuler la carte maîtresse que je destine à Patricia : une note dans laquelle je soumets quelques idées pour le prochain concours réservé aux abonnés. Paniquée, je demande :

— Pourquoi ? Que se passe-t-il ?

— Nash va me demander en mariage, le week-end du *Memorial Day*. J'en suis *certaine* !

Elle étudie ma réaction.

Ben voyons. Non seulement Rebecca est probablement la mieux placée pour le poste que je convoite, mais en plus, c'est aux yeux de son copain la meilleure candidate au titre d'épouse.

— C'est merveilleux, lui dis-je en espérant que mon sourire n'ait pas l'air trop emprunté. Et, euh, comment le sais-tu ?

— Eh bien, nous avons prévu depuis un bon moment de partir pour le *Memorial Day*. Je pensais que nous allions dans la petite maison que sa famille possède dans le Berkshires. Mais voilà, hier soir, il m'annonce qu'il m'a fait une surprise : il a réservé une chambre dans un bed & breakfast d'East Hampton !

— En effet…

En réalité, je ne vois pas le rapport entre une nuit à East Hampton et une demande en mariage ! Jade dit que ça ressemble plus à une séance de jambes en l'air pour les gens riches qui ont perdu leurs illusions.

Comme si elle lisait la confusion dans laquelle je suis, elle poursuit :

— Ce n'est pas n'importe quel bed & breakfast. C'est là où nous sommes allés la toute première fois que nous sommes partis tous les deux.

Ce Nash, quand même ! Il est d'un romantique… Je

l'imagine avec ses traits parfaitement ciselés et ses lunettes cerclées de métal. Bien qu'un peu trop collet monté, il a tout à fait le type du beau mec à lunettes de mes rêves... Je l'imagine sur la plage, au clair de lune, les yeux dans les yeux de Rebecca, un énorme diamant à la main...

— Super, dis donc !

Quand je pense à mes projets de week-end à moi... Tel que c'est parti, je vais me retrouver à regarder roucouler ma mère et Clark. Et passer une bonne partie de mon temps suspendue aux lèvres de mon frère Shaun et de sa femme Tiffany qui vont me parler de leur projet d'agrandir leur maison et d'augmenter leur niveau de vie...

— Tu sais que j'ai eu du mal à ne pas sourire hier soir en mettant ma lingerie dans mon sac. J'ai même pris les dessous que je portais la première fois que nous avons fait l'amour, avoue-t-elle en rougissant.

— Parce que tu t'en souviens encore ?

— Bien sûr, voyons !

Bon, voilà autre chose... Incapable de faire de longs discours, je me contente de dire :

— C'est super.

— Je sais.

Elle baisse les yeux un instant en se triturant les phalanges, puis relève la tête.

— Je voulais te le dire à toi en premier, parce que tu fais partie de mes amies les plus proches.

Moi ? Tout ce que je parviens à marmonner, c'est :

— Euh, c'est gentil de ta part, Rebecca.

— Et je voulais aussi te dire que, lorsque j'épouserai Nash, je te demanderai de faire partie des demoiselles d'honneur.

Quoi ?

— Euh, c'est vraiment, enfin, tu ne penses pas qu'il est un peu tôt pour parler de l'organisation du mariage ?

Je pars d'un petit rire contraint, histoire de détendre l'atmosphère.

— Tu n'as pas peur que ça te porte malheur de t'y prendre dès maintenant ?

— Tu plaisantes ! J'ai déjà choisi les couleurs. Que dirais-tu de la couleur *écume des mers* pour ta robe ?

Mon Dieu !

Elle soupire, sans prendre la peine d'écouter la réponse.

— Tu sais, j'ai encore du mal à y croire. Je pense à ce mariage depuis que je suis gamine !

Et elle éclate de rire.

— Tiens, je croyais que tu avais rencontré Nash au collège ?

— Oui, c'est vrai. Mais quel rapport ?

Elle a l'air perplexe.

— Eh bien, mais... tu viens de dire que tu rêves à ce mariage depuis que tu es gamine.

— Ah, je vois... tu ne m'as pas comprise. Je parle du mariage en général. Toutes les filles en rêvent... Quand j'ai rencontré Nash, j'ai tout de suite su qu'il ferait partie de ce rêve.

A quoi rêvent les jeunes filles ! Si j'ai bien compris, il faudrait peut-être que je commence à m'y mettre. A bâtir une stratégie digne de ce nom pour parvenir à mes fins (le mariage, bien sûr !) A entendre Rebecca, tout paraît si simple. Serait-ce moi qui complique un peu trop les choses ?

— Surtout, ne dis rien à personne, demande-t-elle en se levant. Même pas à Tony. Parce que, tu as raison, tant que je n'ai pas la bague... Mais franchement, ça va être dur de garder le secret.

Elle quitte mon bureau. Ne t'inquiète pas, je ne vais pas en parler à Tony ! Parce que s'il m'arrive un jour de lui reparler à celui-là, j'ai bien d'autres choses à lui dire qui n'ont rien à voir avec le bonheur dans lequel baigne Rebecca.

Une chose est sûre : *pas question* à présent de dire à Rebecca que Tony est irrémédiablement sorti de ma vie. Mais comment lui cacher la vérité dès que je vais parler cadeaux et jouer les confidentes, comme il se doit quand on est demoiselle d'honneur ?

Le moment venu, il faudra que j'emploie les grands moyens pour ne pas me trouver embringuée dans ce mariage. Quitte à me faire passer pour morte s'il le faut.

De vous à moi : la seule façon de m'en tirer, c'est d'accepter des rendez-vous.

Pendant tout le trajet du boulot à chez moi, et jusque dans l'escalier, je n'arrête pas de fulminer. Comment Rebecca a-t-elle bien pu penser que j'avais envie de participer à son satané mariage ?

L'espace d'un instant, j'envisage même de sortir les gâteaux que j'ai préféré planquer dans mon frigo, par sécurité. Heureusement, mes abdos encore endoloris par la dernière séance de gym me ramènent à la raison. Avec ça et toutes les ampoules que j'ai récoltées, ce n'est pas le moment de me laisser aller et de noyer ma colère dans la boulimie ! J'aurais pourtant de bonnes excuses de le faire !

Me demander à moi de faire partie du cortège ? Moi, une simple collègue de bureau, et qui plus est, une *concurrente* prête à tout ! Qu'elle se contente de se prendre pour le nombril du monde, et qu'elle ne mélange pas tout, les querelles de bureau et ce qu'elle appelle notre *grande* amitié. J'ai besoin d'un autre avis. J'appelle Jade.

— Rebecca m'a demandé de faire partie de ses demoiselles d'honneur.

— Tu parles sérieusement ? Je ne savais même pas qu'elle était fiancée !

— Elle ne l'est pas. Enfin, pas encore. D'après elle, Nash va lui poser la question fatidique ce week-end.

— Ah bon ? Et qu'est-ce qui lui fait dire ça ?

— Va savoir ! Chez *Bridal Best*, on dirait que tout le monde a un sixième sens pour voir venir les demandes en mariage…

Elle marque une pause, et je l'entends tirer sur sa cigarette.

— Je ne savais même pas que vous étiez si proches.

— Mais nous ne le sommes pas. C'est *mon* avis, en tout cas. Je n'ai pas arrêté de ruminer là-dessus tout l'après-midi, et je crois que j'ai compris le problème. Rebecca est fille unique, Nash a deux frères et, en plus, il est toujours en contact avec la plupart de ses anciens copains de fac. Autant que je sache, Rebecca a très peu d'amis proches en dehors du bureau, peu de famille proche aussi. Tout ça n'est donc qu'une question d'arithmétique. Elle a des tas de cavaliers pour ses demoiselles d'honneur… mais pas de demoiselles d'honneur pour les accompagner ! Sur les photos, ça ferait un peu désordre.

Jade se met à rire.

— Si c'est la seule raison, c'est un peu maigre…

— Ce genre de manœuvre, le recrutement de demoiselles d'honneur, je les soupçonne toutes d'être capables d'en faire, chez *Bridal Best*. Parfois, je me demande si Patricia — notre rédactrice en chef — n'a pas choisi son mari sur catalogue ! Et elle ne l'a présenté qu'après avoir tout bien organisé…

Jade rit de bon cœur.

— Bon, maintenant je ne pense qu'à une chose : avaler quelques gâteaux et pleurer sur mon triste sort. Mais il y a un hic : j'ai une peur bleue de me retrouver encore plus grosse que je ne suis. Ça arrangerait Rebecca si je commençais à me gaver de gâteaux tous les soirs ! Pour être bien replète le jour où je devrai enfiler une de ces horribles robes à traîne qu'elle me réserve pour balayer les allées de l'église derrière elle…

— Tu veux dire que tu vas accepter d'être demoiselle d'honneur ?

— Je n'ai pas le choix ! Et puis comme ça, Rebecca saura à quel point je la méprise. Mais je ne veux pas heurter ses sentiments.

— C'est la chose la plus *ridicule* que j'aie jamais entendue !

— Tu as raison. Je ne peux pas vraiment accumuler les kilos au moment d'une si dure épreuve pour une femme : trouver quelqu'un avec qui sortir à New York !

— Alors tu t'es décidée à rejoindre le monde des vivants ?

— Alyssa m'a déjà trouvé un mec, un avocat qui travaille avec Richard.

— C'est vrai ?

— Est-ce que j'ai l'air de plaisanter ? Elle m'a donné son numéro après notre équipée chez le véto le week-end dernier. Je n'ai pas encore appelé, mais maintenant, plus question de me défiler ! Il attend de mes nouvelles, le pauvre, je ne suis pas sûre qu'il sache à quoi il s'expose... Tu connais Alyssa, elle a tendance à enjoliver quand elle fait une description des gens. Quoique... Je dois dire que je ne m'attendais pas à ça quand j'ai vu son véto. Une vraie bombe !

— Non ? Raconte.

— C'est le sosie de George Clooney ! Sauf qu'il a les yeux bleus. Des yeux bleus fantastiques, et des cils noirs d'une épaisseur...

— Eh bien, dis-moi ! c'est peut-être le moment que j'adopte ce chinchilla dont j'ai envie depuis un bon moment... Où as-tu dit qu'il nichait, ce véto ?

— Jade !

Elle ne va pas marcher sur les plates-bandes d'Alyssa, quand même ! Mais qu'est-ce que je raconte ? Les plates-bandes d'Alyssa, c'est Richard. *Richard*. Je sens que j'ai un peu de mal à m'en convaincre.

— Ne me dis pas que depuis que tu as fait sa connaissance, tu n'as pas envisagé toi aussi d'adopter un animal domestique, je ne sais pas moi, un cochon d'Inde par exemple.

Heureusement que Jade ne peut me voir. Je crois bien que j'ai rougi en pensant à mon désir d'un hypothétique petit chien dès que j'ai aperçu le Dr Jason Carruthers !

Je décide de changer de sujet.

— Et toi, dis-moi, où en es-tu avec ton petit Italien ? Enrico, c'est ça ?

— Oh ! lala ! Si tu savais…

— Tu excites déjà ma curiosité…

— Emma, il est incroyable !

— Tu as déjà couché avec lui ? On dirait que j'ai raté le début du feuilleton. Des détails, je veux des détails !

— Non. Nous sommes juste allés en boîte hier soir. Crois-moi, il est chaud ! Tu nous aurais vus sur la piste de danse… On ne savait plus quelle main était à qui !

— Et alors ?

— Alors rien. Je n'allais quand même pas le ramener chez moi et rater le meilleur, l'attente… Et puis, il y a quelque chose qui m'ennuie.

— Le préservatif.

— Non, ce n'est pas ça. Le problème, c'est qu'il est très jeune.

— Quel âge ?

Pourvu que Jade ne soit pas en train de s'embarquer dans un scandale sexuel…

— Vingt-deux ans.

Ouf ! Pas de peine de prison en vue.

— Alors, où est le problème ? Ça ne t'a jamais gênée de sortir avec des jeunes. Rappelle-toi cet étudiant qui prenait des cours d'art dramatique. Mark, c'est ça ? Lui aussi était à peine adulte, non ?

— Oui, mais c'était différent. Mark avait cette carapace que se forgent les jeunes qui sont obligés de se débrouiller tout seuls à New York. Tu vois ce que je veux dire ? Il n'avait que vingt-quatre ans, et déjà pas mal d'expérience. Enrico, lui, a l'air presque… innocent.

— Jade, je l'ai vu. Je peux témoigner. Crois-moi, il n'y a rien d'innocent dans la façon dont il lorgnait sur toi en prenant nos commandes.

— Mais je ne parle pas de sexe. J'ai tout de suite vu, à sa façon de danser, qu'il sait s'y prendre avec les femmes.

— Alors ?

— Je veux dire qu'il a l'air très vulnérable. En fin de soirée, lorsqu'il m'a raccompagnée chez moi, il a commencé à me raconter que sa famille, restée en Italie, lui manquait terriblement. Et il m'a regardée d'un drôle d'air. Il m'a même dit en blaguant qu'il me ramènerait en Italie avec lui.

— Bof, c'est le genre de choses qu'on dit *avant* de coucher avec une fille. Tu me l'as souvent dit toi-même…

— Oui, mais on dirait qu'il cherche vraiment une copine, enfin quelqu'un de stable. Et tu connais mon point de vue là-dessus.

— Ah, pour ça, oui !

Et je me demande toujours si l'attitude de Jade est sincère. Est-elle vraiment convaincue de ce qu'elle dit, ou est-ce qu'elle n'ose pas avouer ses sentiments depuis l'échec de sa liaison avec Michael ?

— Tu n'as qu'à y aller doucement. Ne brûle pas les étapes. Et tu verras bien comment ça tourne…

— Je sais, c'est ce que je vais faire. Parce qu'il n'est pas question pour moi de le laisser filer avant de l'avoir mis dans mon lit. Comme je te l'ai dit, sa façon de danser était très *prometteuse*…

— Donc, tu as décidé de l'avoir même au risque de lui briser le cœur… Ce n'est qu'un gamin !

— Parfaitement. C'est ça la vie dans les grandes villes. D'ailleurs je ne devrais peut-être pas me soucier autant de son cœur. Il faudrait d'abord qu'il me prouve qu'il en a un ! Et tu le sais aussi bien que moi, Emma, même si tu te refuses à l'avouer : la plupart des hommes n'ont de sentiment profond que pour eux-mêmes !

Difficile pour moi de lui donner tort sur ce coup-là !

Après avoir raccroché, je me retrouve plantée là à fixer mon téléphone qui reste désespérément silencieux. Je commence à la croire. De toute évidence, Tony est tellement absorbé par sa nouvelle vie de grand chef scénariste qu'il a d'autres chats à fouetter que de m'appeler. Je suis sûre que pour lui, je n'existe plus.

En soupirant à fendre l'âme, je me mets à la recherche de mon calepin et je trouve le numéro de téléphone de Henry Burke. Je le fourre dans mon portefeuille. Je l'appellerai demain. J'en ai marre d'attendre que l'amour de ma vie comprenne enfin que je suis toujours vivante et que je souffre de notre séparation. Il faut que j'avance.

De vous à moi : difficile de revenir dans sa famille quand on n'a pas de mari en vue…

L'après-midi suivant, j'appelle Henry Burke. Sa secrétaire m'apprend qu'il est en réunion et me demande mon numéro afin qu'il puisse me rappeler. Je raccroche, vaguement émoustillée. Une secrétaire. Je vais décrocher un rendez-vous avec un mec qui a une secrétaire. Ça fait très homme d'affaires…

Tout l'après-midi, je réponds au téléphone de ma voix la plus sexy… tout en jouant les décontractées. Il finit par rappeler moins de deux heures après mon coup de fil. Question timing, ça me semble parfait. Il ne m'a pas infligé la torture d'une trop longue attente, mais il a quand même attendu suffisamment pour ne pas avoir l'air d'un pauvre type en manque !

Les premières minutes sont un peu laborieuses… Il me raconte d'un air amusé que tous ses amis vivant en couple et pratiquement mariés n'arrêtent pas d'essayer de le caser… J'abonde en son sens, bien entendu. Que puis-je faire d'autre ? Je me vois mal en train d'avouer que j'ai chargé Alyssa de me trouver un remplaçant parce que celui que j'aime m'a mis le cœur en lambeaux !

Après avoir échangé quelques autres bons mots sur la vie de célibataire, Henry m'annonce qu'il va dans les Hamptons pour le week-end du *Memorial Day*. Comme de mon côté j'ai prévu d'aller dans la chambre des tortures familiale — j'ai présenté ça comme un sympathique barbecue à Long Island —, nous faisons des projets pour le jeudi suivant. En raccrochant, je suis aux anges. Ça y est, c'est officiel : j'ai un rendez-vous ! Et avec un brillant avocat d'affaires, en plus. Je me sens transformée. Je ne suis plus une ex qu'on a plaquée, mais une femme recherchée…

En préparant mon sac pour le week-end — sans rien oublier qui puisse leur faire croire que je mène une vie insouciante, libre comme l'air, et que j'aime m'amuser —, j'abandonne toute idée de chien miniature et de soirées solitaires devant le petit écran. Oui, parfaitement ! Je suis toujours cette femme d'affaires dont Patricia fera un jour sa protégée mais, *en plus*, j'ai un rendez-vous dans mon agenda ! C'est fou ce que la perspective de boire un verre ou deux avec un homme me change la vie, tout à coup. Je vois les choses différemment. Passer un samedi soir chez moi avec une vidéo devient un choix personnel, pas une fatalité de fille seule dont tous les amis sont partis en week-end. Jade m'a invitée à l'accompagner à Fire Island, mais j'ai poliment refusé. Comme je m'y suis engagée, je dois aller dimanche à ce barbecue de famille. Et je n'échapperai pas à la tournée des boutiques de mariage lundi pour choisir la robe de ma mère.

C'est donc le cœur joyeux et avec un moral d'acier que je descends du train à la gare de Garden City en ce dimanche après-midi. J'aperçois aussitôt Clark qui m'attend près de sa voiture de sport.

— Ah, notre belle Emma est arrivée sur son fidèle destrier…

Il se penche vers moi et m'embrasse sur le front.

— … Tu es plus jolie que jamais, ma chère.

Il me prend le sac des mains, le charge sur la banquette arrière et m'ouvre la portière de devant. D'habitude, le côté *gentleman* de Clark me gêne, mais aujourd'hui, je lui en sais gré. Ça doit être à cause de ce bain-de-soleil rose pâle que j'ai mis pour le grand show familial. C'est la seule tenue de ma garde-robe qui me permette de dissimuler les rondeurs que j'ai prises ces derniers temps.

— Alors, Clark, comment ça va ?

— Bien, bien. Ta mère est en train de mettre la touche finale à un dessert un tantinet gélatineux… Alors je me suis dit qu'il valait mieux m'éclipser pour chercher sa progéniture à sa place.

Il sourit à sa propre blague, faisant ressortir ses fossettes et naître une étincelle dans ses yeux sombres. C'est vraiment un bel homme, me dis-je en examinant ses cheveux poivre et sel. Je me demande s'il a pu éviter la calvitie sans recourir à des artifices. Il a quand même soixante-trois ans ! Ce n'est pas son genre, mais on ne sait jamais…

— Shaun et Tiffany sont déjà là ?

— Oui. Tiffany nous a déjà fait un exposé sur son plan quinquennal, et Shaun prépare les cocktails. Je crois qu'il nous concocte une petite *pina colada*…

Sur ce, Clark me fait un clin d'œil complice, comme si nous partagions quelque secret sur mon petit frère et sa très conventionnelle épouse.

Après tout, nous allons peut-être passer une bonne journée, ne serait-ce que grâce à Clark. Je me rappelle tout à coup qu'il va bientôt épouser ma mère. Dire que j'ai failli oublier de le féliciter ! Mais je rattrape ma bévue.

Il a l'air vraiment radieux ! Le voilà qui se met même à chantonner. Difficile de le contrarier maintenant, même si je ne suis pas tout à fait d'accord. Je me contente de hocher la tête. Nous restons silencieux jusqu'à notre arrivée.

A peine avons-nous défait nos ceintures de sécurité que ma mère apparaît sur le seuil de la maison. Elle nous fait de grands gestes de bienvenue. Elle a l'air aux anges !

— Ah ! te voilà, ma reine, dit Clark avec un large sourire en se dirigeant d'un pas tranquille vers sa future femme.

Il l'a quittée depuis à peine vingt minutes — c'est à peu près le temps du trajet aller-retour entre la maison et la gare — mais on dirait qu'il ne l'a pas vue depuis des mois !

Je le suis, et je vois ma mère l'embrasser tendrement sur la bouche en lui donnant une petite tape sur les fesses…

Puis elle m'ouvre tout grands les bras, et me regarde longuement. Dès que je la vois s'attarder sur ma silhouette, je prends les devants.

— Oui, je suis grosse, je sais. Surtout, pas un mot là-dessus, d'accord ?

— Oh, Emma, s'écrie-t-elle en me serrant dans ses bras.

Elle me libère d'une pichenette espiègle sur la taille.

— Tant mieux. Comme ça, j'en ai plus à aimer !

Puis elle sourit.

— Mais non, voyons, je plaisante. Tu es magnifique !

C'est vrai qu'elle a l'air sincère. Un peu gênée, je lui présente mes excuses et je me rue vers l'escalier pour aller ranger mon sac dans la chambre d'amis, sachant que si Shaun et Tiffany ont décidé de rester, c'est la seule chambre qui me reste. Celle où l'on couche seul, le lot des infortunés célibataires…

Le temps de me rendre dans la cuisine, ma mère s'active déjà devant ses fourneaux, un couvercle à la main. Je ne sais pas ce qu'elle mijote… Elle se tourne vers moi, radieuse, comme si elle ne m'avait pas vue depuis des siècles.

— Où sont-ils tous passés ?

J'ai soudain un peu peur de rester seule avec elle. Ma mère a la fâcheuse habitude de s'aventurer sur des terrains dangereux, celui de l'émotion par exemple, aux moments les plus inopportuns… Moi qui vais devoir affronter mon brillant frère et sa parfaite épouse ! Certes, j'ai répété consciencieusement mon petit numéro de femme d'affaires heureuse et pleine de projets, mais autant éviter de mettre à mal ce bonheur de façade…

— Ils sont dans la cour. Shaun a fait de la *pina colada*.

Elle me décoche un clin d'œil malicieux en portant à ses lèvres un verre empli d'une boisson mousseuse.

Depuis son mariage avec mon père, ma mère n'a jamais pu s'offrir un petit verre — comme le font chaque jour les gens en rentrant du travail — sans penser qu'elle était un peu responsable des excès de son mari. Encore maintenant, dans les rares occasions où elle se laisse aller à déguster un petit cocktail, il y a toujours en elle cette sensation du plaisir interdit.

— Allons les rejoindre, dit-elle en me poussant vers la porte-fenêtre qui conduit vers l'arrière de la maison.

La table ronde en séquoia est couverte de chips et de gâteaux apéritif de toutes sortes. J'aperçois Shaun, en short kaki et en chemisette terra cotta probablement choisis par Tiffany. Il est tout bronzé et paraît très décontracté. Tiffany est là aussi. Elle ressemble un peu à un gâteau au fromage, les plus chers bien sûr, dans sa petite tenue jaune crème avec les sandales assorties. Il y a aussi Mamie Z, surnommée ainsi parce que, quand il était petit, Shaun n'arrivait pas à prononcer son nom, Zelda. Elle est assise un peu à l'écart, sous un bouquet d'arbres.

— Salut, Emma, alors, que deviens-tu ? me demande Shaun en me tendant le front pour un baiser de pure forme.

— Salut, Shaun ; bonjour, Tiffany.

J'approche mes lèvres de leurs joues mais je les embrasse

« à côté »... Eux aussi d'ailleurs. Surprise de voir Mamie Zelda assise en retrait, je demande :

— Mais pourquoi mamie est-elle là-bas toute seule ?

— Elle n'aime pas le soleil, dit ma mère en s'asseyant près de Clark, son cocktail à la main.

— C'est sûrement à cause de tout ce polyester, renchérit mon frère en éclatant de rire.

Je me dirige vers elle pour lui dire bonjour.

— Coucou, mamie !

J'ai donné de la voix pour qu'elle puisse m'entendre. Je ne sais pas pourquoi, mais elle s'obstine à bouder son appareil auditif.

Elle lève les yeux, sursaute et me fixe un instant comme si elle ne me reconnaissait pas. Puis son visage plein de douceur s'éclaire.

— Emma ! Ma petite fille !

Je la prends dans mes bras et je l'embrasse longuement sur les deux joues. Et sur les lèvres, car c'est une tradition entre nous, depuis mon plus jeune âge. Je fais un pas en arrière, et je perçois comme une lueur de reproche dans ses yeux bruns si doux.

— Toi, tu as perdu du poids.

Je ne peux m'empêcher de sourire. Je voudrais bien la croire, mais je sais très bien qu'elle dit ça à toutes les femmes de la famille, qui ont des tours de taille à géométrie variable ! Ce doit être sa façon à elle de nous encourager, l'équivalent en langage senior de : « A toi d'assumer, ma vieille ! »

— Merci, mamie. J'essaye en tout cas. Et toi, comment vas-tu ?

— Oh, tu sais, je vieillis. Mais *toi*, ma chérie ?

Soudain, comme frappée de réminiscence, elle regarde par-dessus mon épaule, cherchant quelque chose. Je sais parfaitement quoi, c'est ma moitié — la meilleure, celle qui n'est plus là. Elle fait des efforts pour se rappeler son nom, mais je ne fais rien pour l'aider. Elle finit par lâcher :

— Tony, où est-il ? Tu es toujours avec lui, n'est-ce pas ?

J'accuse le coup. Ou on ne lui a rien dit, ou elle a oublié. C'est sans doute la seconde hypothèse qui est la bonne, car sa mémoire n'est plus ce qu'elle était.

— Non, mamie. J'ai rompu avec Tony.

Elle me fixe d'un air perplexe, le front plissé.

— Il a trouvé du travail en Californie. Il a déménagé là-bas.

— Oh, mon Dieu !

Elle a l'air de ne pas comprendre… Puis elle me regarde, et je sens qu'elle éprouve de la peine pour moi. Que c'est difficile de soutenir ce regard !

— Je vais t'apporter un peu de ginger soda, lui dis-je en lui retirant des mains son verre à moitié vide avec beaucoup de précaution.

Elle me regarde toujours avec tristesse.

Je bats en retraite vers le seau à glace et je remplis son verre d'un peu de soda et de glace pilée. Je fais durer volontairement l'opération, espérant que mamie aura perdu pendant ce temps le fil de sa pensée…

Je retourne la voir. Il est clair qu'elle a déjà tout oublié ! Elle reprend tout au point de départ.

— Emma !

Elle me tend de nouveau les bras pour nos embrassades rituelles, me dit que j'ai maigri, cherche Tony par-dessus mon épaule… Je lui fais une bise sur le front, je lui marmonne que je vais prendre un verre et je m'éclipse vers la table de pique-nique. J'y serai théoriquement plus en sécurité.

Au moment où je m'assieds et où j'empoigne le pichet de *pina colada* pour me servir un verre, Tiffany est en train de parler du nouveau job qu'elle s'est déniché.

— Ils ont pratiquement doublé mon salaire. Comment voulez-vous que je refuse ?

Tiffany est analyste financière. Elle reçoit au moins deux fois par mois des appels de sociétés concurrentes qui tentent de la débaucher à coup de promesses, de primes exorbitantes et de semaines de congés supplémentaires. Je me sens tout à coup ridicule, à soupirer après une malheureuse augmentation de quelques milliers de dollars et un nouvel intitulé de poste sans grande portée… Mais mon petit verre de *pina colada* m'aide à chasser mes idées noires. Il contient assez de rhum pour me mettre de bonne humeur.

— Eh bien, ça me semble parfait, répond ma mère en souriant à mon frère, comme si c'était *lui* qui avait doublé son salaire.

— Je sais que j'ai changé de société assez souvent, mais je crois que je pourrai rester longtemps dans ma boîte actuelle. Surtout si Shaun et moi commençons à fonder une famille.

En prononçant ces mots, Tiffany rougit, elle qui d'ordinaire a toujours le visage impassible. Elle sourit à Shaun.

A les voir ainsi tous les deux, je ne peux m'empêcher d'imaginer ce que seront leurs futurs enfants : beaux comme le jour ! Je les vois d'ici, habillés par un styliste, arborant les cheveux brun roux de leur mère, et les yeux verts de leur père…

De toute évidence, ma mère est en train de penser à la même chose que moi, car je vois ses yeux s'embrumer… De joie bien sûr, et sans doute de ce besoin profond d'être grand-mère.

— Oh, vous ne pouvez pas savoir ce que je suis heureuse. Des petits-enfants !

Elle se tourne vers Clark, comme si elle était incapable de contenir sa joie seule. Elle a besoin d'une épaule compréhensive. Clark se penche en avant et lui fait une grosse bise bien sonore sur la bouche.

— En tout cas, je ne la quitterai pas avant un an minimum, poursuit Tiffany.

Elle sourit, le regard vague… Je la soupçonne d'être déjà en train de prévoir mentalement dans son agenda la période idéale pour porter son enfant. Car tout ce que Tiffany fait ou a est le fruit d'une planification minutieuse, d'une stratégie. Le genre de chose que je dois envisager maintenant que Tony m'a plantée là, livrée à moi-même.

Tiffany se tourne vers moi comme si elle ressentait mon malaise.

— Alors, et toi, comment ça va ?

— Bien. Super bien.

J'essaie de plaquer sur mon visage un sourire suffisamment convaincant.

Tiffany lève les sourcils — parfaitement dessinés — qui surmontent ses grands yeux bleus et son nez mutin.

— Nous savons ce qui s'est passé avec Tony. Tu dois en avoir gros sur la patate, lance Shaun avec son aplomb habituel.

— Oh, tu sais, un de perdu dix de retrouvés, dis-je en ignorant l'expression inquiète de ma mère. Et puis, je n'aurais pas pu partir avec lui à Los Angeles. Surtout maintenant que je suis sur les rangs pour une promotion au poste d'éditrice senior.

— Emma, pourquoi ne m'as-tu rien dit ? intervient ma mère.

— Parce que rien n'est encore cert…

— Il y aura une grosse différence de salaire ? s'inquiète Tiffany.

— Pas mal, oui !

Pas terrible, en fait. Mais je ne vais tout de même pas avouer ça à une fille du genre à te dire : « Viens donc déjeuner avec moi au Plaza… »

— Super, déclare Shaun en servant de la *pina colada* à tout le monde.

Ma mère en avale une petite gorgée, se léchant les babines avec délectation.

— Je crois que c'est ce dont tu as besoin, Emma. Rien de tel qu'une bonne augmentation pour se remonter le moral… Maintenant, tu peux peut-être envisager de faire un emprunt, de mettre de l'argent de côté. Je suis justement en train de lire un bouquin : *Les Dix Commandements pour être vraiment riche*.

Tandis que ma mère part dans des considérations vaseuses sur ma situation financière, qu'elle juge apparemment catastrophique, et sur l'impact que cette miraculeuse augmentation aura sur mon train de vie, j'ai envie de creuser un terrier et de me cacher dedans…

Tiffany et Shaun n'arrêtent pas de me regarder pendant que ma mère continue son discours. J'ai l'impression qu'ils viennent de réaliser que mes perspectives d'avenir ne sont pas si brillantes que ça. Pas question pour moi d'acheter une maison, encore moins une BMW. Ça ne fait pas partie de mes projets. Alors que, pour eux, la vie serait impensable sans ! Bien que je n'aie jamais été obsédée par les biens matériels, à part les promotions spéciales de Banana Republic, je sens que le fossé se creuse de plus en plus entre eux et moi, la célibataire.

Curieusement, c'est Clark qui prend soudain conscience de mon désarroi. Il coupe la parole à ma mère au moment où elle s'attaque au septième commandement, qui traite de la reconnaissance de sa propre valeur ou quelque chose de ce genre…

— Tu sais quoi, mon amour ? Je pense que nous devrions porter un toast en l'honneur d'Emma, telle qu'elle est. Nous avons trop souvent tendance à oublier les vraies valeurs dans notre course à la réussite.

Ma mère se penche vers Clark, les yeux brillants de fierté et de bonheur, et lui donne un baiser qui fait chavirer tous les cœurs. Puis elle se tourne de nouveau vers nous, jouant l'incompréhension.

— Mais qu'ai-je bien pu faire pour mériter un tel homme ?

Et elle lève son verre.

— Emma, ma fille chérie, je bois à ta santé. Pour tout ce que tu représentes pour nous.

Et tout le monde de trinquer et de boire… Moi peut-être plus que les autres. Est-ce l'effet de l'alcool, mais je sens soudain un sentiment de bien-être m'envahir et chasser mes idées noires. Submergée par un trop-plein d'émotion, je me lève précipitamment.

— Je vais voir si mamie a besoin de quelque chose.

— Tiens, donne-lui ça, dit ma mère en me tendant une assiette avec un assortiment de bretzels et de chips.

En me voyant approcher, mamie lève la tête et semble surprise. Elle croit encore que je viens d'arriver…

Décidément, ça ne s'arrange pas, me dis-je en répétant une nouvelle fois notre rituel. Elle me repose la question fatidique, pleine d'espoir :

— Tu vois toujours Tony ?

Je soupire. Je crois que j'ai eu ma dose pour aujourd'hui ! Chaque fois que mamie sent que quelque chose ne va pas, elle a la malencontreuse habitude de poser plusieurs fois la même question, craignant d'avance la réponse. Et je suis persuadée que mamie est très perturbée d'apprendre que sa petite-fille de trente et un ans vient de perdre l'homme qu'elle aurait voulu voir à son bras le jour de son mariage !

— Mais bien sûr, mamie.

Ce mensonge, nous en avons besoin toutes les deux pour tenir le coup.

— Tony n'a pas pu se libérer aujourd'hui, mais il m'a dit de t'embrasser.

Puis je change de conversation en lui présentant l'assiette de gâteaux qu'elle regarde avec gourmandise. Je la dépose à côté d'elle, sur la table pliante, je l'embrasse sur le front et, une fois de plus, je prends la fuite…

Je rejoins les autres à temps pour entendre ma mère

annoncer triomphalement qu'elle et Clark ont finalement décidé de faire une croisière pour leur mariage.

— Avec quelle compagnie ? s'enquiert Tiffany.

— La *Carried Away Cruise Lines*. On en dit beaucoup de bien dans l'un des livres qu'Emma m'a donnés.

Elle me regarde avec fierté.

— J'en ai entendu parler, en effet. On dit qu'elle est vraiment très bien, dit Tiffany en hochant la tête en signe d'approbation.

Si *elle* le dit…

— Et où partirons-nous ? demande Shaun.

— J'ai l'impression que ce sera Saint Thomas. Qu'en pensez-vous ?

— Merveilleux ! répondent Tiffany et Shaun à l'unisson.

Je me contente de faire un humble signe de tête. Clark sourit. Nous savons tous que, quelle que soit la décision de ma mère, il l'approuvera.

— Emma, à propos du logement… j'ai pensé à une construction légère sur la plage, une sorte de belvédère. Mais je ne suis pas sûre que ce soit possible. Heureusement que je peux compter sur tes connaissances en la matière…

— Eh bien dis-moi, j'aurais bien aimé que tu me donnes un coup de main pour *mon* mariage ! me lance Tiffany.

Ça aurait pu se faire… Encore aurait-il fallu qu'elle n'ait pas épousé mon frère à douze ans, enfin presque… Tiffany n'a même pas franchi le cap fatidique des trente ans, et elle est déjà mariée depuis cinq ans !

Je recommence à ruminer. Mais qu'est-ce que j'ai fait de si mal pour être encore célibataire à trente ans et des poussières ?

— Je pensais réserver des chambres pour vous tous dès cette semaine, quand j'ai eu tout à coup une idée merveilleuse, poursuit ma mère.

— Oh ! lala ! que je n'aime pas ça !

— Emma, puisque tu n'as personne pour partager ta

chambre, tu pourrais faire équipe avec Mamie Z. Ça serait amusant, non ? Qu'en penses-tu ?

Je regarde mamie, qui s'est endormie sur sa chaise, le verre à la main, la tête un peu penchée sur le côté. Elle a la bouche ouverte et émet une sorte de ronflement discret.

Génial, comme idée !

De vous à moi : ma seule perspective maintenant, c'est de jongler avec les bas à varices et les pertes de mémoire immédiate.

Plus tard dans la soirée, une fois terminée la fête autour du barbecue, je me sens plus grosse que jamais, et j'ai le moral dans les chaussettes.

On m'a désignée pour reconduire Mamie Z dans sa maison de retraite, à quelques kilomètres de chez ma mère. Personne d'autre n'était disponible. Shaun s'est endormi sur le canapé après avoir passé l'après-midi à cuire près de son barbecue, et cette pauvre Tiffany a la migraine... C'est sans doute la faim, car elle a à peine touché aux côtelettes que ma mère a mises dans son assiette en ignorant ses protestations.

Maman est en mission dans la cuisine. Elle fait un nettoyage complet... Quant à Clark... que voulez-vous, il faut bien que *quelqu'un* se dévoue pour regarder d'un œil attendri ma mère en train de récurer ses pots.

— Assure-toi bien qu'ils ne laisseront pas mamie trop longtemps dans le hall avant de la coucher, me dit ma mère.

Elle arrête un instant ses travaux de récurage pour me confier les clés de la voiture et embrasser la vieille dame qui ne va pas tarder à nous piquer une crise sous prétexte que ma mère autorise Clark à rester à la maison. Apparemment, elle n'a pas encore intégré que Clark habite ici depuis six mois !

— On peut dire qu'ils ont mis la charrue avant les bœufs, marmonne-t-elle en me suivant jusqu'à la voiture.

Ma mère a beau être majeure et vaccinée et s'être déjà mariée deux fois, pour mamie, c'est toujours une enfant. Une petite fille en danger qui risque de perdre son droit inaliénable à une batterie de cuisine toute neuve en laissant « cet homme (c'est ainsi qu'elle appelle Clark) lui tenir compagnie » alors qu'ils n'ont pas encore prononcé leurs vœux de mariage…

Je démarre et je fais une marche arrière pour reprendre la route. Je suis soulagée que mamie ait changé de sujet pour parler du style de vie déplorable — ce sont ses mots — de ma mère. Cet après-midi, elle s'est enquise de Tony et de mes relations avec lui au moins six fois ! J'ai été obligée de finir par lui dire la vérité : sa dernière petite-fille célibataire le restera probablement encore un certain temps.

Une fois arrivée à la maison de repos Happy Hills, j'aide mamie à s'extraire de la voiture et à s'asseoir sur la chaise roulante qui l'attend devant la porte. Elle s'est enfermée dans un mutisme complet. J'aime à me dire qu'elle *pense en silence*, mais je suis malheureusement lucide quant à ses facultés de se concentrer sur une simple pensée. Je l'emmène dans la petite chambre qu'elle partage avec une vieille femme malade qui a une fâcheuse tendance à pousser des cris au beau milieu de la nuit. J'appelle une infirmière pour m'aider à la mettre dans son lit. Puis je me penche pour l'embrasser sur les deux joues. Par-dessus son épaule, je contemple en silence cette chambre obscure et sans âme. Est-ce cela qui reste au terme de la vie ? On s'évertue à se marier, à avoir des enfants, et à les marier à leur tour… pour en arriver là !

Avant que j'aie pu clore mon rituel par un baiser sur ses lèvres, elle m'attrape le visage entre ses mains osseuses et me contemple comme si elle me voyait pour la première fois de la journée.

— Tu es trop bonne, Emmy, me dit-elle avec force en me serrant très fort. Trop bonne avec eux. C'est ça le problème.

Elle pose un baiser sur mes lèvres et relâche son étreinte avec un petit sourire entendu.

— Et puis, de toute façon, ce garçon n'était pas fait pour toi.

— Tony ?

— Oui, Tony. Il n'est pas bien *du tout*.

— Pourquoi, mamie ?

— Pour commencer, il était trop petit pour toi. Tu as besoin de quelqu'un de grand.

Elle laisse tomber ses mains sur ses genoux et me cligne de l'œil d'un air complice.

— Et de riche !

Sur ce, la nurse arrive pour emmener une Mamie Z souriante dans sa chambre obscure. L'espace d'un instant, j'ai la vision d'un homme grand et riche qui me redonne espoir avant que le doute ne le fasse disparaître…

Chapitre 6

« Il faut l'utiliser absolument le jour J, sinon c'est trop tard. »

BETTY, vendeuse, boutique *Dream Bride*.

De vous à moi : je suis certaine que le mariage n'est rien de plus que l'occasion de porter une belle robe.

Le matin suivant, je me lève de bonne heure pour emmener ma mère faire sa fichue tournée des magasins. Heureusement, le temps est assez beau.

Maman a des idées très précises sur sa future robe : elle ne doit pas la grossir, ni la vieillir, ni lui donner des allures de jeune fille. J'ai tenté de la convaincre qu'elle trouverait son bonheur dans les boutiques pour mariées de New York, type Kleinfeld's — dans l'espoir de repousser à plus tard la recherche de la robe — mais elle n'a rien voulu entendre. Elle a *décidé* qu'elle achèterait sa robe aujourd'hui, et qu'elle obtiendrait une remise confortable. Si je suis bien sa logique, elle a déjà assez dépensé comme ça en robes de stylistes. Cette fois, elle va sortir des sentiers battus.

— Je n'ai pas l'intention de me faire flouer, me dit-elle en faisant rugir le moteur de sa voiture de sport et en démarrant sur les chapeaux de roue.

Sagement assise sur le siège passager, je me fais l'impression d'être prise en otage.

Ma mère a invité Tiffany, qui s'est excusée avec beaucoup de tact en expliquant que Shaun et elle devaient rentrer tôt à la maison pour débarrasser la cuisine, car ils attendent les menuisiers mardi. C'était bien trouvé ! Nul n'ignore en effet que ma mère ne s'interposera jamais entre Tiffany et un projet de rénovation. Je soupçonne d'ailleurs maman d'admirer secrètement sa belle-fille pour son art consommé de se trouver de nouvelles (bonnes) raisons de démolir les placards et de remonter les planchers...

Mais cette fois, j'aurais bien aimé que Tiffany vienne avec nous, ne serait-ce que pour faire la conversation et libérer les tensions, très palpables en ce jour de shopping intensif.

La tension ne fait que monter lorsque nous pénétrons dans la première boutique. Ma mère ayant annoncé qu'elle cherchait une robe de mariée, une jeune vendeuse trop zélée s'empresse de vouloir prendre mes mesures. Imaginez sa surprise — et mon humiliation — quand elle réalise que la mariée, c'est ma mère !

A partir de là, la situation ne fait qu'empirer. Après huit arrêts infructueux dans divers magasins style entrepôts exploitant à fond le filon du mariage, ma patience est à bout. Au moment où j'essaie de trouver un argument qui tienne debout pour convaincre ma mère de réutiliser la robe de son dernier mariage, nous nous retrouvons devant une boutique minuscule stratégiquement prise en sandwich entre une boutique d'accessoires et un magasin de chaussures, dans une ruelle. Sur le fond rose de l'enseigne au néon défilent les mots « Mariée de rêve ». D'après moi, « Rêve toujours ! » conviendrait mieux !

Je sors de la voiture en traînant les pieds. Dans la vitrine, un mannequin à l'expression pincée porte un modèle en taffetas vaporeux qui occupe toute la place et commence à jaunir un peu sous l'effet du soleil. Il en faudrait plus pour arrêter ma mère ! Elle m'attrape par la main et me tient le même discours que devant les huit autres boutiques

— Cette fois-ci, je le sens bien !

Je ne peux m'empêcher de frissonner en poussant la porte sur laquelle est écrit : « Là commencent les félicités du mariage ! » Nous nous retrouvons debout dans une longue pièce étroite, devant une flopée de robes de toutes sortes alignées en rang d'oignons. Par égard pour ma mère, j'essaie de réprimer un soupir… Au terme d'une journée de dure bataille aux rayons fanfreluches contre des vendeuses revêches, je suis plus convaincue que jamais qu'il vaut mieux dépenser un maximum d'argent pour une robe de styliste. Pour éviter de devenir folle, tout simplement !

Tout au fond de la boutique, à demi cachée par une robe couverte de perles dans laquelle je verrais bien Ivana Trump, si jamais elle décidait de faire les soldes pour son prochain mariage, un petit bout de femme est assis derrière un comptoir. Sur ses traits tirés, on lit un profond ennui. Comme nous nous approchons, elle lève les yeux de sa grille de mots croisés et semble nous jauger. Elle cherche probablement à savoir si nous valons la peine qu'elle se mette en quatre pour exercer ses talents de vendeuse.

Ma mère lui lance un chaleureux :

— Bonjour !

La femme regarde sa montre, apparemment surprise de constater qu'il est près de 15 heures.

— B'jour ! répond-elle en faisant craquer ses mâchoires.

Elle a un visage poupin. Elle a dû se mettre du rouge à lèvres ce matin, mais il a coulé dans les ridules qui bordent sa bouche. Réflexion faite, je ne suis même pas sûre que ce soit du rouge… la couleur est indéfinissable !

Sous ses cheveux platine collés par la laque — et qui auraient sérieusement besoin d'une nouvelle couleur —, ses yeux sont d'un bleu délavé.

— Je cherche une robe pour moi, commence ma mère.

Puis, après un instant d'hésitation, elle ajoute :

— Pour mon troisième mariage.

La vendeuse lève la tête et hausse un sourcil, geste qu'on pourrait prendre pour une marque d'intérêt.

— C'est que cela réduit considérablement le choix de modèles, dit-elle d'un ton dédaigneux en montrant de la main les kilomètres de tissu sur le côté gauche de la pièce.

Elle saute de son tabouret et se dirige vers le fond du magasin avec une assurance qu'on pourrait presque qualifier de gracieuse, si elle ne portait un pantalon de Stretch noir et un haut bien trop grand pour elle...

Je vois que ma mère reprend courage : elle a commencé à papoter avec la vendeuse ! Elle lui raconte comment nous avons passé toute la journée à chercher des robes, lui confiant au passage que mon aide lui a été très précieuse...

— Ma fille est éditrice. Elle travaille pour le plus grand magazine de mariées, *Bridal Best*. Vous connaissez sûrement...

La vendeuse s'arrête net et se retourne pour m'observer. Puis, lançant à ma mère un regard qui signifie clairement le peu d'intérêt qu'elle porte à cette information, elle lui demande :

— Quand aura lieu le mariage ?

— Euh, le troisième week-end de septembre, répond ma mère, décontenancée.

Elle finit même par lâcher avec un sourire décidé :

— A Saint Thomas.

La femme digère la nouvelle et s'avance vers une rangée de robes aux diverses nuances de blanc cassé.

Cette vendeuse commence à me plaire. C'est peut-être à cause de son manque de réaction à l'évocation de mon illustre carrière, ou sa façon de passer d'un rayon à l'autre, qui donne l'impression qu'elle sait exactement ce qu'elle cherche. Ce doit être le genre de femme qui ne s'en laisse pas conter et sait garder la tête froide, avec le souci du détail.

Elle finit par faire son choix et nous sort une robe plus proche du blanc que de l'ivoire. La jupe, longue et vaporeuse, est surmontée d'une sorte de décolleté bien rembourré et de manches en tulle.

Maman regarde la robe, puis la vendeuse, se demandant sans doute si elle va laisser cette petite bonne femme prendre à sa place l'une des décisions les plus importantes de son mariage.

— Je voyais plutôt quelque chose de… de moins blanc. Et de moins… vaporeux peut-être. Un tailleur, par exemple…

La vendeuse remet le cintre en place d'un geste brusque. Elle se tourne vers ma mère et lui susurre sur le ton de la confidence :

— Laissez-moi vous dire une chose, ma petite dame. Premièrement, je me fiche pas mal de ce que les gens disent sur ce qu'on doit porter ou pas quand on se marie pour la deuxième ou la troisième fois… Croyez-moi, aucune femme de cinquante ans et plus ne supporte la couleur ivoire. Sauf les blondes, ce qui n'est manifestement pas votre cas.

Ma mère jette un œil dans ma direction, mais je suis fascinée par cette petite femme autoritaire qui va jusqu'à prendre des accents de prophète.

— Deuxièmement, vous connaissez déjà la chanson. La première fois, vous vous êtes mariée pour faire plaisir à vos parents. La deuxième fois, peut-être par amour, ou par solitude. Qui sait…

Ma mère ouvre des yeux grands comme des soucoupes.

— Mais quand on a la chance comme vous de se marier une troisième fois… Alors là, je suis prête à parier que vous le faites vraiment pour *vous*.

Ma mère finit par sourire, comme si cette femme la comprenait.

La vendeuse tire sur le bas de la robe.

— Vous avez vu ce tissu, et cette coupe ? Vous êtes

peut-être un peu stressée, c'est normal avant un mariage. Et vous avez tendance à vous offrir un petit gâteau de plus le matin avec votre café. Eh bien, vous voyez, avec ce pli d'aisance là, personne n'y verra rien !

Alors là je dis bravo ! Elle lit dans nos pensées, ce n'est pas possible !

— Et puis les manches sont suffisamment légères pour que vous n'ayez pas trop chaud. Quant à ce haut, il convient à toutes les femmes, même avec une poitrine comme la vôtre, dit-elle avec un regard appréciateur sur le décolleté avantageux de ma mère.

Maman est un peu déboussolée.

— Croyez-moi, dit la vendeuse en lui collant la robe dans les mains. Essayez-la !

Quelques minutes plus tard, ma mère se retrouve sur un petit piédestal devant un miroir à trois faces. Une apparition en blanc cassé.

Elle sourit timidement. Je sais qu'elle sait que cette robe lui va bien… La vendeuse, qui nous a confié son nom, Betty, en aidant ma mère à enfiler la robe, la regarde d'un air satisfait.

— Maman, elle te va très bien.

Elle est radieuse. Puis elle jette un regard inquiet sur sa poitrine généreusement renforcée.

— J'ai l'impression d'être passée d'un bonnet B à un bonnet C.

Betty se force à sourire.

— Vous savez, ma petite dame, même quand on se marie pour la troisième fois, on a besoin d'*un peu de rêve*.

L'argument massue… Cette fois, ma mère est décidée.

Betty prend quelques mesures, puis elle concentre son attention sur moi. Il faut dire que ma mère, dans un accès de complicité, lui a appris que je serai demoiselle d'honneur… Elle est même allée jusqu'à lui dire que je viens d'être larguée par mon petit ami !

— Vous savez, rien de tel qu'une croisière pour rencontrer un homme.

Et comme elle vient de nous montrer un merveilleux collier et les boucles d'oreilles assorties — qui ont été faits avec les diamants offerts par ses trois premiers maris —, je me range, résignée, à son choix : un modèle très près du corps dans les tons lavande, suffisamment élastique au niveau de la taille pour camoufler les effets du stress de dernière minute…

Finalement, tout va bien, non ? Nous réglons le prix des robes et prenons congé de Betty, très satisfaite de sa prestation.

Et même si tout ne va pas bien, j'aurai au moins une jolie robe !

De vous à moi : chat échaudé craint l'eau froide.

D'habitude, après un week-end chez ma mère, j'ai l'impression de retrouver ma liberté quand je rentre à New York. Cette fois, c'est différent. En ce lundi soir, après un week-end prolongé à parader en ma qualité de dernière célibataire de la famille, je n'ai pas cette sensation de réconfort à la vue des cafés et des boutiques qui éclairent la nuit tombante.

Je n'ai d'yeux que pour les couples… Certains marchent la main dans la main, d'autres sont attablés à une terrasse de café et se murmurent des mots doux à la lueur des bougies, penchés l'un vers l'autre.

En montant l'escalier qui mène à ma misérable chambre, j'en viens même à souhaiter qu'un fric-frac se soit produit en mon absence. Rien de trop grave, juste deux types qui se seraient faufilés dans mon appartement par la fenêtre en utilisant la sortie de secours, et qui m'auraient dérobé quelques objets essentiels : comme mon portable, plein de rêves à moitié desséchés, ou ma collection de souvenirs de Tony… On dit bien que tout est possible à New York, n'est-ce pas ? Alors pourquoi pas les voleurs de souvenirs ?

Mais quand je me glisse dans l'obscurité de mon appartement, tout est calme. J'allume la lumière : rien n'a changé. Comme dans ma vie…

Je commence à déballer mes affaires en soupirant comme une malheureuse. C'est alors que je remarque que mon répondeur clignote. J'appuie sur la touche « Lecture » sans grand enthousiasme. Il est pourtant rare qu'une fille seule à New York ne soit pas tourneboulée à la vue de cette petite lumière rouge !

Après un bruit bizarre, comme si mon correspondant n'arrivait pas à se saisir du combiné… ou à mettre de l'ordre dans ses pensées, j'entends une voix d'homme, et mon cœur s'arrête.

— Salut, Emma. C'est Tony.

Mon sac tombe par terre avec un bruit sourd.

— J'appelle juste pour avoir de tes nouvelles. Euh, je voulais appeler plus tôt, mais j'ai mis pas mal de temps à me trouver un logement. Difficile à croire, mais à L.A., les loyers sont presque aussi élevés qu'à New York.

Là, j'entends son rire, ce petit rire qu'il a chaque fois que quelque chose défie son sens inné de la logique. Une onde de chaleur m'envahit.

— Bref, je me doutais que tu ne serais pas là ce week-end, tu es sans doute partie à Long Island, te baigner ou je ne sais quoi. Mais j'étais là assis en train de penser à toi, alors je me suis dit que j'allais t'appeler.

Une pause.

— Appelle-moi quand tu rentres. Mon numéro est 213-555-5684. Bon, j'espère entendre bientôt ta voix. Tu me manques.

Complètement sonnée, je me précipite sur le répondeur et je reviens en arrière pour réécouter le message. J'ai besoin de décortiquer chaque mot, surtout les trois derniers. Je *lui manque* ! Je *lui manque* ! Mon cœur se laisse porter par le son de sa voix. J'ai l'impression qu'il se sent seul… loin de moi. Je griffonne son numéro sur un morceau de papier que j'ai trouvé près de mon lit. Et pour être bien sûre de ne pas le perdre, je le note dans mon calepin. En regardant ce numéro tout nouveau pour moi que j'ai noté en vitesse juste sous celui de l'ancienne adresse de Rivington Street — que je ne peux toujours pas me résoudre à barrer —, je me demande si je dois le rappeler tout de suite. Je jette un coup d'œil à ma montre. Il est 21 h 30, c'est-à-dire 18 h 30 à Los Angeles. Va-t-il penser que je ne peux vivre sans lui ? Je pourrais le faire mariner pendant des semaines pour qu'il pense que je l'ai oublié comme lui… Mais qui serait le plus embêté ? C'est moi qui ne pourrais jamais survivre à ces semaines d'attente. Je saisis le combiné et je compose le numéro.

Il répond aussitôt.

— Salut !

— Tony ?

Quelle question idiote. Je connais sa voix certainement mieux que la mienne.

— Emma.

Le soulagement est si palpable dans sa voix que mon cœur bat trois fois plus vite.

— J'espérais que tu appellerais ce soir. Comment vas-tu ?

— Super bien.

Je ne peux m'empêcher d'enchaîner.

— Dis-moi, comment est L.A. ? Et ton nouvel appartement ? Ton nouveau *job* ?

— Tout se passe bien, vraiment. Le boulot, ça va ! Pas mal de grosses têtes, mais je m'en tire bien pour le moment. Il faut juste y aller sur la pointe des pieds…

— Ça ne te plaît pas, je me trompe ?

— Mais si, je t'assure. Mon Dieu, si tu savais comme

tu me manques, Emma. Toi et ton sens de l'humour, entre autres…

Je me concentre sur sa première phrase : je lui manque ! C'est merveilleux.

— Raconte-moi tout, Tony. Comment est ton appartement ? Tu ne te sens pas trop seul ?

— Non, en fait les loyers sont tellement dingues que j'ai repris le système de la colocation.

— Comme avec ton vieux copain de chambrée, le vendeur de bibine ?

— Non, Dieu merci. L'appartement est vraiment extra, à deux pas de la plage. De la fenêtre de ma chambre, j'ai une vue extraordinaire sur la mer.

— Génial ! dis-je en tournant la tête pour regarder par la fenêtre de ma chambre.

La vue est nettement moins classe : un mur de brique. Ça me semble incroyable ! Et incroyablement romantique… Je me sens un peu le cœur lourd.

— Il faut vraiment que tu viennes me voir, Emma. Je crois que ça te plairait.

Mon malaise se dissipe.

— C'est vrai ? Eh bien, dès que possible. J'ai encore une semaine de vacances, je pourrai sûrement la prendre avant la fin juin.

Il marque une pause. Je suis suspendue à ses lèvres, morte d'angoisse.

— Oui, pourquoi pas, c'est à envisager.

Puis il change habilement de sujet avant que je n'aie le temps de m'imaginer dans l'avion qui m'emmène pour une nouvelle vie là-bas, sur la côte Ouest…

— Et toi, ton boulot, ça va ?

— Super, dis-je en me traitant mentalement d'idiote.

Il ne faut pas que je lui donne trop l'impression d'avoir besoin de lui. Pour valoriser mon ego, je lui explique la situation. En fait, l'une des éditrices senior a démissionné, et je suis sur les rangs pour prendre la relève.

Et toc ! Ça devrait l'impressionner. Il faut que je lui montre ce que je suis capable de faire sans lui.

— C'est merveilleux, Emma. J'ai toujours su que tu aurais un grand avenir.

— *Vraiment ?*

Celle-là, je la garde pour y penser plus tard… Pour l'instant, je n'ai pas le temps d'envisager toutes les raisons que peut avoir un homme de quitter une femme promise à un bel avenir. Tout ce qui m'importe, c'est de me laisser emporter par la chaleur de cet amour pur et inchangé qui transparaît dans sa voix.

— Tu sais, Tony, ça me fait tellement de bien de t'entendre.

— Ouais, moi aussi. J'ai été tellement occupé ces temps-ci avec ce nouveau boulot, cet appartement… Je n'ai même pas eu le temps de penser que tu me manquais. Et puis le week-end est arrivé, et je n'ai pas arrêté de penser au *Memorial Day* de l'an dernier. Tu t'en souviens ? Nous avons réussi à tenir à seize dans cette maison d'East Hampton.

Il se met à rire.

— Jamais je n'aurais cru que je partagerais ma chambre avec toi et *Sid*… et aussi la petite amie de Sid, cette espèce de stripteaseuse un peu fofolle, c'était quoi son nom déjà ?

Sid est un type avec lequel il travaillait lorsqu'il était serveur…

— Ce n'était pas Barbie ? Ou Bambi, je ne sais plus.

— Oui, quelque chose comme ça.

Il pouffe de rire, puis reprend d'une voix plus douce :

— Mais on a quand même réussi à leur échapper pour faire notre petit numéro de strip-tease…

Un silence. Nous nous remémorons tous deux cette nuit où nous avons cherché un coin discret pour faire l'amour sur la plage, au clair de lune… Nous étions à la fois excités et angoissés par cette lueur blafarde qui pouvait à tout moment trahir notre présence aux éventuels promeneurs... C'est l'un des moments les plus intenses que nous ayons connus, et le souvenir encore brûlant de cette nuit enivrante nous rapproche de nouveau. La chaleur m'envahit, je la sens dans mes veines, sur ma peau... Je comprends soudain pourquoi les gens font parfois l'amour par téléphone.

— Tu étais si belle cette nuit-là... Avec tes cheveux longs qui cachaient presque tes seins.

Mes cheveux n'étaient pas *si* longs que ça, mais ce n'est pas le moment de réduire à néant un fantasme dont je suis la star...

— Tu n'étais pas mal non plus, avec ton bronzage et ta barbe naissante.

— C'était le bon temps, Emma ...

— C'est vrai !

Je lui laisse le temps d'évoquer ces souvenirs, espérant sans trop y croire qu'ils l'inciteront à attraper une décision. A faire ses bagages, par exemple, et à prendre le premier vol pour venir passer avec moi une semaine de débauche.

Au lieu de ça, il me dit :

— Bon, il faut vraiment que je te laisse.

Non ! Et comme si c'était lui qui avait désespérément besoin de ne pas rompre ce lien, je lui suggère :

— Nous pouvons continuer à bavarder, si tu veux...

— Ouais, enfin, il faut que j'arrive tôt demain au boulot. Nous rencontrons l'un des producteurs, et je dois préparer la réunion ce soir. Le devoir m'appelle, comme on dit.

Depuis quand est-il devenu aussi responsable ? C'est vrai que jusqu'à présent, il n'a jamais eu de job qui lui plaise vraiment... Il n'avait jamais rien à préparer, et aucun besoin de se reposer avant d'aller travailler !

— Je comprends.

— Bon, alors on se rappelle, d'accord ? Surtout, tiens-moi au courant pour ta promotion.

— Bien sûr.

Je voudrais que les lignes téléphoniques soient toujours libres à tout moment, pour qu'il puisse m'appeler chaque fois qu'il en a envie. Et j'espère qu'il en aura envie très souvent…

— Et toi, Monsieur le grand scénariste, tiens-moi au courant de ce qui t'arrive.

Il se met à rire.

— Bonne nuit, Emma.

— Bonne nuit, Tony.

Je t'aime dit mon cerveau en écho, un peu par habitude, mais surtout parce que Tony me manque terriblement…

De vous à moi : je me sens fin prête à nourrir quelques illusions sur ma vie sentimentale.

Pour la première fois depuis longtemps, j'hésite avant d'appeler Jade et Alyssa. Elles doivent être chez elles toutes les deux après ce long week-end, Jade avec des tas d'histoires paillardes ramenées de Fire Island, et Alyssa angoissée par son avenir.

Pourtant, je ne peux pas me décider à composer l'un ou l'autre numéro, tant je demeure sous le charme de la voix de Tony. Je n'ai pas envie d'entendre Jade me dire — de cette voix narquoise qu'elle prend pour évoquer les malheurs de l'humanité — que Tony a appelé simplement parce qu'il se sentait seul, et que ses propos chaleureux sont tout de même très vagues et ne riment pas à grand-chose… Quant à Alyssa, elle va tout de suite comprendre pourquoi j'ai l'air si heureuse tout à coup. Elle saura que je me berce de faux espoirs.

Mais après tout, les faux espoirs, c'est toujours mieux que pas d'espoir du tout, non ? Et puis, je suis toujours persuadée que Tony et moi sommes faits l'un pour l'autre. Je n'attendais que *cet* appel pour m'en convaincre. Et si j'en crois l'immense solitude qui se cache derrière sa voix, il est sûrement en train de comprendre où est son chemin. Et ce chemin mène à moi…

Je décide de n'appeler personne, de faire un peu de cocooning en écoutant avec délectation quelques CD de Sade, des couplets sexy et pleins de vie sur l'amour vrai. On dirait qu'ils ont été écrits pour moi.

Le lendemain, je me rends au bureau avec mes illusions toujours intactes. Je résiste à l'envie de répondre à l'e-mail savoureux que Jade m'a envoyé… Pourtant, elle y fait allusion à une rencontre intéressante sur le plan sexuel…

C'est au moment où je vais déjeuner, toujours avec mes illusions, que Rebecca rapplique dans mon bureau. Au premier coup d'œil, je lui trouve une mine désastreuse. Et ça ne lui arrive *jamais* ! Elle a le visage grave et les yeux rougis… Elle me demande d'une petite voix misérable que je ne lui ai jamais connue :

— Tu veux bien déjeuner avec moi ? J'ai vraiment besoin de parler à quelqu'un.

Je jette un regard furtif sur sa main gauche : elle n'a pas de bague. Ça me revient, maintenant, cette histoire de demande en mariage… Apparemment, ça ne s'est pas passé comme prévu. Devant son désarroi, j'attrape mon porte-monnaie et je la suis vers les ascenseurs.

Sur le trajet du Tivoli — un petit restaurant italien situé à trois pas d'ici, et si peu cher que même les plus fauchés d'entre nous peuvent se permettre d'y manger —, nous ne parlons pratiquement pas. Ce n'est qu'une fois assise en face de moi, le menu à la main, que Rebecca se décide à me dire ce qu'elle a sur le cœur.

— Il ne s'est rien passé. Pas de bague, pas de demande en mariage, rien !

Je la sens au bord des larmes. Elle me fait vraiment de la peine. Je lui presse la main pour lui faire comprendre combien je suis avec elle.

— Que s'est-il passé ?

Elle refoule ses larmes comme si le souvenir de la scène lui redonnait des forces.

— Eh bien, nous sommes allés dans l'East Hampton, comme prévu. Pendant tout le trajet, tout allait bien. On a parlé de notre dernier séjour là-bas, on s'était vraiment éclatés.

D'un signe de tête, je l'encourage à poursuivre.

— Une fois arrivés au B & B — tu sais, cet endroit dont je t'ai parlé avec toutes ces moulures anciennes et ces encadrements de fenêtre d'époque —, eh bien, la première chose que je remarque, c'est que tout a été refait. Ça aurait déjà dû me mettre la puce à l'oreille…

Je lui souris timidement. Mais je ne vois pas ce qu'un peu de peinture fraîche et de mastic viennent faire dans l'histoire.

— Naturellement, Nash a vu combien j'étais surprise. Il m'a expliqué qu'ils avaient tout rénové. Et figure-toi que ça lui *plaisait* ! Tu comprends, je ne dis pas que c'est horrible, mais je trouve qu'ils auraient dû laisser un peu plus de choses d'époque. Dieu merci, ils ont eu le bon sens de garder l'escalier… une vraie merveille du XIXe siècle !

Si elle continue, mon sourire de commande ne va pas tarder à se transformer en grimace. Comme si je m'y connaissais en matière d'escaliers d'époque !

Le serveur vient prendre notre commande et s'éclipse discrètement, laissant à Rebecca le champ libre pour continuer son histoire apparemment sans queue ni tête…

— Pendant tout le week-end, il avait l'air vraiment ailleurs. Chaque fois que nous étions seuls dans la chambre, il se lançait dans un éloge poétique du nouveau Jacuzzi, ou m'expliquait combien il préférait la nouvelle moquette neuve au parquet d'avant… J'ai très bien compris pourquoi il me disait tout ça !

— Comment ?

Je me penche en avant, pour essayer d'y voir clair, moi aussi.

— J'étais en bas, à la réception, pour demander des renseignements sur la location de voiliers dans la région. Nash adore faire de la voile, et j'ai pensé que ça pouvait être un bon endroit pour me parler... En pleine mer, seuls, tu vois ce que je veux dire... Bref, à un moment, je commence à parler avec la réceptionniste de tous ces chamboulements, et voilà qu'elle me glisse dans la conversation qu'ils ont envoyé des bons pour une remise de 20 % à tous leurs anciens clients pour leur souhaiter la bienvenue dans les nouveaux locaux !

— Ah ? Ecoute, c'est un comptable. Tu m'as dit toi-même que c'est ce que tu aimes chez Nash. Sa tendresse pour les chiffres...

— Eh bien à propos de tendresse, je t'assure que pour les câlins, il repassera ! marmonne-t-elle. Moi je pensais qu'on était là parce que c'était *romantique*. Pas pour avoir des remises !

Je suis un peu choquée par la réaction brutale de Rebecca, mais je m'abstiens de tout commentaire.

— Bref, j'ai passé tout le week-end à me demander quand il allait se décider à parler. Une idée fixe. Samedi soir, nous mangions au restaurant au bord de l'eau, et j'étais persuadée que le moment était venu. Il y avait un magnifique coucher de soleil, on venait de nous servir une petite bouteille de bordeaux, un délice... Nash et moi nous regardions dans le blanc des yeux... Et voilà qu'il se met à me raconter une stupide histoire de bureau ! Il me dit que son patron ne l'a toujours pas appelé pour la réunion prévue la semaine suivante. Franchement, je ne me rappelle plus ce qu'il m'a dit exactement, tout ce que je sais, c'est que ça n'était vraiment *pas* le moment de parler travail !

— Il est peut-être un peu stressé par son boulot, et il a besoin de clore ce chapitre avant de penser à autre chose.

J'essaie de la consoler comme je peux. A m'entendre, on croirait que je suis soudain investie d'une sagesse venant du fond des âges qui me permet de comprendre les raisons qui poussent les hommes à agir.

— Tu sais, certains hommes ne pensent même pas au mariage avant d'avoir un bon compte en banque et un solide plan de retraite…

— Oh, de ce côté-là, pas de problème, dit Rebecca avec dédain.

Puis elle avale délicatement une gorgée d'eau, comme s'il n'avait jamais été question pour elle de sortir avec un sans-le-sou. Elle soupire.

— J'avais l'impression qu'il ne pensait absolument pas à notre avenir. A *nous*. Et comme il n'a rien dit non plus le dimanche, j'ai compris que je pouvais toujours attendre pour la bague… J'étais furieuse !

Elle tremble de rage.

J'avoue qu'en la voyant, un petit signal d'alarme se déclenche dans mon cerveau. Est-ce que toutes les femmes qui n'obtiennent pas ce qu'elles veulent sont comme ça ? Est-ce que j'ai aussi les veines du cou qui gonflent chaque fois que le nom de Tony revient sur le tapis ? Je sens que Rebecca a vraiment besoin d'un peu de réconfort. Il faut que je lui dise n'importe quoi pour arrêter cette fureur qui va nous détruire toutes les deux. Maintenant que j'ai maîtrisé l'art d'avaler des couleuvres, je suis certaine de pouvoir montrer à Rebecca comment se faire des illusions…

— Rebecca, tu *sais* très bien qu'il va le faire. Tu es en colère parce qu'il ne t'a pas parlé au moment où toi tu le voulais. De toute façon, c'est bien mieux comme ça parce que, en réalité, tu n'avais pas très envie d'être demandée en mariage dans une maison entièrement rénovée, je me trompe ?

Je me retiens de rire en voyant avec quel sérieux elle boit mes paroles.

— Tu as raison.

Elle reprend un peu espoir.

— En plus, je suis sûre que Nash est en train de te concocter une surprise, quelque chose de bien plus excitant que ce à quoi tu as jamais rêvé !

A présent, elle sourit franchement.

— Tu as sûrement raison.

— Ce que j'essaie de te dire, c'est que tu dois avoir l'esprit ouvert. Tu ne sais pas ce que Nash pense, dis-je en me sentant malgré tout un peu coupable de lui jeter un os maintenant qu'elle vient de reprendre si vite du poil de la bête.

Mais je ne m'en fais pas trop, je sais bien qu'un jour ou l'autre, Nash se décidera à demander à Rebecca de l'épouser… Enfin, dites-moi qui n'aurait pas envie de se marier avec une fille qui a un système d'archivage capable de rivaliser avec celui de la Librairie du Congrès ? Une fille au teint de pêche dès le saut du lit. C'est le genre à être fraîche et pimpante dès le moment où sa tête quitte son oreiller Laura Ashley…

On nous apporte nos plats. Pour moi, un poulet grillé sur lit de verdure, avec une vinaigrette au citron, et pour Rebecca un burger géant dégoulinant de fromage fondu et garni de frites croustillantes. Bien que j'essaie de camper stoïquement sur mes positions de nouvelle adepte des légumes verts, je dois dire que je regrette de ne pas avoir pris la même chose que Rebecca. En la voyant attaquer son plat, j'en ai l'eau à la bouche !

Je pioche dans mes légumes verts en soupirant. Et tandis que Rebecca continue de me vanter la gentillesse de Nash, et leur complicité, je repense à ce que nous faisions Tony et moi. Comme si rien ne s'était passé, comme si nous étions toujours ensemble. D'ailleurs, aux yeux de Rebecca, je suis toujours la petite amie énamourée de Tony.

Et je ne suis pas vraiment pressée de crever cette petite bulle de bonheur…

De vous à moi : je ne suis décidément pas prête à rencontrer l'homme idéal.

Le lendemain soir, je reçois un coup de fil de Jade.
— Mais où étais-tu passée ?
— Pourquoi « étais » ?
— Je t'ai laissé un e-mail, et j'ai essayé de t'avoir hier soir. Bref, ce n'est pas grave. Comment vas-tu ? Sympa, ton week-end ?
— Toi d'abord ! dis-je pour éviter de trop parler de moi. J'ai comme l'impression que quelqu'un s'est enfin décidé à passer une nuit d'amour.
— Ah bon. Qui ?
— Mais toi, voyons. Je rêve ou tu as écrit dans ton e-mail que tu as mis la main sur un mec plutôt sexy ?
— Mais il ne s'agit pas de moi ! Je parlais de Ricky Phillips, dont je t'ai déjà touché un mot. Il a créé sa propre ligne de blousons pour motards. Un as dans l'industrie de la mode. Et très sexy…
— C'est quoi alors le problème pour coucher avec lui ?
— C'est la plus grande prostituée de Fire Island.
— Commet peux-tu traiter un mec de prostituée ?
— Avec lui, c'est facile ! Il a couché avec *tout le monde* dans le business.
— Sauf toi, naturellement.
— Naturellement. Je suis peut-être en manque en ce moment, mais je ne suis pas stupide. Coucher avec ce type pendant un week-end à Fire Island, alors que tous les gens que je connais sont là, c'est tout simplement du suicide. Tu couches avec lui, aussitôt on te colle l'étiquette Ricky sur le dos, et personne ne veut plus jamais de toi.
— Mais pourquoi ?

— Parce que tu passes pour une fille facile, et ça n'amuse personne. La plupart des mecs aiment les défis. Si tu cèdes à Ricky, on pense que tu le feras avec n'importe qui.

Apparemment, il faudrait que je reprenne le B.A. BA de : « Comment gérer sa vie sexuelle ? »

— Bon, et où en es-tu avec Enrico ?

— Il s'incruste, mais il commence à m'agacer. Si ce n'était pour son évidente virilité, que son jean a du mal à cacher, je le larguerais.

— Quoi ?

Je commence à penser que si Jade n'a pas de vie sexuelle, c'est surtout parce qu'elle s'énerve un peu trop facilement.

— Je rentre de Fire Island lundi soir, et à peine arrivée, je trouve déjà deux messages de lui. Ça me fatigue, basta, je ne le rappelle pas. Le lendemain, il m'appelle au boulot et me fait une scène parce que je ne l'ai pas rappelé. Et en plus, il me fait une crise de jalousie sous prétexte que j'étais sûrement avec d'autres mecs pendant mon week-end.

— Pauvre Enrico.

— Pauvre rien du tout. Nous ne sommes sortis qu'une fois ensemble, et il joue déjà les hommes possessifs.

— Et alors, c'est si terrible que ça ? Il voudrait avoir l'exclusivité tout simplement parce qu'il tient à toi.

— Ça veut dire quoi ?

— Ça veut dire qu'il serait peut-être temps d'être un peu indulgente avec lui, Jade. Tu lui *plais*. Comment veux-tu que ça lui fasse plaisir de te voir partir à Fire Island sans lui ?

— Oui, c'est vrai. Bon, je vais lui donner une autre chance. Ce week-end, nous sortons ensemble. Il va se retrouver nu comme un ver avant même d'avoir tenté quoi que ce soit. Après, il faudra que je le laisse tomber et que je m'en passe pendant trois mois. Bien que… je me demande ce qui va se passer quand je vais coucher avec lui. Il va sûrement me traîner par les cheveux jusqu'en Italie pour me présenter à sa mère…

— Un voyage en Italie, ça ne serait pas si mal.

— Ah, ça, jamais !

Je l'entends allumer une cigarette, et elle me demande d'un ton soupçonneux :

— Depuis quand es-tu devenue le porte-parole des mâles ? Je ne t'ai jamais vue défendre avec autant de fougue le clan de ceux qui se prennent pour le sexe fort !

Ça y est, elle sait !

— Euh, c'est-à-dire, je viens de me rendre compte que les femmes sont parfois trop dures avec les hommes. Moi, par exemple, je suis en colère après Tony alors que, finalement, il ne fait que vivre ses rêves. Je n'ai pas à...

— Il a appelé, c'est ça ?

— Oui, mais ça n'a rien à voir...

— Attends, laisse-moi deviner... C'était le week-end prolongé du *Memorial Day*, et Tony Holt, qui vient d'arriver dans sa ville d'adoption, n'a personne avec qui jouer pendant ces trois jours, alors il se dit : « Tiens, si j'appelais mon ex pour lui faire part de mes états d'âme ? »

Ces mots me font mal, mais je chasse mes pensées négatives pour prendre aussitôt la défense de Tony.

— Il m'a juste passé un petit bonjour. Et il m'a dit qu'il appellerait une fois installé...

— Ne me dis pas que tu as l'intention de faire ami-ami avec lui, après votre séparation ?

— Bien sûr que si. Je tiens beaucoup à ce que nous restions amis. Pourquoi pas ?

— Ecoute, Emma. Je te parle en tant qu'ex, et je sais de quoi je parle... La *seule* raison que les mecs ont de vouloir rester amis avec leurs ex, c'est de pouvoir « s'envoyer en l'air entre amis » quand ils n'ont personne d'autre sous la main.

Ah ! Cette fois-ci, je la tiens. Je ris, très sûre de moi.

— Bien sûr, parce que, comme chacun le sait, c'est très

facile pour Tony et moi de faire l'amour comme des fous avec huit mille kilomètres entre nous !

— Sa famille habite toujours ici. Il va forcément revenir chez lui un jour ou l'autre. Tu ne crois pas que ça serait commode pour lui d'avoir une bonne vieille copine sous la main pour passer un bon séjour ?

— Sa famille est dans le New Jersey !

J'espère tellement qu'il va venir m'enlever… Pourquoi pas à Noël ? Est-ce trop demander ?

— Et alors ? Crois-moi, quand ils sont en manque, tout est bon pour eux. Même l'amour par téléphone.

— Ecoute, Jade, je n'allais quand même pas lui dire que je ne lui adresserais plus jamais la parole… Rien que d'y penser, j'en ai des frissons dans le dos.

Elle soupire.

— D'accord, d'accord ! Parle-lui. Je te dis simplement de faire attention. Si tu lui parles trop souvent, tu vas finir par te convaincre que tu as un petit ami. Alors que ce n'est pas vrai. Et tu vas repousser tous les prétendants *sérieux* qui se présenteront, sous prétexte de lui rester fidèle !

Tout à coup, un souvenir me revient. Celui d'un homme, potentiellement riche, grand… en un mot, un beau parti. Elle a raison. Voilà que j'allais oublier mon futur boyfriend (théorique). Henry Burke.

— Mon Dieu, c'est vrai que j'ai rendez-vous avec lui !

— Tu vois ce que je veux dire ? D'ailleurs, tu te sens déjà coupable.

— Non, tu n'y es pas. C'est à cause de demain soir. Je n'ai rien à me mettre !

Je regarde mes bourrelets d'un air lugubre.

De vous à moi : je me sens temporairement soulagée sans payer le prix fort.

Le lendemain, Jade vient à ma rescousse. Nous déjeunons

ensemble, puis elle me traîne à une vente de fringues. Un nouveau styliste… Elle ne jure que par lui !

Dès qu'on parle mode, je fais entièrement confiance à Jade. Pas seulement parce que je suis désespérée, mais parce que je suis convaincue qu'elle sait mieux que moi ce qui me convient. Elle est d'ailleurs capable de jauger n'importe qui — homme ou femme — du premier coup d'œil, et de nous sortir ses mensurations, du tour de taille jusqu'à la pointure de chaussures ! Ça m'a toujours épatée… C'est sans doute pour cela qu'elle est capable d'évaluer sans jamais se tromper la taille du sexe d'un homme. Ça lui évite quelques déceptions si jamais elle en ramène un chez elle.

Avant même que l'heure ne soit écoulée — celle que je prends pour la pause du midi —, je me retrouve équipée de pied en cap pour retourner au bureau : petite jupe noire froufroutante, haut en tricot assez moulant, dans le ton bleu des mers du Sud qui rend mes yeux particulièrement brillants, et un gilet noir un peu moiré à un seul bouton pour me protéger de la fraîcheur du soir. Ce n'est pas qu'il fasse très froid le soir, mais j'ai craqué en voyant le prix ! Impossible de partir sans…

De retour au bureau, je découvre un message d'Henry sur mon répondeur. En parfait gentleman, il me confirme que nous devons prendre un pot ensemble ce soir. Je le rappelle, débordante de confiance, et je lui propose de me retrouver au Karma, un petit bar de la 4e Rue Ouest, c'est-à-dire à deux pas de chez moi. Ça m'arrange ! Je n'ai aucune intention de le faire monter dans mon studio — bien au contraire — mais je veux avoir la possibilité de rentrer très vite chez moi au cas où le rendez-vous tournerait au fiasco. Et d'attendre que Tony me rappelle.

Plus tard, en me préparant pour mon premier raid dans le monde des célibataires, je commence à douter… « Tu n'es pas prête », me dis-je en prenant une douche express, histoire de faire disparaître toute trace d'anxiété. Je passe ensuite un temps incroyable à me sécher les cheveux, tout en essayant de me convaincre que même si les choses ne se passent pas très bien avec Henry Blurke, il me reste au moins Tony… d'une certaine façon. C'est vrai, ça, j'ai son numéro de téléphone. Et il m'a invitée à aller le voir… Ça n'est pas *rien* !

Je soigne mon maquillage, et j'enfile mes nouvelles frusques. Le contact du tissu soyeux de ma jupe sur mes jambes fraîchement épilées me redonne confiance. J'enfile le haut par la tête en prenant bien soin de ne pas me décoiffer. Il ne reste plus que les chaussures, que j'ai choisies à la fois confortables et sexy. Puis je me plante devant la grande glace et je me regarde d'un œil critique.

Franchement, je suis magnifique. De la tête aux pieds. Pas de bourrelet menaçant : ma jupe tombe impeccablement. Quant au haut moulant, il met ma poitrine en valeur et fait déjà ressortir les premiers résultats de mes cours de gym : des bras et des épaules légèrement musclés.

Je regarde ma montre. Il me reste peu de temps pour appeler Alyssa. Heureusement, elle répond à la seconde sonnerie.

— Salut ! Ce soir, je sors avec ce bon vieux Henry.

— Ah bon ! Pourquoi ne m'as-tu rien dit ?

— Mais je *suis* en train de te le dire ! Et puis j'ai l'impression que tu as d'autres chats à fouetter.

J'oublie de dire que j'avais presque oublié mon rendez-vous de ce soir après le coup de fil de Tony.

— Dis-moi, comment va Lulu ?

— Etat stationnaire. Je l'emmène voir…

Elle stoppe net, juste avant de prononcer le *J* fatidique. Je suis sûre que Richard est entré dans la pièce.

— Je l'emmène samedi faire les tests.

— Tu veux que je t'accompagne ? On peut se donner rendez-vous là-bas, et aller à la gym après.

— Je crois que c'est mieux si j'y vais seule, dit Alyssa avec plein de sous-entendus dans la voix.

Mais je n'ai guère le temps de les décrypter maintenant.

— OK, tu sais que je suis là si tu as besoin de moi.

— Je sais, merci. Mais ne t'inquiète pas pour moi. J'espère que tu passeras une bonne soirée. Je n'ai rencontré Henry qu'une fois, mais il m'a fait l'effet d'être un mec supersympa. Et Richard l'aime beaucoup.

Je ne peux m'empêcher de sourire.

— Oh, alors, s'il a ta bénédiction et celle de Richard, il ne peut être que bien !

De vous à moi : eh oui, les apparences comptent pour moi. Plus que je ne le pensais.

J'entre dans le bar à peine éclairé. J'ai accepté ce rendez-vous arrangé en espérant que ma copine Alyssa me connaît suffisamment pour avoir une idée précise de mes goûts en matière d'hommes. Mais j'ai beau scruter la pièce à la recherche d'un beau brun à lunettes plongé dans ses pensées devant un Martini, je ne vois rien qui ressemble de près ou de loin à ce portrait.

J'aperçois alors un type en costume gris foncé qui se lève et me fait un signe timide de la main. Ce n'est décidément pas mon idéal. Henry Burke ne porte pas de lunettes, ce qui n'est pas encore trop grave. Le problème, c'est qu'il est incroyablement petit. Et complètement chauve.

Enfin, pas complètement, non. En m'approchant de lui, un sourire plaqué sur mon visage soigneusement maquillé, je découvre sur son front une sorte de plaque châtaine en forme de V. Les cheveux sont ramenés vers l'avant pour essayer de dissimuler au mieux la calvitie. Je parviens malgré tout à feindre l'enthousiasme en arrivant à la petite table pour deux qu'il a choisie pour notre tête-à-tête.

— Je suppose que vous êtes Emma, me dit-il en me serrant la main.

Il transpire un peu...

— Henry, c'est bien ça ? dis-je en rassemblant tout mon courage pour affronter ce rendez-vous.

Je lui souris de nouveau, et il me rend mon sourire. Son visage est transformé. En découvrant une rangée de dents incroyablement blanches, j'ai l'impression de me trouver devant un de ces P.-D.G. qui passent leurs samedis sur les terrains de golf, bronzés et pleins de morgue dans leur short kaki et leur polo. Je ressens comme un petit frisson d'espoir en me disant qu'un peu plus tard, quand je le connaîtrai mieux, je pourrai toujours lui recommander une bonne lotion pour la pousse des cheveux...

Il avance une chaise vers moi. Je suis tellement surprise par ce geste chevaleresque que je manque de perdre l'équilibre en m'asseyant. J'espère qu'il n'a rien remarqué. Je me recompose un visage de circonstance.

— Vous attendez depuis longtemps ?

— Oh non, je viens juste d'arriver.

Il me sourit de nouveau et fait signe au garçon. Un jeune homme tout en muscles et bien habillé s'approche de nous, arborant un air cordial qui ne colle pas avec ses fonctions, à moins que ce ne soit moi qui aie l'esprit tordu ce soir.

— Que désirez-vous boire ?

— Un *spritzer*.

Je suis un peu surprise de mon choix. Je ne bois quasiment jamais de vin blanc, ou alors un peu dilué. Je dois être victime de cette croyance étrange et si répandue parmi les lectrices de magazines féminins selon laquelle une femme qui boit un *spritzer* se sent plus féminine et plus séduisante. Henry commande un *Dewar's* avec des glaçons, une vraie boisson d'homme. Je suis de nouveau impressionnée.

Après tout, et si ça marchait entre nous ? Je n'aime pas

ses mains blanches et fines, c'est un fait, ni sa mèche de cheveux plaquée sur le front. Mais j'essaie de voir « plus loin ». Ces dents incroyablement blanches, cela sent l'argent. Je me demande s'il ne les a pas fait blanchir.

Henry entre tout de suite dans le vif du sujet.

— Richard m'a dit que vous êtes écrivain.

Il a dit ça ? Je réussis à balbutier un modeste :

— Oh, enfin...

En me demandant ce qui a bien pu passer par la tête de Richard.

C'est alors que je me souviens qu'Alyssa m'a présentée à lui comme son « amie écrivain », il y a des années de cela. A l'époque, je travaillais toujours sur mon malheureux roman...

— Quel genre de choses écrivez-vous ?

Je décide de ne pas briser ses illusions sur mes capacités artistiques et de me replonger dans la peau du modeste écrivain que j'ai été.

— Surtout des nouvelles. Mais je songe à écrire un roman.

— Très impressionnant. Vous devez y consacrer beaucoup de temps...

Tiens ! Me prendrait-il pour un de ces artistes sans le sou obligés de travailler sans relâche pour survivre ? On dirait qu'il n'aime pas ça.

Je m'empresse d'ajouter :

— Euh, c'est-à-dire, je n'ai pas encore commencé le livre, enfin, pas vraiment...

— J'admire beaucoup tous ceux qui ont des talents d'écrivain. Vous savez, je pensais être de ceux-là, quand j'étais au collège...

Aïe ! Voilà que le golfeur bronzé, souriant et sûr de lui, devient un vulgaire scribouillard rêvant d'une vie de bohème... Le serveur arrive à point pour interrompre une conversation qui prend un tour dangereux.

— Vous travaillez depuis longtemps chez Holworth, Barnes et Steingold ?

Je suis fière d'avoir retenu le nom du cabinet de Richard, et d'avoir habilement détourné la conversation sur un sujet qui fait de Henry un très crédible Mari Idéal.

— Dix ans, dont deux en tant qu'associé.

Il me lance un regard craquant assorti de son superbe sourire qui a dû lui coûter une fortune.

Henry est remonté sur son piédestal !

— Ça doit être très intéressant comme travail. De quels types de dossiers êtes-vous spécialiste ?

Je réalise un peu tard que je viens de commettre une erreur fatale…

En effet, j'ai droit pendant une heure à une revue détaillée de toutes ses affaires en cours. Et le droit du travail n'a rien d'un sujet pour conversation de salon… Un vrai calvaire pour les non-initiés. Tandis que Henry continue son topo sans soupçonner une seconde qu'il me fait mourir d'ennui, mes yeux s'arrêtent sur son toupet. On dirait une île perdue dans l'océan… Je me demande pourquoi il ne se rase pas complètement au lieu d'essayer d'avoir deux looks différents selon qu'on le regarde de face ou de derrière.

Henry finit par réaliser qu'il parle tout seul. Lancé dans une explication obscure et sans fin sur un point précis, le voilà qui s'arrête net et lance un banal :

— Bon, assez parlé de moi à présent. Si vous me disiez ce que vous pensez de moi ?

J'émets un petit rire gracieux et réalise soudain que le rendez-vous avec Henry Burke n'aura pas été vain. J'ai au moins appris à faire une chose : feindre l'intérêt. Dans le kit de survie de toute bonne célibataire, c'est un outil essentiel. La sagesse voudrait que je continue d'apprendre à bien m'en servir.

Après tout, je n'en suis qu'à mon premier rendez-vous.

De vous à moi : les coups de foudre dus au hasard, très peu pour moi.

Lorsque Henry m'accompagne devant ma porte deux heures plus tard — eh oui, comme ça il a un aperçu de mon trou à rats —, je suis légèrement pompette. Il faut dire que j'ai descendu trois *spritzers* l'estomac vide, juste pour essayer de ne pas mourir d'ennui. Pourquoi ne va-t-on jamais dîner le soir d'un premier rendez-vous ? En regardant Henry qui vient de s'arrêter devant mon immeuble, je pense avoir trouvé la réponse : c'est sûrement parce que aucun de nous deux n'a vraiment envie de continuer à passer la soirée avec quelqu'un qui le laisse de marbre…

— C'était très sympathique, dis-je en m'efforçant de sourire.

Mais finalement, je crois que je suis sincère. Tout compte fait, j'ai passé un assez bon moment… à moins que ce ne soit l'effet de l'alcool qui me rende euphorique. J'ai le cerveau un peu embrumé… Et voilà que je m'entends dire :

— Nous pourrions aller dîner un soir.

Pourquoi ai-je dit ça ? Mon cerveau se rebelle en silence. Pourquoi ai-je prononcé ces mots fatidiques ? C'est sans doute le vin… mais c'est peut-être aussi parce que, dans un moment, je vais regarder Henry s'en aller, et qu'il me faudra monter l'escalier après avoir croisé Béatrice et me retrouver seule. Et affronter seule cette morne existence qui est la mienne.

Le sourire de Henry se mue en grimace d'autosatisfaction. Ça y est, le mal est fait : il est persuadé qu'il me tient. Je lui ai laissé l'initiative de la suite du programme !

— Bien sûr.

Et le voilà qui se penche en avant pour m'embrasser. Mon Dieu, au secours !

Dieu m'a entendue ! J'ai droit à un baiser furtif sur

les lèvres, très doux je dois dire. Après un clin d'œil et la formule habituelle : « Je vous appelle », il s'en va.

Maintenant, c'est pire que si je me retrouvais seule. Parce que Henry doit être persuadé que j'attends son appel ! Oh, et puis zut…

De vous à moi : ce n'est pas d'un homme que j'ai besoin. C'est d'une lobotomie.

Le lendemain matin, à peine arrivée au bureau, je téléphone à Alyssa. Je suis très curieuse de savoir ce qui, d'après elle, aurait dû m'attirer chez Henry. Et puis j'espère aussi repousser à plus tard le début de mon prochain article que j'ai intitulé provisoirement : « Comment vous comporter avec vos futurs avant de les épouser. »

— Pourquoi as-tu pensé à lui ?

— Tu m'avais demandé de rencontrer un avocat…

— Je n'ai pas précisé qu'il devait être petit et chauve.

— Je pensais que c'était un chic type. Chaleureux, doux.

— Tu as raison : il *est* gentil. Peut-être que j'ai un peu trop tendance à rechercher des mecs beaux et un peu salauds.

— Ou tendance à ne penser qu'à Tony…

Je soupire.

— Tu sais, même s'il n'avait pas appelé…

— Parce qu'il a appelé ?

Mince. Maintenant, je dois tout lui dire.

— Eh bien, c'est-à-dire, oui. Lundi soir. Je crois que… je pense que je lui manque.

— Bien sûr que tu lui manques !

Je me sens réconfortée par son ton convaincu.

— Mais ce n'est pas ça qui va te permettre de déménager dans les beaux quartiers.

— Je sais.

J'ai de nouveau le moral à zéro.

— Les hommes sont avant tout des créatures égoïstes,

Emma. Leur seul souci, c'est d'avoir ce qu'*ils* veulent, ce dont *ils* ont besoin. Si pour atteindre leur but ils doivent faire de la peine à quelqu'un, ils s'en fichent pas mal.

J'ai tout à coup la puce à l'oreille. Ça ne ressemble pas à Alyssa, ce genre de discours. Elle aime trop les gens.

— Alyssa, qu'est-ce qu'il y a ? Tu as un problème ?

— Moi ?

— N'essaie pas de te défiler. Tu n'as jamais parlé comme ça des hommes…

Elle soupire.

— Hier soir, je me suis disputée avec Richard.

— A quel sujet ?

— Eh bien, pour résumer, c'est à propos de sexe.

Ça me rassure un peu. J'imagine que l'un voulait faire l'amour et l'autre non. Mais comme dit l'autre, tant qu'il y a du désir, il y a de l'espoir.

— Que s'est-il passé ?

— Voilà. J'ai voulu pimenter un peu notre vie sexuelle. J'ai donc organisé une soirée romantique, un dîner aux chandelles, tu vois le genre. Après, on se retrouve vautrés sur le canapé et on décide de passer dans la chambre. Je vais dans la salle de bains pour mettre mon diaphragme, ce qui prend exactement trois minutes. Le temps que je revienne, il n'y avait plus personne… Il dormait !

— Tu lui as peut-être servi trop d'hydrates de carbone au dîner. Tu te rappelles ce qui m'est arrivé avec ce riz pilaf…

— Je t'en prie, Emma, n'essaie pas de lui chercher des excuses ! Crois-moi, j'ai tout fait pour lui être agréable. J'ai même rampé dans le lit pour le réveiller par un baiser. Résultat : il s'est retourné de l'autre côté en marmonnant qu'il était trop fatigué et que je pouvais bien attendre un peu…

— C'est peut-être vrai qu'il est fatigué. Avec cette histoire de partenariat. C'est beaucoup de travail, et de stress…

— Emma !

— D'accord. J'arrête de lui trouver des excuses. Tout ce que je dis, c'est qu'il a peut-être de bonnes raisons d'être fatigué.

— Oui, eh bien, si raisons il y a, elles risquent de lui faire perdre sa petite amie, dit Alyssa d'un ton grave. Si Jason me fait la moindre allusion à un éventuel rendez-vous, je ne vois pas pourquoi je me gênerais…

— Attends une seconde. Ne va pas prendre prétexte de cette querelle pour justifier ton envie de te payer ce cher Dr Carruthers. Ça ne tient pas debout.

— Ecoute, que ça tienne debout ou pas, c'est ce que je pense ! Moi aussi je suis fatiguée, si tu veux savoir. Fatiguée d'être celle qui doit tout le temps recoller les morceaux. Pourquoi est-ce toujours à la femme de relancer la machine dans un couple, de retrouver la magie des premiers instants ? Je sais bien qu'il faut que quelqu'un le fasse pour rester ensemble, pour construire une vie. Le mariage serait une institution morte sans tous ces efforts… Et tu sais quoi, Emma ? Je commence à penser que nous devrions peut-être le laisser mourir !

Toutes mes objections s'écroulent aussitôt. Si Alyssa n'a plus le cœur à s'engager vis-à-vis de Richard, le dernier spécimen d'homme parfait qu'on puisse trouver à New York, à quoi bon continuer à discuter ?

Et si on faisait un peu trop de cas du mariage ? Qui sait s'il n'est pas… inutile ?

Chapitre 7

« *En vérité, l'amour n'a rien à voir avec ça.* »

Alyssa Reynolds,
petite amie en quête de sexualité.

De vous à moi : on ferait mieux de laisser le mariage aux purs et durs... ou aux gens un peu dérangés.

Ce matin, conférence de rédaction. Je suis en train d'écouter Patricia qui vient de se lever pour s'adresser à nous, le visage grave.

— Les ventes du magazine chutent. Malgré la sortie des numéros Printemps et Eté, période où nos ventes sont généralement au plus haut, le chiffre d'affaires n'est pas celui que nous attendions. Il est certain que cette baisse est en grande partie imputable aux bouleversements du marché et à la concurrence de plus en plus acharnée. Nous devons néanmoins rassembler toutes nos forces pour sortir un produit qui se positionne très au-delà de ce que peuvent proposer nos concurrents...

C'est peut-être un signe, me dis-je en jetant un regard circulaire pour repérer les « mariées ». La plupart d'entre elles — à commencer par Patricia et son pseudo-mari — ne vivent plus du tout le rêve qu'elles ont vécu le jour de leur mariage. Envolées les illusions.

Quant aux plus jeunes de nos employés, ils ne sont

guère adeptes du mariage, à part Grace et Penelope, du département « Lunes de miel et Voyages de noces ». Avec leur look très spécial, on les croirait presque sortis des mariages huppés qui figurent dans les pages « Société » du *New York Times*. Les assistantes sont encore trop jeunes pour penser mariage, quant à notre administrateur... bref, tout le monde sait qu'elle est lesbienne. C'est vrai que la plupart des collaboratrices les plus âgées sont mariées, mais elles sont d'une autre génération. Je ne peux pas les compter dans ma petite enquête officieuse sur l'institution du mariage. Du côté des rédactrices, deux sont passées devant l'autel, et tiennent bon. Rebecca est sur le chemin des fiançailles, du moins en est-elle persuadée.

Une fois mes calculs terminés, je constate que plus de la moitié du personnel est composée de femmes célibataires, divorcées ou tout simplement indifférentes. Dans un magazine consacré à l'institution du mariage !

Que se passe-t-il donc ? Chez *Bridal Best*, nous devrions toutes être mariées et heureuses de l'être. Si nous ne le sommes pas, franchement, qui le sera ?

Voilà que mon statut de célibataire m'apparaît soudain très *tendance*.

Pendant ce temps, Patricia continue son petit speech...

— J'aimerais beaucoup que vous me fassiez part de vos idées sur la façon de redresser les ventes et de mettre notre magazine hors de portée de la concurrence. Nous allons donc consacrer la seconde partie de cette réunion à une séance de brainstorming. N'hésitez pas à me faire part de vos suggestions.

Est-ce l'effet de l'adrénaline qui a fait un bond chez moi quand je suis arrivée à la conclusion que le mariage est démodé ? Ou cette curieuse habitude que j'ai de saboter ma carrière et moi-même juste pour le plaisir d'un bon mot ? Toujours est-il que je prends la parole, un exercice dangereux après le silence pesant qui s'est abattu sur l'auditoire depuis l'intervention de Patricia.

— Si les ventes vont mal, c'est peut-être que le mariage lui-même va mal.

Tous les regards convergent vers moi. Je tente de me rattraper en faisant semblant de rire…

— Ce que je veux dire, c'est que les femmes se marient moins qu'avant.

J'essaie de faire marche arrière dans l'espoir d'échapper à la disgrâce…

— En tout cas, elles se marient de plus en plus tard. Peut-être que le marché a… vieilli.

Patricia me regarde d'un air songeur. Elle réfléchit à ce que je viens de dire. Mais je jurerais que, sous son front soucieux, elle est en train de se demander s'il est sage de me garder dans son journal. Alors pour la promotion…

Une autre voix se fait entendre. Je suis peut-être sauvée… et par Rebecca en plus !

— Je pense qu'Emma a peut-être soulevé un problème important.

Si c'est le cas, j'attends avec impatience de voir lequel.

— Nous avons peut-être trop focalisé notre attention sur les *jeunes* mariées. La femme de vingt ans et quelques qui se marie pour la première fois.

Je me penche en avant, dans l'espoir que mes commentaires stupides prennent soudain un sens. Patricia attend aussi. Elle a les yeux rivés sur Rebecca, pleine d'espoir.

— Il faudrait peut-être sortir un numéro consacré aux mariées moins jeunes et à leurs problèmes. Par exemple, les femmes qui préfèrent attendre pour se marier, ou celles qui se marient pour la deuxième ou la troisième fois.

Là, elle me coule un regard plein de chaleur comme si elle puisait son inspiration sur mon visage sans expression.

Le futur mariage de ma mère ! Bien sûr. Maintenant, je

comprends d'où vient l'idée de Rebecca. Je reste muette, tandis que les autres commencent à réagir.

— Mais il existe déjà un magazine consacré aux seconds mariages, dit une voix.

— Je ne suis pas en train de dire qu'il faut changer la ligne éditoriale de tout le magazine, répond Rebecca. Je parle d'un numéro. Ou même d'une rubrique spéciale dans chaque numéro. Comme ça, nous visons les deux segments à la fois.

Patricia est aux anges. Et moi désespérée... Puis elle lâche la bombe.

— J'aime cette proposition, Rebecca. Essayez de creuser un peu cette idée du second mariage, donnez-moi quelques sujets d'articles. Nous pourrions peut-être mettre au point quelque chose ensemble pour le prochain numéro.

Elle se tourne ensuite vers moi, et ses yeux se font plus malicieux.

— Emma, vous pouvez peut-être réfléchir à un numéro consacré aux mariées d'âge mûr, les femmes qui se marient pour la première fois vers trente ou quarante ans. Et voyons ce que vous en sortirez toutes les deux.

Je regarde Rebecca en m'efforçant de sourire. Mais devant son regard triomphant, je sens le mien chavirer.

Mon Dieu, dans quelle situation me suis-je encore fourrée !

De vous à moi : j'ai une envie pas possible de râler, de ronchonner, de piquer une crise...

Ce qui me met en rage, c'est qu'elle ne s'en serait pas mieux sortie si elle avait trouvé elle-même l'idée...

J'ai traîné Jade au Whiskey pour prendre un pot après le travail, avant son grand rendez-vous avec Enrico. J'espère oublier mes malheurs avec l'alcool et une bonne séance de commérage.

— Alors, qu'est-ce que tu vas faire ? me demande Jade en sirotant son Cosmopolitan.

— Il faut au moins que j'essaie de me battre contre elle. Que veux-tu que je fasse d'autre ? Ce sera mon numéro sur les mariées d'un certain âge contre son numéro sur les seconds mariages ! Et je te parie qu'elle va essayer de me tirer les vers du nez pour trouver matière à ses articles en me demandant des tuyaux sur le troisième mariage de ma mère. Pour en tirer tout le bénéfice, bien entendu. N'oublie pas que Patricia est déjà persuadée que c'est une idée *à elle* !

— Et ça ne l'est pas ?

— Disons que c'est sans doute *ma* mère qui l'a inspirée !

Jade repose son verre en scrutant mon visage.

— Quoi, qu'est-ce qu'il y a ? dis-je en essayant de briser ce silence un peu pesant.

— Rien. Pourquoi venons-nous toujours ici en sortant du boulot ? dit-elle en balayant la pièce du regard.

— Parce que c'est commode. A mi-chemin entre ton bureau et le mien.

Je me demande bien où Jade veut en venir, et ce qu'elle pense de l'évolution de ma situation professionnelle.

— Je sais très bien ce que tu penses. Tu penses que Rebecca est plus qualifiée pour ce job.

— Je n'ai pas dit…

— Pas besoin. J'ai bien compris. Tu penses qu'elle mérite une promotion, et moi de stagner encore quelques années de plus, en attendant que quelqu'un se rende compte que je suis la meilleure rédactrice de nous toutes !

Sur ce, j'avale ma boisson d'un trait et je repose le verre sur le comptoir d'un geste brusque.

— Mais tu *es* la meilleure, m'assure Jade. Ça ne veut pas dire que tu dois tout régenter. Tu sais aussi bien que moi que tous les directeurs commencent par être des lèche-bottes. Ce que tu n'es pas.

— Rebecca non plus.

— Si tu veux mon avis, c'est une vraie vipère. Elle veut devenir directrice.

— Attends, je l'imagine déjà piquer une crise de nerfs si elle n'obtient pas cette promotion. Elle avait l'air prête à massacrer Nash parce qu'il ne lui a pas offert un gros diams ce week-end.

— Ah bon ? dit Jade avec un sourire amusé.

— Apparemment, Rebecca s'est trompée dans ses prévisions de fiançailles. Je commence à me demander si Nash ne s'interroge pas sur l'avenir de leur liaison.

— C'est vrai que les hommes sont souvent incapables de faire la différence entre faire l'amour et se marier…

Dans laquelle de ces catégories suis-je, pour Tony ? De toute évidence, pas dans la catégorie « mariage ». Et si j'en crois son appel téléphonique de l'autre jour, je dois me situer quelque part entre une âme sœur et un bon coup sur la côte Est…

— Prends Enrico, par exemple, poursuit Jade. Il réagit comme si nous étions pratiquement fiancés quand je vais en week-end à Fire Island sans lui. Mais quand nous sommes lui et moi sur une piste de danse, de toute évidence je deviens la fille qu'il se paye ! Ou qu'il va se payer si les choses évoluent normalement.

— Tu veux dire que c'est toujours comme ça, cette façon de voir les choses de deux façons différentes selon les circonstances…

— Non. Je dis que les mecs sont des salauds.

Jade allume une cigarette et aspire longuement la fumée. Chaque fois qu'elle fait une déclaration tonitruante de ce genre sur les hommes — qui la plupart du temps n'est pas totalement fausse, d'ailleurs —, je me fais du souci pour elle. C'est Michael qui est responsable de ces accès de cynisme, et je crains qu'elle ne puisse jamais avoir de relation satisfaisante avec le sexe opposé.

— Pourquoi ne veux-tu pas d'une relation sérieuse avec Enrico ?

— Il est trop jeune. Et puis, même s'il est super bien bâti, ce n'est pas mon type.

— C'est quoi exactement, ton type ?

— Tu sais bien... Les tatoués, les gros bras, un peu marginaux. Du genre de... Ted.

Elle soupire.

— Mais tu connais la chanson. Les mecs qu'on veut, c'est justement ceux qui ne rappellent jamais.

J'aimerais bien pouvoir lui dire quelques mots encourageants, mais franchement, je ne peux que m'apitoyer avec elle.

— Tu n'as pas tort. Tiens, je suis pratiquement certaine que j'aurai des nouvelles de Henry Burke. Il est petit, chauve et sans aucun charme.

— Mince. Et moi qui comptais te demander comment ça s'était passé... Apparemment, ce n'était pas le top ?

— Je n'arrive même pas à lui trouver suffisamment d'intérêt pour le transformer. Il y a toujours la lotion pour les cheveux...

— C'est bien la dernière chose à faire : essayer de les changer. Crois-moi, je suis passée par là.

Je sais qu'elle pense à Michael. Elle a vainement tenté de le persuader, de le cajoler, de le séduire pour le sortir de son problème d'impuissance. Mais pas pour en profiter.

— Ce qui me met en rage, c'est qu'Alyssa l'a choisi pour moi. Elle savait à quoi il ressemblait, mais elle a quand même pensé que je pourrais trouver un peu de charme à Henry. Pour moi, c'est presque... une insulte.

— Oh, tu sais, c'est toujours la même chose avec ces rendez-vous arrangés. Comment veux-tu qu'on présente à quelqu'un d'autre un mec qu'on aimerait bien garder pour soi !

— Mais Alyssa a Richard. Elle n'est pas à la recherche de...

Je freine des quatre fers en pensant au Dr Jason Carruthers. Ce bienfaiteur des chiens... et grand tombeur de dames...

Je fais un geste au serveur.

— Je pense qu'une nouvelle tournée s'impose.

— Pas de problème, je te suis. Ecoute, si tu veux choisir toi-même un mec, j'ai deux invitations pour le lancement d'un nouveau magazine, un mensuel pour hommes. *Bone.*

— Tu n'attends tout de même pas de moi que je me dégotte un mec plus ou moins associé à un magazine dédié à l'adoration de son... de son...

— Attends, tu n'as pas besoin d'aimer un mec pour coucher avec lui. Et je connais quelques-uns des mannequins auxquels ils ont fait appel pour leur premier numéro. Ils sont beaux à tomber par terre...

— Tu sais ce que je pense des mannequins.

— Emma, il y aura toutes sortes de gens. Des éditeurs. *Des écrivains.*

Elle hausse le sourcil, consciente d'avoir suscité mon intérêt. J'imagine déjà des spécimens genre Tony...

— C'est d'accord. A quelle heure est-ce ? Et où ?

— Disons, aux alentours de 22 heures, demain soir.

— Bien. Au moins, j'ai quelque chose à me mettre, dis-je en pensant que je pourrai toujours arborer la même tenue que pour ma soirée avec Henry Burke.

Allons, tout n'est pas perdu. New York est pleine d'hommes intéressants. Je vais sûrement pouvoir en trouver un pour me soigner de ma dépression Post-Tony.

De vous à moi : je découvre l'espoir... et une nouvelle crème exfoliante.

En rentrant chez moi, je trouve un message de Henry sur mon répondeur. Il me dit qu'il a beaucoup apprécié la soirée et qu'il espère me revoir bientôt... Je sens que je vais changer d'attitude, car je suis passée du statut de femme qui attend à celui de femme qu'on attend !

Je n'ose pas le rappeler tout de suite. D'abord, nous sommes vendredi soir, et ce n'est pas le moment. Et puis je ne veux pas risquer de gâcher mon nouveau fantasme de femme désirée à parler de tout et de rien et à essayer de lui tenir tête. En fait, je suis de si bonne humeur après cet appel que je me retrouve debout dans le couloir de mon immeuble à écouter patiemment Béatrice me parler pendant dix bonnes minutes de ses troubles digestifs avant de foncer chez *Richy's Beauty Supplies* m'acheter des tas de produits pour le soin du cheveu. Je me découvre une nature plus généreuse que je ne le pensais. C'est vrai que je peux être gentille. Tout ça à cause d'un message sur un répondeur... Et bien que je ne m'intéresse absolument pas à Henry Burke, je ne peux me résoudre à effacer le message !

N'oublions pas qu'en plus, j'ai ce week-end une invitation pour la soirée la plus chaude de New York. Peu m'importe si je passe le vendredi soir seule chez moi. Je vais me concocter une petite séance spécial beauté : gommage de tout le corps avec une nouvelle crème exfoliante spéciale à la pêche. J'ai aussi acheté un tube de gel Bedhead. Sans oublier une séance de pédicure, car le vendeur m'a vivement encouragée à utiliser le tout dernier vernis *Just Do Me Red*. Ce soir, j'ai envie de me sentir sexy... Ce soir, les quatre murs de mon appartement ne m'effraient pas, car j'ai dans mon carnet d'adresses le numéro de téléphone d'un certain scénariste en pleine ascension qui, je l'espère, ne parviendra pas à m'oublier... Peut-être même appellera-t-il dès ce soir, s'il se sent seul et se souvient à quel point je suis désirable...

Me voilà maintenant avec une peau lisse comme celle d'un bébé, et des orteils de star. Je m'installe dans mes draps fraîchement repassés, avec un bon bouquin. Je me sens si heureuse, si digne de l'attention des hommes qu'il me vient à l'esprit d'appeler Tony. Après tout, j'ai son numéro... Mais je réalise que je l'ai eu au téléphone il y a moins d'une semaine. Pour l'appeler là, maintenant, un vendredi soir qui plus est, il me faudrait un prétexte.

Mon esprit passe en revue les diverses possibilités. Je pourrais l'appeler pour parler de l'affaire Rebecca, mais tous ces tracas de bureau me sont momentanément sortis de l'esprit. Et je n'ai aucune envie de ternir l'image qu'il se fait de moi : une rédactrice promise à un brillant avenir. Je me souviens alors que je ne lui ai pas parlé du remariage prochain de ma mère. Ça vaut bien un coup de fil, non ? Je me dirige vers le téléphone, encore hésitante. Ce serait tellement plus gratifiant que ce soit lui qui appelle...

C'est alors que le téléphone se met à sonner. Mon cœur fait un bond dans ma poitrine. Y aurait-il un lien spirituel entre lui et moi qui lui fasse ressentir mon besoin de lui parler, à huit mille kilomètres de distance ?

Je bondis sur l'appareil à la troisième sonnerie, en espérant contrôler suffisamment ma voix.

— Allô ?

— Tu es *chez toi* ! me crie ma mère, n'en croyant pas ses oreilles.

Mon espoir s'évanouit d'un trait.

— Oui, bien sûr, dis-je avec un brin d'exaspération dans la voix.

— Est-ce que tu vas bien ?

— Mais oui, maman, ça va très bien ! Et toi ? As-tu été à ton premier essayage ?

— Oh non, c'est trop tôt. En plus, j'ai quelques kilos à perdre, bien que Clark — quel amour ! — pense que je suis parfaite comme ça.

— Moi je te trouve bien, mais si tu veux attendre, je suis sûre que ce n'est pas une affaire.

— Oui, je pense que je vais attendre un peu. De toute

façon, j'ai tellement de détails à régler, à commencer par la croisière. J'ai déjà réservé quelques cabines.

— Si j'ai bien compris, je partage ma cabine avec Mamie Z, c'est bien ça ?

Tout espoir de faire une rencontre sur ce bateau, et de passer la croisière avec, s'est évanoui. Même une petite histoire d'amour sans lendemain m'apparaît désormais comme un impossible rêve.

— Eh bien, en fait, je vous ai pris des cabines communicantes. Comme ça, tu seras à côté au cas où elle aurait besoin d'aide, mais tu pourras te sentir chez toi si, euh, enfin, si tu as envie de t'isoler... Tu sais, après tout ce que Betty a dit sur les hommes seuls en croisière...

Elle pouffe de rire comme une gamine.

Voilà que je sens mon entrain disparaître. A entendre ma mère, elle n'espère plus pour moi qu'une amourette de croisière.

— D'ici là, je pourrais aussi amener un petit ami, qui sait ?

— Emma, ce serait merveilleux !

Est-ce l'impression d'avoir perçu de l'ironie dans la voix de ma mère, ou l'effet de ce petit message qui clignote encore sur mon répondeur, me rappelant que j'ai des projets...

Toujours est-il que je m'exclame :

— J'ai eu un rendez-vous hier, avec un avocat. C'est un associé de Richard.

— Tu dis qu'il travaille dans la société de Richard ? Le Richard d'Alyssa ?

Ma mère reprend sa respiration.

— Emma, mais c'est fantastique. Ce Richard, d'ailleurs, c'est quelqu'un...

Si seulement Alyssa pouvait l'entendre !

— Oui, son associé est un mec bien aussi.

— Comment s'appelle-t-il ?

— Euh, Henry. Mais en fait, on l'appelle Hank. Hank Burke.

— Il est beau ?

— C'est-à-dire...

Mais qu'est-ce que je raconte !

— Ça n'a aucune importance. Regarde Tony...

— Quoi, Tony ?... Oh, je suis désolée, ma chérie. Ne crois pas que je ne le trouvais pas assez séduisant pour toi, mais tu comprends, tu es belle, et...

— Mais Tony est très beau !

Je n'arrive pas à comprendre qu'on puisse mettre en doute la beauté de celui auprès duquel, les yeux dans les yeux, j'ai vécu deux années de rêve. Et ces lèvres, mon Dieu, quelles lèvres...

— Je ne sais pas, Emma, il avait l'air un peu... terne. Mais mon avis n'a pas grande importance. J'ai cinquante-neuf ans !

— En tout cas, Jade trouve qu'il est beau. Et Alyssa aussi.

On dirait une gamine ! J'essaie désespérément de me rappeler quels commentaires elles ont pu faire sur lui.

— De toute façon, Emma, quelle importance maintenant ?

Je me précipite à la rescousse de Tony.

— Quelle importance ? C'est que j'aime Tony.

Un silence inquiet suit ma déclaration. Je réalise que j'en ai beaucoup trop dit.

— Emma, cette situation n'est pas saine...

— S'il te plaît !... Ne me ressors pas le couplet de la vertu et de l'effort personnel, maintenant...

Nouveau silence, un silence pesant.

— Je suis désolée, ce n'est pas ce que j'ai voulu dire. C'est simplement que... Si on parlait d'autre chose ?

— Tout à fait d'accord. Nous sommes passées de ton rendez-vous avec cet avocat brillant pour arriver à... Tony (elle a même du mal à prononcer son nom.) Pourquoi ne pas me parler de ce Hank Burke ? Quand le revois-tu ?

Je jette un coup d'œil vers mon répondeur, bien décidée à effacer Hank Burke de ma vie dès que j'aurai raccroché.

— Je ne le reverrai pas.

— Qu'est-ce que tu me racontes ?

— Je ne peux pas, maman. Ça ne m'intéresse pas…

Nouveau silence, mais je l'entends penser, s'interdisant d'aborder des sujets dont je n'ai pas envie de parler.

— Je dois te dire quelque chose au sujet de Tony. Je te jure que c'est la dernière fois que je parlerai de lui, mais il faut que ce soit dit.

Je soupire.

— Je t'écoute.

— Il faut que tu l'oublies, Emma. Il faut changer de vie, aller de l'avant.

Je le sais très bien, au fin fond de moi, je le sais. Mais je ne peux me résoudre à l'avouer à maman. Aucune fille ne devrait avouer *à sa mère* qu'elle continue de croire, contre toute logique, en un homme qui vit une autre vie à huit mille kilomètres d'ici. Sans elle.

De vous à moi : une femme n'a pas besoin d'homme, mais d'un bel appart genre loft, et de revenus confortables.

Le lendemain, à mon réveil, j'ai toujours en tête les avertissements de ma mère. D'un geste automatique, je débranche mon téléphone et j'entreprends une grande opération de nettoyage de ma cuisine. Ça brille de partout ! J'ai décidé de chasser Tony de mes pensées et de passer un bon moment ce soir avec Jade. Je me surprends même à espérer que je rencontrerai peut-être le prochain homme de ma vie. Intéressant comme raisonnement ! Si je parle de « prochain », ça signifie que j'ai balayé tous mes illusions de trouver l'Homme Idéal, que ce soit Tony ou un autre…

J'enfile ma nouvelle jupe froufroutante, assortie au bon

« vieux » haut noir que je garde toujours sous la main dans le tiroir du haut de ma commode... Il est bien pratique, celui-là. Il me dépanne dans pas mal d'occasions.

C'est à ce moment-là que je réalise une chose affreuse : je n'ai pas pensé à acheter un nouveau rouge à lèvres ! Alors que je vais me retrouver dans une des soirées les plus hip de New York... Je suis au bord de la crise de nerfs. Dieu merci, j'ai mes petites chaussures sexy et des orteils refaits à neuf. Je contemple mes pieds pour essayer de me redonner un peu de courage.

En étudiant mon visage soigneusement maquillé et mes cheveux ternes, je me mets à maudire Sebastian... Lui et sa paix intérieure ! Je ne sais pas ce que je donnerais pour avoir quelques mèches, là, tout de suite. Je devrais peut-être envoyer bouler mon vieux copain et changer de coiffeur... Après tout, qu'est-ce que j'ai à perdre, à part la valeur d'un mois de provisions ?

Je prends le rouge à lèvres le moins démodé que j'ai en stock et je le fourre dans un minuscule sac du soir, j'attrape mes clés et fonce tête baissée, bien décidée à réagir contre ma petite crise de confiance de dernière minute. Je dois retrouver Jade chez elle, puisque son loft de Soho est juste sur notre chemin. Comme d'habitude, je suis légèrement en avance. Quand je sonne à l'Interphone, elle me demande de monter, ce qui signifie généralement que je vais passer pas loin d'une heure à la regarder finir de se maquiller et de se coiffer.

Mais lorsque l'ascenseur s'ouvre sur son appartement (eh oui, Jade peut se permettre ce genre de fantaisie...), elle est allongée sur le canapé, une flûte en cristal à la main.

Tandis que la porte de l'ascenseur se referme derrière moi, je lui lance :

— Tu es prête ?

— Oui, mais nous sommes en avance. Allez, assieds-toi. Viens prendre un peu de champagne.

— Du champagne ! Qu'est-ce qu'on fête ? dis-je en balançant mon sac dans la cuisine et en jetant un œil sur la demi-bouteille de champagne débouchée, près de l'évier.

Elle saute du divan et vient à ma rencontre. Pieds nus, vêtue d'une petite robe noire, elle a l'air minuscule dans cet appartement très haut de plafond.

— Ta copine Jade vient de sauter le pas, dit-elle en stoppant net devant moi.

— Tu parles sérieusement ?

Je ne sais pas pourquoi je lui ai posé la question. A voir son sourire satisfait, le doute n'est pas permis. Elle ouvre un placard, sort une flûte et me verse du champagne.

— Et comment ! Je vais te dire : Enrico a vraiment été à la hauteur de tout ce dont je rêvais. Je dirais même *plus*.

— C'est vrai ?

— Non seulement ce garçon est bien équipé, mais en plus il connaît le mode d'emploi.

— Ça, je n'en ai jamais douté. Ce que je n'arrive toujours pas à comprendre, c'est comment tu peux reconnaître un mec bien équipé, comme tu dis, à quinze mètres !

— A ses avant-bras. Et à son attitude. Un mec bien équipé est toujours avantagé de ce côté-là aussi… Et en plus, le fait qu'il n'a que vingt-deux ans n'a rien gâché, question endurance. Pendant ces dernières vingt-quatre heures, j'ai quand même fait l'amour cinq fois. Trois cette nuit, et deux ce matin.

— Alors, buvons à la jeunesse !

— A la jeunesse !

Jade déguste son champagne d'un air rêveur…

— Où est passé notre jeune et bel étalon ce soir ? Il vient avec nous ?

Elle avale d'un trait le reste de son champagne.

— Arrête ! Ça m'a pris presque tout l'après-midi pour me débarrasser de lui.

— Te débarrasser de lui ?

— Bien sûr. Je lui ai dit que j'avais des projets pour ce soir, et il a rejoué les mecs possessifs. Surtout maintenant qu'on a fait l'amour, tu imagines !... Finalement, j'ai été obligée de lui mentir. Je lui ai dit que je dînais avec toi et que nous allions au cinéma. Entre filles.

Si Jade en a marre d'un mec parce qu'il veut rester tout le temps avec elle, c'est son problème.

— Je suppose que c'est mieux que le scénario habituel : le mec couche avec la fille, la fille attend près du téléphone, et le mec disparaît dans la nature...

— Après la nuit que nous avons passée, pas de danger qu'il aille voir ailleurs, c'est clair.

— Alors, amuse-toi bien, Jade.

— Mais c'est bien mon intention, dit-elle d'un drôle d'air. Comprends-moi bien, je ne vais pas laisser tomber un type qui est disponible, qui en veut et qui se débrouille comme un chef. Surtout que, maintenant, je sais combien ces spécimens d'hommes sont rares !

— C'est bien.

— Ne me regarde pas avec ces yeux ronds, Emma. Moi, je ne recherche pas la même chose que toi. Je ne veux pas de liaison. Si c'était le cas, pourquoi sortir avec un mec de vingt-deux ans ?

Jade pose son verre vide dans l'évier et jette un coup d'œil sur la pendule Arts déco sur le mur, près du frigo.

— J'ai juste mes chaussures à enfiler et mon sac à prendre. Et on s'en va.

Tandis qu'elle disparaît dans sa chambre avec sa robe Calvin Klein, vraisemblablement à la recherche d'une paire de chaussures aussi chères que la robe, je me demande comment elle arrive à garder ses distances, à se protéger des tracas causés par les mecs. En regardant son appartement spacieux, aux murs couverts de remarquables photographies noir et blanc prises par l'un de ses collègues et de tableaux choisis au hasard des visites de galeries, en admirant ses meubles rétro d'un goût parfait, je comprends la raison de cette attitude... Jade n'a tout simplement aucun *besoin* d'avoir une liaison stable. A quoi cela lui servirait-il, avec ses placards pleins de robes superbes, et suffisamment de revenus pour satisfaire son penchant pour le bon vin et les dîners de gourmets dans les restaurants les plus branchés de la ville ?

La voilà qui revient avec une paire d'escarpins de Dolce e Gabbana aux pieds. Ses cheveux coiffés en tresses rouges encadrent parfaitement son beau visage typé.

Et si c'était mon faible niveau de vie qui m'obligeait à chercher l'âme sœur n° 2 ? Si j'avais un loft en plein Soho, des placards pleins de fringues à la mode et un budget personnel qui me permette d'acheter des meubles de prix au moins deux fois par an, je ne regarderais jamais deux fois le même homme !

— Prête ? me demande Jade en frottant délicatement ses lèvres l'une contre l'autre pour étaler son rouge à lèvres.

Plus prête que jamais. Je me dirige vers l'ascenseur pour pénétrer dans un monde auquel ni mon appartement ni mes revenus ne devraient me permettre d'accéder. Et alors, où est le problème ? Ce soir, je vis la vie de Jade. Celle d'une femme responsable.

De vous à moi : mon précédent rôle de Petite Amie m'empêche de bien jouer la scène du club.

Après un court trajet en taxi — j'ai eu beau protester, c'est Jade qui a insisté pour le prendre —, nous arrivons au club *Envy*. Nous passons devant le videur, un type bâti comme un athlète et au sourire engageant, et nous pénétrons dans une salle à peine éclairée, au rythme d'une musique syncopée. Difficile de tenir une conversation dans un endroit pareil ! Çà et là, des filles très peu vêtues et des hommes assez mastoc. Je n'ai qu'un seul moyen de surmonter ce genre d'épreuve !

— Allons boire un pot, dis-je à Jade, qui a déjà repéré une connaissance, un mec grand et incroyablement séduisant, et qui s'apprête à le rejoindre avant que je ne sois suffisamment éméchée pour lui tenir compagnie.

— OK, dit-elle, oubliant un instant le beau mec pour me suivre vers l'immense bar devant lequel se presse une rangée de femmes suffisamment minces pour se balader en tenue hyperlégère, sans compter tous les mecs qui gravitent autour.

Quand enfin nous parvenons à nous frayer un chemin vers un coin du bar où nous avons tout juste la place pour deux, je sors un billet de dix dollars et je commence à l'agiter sous le nez de la barmaid, une petite blonde moulée dans un pull étroit. C'est la seule façon que j'ai trouvée de détourner son attention de la meute de types aux aguets qui se pressent autour d'elle à l'autre extrémité du bar. Elle finit par m'apercevoir du coin de l'œil et vient vers nous.

— Vous désirez ?

Je me tourne vers Jade.

— Une *Tequila Linda* ?

C'est un mélange de *ginger ale* et de *Rose's lime juice* que Jade a concocté quand elle travaillait comme barmaid, un petit boulot qu'elle a dégoté quand nous étions à la fac.

Elle acquiesce et commence à regarder les gens autour de nous pour repérer des têtes connues… ou qui gagnent à l'être !

Je commande les consommations que je me dépêche de régler et de verser dans nos verres. Je bois une longue gorgée rafraîchissante qui me fait un bien fou.

— Eh, tu as oublié de trinquer, dit Jade en approchant les lèvres de son verre, et en constatant que le mien est déjà au tiers vide.

Je me sens un peu gênée, mais Jade a vite oublié…

Elle est en train de s'approprier un spécimen tout à fait remarquable de mâle, moulé dans le pantalon de cuir le plus étroit qu'il m'ait été donné de voir…

Puis elle reporte son attention sur moi et lève son verre.

— A la santé des hommes, notre bénédiction à toutes.

Une expression de Mamie Z, qui s'est empressée, dès que nous avons atteint l'âge de seize ans, de nous enseigner la meilleure façon de choisir un compagnon.

— *Amen.*

Sur ce, j'avale une nouvelle gorgée d'alcool qui m'insuffle un courage nouveau.

Et du courage, j'en ai bien besoin ! Car sans avoir rien vu venir, voilà que je tombe sur un homme incroyablement beau planté là, devant nous. J'en reste muette l'espace d'un instant, jusqu'à ce qu'il ouvre les bras pour enlacer Jade, le tout complété par une bise sur chaque joue. Je l'entends crier pour couvrir les pulsations de la musique :

— Alors, ma chérie, comment vas-tu ?

J'éprouve une sorte de soulagement d'avoir échappé à un enlèvement par un chevalier servant potentiel, juste avant de réaliser qu'il est homo. J'aurais dû m'en douter… De toute ma vie, je n'ai jamais vu aucun hétéro appeler une fille « ma chérie » avec un tel sens du rythme.

— Je te présente Emma, ma meilleure amie, dit Jade après que le monsieur a fini de se répandre en louanges sur sa forme et sa beauté. Emma, voici Davis. Nous avons beaucoup travaillé ensemble lorsque j'étais styliste pour *Vogue*. Davis était l'homme derrière la palette de maquillage pour la première maquette que j'ai réalisée pour eux. Mais depuis, il a fait son chemin…

— Arrête, chérie, tu vas me faire rougir, s'exclame Davis.

Une fois de plus, je suis sidérée par l'impact négatif — sur un plan purement sexuel — que peut avoir ce genre de commentaire, même lorsqu'il émane d'un homme aussi séduisant. Et séduisant, il l'est ! Il a beau avoir le style de…

Cindy Crawford, difficile de dire de ce mec bâti comme un athlète qu'il n'est *pas attirant*...

— Quoi ! C'est vrai, non ? rétorque Jade.

Puis elle se tourne vers moi.

— Davis est à présent le chef maquilleur d'une chaîne de télé. Tu as devant toi l'homme qui a la lourde responsabilité de rendre Heather Locklear si... désirable dans *Melrose Place*.

— Arrête, s'il te plaît, proteste Davis. Et d'abord, Heather n'a aucun besoin de *moi* pour être désirable. Elle est *sublime*.

— Alors, quel *est* le secret pour rendre une femme désirable ? dis-je, bien décidée à avoir des tuyaux de la bouche même d'un spécialiste.

— Tout est dans les lèvres, ma chérie. Les lèvres.

Puis il part d'un énorme rire.

Ses dents brillent comme des diamants sous les flashes des projecteurs. Une fois la crise d'hilarité passée, il me regarde avec un regain d'intérêt.

— Et vous, Emma, que faites-vous dans la vie ?

C'est le moment de vérité. Le genre de question qu'on s'attend toujours à entendre quand on est entouré de gens plus riches et plus chanceux que soi. Je commence à servir mon discours habituel :

— Je suis éditrice chez *Bridal Best*, vous savez, *Bridal Best*. Fantastique, non ?

Mais Jade me coupe la parole.

— Emma écrit. Et sacrément bien.

Puis elle trinque avec moi et me fait un clin d'œil.

— A Emma.

J'avale d'un trait le reste de mon verre. Davis s'est embarqué dans un long monologue sur sa passion pour les écrivains. Il nous raconte en long et en large qu'il est déjà sorti avec un écrivain, et qu'il avait toujours peur que son ex n'écrive un bouquin sur sa vie sexuelle maintenant qu'il est devenu célèbre. Heureusement pour moi, Davis repère une autre tête connue. Une nouvelle bise à Jade, une accolade affectueuse pour moi, et le voilà parti débiter de nouveaux compliments à un black beau comme un dieu qui l'attend les bras ouverts.

— On dirait que tu es prête à remettre ça, s'exclame Jade en lorgnant sur mon verre vide.

Elle me traîne jusqu'au bar pour la deuxième tournée.

Plusieurs heures… et quelques verres plus tard, je n'ai même plus besoin de Jade pour me présenter à toutes les nouvelles têtes que nous rencontrons. Nous dansons, nous faisons quelques haltes sur les longues banquettes qui entourent la petite salle du fond, baignée de lumière pourpre. Je me suis bien faite à mon personnage — bien qu'après avoir avalé le troisième verre, ça ressemble plus à une vraie vocation qu'à une simple conversation en boîte. Je me retrouve même en train de flirter sans vergogne avec un mannequin de vingt ans et des poussières prénommé Cliff, et qui a des yeux d'un bleu à en perdre la tête. Pour un peu, je l'aurais persuadé de me raccompagner chez moi — ce qui dans mon cerveau embrumé par l'alcool me paraissait une très bonne idée… Mais à un moment donné, craignant que son attention ne se détourne de moi, je suis devenue nerveuse et j'ai eu un geste un peu brusque… Mon verre est tombé par terre, éclaboussant au passage ses chaussures Armani.

Cliff s'est excusé pour foncer vers les toilettes. Le regard qu'il m'a jeté en disait long sur le dégoût que lui inspirait mon total manque de respect pour ses chaussures…

Une fois dégrisée, j'en conclus que je n'arriverai décidément pas à accrocher qui que ce soit dans un endroit pareil. Je cherche Jade, qui est en train de se contorsionner sur la piste de danse avec un Davis de plus en plus exubérant.

Je crie en lui touchant le bras pour attirer son attention :

— Je m'en vais.

Elle paraît surprise, mais renonce à discuter.

— D'accord. Moi aussi je vais partir bientôt. Tu me laisses encore une danse ?

Impossible de refuser sa supplication, non formulée mais que je lis dans ses yeux, de ne pas la laisser seule ici avec Davis. Il est connu pour attirer ses compagnons du moment dans une *dance party* qui dure toute la nuit…

— Je t'attends dans le petit salon.

Je lui montre le fond du bar. Elle hoche la tête. Je m'écroule sur la première banquette inoccupée que je trouve sur mon passage. Le couple enlacé juste en face de moi, le genre à chercher désespérément un peu d'affection, est légèrement déconcentré.

C'est alors que j'aperçois un grand type aux cheveux bruns debout à l'entrée du salon. Avec cet air un peu en dehors du coup dont je raffole. Je le trouve très, très séduisant.

Je m'efforce de ne pas le regarder. Je fais tellement d'efforts pour avoir l'air de ne pas remarquer sa présence que j'ai la sensation de dégager des ondes négatives ! Je le supplie en silence : « Assieds-toi, allez, assieds-toi ! » Je n'ose pas lever les yeux sur lui de peur qu'il ne lise dans mon regard le besoin de l'avoir près de moi.

A-t-il entendu ma prière silencieuse ? Ou est-ce parce que la banquette est bien située ? Toujours est-il que — ô miracle — le nouvel homme de mes rêves vient de s'asseoir à côté de moi.

Je m'adosse à mon siège, jouant les beautés langoureuses et indifférentes qui font craquer les hommes de désir. Au moment où je cherche désespérément une phrase banale pour entamer la conversation, il ouvre le feu le premier.

— Est-ce que vous vous ennuyez autant que moi, ici ?

Je sens une sorte de soulagement m'envahir, mais de courte durée. Je me tourne vers lui. Non seulement il est encore plus craquant que je ne le croyais, mais en plus il porte des lunettes ! Comment cela a-t-il pu m'échapper ?

Je réussis à articuler :

— Complètement.

— Moi non plus, ce n'est pas mon truc. Je veux dire, ce genre de boîte.

Nous sommes sur la même longueur d'onde. Après avoir passé, week-end après week-end, deux années à regarder avec Tony des vidéos louées au coin de la rue, je refuse systématiquement d'être obligée de passer une soirée avec un tas d'inconnus en sueur dans une salle à peine éclairée pour trouver chaussure à mon pied.

— Moi aussi. D'ailleurs, c'est la première fois que je viens ici, et sans doute la dernière.

J'espère avoir réussi à lui montrer combien je préfère à ce genre de vie fait de strass et de paillettes une existence plus calme et moins superficielle. Il a l'air d'un intellectuel. En tout cas, sa chemise sans col lui donne un look un peu étudiant.

— Je m'appelle Max van Gelder, dit-il en me tendant la main.

Je ne fais que l'effleurer pour qu'il ne remarque pas que la mienne est moite.

— Emma Carter, dis-je en souriant.

— Emma. C'est un nom qui sonne bien. On dirait que vous êtes sortie tout droit d'un roman anglais.

Mon cœur bat plus vite. C'est donc un littéraire…

— Oui, une sorte de Clarissa après qu'elle a été plaquée par Lovelace…

Quelle idiote d'avoir dit ça ! Ce sont exactement les propos d'une pauvre fille qu'on vient de larguer… D'ailleurs si ma mémoire est bonne, dans le roman, Clarissa meurt de chagrin après le départ de Lovelace, non ?

Mais ça le fait rire. J'aime ce rire généreux. Il dénote un tempérament solide, sûr de lui.

— Attendez, laissez-moi deviner. Ne seriez-vous pas aussi écrivain, par hasard ?

Il a dit *aussi* !

Je réussis à bredouiller :

— Oui. Comment avez-vous deviné ?

— Parce que seule une personne amoureuse des mots a pu lire le roman jusqu'au bout après que Clarissa a été plaquée par Lovelace, comme vous dites.

Amoureuse des mots. Cette expression me plaît. Et elle dit vrai. De toute façon, près d'un homme aussi merveilleux et comme je n'en ai pas rencontré depuis longtemps, je suis prête à tout croire.

— Ainsi, vous écrivez… Pour *Bone*, peut-être ?

— Mon Dieu, non. Je suis venu à cette soirée parce qu'un ami m'y a traîné. Je travaille surtout en freelance. Actuellement, je rédige un article pour *The New Yorker* sur le transcendantalisme et la rénovation de Times Square.

Mon Dieu ! Nous ne boxons pas dans la même catégorie…

— Pour *The New Yorker* ? Mais c'est extraordinaire…

Il sourit modestement… un sourire qui le rend tout de suite sympathique.

— Oui, enfin, il faut bien faire quelque chose pour payer les factures pendant que je travaille à mon roman. Et vous, qu'écrivez-vous exactement ?

Un roman. Il écrit un roman ! Voici que mon propre rêve revient me hanter… Ma vue se brouille, et j'ai la gorge sèche.

— Un roman ? dis-je en ignorant sa question.

Mieux vaut laisser *Bridal Best* de côté pour l'instant. Il faut d'abord réussir à l'accrocher, par mon charme et mon esprit.

— En fait, c'est mon deuxième, précise-t-il. Le premier, je l'ai enterré sous mon lit…

— Ça vaut mieux que de l'enterrer dans vos neurones…

Cette repartie me vaut un nouvel éclat de rire.

— Eh bien, mon agent prétend que celui que j'écris a du potentiel.

Il a même un *agent* ! J'ai le cœur qui commence à s'emballer, partagé entre l'espoir et le désespoir absolu. Car au-delà de cette rencontre due au seul hasard, je le vois déjà vendant son deuxième livre, signant partout des autographes et devenant un des best-sellers consacrés par le *New York Times*. Et tout ça sans moi…

Et juste au moment où je suis sur le point de sortir une plaisanterie pour tourner en dérision mon tout dernier article, qui m'a tout de même permis d'acheter un nouvel ordi pour surfer sur le web, Jade fait son apparition, le visage tout rouge. Bizarrement, elle paraît anxieuse.

— Allons-y, dit-elle avant de réaliser qu'elle vient de débarquer comme un cheveu sur la soupe et de surprendre, peut-être, un début de romance entre moi et mon prochain chagrin d'amour… Elle met les rétro-freins…

— Enfin, je veux dire, si tu es prête.

— Euh, bien sûr, si…

Je ne sais pas du tout comment me tirer de cette situation cruciale pour la suite éventuelle de mon idylle naissante avec Max van Gelder.

— Tu sais quoi, dit Jade pensant sans doute que je risque de tout gâcher. Je fais un tour aux toilettes. Viens me rejoindre dès que tu es prête.

— D'accord.

Je me sens soulagée. Je me tourne vers Max pour le présenter à Jade, mais elle a déjà disparu.

— Je suis navrée, excusez-moi.

— Pas de problème. J'avais justement l'intention de quitter ce repaire d'alcooliques.

Je souris en essayant de trouver un stratagème pour

obtenir son numéro de téléphone sans avoir l'air de mendier. Il me devance.

— Nous pourrions peut-être terminer cette conversation un autre jour, devant une tasse de café.

— D'accord, dis-je en n'osant pas croire à ce qui m'arrive.

— Vous avez une carte ?

— Euh...

Je commence à farfouiller dans mon sac. Mais je réalise que même si j'en avais une, je ne prendrais jamais le risque de la lui donner. J'aurais trop peur de le faire fuir avec le logo de *Bridal Best*, ce gâteau ridicule. Sans parler du slogan...

— Une seconde, je reviens.

Il se lève et se dirige vers le bar, ce qui me permet de constater que le verso est tout à fait à la hauteur du recto !... Il glisse quelques mots au barman qui me regarde par-dessus l'épaule de Max et me fait un clin d'œil. Max revient et me tend un stylo et une petite nappe en papier.

Je note en vitesse mon numéro de téléphone personnel et redonne le tout à Max. J'espère que je n'ai pas les mains qui tremblent parce que je me sens très excitée.

— Eh bien, Max, je suis ravie d'avoir fait votre connaissance.

— Moi de même, dit-il en me prenant la main.

Il la garde un bon moment serrée entre les siennes. Un petit picotement me parcourt l'échine.

— Emma, je vous appelle.

Puis il sourit et me rend ma liberté.

Je reste là plantée bêtement à lui sourire avant de réaliser que c'est moi qui suis censée faire une sortie discrète. Je finis par lui faire un petit signe de la main, et je fonce rejoindre Jade. Je sens son regard posé sur moi, priant le ciel pour que ma jupe ne se soit pas prise dans mon slip

— on ne sait jamais — et que mon postérieur n'ait pas l'air trop gros à son goût…

Je n'arrive toujours pas à croire à ce qui m'arrive. Je retrouve Jade debout, en train de se fumer une cigarette. Elle n'a pas l'air très contente. J'ai l'impression de vivre un rêve étrange.

— J'espère que tu n'es pas partie sans son numéro de téléphone.

— Je lui ai donné le mien.

— Bon, je pense que ça devrait suffire. Mais à l'avenir, sache qu'il vaut mieux te débrouiller pour avoir le sien.

J'ai déjà l'impression d'avoir tout gâché.

— Pourquoi ?

— Parce que c'est toi qui peux décider de le revoir ou pas. Mieux vaut avoir les rênes en main.

— Zut, c'est vrai que si jamais il ne se décide pas à m'appeler, je ne me pardonnerai jamais mon erreur.

— Ne t'en fais pas. Allez, j'aimerais bien qu'on parte d'ici, me lance Jade en commençant à marcher et en levant la main pour arrêter un hypothétique taxi. Il est quand même 2 heures du matin…

Je remarque que ses gestes sont un peu brusques. Je presse le pas pour la rattraper.

— Jade, tout va bien ?

— Parfaitement bien, me répond-elle sans un regard.

Non, je suis sûre que ça ne va pas du tout. Cette tension sur son visage, cette façon de marcher à côté de moi en évitant mon regard.

— Jade…

— Bon, d'accord. Michael a fait une apparition.

— A la boîte ?

— Oui. Au bras d'une adorable petite brune…

Elle se retourne pour faire face aux voitures et commence à marcher en arrière, les yeux balayant l'avenue qui est vide à cette heure.

— C'est pas vrai, où sont passés ces foutus taxis !

Je suis atterrée. Pas seulement parce que Michael est venu au club — Jade a toujours dit qu'il détestait y aller — mais surtout parce que Jade est salement secouée de l'avoir revu dans ces circonstances, au bout de deux ans.

— Ça va aller, Jade ?

— Mais, oui, ne t'inquiète pas pour moi. Je suis vaccinée contre cette espèce de salaud.

— Jade !

— Tu sais, il a l'air d'être bien dans sa peau avec cette brune. Peut-être qu'au lit, elle a réussi à trouver le mode d'emploi…

— Jade, si toi tu n'as pas pu, je ne vois pas comment…

— Si tu savais comme je m'en fiche. Mais alors, je n'en ai rien à cirer. J'ai trouvé quelqu'un qui sait comment s'y prendre au lit avec une femme, alors…

Je l'interromps.

— Jade, et si on allait se prendre un bon petit déjeuner comme dans le bon vieux temps, à la sortie des boîtes ?

Mon idée, c'est de trouver un endroit tranquille pour s'asseoir et discuter calmement de cette histoire. Elle a besoin de vider son sac.

Mais Jade a percé mon plan à jour.

— Pas question. Je sais ce que tu essaies de faire, Emma. Alors, sois gentille, laisse tomber.

Un taxi finit par s'arrêter. Elle ouvre la porte et me fait signe de monter.

— J'en ai assez de chialer à cause des salauds que j'ai rencontrés dans ma vie. Non merci, je préfère aller me coucher.

Le taxi roule à présent dans les rues sombres et désertes. Je n'insiste pas. Jusqu'ici, apparemment, elle a relativement bien réussi à surmonter sa colère contre Michael. Ce n'est pas à moi de rouvrir ses blessures, moi qui ne parviens même pas à résoudre mes propres problèmes.

Ce qui m'inquiète, c'est que deux ans après sa rupture, la douleur soit encore si vive.

Je commence à me dire qu'il y a des hommes dont on ne peut jamais faire le deuil…

Chapitre 8

« Il y a des tas de bonnes raisons pour se soigner. »

DR STEVEN COBURN, auteur de :
La famille américaine : guide de survie.

« Lis ce livre ! »

VIRGINIA MCGOVERN, mère d'Emma Carter.

De vous à moi : je découvre qu'un simple coup de fil peut vous pourrir la vie.

Le matin suivant, c'est la sonnerie du téléphone qui me réveille. Elle me vrille les tympans, car mon cerveau encore imbibé d'alcool capte douloureusement tous les bruits.

Je décroche, ne serait-ce que pour arrêter cette fichue sonnerie…

— Tu dormais ? Il est presque 10 heures. Ça ne va pas ?

C'est mon père. Il s'offusque toujours de constater qu'aucun de ses enfants n'est adepte de la discipline de fer qu'il s'impose : se coucher tôt et se lever tôt.

Il est fermement convaincu que la fortune sourit à ceux qui se lèvent tôt. Même pendant sa pire période d'alcoolisme, il a toujours réussi à se tirer du lit sans problème, comme si le fait de se lever avant l'aube pouvait d'une certaine façon le « laver » de sa nuit de débauche…

— Papa, on est dimanche, dis-je en sachant pertinemment que mes protestations tomberont dans l'oreille d'un sourd.

J'installe le téléphone tout près de moi, je m'enfonce un peu plus dans mon oreiller et je me prépare à un long discours… Mon père ne m'appelle pas un dimanche matin sans avoir une bonne raison.

— Moi je suis debout depuis 5 h 30. Remarque, on ne peut pas dire que ça m'ait réussi…

— Que se passe-t-il ?

Je m'arme de courage. Dans quel pétrin s'est-il encore fourré ? Avec lui, je m'attends à tout.

— J'ai eu un petit accident en remplaçant quelques tuiles sur le toit de la maison.

— Tu t'es blessé ?

— Non, ça va. Très bien. Juste deux mois dans le plâtre, et tout rentrera dans l'ordre.

— Quoi ?

— Eh bien, je me suis cassé l'épaule droite, finit-il par admettre.

Je le sens embarrassé.

— Quoi !

Cette fois, je suis franchement inquiète.

— Et aussi le bras droit. Mais ça n'est pas une affaire, dit-il pour balayer l'inquiétude qui perce dans ma voix.

— Comment est-ce arrivé ?

J'attends l'occasion de lui servir mon discours bisannuel, à savoir qu'il serait peut-être temps à son âge de laisser à des professionnels le soin de faire des réparations, surtout lorsqu'il s'agit d'escalader le toit de la maison ! Mon père ne peut se résoudre à payer pour des réparations qu'il pense être capable d'effectuer lui-même. Et se croit assez jeune pour ça. Cette attitude lui a pourtant déjà posé plus d'un problème.

— J'étais en train de travailler sur le toit. Tout allait bien. J'avais même le harnais que Shaun utilisait pour faire de l'escalade. Je l'ai trouvé dans un coin du garage, et j'ai pensé qu'il pouvait m'empêcher de tomber de ce satané toit. Après ? Difficile à dire. J'étais là-haut et, une minute plus tard, je me suis retrouvé par terre...

— Le harnais a cédé ?

— Dieu seul le sait. Il avait l'air en bon état, d'après Deirdre. Mais peut-être qu'il y avait un problème avec la fixation. J'ai appelé Bernie — en ce moment, mon père est au mieux avec son avocat — mais ce crétin m'a à peine écouté. Il n'a pas arrêté de me dire que ma cause était indéfendable !

Aussitôt, des soupçons m'assaillent.

— Est-ce que tu as bu en travaillant ?

— Non, pas du tout. Tu imagines, ce type refuse de me défendre, après toutes les affaires que je lui ai confiées !

La rapidité de son démenti ne fait qu'attiser mes soupçons. Je sens que je ne vais pas tarder à savoir dans quel guêpier il s'est encore fourré. La suite me donne raison.

— Je me demandais si ta copine Alyssa avait un peu de temps... Avec tous ses diplômes de droit, est-ce qu'elle continue à perdre son temps à essayer de sauver les forêts tropicales ?

— Alyssa ne peut pas te défendre, papa, et je ne...

— Et l'avocat avec lequel elle sort ? Où est son cabinet ?

— Papa, Richard est spécialisé dans le droit des affaires. Il ne court pas après le client.

— C'est tout ce que tu trouves à dire ? Ton vieux père a besoin d'un bon professionnel, quelqu'un de respectable. Pas d'un type qui court les clients... Tu comprends, j'ai mal. La douleur me lance dans tout le bras.

Je sens une vague de pitié m'envahir.

— Ils ne te donnent rien ?

Quelle question idiote ! Comment pourraient-ils donner des calmants à un homme qui s'est adonné à la boisson pendant toute sa vie… Autant donner un pistolet chargé à un fou suicidaire.

— Bien sûr qu'ils me donnent *quelque chose*. Mais ça ne suffit pas. Mon bras me fait un mal de chien. Et pour couronner le tout, il faut que je cherche un nouvel avocat. Parce que je ne peux pas laisser ces salauds s'en tirer comme ça. Quand on utilise un produit, on s'attend à ce qu'il fasse son office, non ? Dans quel monde vivons-nous ! Je te jure que je ferai payer ces salauds jusqu'à leur dernier sou. Et je ne plaisante pas.

Après avoir prêté une oreille attentive à sa diatribe sur les injustices de ce monde, je finis par le calmer en lui promettant d'en parler à Alyssa. Peut-être pourra-t-elle — elle ou Richard — me recommander un bon avocat pour ce type d'affaire. Satisfait, mon père me pose ses sempiternelles questions sur ma vie. Combien je gagne… Si j'ai trouvé un mari potentiel…

Je ressens un besoin urgent de le secouer un peu, de le ramener à la réalité. Je lui assène :

— J'ai rompu avec Tony.

— C'est vrai ? Est-ce que ce raté s'est enfin rendu compte qu'il n'était pas assez bien pour toi ? me répond mon père.

Le ton de sa voix dénote la surprise, mais aussi une certaine sympathie.

Tu parles ! C'est lui qui est devenu *trop* bien pour moi.

— Il est parti à Los Angeles. Il a déniché un job de *script doctor* pour un studio.

— Ah bon !

Mon père a l'air surpris que Tony ait réussi à s'en sortir tout seul. Puis il change de ton.

— Je suis désolé pour toi, ma chérie.

— Oui, bon.

Que dire d'autre ?

— Tu sais que tu pourrais le poursuivre.

— Quoi ?

— Je ne plaisante pas, dit-il déjà tout excité. J'ai lu l'autre jour un article sur une femme qui a attaqué son fiancé pour cruauté mentale parce qu'il a rompu juste avant le mariage.

— Mais, papa, nous n'étions pas fiancés.

— C'est vrai, mais il t'a bien offert quelques cadeaux ? Et on peut aussi considérer les lettres d'amour comme des promesses d'engagement…

J'entends les rouages fonctionner dans sa cervelle !

— Oublie ça, papa.

Je n'ai pas envie d'avouer que je me suis permis de tomber amoureuse d'un homme qui, dès le premier jour, m'a dit qu'il ne voulait pas s'engager.

Mon père essaie de me réconforter.

— Eh bien, si tu veux avoir mon avis, je pense que c'est très bien comme ça. Qui sait, tu rencontreras peut-être un avocat charmant. Ce serait une façon de faire d'une pierre deux coups !

Et il part d'un éclat de rire pour tenter de me remonter le moral. Moi, je ne peux m'empêcher de penser au crâne luisant de Henry Burke. Impossible pour moi d'aimer ce garçon, même pour faire plaisir à mon père. Je marmonne une réponse sans grande conviction, et je passe à un autre sujet, plus sûr. Je lui parle de mon job, des perspectives de promotion. Avant de raccrocher, j'ai réussi à convaincre mon père que ma vie est nettement plus chouette qu'il n'y paraît. Mais en regardant le combiné, je me sens plus vide que jamais.

En y repensant, je crois que c'est parce que je suis à peu près certaine que mon père a replongé. Et je ne peux strictement rien faire. Je comprends tout à fait les raisons qui ont poussé Bernie à refuser de défendre mon père. Comment plaider que le harnais était défectueux si c'est mon père le problème ! Et le pire, c'est qu'avec la gueule de bois que je tiens, on ne peut pas dire que je sois bon juge… Les gens s'en tirent comme ils peuvent, pas vrai ?

J'ai l'impression d'entendre ma mère nous sortir ses grandes théories psy… Je m'empresse donc de chasser cette idée — comme le font souvent ceux qui sont le plus atteints —et j'appelle Jade, ma compagne de débauche, pour voir comment elle va. Je suis toujours convaincue qu'elle aurait besoin de prendre un pot quelque part pour parler de cette affaire avec Michael. Mais en composant son numéro, je sais que je vais être obligée d'y aller sur la pointe des pieds car dès qu'il s'agit de Michael, Jade a tendance à rester muette ou sur la défensive.

Je tombe sur le répondeur. Est-elle en train de filtrer les appels ?

— Jade, tu es là ?

Je fais une pause pour lui permettre de décrocher. Rien.

— D'accord. Eh bien, je ne peux pas dire que je t'envie de pouvoir te lever si tôt après la nuit agitée que nous venons de passer. J'ai un mal de tête pas possible.

Je fais une nouvelle pause. Je me demande toujours si elle est là et n'a tout simplement pas envie de parler.

— Bon, je voulais juste voir si on pouvait prendre un petit déjeuner ensemble et parler d'hier soir…

Je m'empresse d'ajouter :

— Remarque, je sais très bien que tu n'as pas *besoin* d'en parler… Bon, d'accord, appelle-moi un de ces jours.

Je raccroche et je m'assieds, en me demandant où elle peut être. Puis j'appelle Alyssa pour avoir de ses nouvelles et en profiter pour amener l'histoire de mon père sur le tapis.

C'est Richard qui répond.

— Salut, Emma. Ça va ?

— Bien. Et toi ?

La vision de Henry Burke surgit dans mon esprit, et je me sens soudain très gênée. Comme si Richard m'avait offert une Mercedes-Benz qui avait seulement besoin d'un coup de brillant, et que j'aie refusé poliment.

— Parfait. Alors j'ai appris que mon copain Hank et toi avez passé un bon moment l'autre soir.

— Oui. En fait, euh…

— Il m'a dit qu'il avait pris des billets pour le concert de Sting ce week-end au Madison Square Garden. Tu y vas avec lui ?

— Ah bon ?

L'espace d'un instant, je me dis qu'il serait peut-être temps de rappeler ce bon vieux Hank. Je suis aussitôt horrifiée de découvrir que je risque de devenir comme ces filles qui feraient n'importe quoi pour un bon repas ou un concert à l'œil.

— Je crois qu'il m'a parlé de places au parterre.

— Tu plaisantes ?

Cette fois, je me demande pourquoi je suis *différente* de ces filles qui seraient capables de n'importe quoi du moment qu'on leur fait un cadeau.

— Tu sais, Hank sait y faire. Il a des relations partout. Avec lui, aucune raison de s'inquiéter.

Sauf pour les chaussures. Est-ce qu'une femme peut vraiment s'engager à ne porter toute sa vie que des talons plats ?

— Il a l'air d'un type sympa. En tout cas, il a été très *gentil*.

Richard reste silencieux un moment.

— Ça y est, j'ai compris ! Il ne te plaît pas.

Je suis soulagée de ne pas avoir à mentir de nouveau, même pour aller voir Sting. Je me sens juste un peu coupable.

— Non, je ne crois pas. Il m'a téléphoné… mais je ne l'ai jamais rappelé.

— Ecoute, ce n'est pas une affaire. Ça valait la peine d'essayer, non ? Ces rendez-vous arrangés, ce n'est pas simple…

Ce Richard, quand même. Il raisonne bien, il est toujours de bonne humeur. Il ne faut pas qu'Alyssa s'avise de lui briser le cœur.

— Je pense que tu as raison. Mais je ne me sens pas à l'aise, parce qu'il a été *vraiment* gentil, et je ne voudrais pas lui faire de la peine. Tu ne penses pas qu'il *faudrait* que je le rappelle ?

Richard se met à rire.

—Attends, tu plaisantes ? Ne te fais aucun souci pour Hank. Il s'est sûrement déjà mis sur les rangs pour une autre. En fait, je suis sorti avec lui la nuit dernière. Nous avons passé un bon moment, et je l'ai vu parler à une jolie blonde. Je suis presque sûr qu'il doit déjà avoir son numéro de téléphone.

Quel mufle !

— Ah bon, dans ce cas, tout va bien, je suppose…

— Mais oui. Ne t'inquiète pas pour Hank. Si tu veux, la prochaine fois que je le vois, je te trouverai une excuse. Je dirai que tu as quitté le pays, ou quelque chose dans ce genre. Hank s'en remettra… Il n'est *jamais* en manque de femmes.

C'est drôle, mais voilà que, tout à coup, Hank et son crâne lustré, Hank le brillant parleur devient à mes yeux incroyablement attirant…. Je chasse vite cette pensée. Non mais, est-ce que je suis cinglée ? Dans quel monde vivons-nous ? Un monde où les petits hommes chauves ont des tas de filles qui font la queue pour sortir avec eux, alors que de jolies célibataires telles que Jade et moi — parfaitement, moi aussi, je m'inclus dans cette catégorie — ont un mal fou à trouver quelqu'un qui reste suffisamment de temps pour leur faire l'amour une seule fois. Et mal !

Je sais, nous sommes à New York. Les femmes y sont trop nombreuses… et les hommes décidément trop bêtes !

— Je suis bien contente que ce pauvre Henry ne souffre pas par ma faute.

Richard éclate de rire.

— J'aime bien ton humour caustique, Emma. Quand viens-tu dîner avec nous ?

Dès que toi et Alyssa serez enfin mariés, et que je ne me sentirai plus coupable de te regarder.

— Bientôt. Dis-moi, je voulais te poser une question. Pourrais-tu me recommander un avocat pour mon père ? Il est très procédurier.

— Allons bon. Qu'est-ce qu'il a encore fait ?

Richard connaît par cœur les démêlés de mon père avec la justice. Nous avons passé des soirées entières sur ses affaires.

— Il est tombé d'un toit. Il portait un de ces harnais qu'on utilise pour l'escalade, mais apparemment, l'attache n'a pas bien fonctionné.

Je ne lui fais pas part de mes soupçons sur l'alcool. J'hésite toujours à révéler ce dont souffre mon père, surtout à des hommes comme Richard qui ont grandi à Winchester avec des parents charmants et sans problèmes, l'un médecin et l'autre avocat. Ils ont même un golden retriever, Skip, qui n'arrête pas d'aboyer.

— Est-ce que ton père va bien ? demande Richard.

Ça dépend ce que tu entends par là…

— Eh bien, il s'est cassé l'épaule droite et le bras droit.

— Aïe !

— Oui, comme tu dis.

— Ecoute, je vais y réfléchir. Je vais voir si je peux te trouver un bon avocat pour lui. Il peut y avoir matière à faire un procès, qui sait.

Ce qu'il est gentil, ce Richard ! Tellement gentil, attentionné. Maudites soient Alyssa et ses hormones en folie !

— Merci, Richard. Peux-tu me passer Alyssa ?

— Non, elle est chez le véto.

Oh, mon Dieu !

— Un *dimanche* ?

— Oui, tu sais, Lulu a passé les tests hier, et Alyssa est très inquiète. Elle ne pouvait pas attendre tout le week-end pour avoir les résultats. Le médecin lui a proposé de la voir aujourd'hui pour les lui donner et en parler. Sympa, le type, non ?

Ce mec, quand même !

— Euh, en effet.

— Je lui ai proposé de l'accompagner, mais Alyssa n'a pas voulu. Elle a l'air de penser qu'elle doit réussir à se débrouiller toute seule.

Il soupire.

— Ça doit être dur pour elle. Elle a cette chienne depuis sa plus tendre enfance.

— Oui.

Je sens l'inquiétude de Richard. Mon cœur fait un raté.

— J'espère que ça se passera bien. Tu sais, j'ai toujours eu l'habitude de taquiner Alyssa pour son attachement à cette petite boule de poil mal fichue. Mais je dois admettre que je m'y suis aussi beaucoup attaché.

— Tu ne perdras *pas* Alyssa, dis-je, d'un ton décidé.

Alyssa ? Il éclate de rire.

— Mais c'est de Lulu que je te parle.

Quelle idiote !

— Oui, bien sûr, Lulu. C'est ce que je voulais dire.

Je me mords les lèvres jusqu'au sang.

— De toute façon, ne t'inquiète de rien, Richard. Alyssa et toi vous vous sortirez très bien de cette épreuve. Et Lulu aussi. Tout va très bien se passer.

En raccrochant quelques minutes plus tard, je me demande si les choses vont se passer réellement aussi bien que ça.

De vous à moi : je suis devenue l'autre femme.

Jusqu'à lundi soir, je n'ai pas ressenti le besoin d'appeler Tony. C'est plutôt encourageant car Jade est aux abonnés absents depuis samedi. Impossible de lui faire dire ce qu'elle a sur le cœur. Je suis surtout très inquiète de ce qui a pu lui arriver. C'est en appelant *Threads* lundi que j'ai appris qu'elle s'était présentée à 10 heures ce matin avant de partir pour un tournage. J'aurais pu rappeler Alyssa, mais à l'idée que Richard serait peut-être dans le coin et qu'il risquait de m'entendre l'engueuler, j'ai préféré renoncer. Comme elle est au tribunal toute la journée, il faut que j'attende l'occasion de lui dire ses quatre vérités.

C'est lundi soir que je me sens autorisée à appeler Tony. Notre dernière conversation date de plus d'une semaine, et peu importe qu'il n'ait pas rappelé. Il brûle d'envie de le faire, je le sais depuis qu'il m'a avoué combien je lui manquais ! Et puis, il m'a bien donné son numéro, non ? Il attend peut-être que ce soit *moi* qui l'appelle. Et comme je suis du genre à ne jamais laisser souffrir quelqu'un trop longtemps à cause de moi, j'attends juste après minuit pour composer son numéro, une fois notées quelques idées boiteuses sur ce fichu projet d'article pour Patricia. J'avoue que je connais déjà le numéro par cœur. Je l'ai regardé tellement souvent !

Après une sonnerie, je sais que j'ai bien fait.

Après la deuxième, je commence à me demander ce qui se passe.

A la troisième, je commence à penser à ce que je vais faire : laisser un message ? Non, la balle se retrouverait dans son camp. Vu mon état d'esprit du moment, ce n'est pas une bonne idée.

A la quatrième sonnerie, je suis en train de me demander s'il a un répondeur. Parce que, s'il n'en a pas, je peux bien m'acharner à l'appeler toute la nuit, il ne le saura pas, sauf bien sûr s'il peut identifier les appels.

Soudain une voix essoufflée, une voix de *femme*, me parvient.

— Allô ?

— Euh, excusez-moi, je crois que j'ai fait une erreur.

— Qui demandez-vous ?

— Tony Holt.

— Non, vous avez fait le bon numéro, lance-t-elle d'un ton désinvolte. Mais il n'est pas ici pour le moment. Je peux prendre un message ?

Je suis tellement décontenancée en entendant cette femme que je n'ai même pas réfléchi à ce que je dois répondre.

— Dites-lui simplement qu'Emma a appelé, dis-je d'une voix incertaine.

— Emma ? Est-ce qu'il a votre numéro ?

Oui, ma chérie. Il est gravé dans son cerveau.

— Oui, pas de problème.

— OK, je lui laisserai le message.

— Merci, dis-je d'une voix faible.

La tête me tourne. Avant de raccrocher, elle me dit d'une voix enjouée :

— Bonne nuit.

Qui c'est, celle-là ? Mon esprit se met à envisager toutes les possibilités avant de s'arrêter sur celle qui me fait le moins mal. C'est la personne avec laquelle il partage son appart. Je me sens soulagée. Mais oui, bien sûr, c'est forcément ça l'explication. Tony ne peut pas avoir déjà trouvé une nouvelle petite amie et en être à ce stade d'intimité avec elle, non ? Pourtant elle a déjà les clés de l'appartement. Quand je pense que je n'ai eu ses clés qu'après six mois de « vie commune » ! Et encore, il a fallu que je les lui demande !

Bon. C'est sa colocataire. Il faut bien que je m'y fasse.

C'est alors qu'une nouvelle fois la peur m'envahit. Richard et Alyssa ont été colocataires eux aussi pendant un temps.

J'appelle Jade. C'est la seule qui saura me débarrasser de ces pensées qui me hantent. En entendant de nouveau son répondeur, je commence à paniquer. Dès que le bip retentit, je me mets à crier.

— Bon sang, Jade, où es-tu ?

— Emma, c'est toi ? dit Jade en décrochant, la voix défaite.

— Oh, mon Dieu, je suis désolée, Jade. Tu dormais ?

Je commence à culpabiliser, mais un coup d'œil à mon réveil m'indique qu'il est minuit. Après tout, Jade est encore debout à cette heure la plupart du temps.

— Ça va aller.

— Est-ce que tu vas bien ?

— Oui, je suis juste fatiguée.

Puis elle rit, d'un rire sonore… et satisfait.

— J'ai fait un marathon du sexe depuis samedi soir.

— Samedi soir !

— Oui. Après que tu es descendue du taxi, j'ai décidé que je n'avais aucune raison de rester seule. J'ai filé tout droit chez Enrico. Je suis rentrée chez moi il y a seulement quelques heures.

— Et tu es restée avec lui tout ce temps-là ?

— Oui, à part une petite pause aujourd'hui pour aller sur un tournage. Disons que je suis restée pas mal de temps à l'horizontale.

Elle rit d'une voix un peu cassée.

— Pas seulement d'ailleurs ! Est-ce que je t'ai dit qu'Enrico faisait de l'athlétisme en Italie ?

Et la voilà qui se met à ronronner comme une chatte. Il est évident que Jade a réussi à exorciser le souvenir de Michael. A sa façon. En faisant l'amour comme une folle.

— Tu dois être crevée. Je te laisse dormir.

— Rien de grave de ton côté ?

J'explose.

— Tony partage sa chambre avec quelqu'un.

Le souvenir de cette petite voix de femme enjouée recommence à me faire mal.

— Et alors ? Tu le savais déjà…

— Mais c'est une *femme*.

— Non !

— Je n'arrête pas de penser qu'il revient chez elle tous les soirs. Qu'ils dînent ensemble, regardent des vidéos ensemble. C'est plus une petite amie qu'une colocataire !

— Emma !

— Je sais ce que tu vas dire. Que je dois l'oublier. Il n'est plus mon petit ami, il ne fait plus partie de ma vie. Il a parfaitement le droit de vivre la sienne…

— Il n'est pas avec quelqu'un d'autre, Emma. Il partage juste son appartement.

— Tu sais très bien que, dans cette situation, il est facile de tomber amoureux. Regarde Richard. Il est tombé amoureux d'Alyssa après qu'elle a passé pas mal de temps dans son appartement.

— Il faut t'enlever cette idée de la tête. Ça ne te mènera nulle part…

— Je n'y *arrive* pas ! En fait, je ne pense qu'à ça depuis que j'ai raccroché ce satané téléphone. Je m'imagine Tony en train de lui parler, de rire avec elle, de lui raconter sa journée. De lui parler de sa nouvelle idée de scénario. De ses espoirs, de ses rêves. Je soupire. Et moi, je ne suis plus que cette fille qu'il a connue sur la côte Est. Je ne supporte pas l'idée de… d'être devenue un souvenir. Une partie de son passé.

Ma voix se brise.

— Je l'aime toujours, Jade.

Elle soupire, et c'est le soupir le plus triste que j'aie jamais entendu venant d'elle.

— Je sais, ma pauvre, je sais.

Un silence s'ensuit, fait de complicité et de compréhension. Elle sait ce que j'endure, et pour cause. Elle souffre de la même maladie…

— Tu as besoin de voir un autre mec, dit-elle enfin d'un ton décidé. Pour te faire oublier Tony. Tu as des nouvelles de ce type que tu as rencontré samedi ?

— Aucune. Il ne s'est pas manifesté.

Mon estomac se noue. Je ne dois pas être le genre de femme qui fait fantasmer les hommes. Je suis plutôt de la race des femmes qui les font fuir. Jusqu'à l'autre bout du pays s'il le faut !

— Il est encore trop tôt. Il ne m'a pas donné l'impression d'être le dernier des idiots. Mais en attendant, je vais voir si Enrico a des amis.

— Non, je ne veux pas.

— Emma, le sexe est le Prozac des célibataires. Fais-moi confiance là-dessus.

— Non, oublie ça, Jade. J'y arriverai toute seule.

Je réalise soudain que mes placards sont désespérément vides… Pas de bonnes choses qui puissent me redonner le goût de la fête.

Mon Dieu, comment vais-je pouvoir reprendre le dessus ?

Tout à coup, mon regard se pose sur une vieille bouteille de Baileys, toute poussiéreuse. Un cadeau qui date de Noël dernier. Je ne l'ai pas encore ouverte. Je regarde la bouteille avec effroi.

— Dis-moi, Jade, penses-tu que je suis une alcoolique ?

— Ça, par exemple ! D'où te vient cette idée ?

— J'ai beaucoup bu samedi, tu sais. Trois ou quatre consommations en trois ou quatre heures. Et puis il y a eu ces pots que Manny nous a payés. Ce n'est pas normal. J'ai peut-être un problème.

— Trois ou quatre boissons plus quelques verres de tequila un samedi soir, tu es peut-être bonne pour une gueule de bois. Mais c'est le seul problème que je vois.

— Mais c'est presque comme s'il *fallait* que je boive pour… pour pouvoir agir.

— Emma, ça suffit. Tu n'es *pas* une alcoolique. Je sais ce qui te fait dire ça. Tu penses à ton père, qui *a eu* un problème…

Je lui coupe la parole. Il est temps de tout lui avouer.

— Pas « a eu ». Mon père *a* un problème, Jade. La

semaine dernière, il est tombé du toit de sa maison. Je le soupçonne d'avoir bu, même s'il n'a pas dit un mot là-dessus.

— C'est pas vrai ! Et comment va-t-il ?

— A part une épaule et un bras cassés, ça va. Enfin, à sa façon. C'est-à-dire toujours prêt à aller devant les tribunaux et à faire porter la responsabilité sur les autres.

Jade ne répond rien, et j'imagine qu'elle essaie de mettre de l'ordre dans tout ça : mon besoin d'alcool pour être capable de tenir une conversation en boîte, le besoin d'alcool de mon père avant de grimper sur le toit de sa maison.

— Ecoute, Emma, je suis sincèrement désolée de ce qui est arrivé à ton père. Mais toi, tu utilises cet accident pour ne plus penser à Tony. Alors que moi, j'ai une bien meilleure solution.

— Je sais, le sexe. Ça te paraît réellement une meilleure solution ?

— En tout cas, c'est plus sain. Sur le plan cardio-vasculaire… et aussi pour l'image que tu as de toi.

Je soupire en me rendant compte que je n'ai décidément aucune envie de faire l'amour. Rien que d'y penser, je suis déjà épuisée. Et puis, je ne peux m'imaginer nue dans les bras d'un homme autre que Tony… Lui, en revanche, ne va pas tarder à se déshabiller devant une autre.

— J'en suis à un stade où je crois que je ne ferai jamais plus l'amour. En tout cas pas avec un jeune de vingt ans et des poussières au sexe surdimensionné que tu tiens absolument à me dégoter.

— D'accord. Mais c'est toi qui ne vois pas ce qui te manque.

— Oh si, je le sais. Et ça n'a rien à voir avec le sexe ! Ce qui me manque, c'est un certain scénariste qui est sur le chemin de l'Amour avec un grand A.

Et avec une autre.

De vous à moi : même moi, je ne m'aime plus !

Le lendemain, au bureau, je m'efforce de me concentrer sur ce projet de malheur qui m'est tombé sur le dos à cause de ma brillante improvisation à la dernière conférence de rédaction. Qu'est-ce que j'en sais, moi, des femmes qui se marient pour la première fois vers trente, trente-cinq ans ? Ce sera déjà beau si j'arrive à me classer dans cette catégorie un jour, au train où ça va. Il vaudrait peut-être mieux que j'étudie la question des mariées *senior* ! Ça correspond plus à mon style.

En soupirant à fendre l'âme, j'essaie d'imaginer Patricia, qui s'est mariée à trente ans bien tassés, prenant des airs de sainte-nitouche pendant que son futur mari met un genou en terre… Mais la seule vision qui me vient à l'esprit, c'est celle de deux personnes assises chacune à un bout d'une table de négociations, chacune armée d'une flopée d'avocats et discutant de ce que chaque partie donnerait ou pas à l'autre partie…

Qui pourrait m'en blâmer ? Tout le monde au bureau sait que c'est Patricia elle-même qui a combiné une mégacérémonie avant son mariage. Et on chuchote que son futur lui aurait proposé un contrat qui n'est pas mal non plus… Ah non, par pitié, tout ça est trop romantique pour moi !

Je regarde la pendule. Il est presque 14 heures, et j'ai perdu une demi-journée sur ce projet, laissant s'empiler mes autres travaux… Patricia veut quelque chose sur son bureau dans moins d'une semaine. Et je n'ai pondu que quelques phrases sur la beauté et l'émerveillement de se marier pour la première fois à près de quarante ans… Difficile de trouver une once de magie là-dedans.

Je mets de côté mes gribouillis, je prends le téléphone et je compose un numéro, comme ça, sans me poser de question. Il est sûrement chez lui, avec ses heures irrégulières de travail. C'est ça la vie d'écrivain. Oui, il doit être chez lui et je parierais qu'il ignore que je l'ai appelé il y a plus de douze heures, et que je lui ai laissé un message.

— Allô ?

Je sens mes nerfs se détendre au son de cette voix qui m'est si familière.

— Tony.

— Salut, Emma, quoi de neuf ?

Il y a un sourire dans sa voix. Il est heureux de m'entendre ! Mais de nouveau, le doute s'insinue en moi.

— J'ai essayé de te joindre la nuit dernière. J'ai même laissé un message. C'est… une femme qui m'a répondu !

— Ah bon ? Carrie ne m'a rien dit.

La garce.

— Carrie ?

— Oui, ma colocataire. Parfois elle est un peu… tête en l'air.

Je souris intérieurement. On dirait que cette fille n'est pas son type ! Il n'a *jamais* été très porté sur les filles tête en l'air.

— Ah bon ! Que veux-tu, ta colocataire doit s'en ficher pas mal que tu aies ou non tes messages, et de savoir si tu as passé une bonne journée ou non…

— Tu te trompes. Carrie est super. C'est une excellente cuisinière. Comme elle doit peser dans les quarante-cinq kilos, et qu'elle cuisine comme pour nourrir un régiment, c'est moi qui me régale ! Il y a à chaque fois tellement de restes que je n'aurai peut-être jamais plus l'occasion de cuisiner…

Mon Dieu. Il est fichu ! La gorge serrée, je demande :

— Comment l'as-tu dénichée, cette Carrie ?

— C'est quelqu'un du studio qui me l'a envoyée. Il savait que je cherchais un appart, et elle cherchait un colocataire. Elle est actrice. D'ailleurs, il se peut que tu l'aies vue à la télé, elle tourne des tas de spots publicitaires. En ce moment, elle fait une pub pour un dentifrice. Close-Up, je crois. Tu sais, celle où la fille se retrouve nez à nez avec un mec dans l'ascenseur…

— Ça ne me dit rien… Alors, vous devez être très proches tous les deux.

— Proches ? On apprend à se conn…

Il s'arrête brusquement.

— Emma, qu'y a-t-il ?

— Ce qu'il y a ?

— Tu es jalouse, c'est ça ?

Le voilà qui se met à rire.

— Non. C'est faux.

— D'accord, tu n'es pas jalouse.

Il éclate de rire de nouveau, puis change de sujet.

— Dis-moi, que deviens-tu ? Tu l'as eue, ta promotion ?

Je jette un œil sur la pile de magazines qui s'étale sur mon bureau. J'ai dû dévaliser tous les rayons des marchands de journaux dans un rayon de cinq cents mètres, en espérant trouver l'inspiration pour peaufiner le projet qui me permettra de décrocher — enfin — cette fichue promotion.

— Euh, j'y travaille.

Mon esprit s'acharne à trouver un moyen de revenir au sujet précédent. Cette colocataire, cette actrice mince comme un fil… et sûrement très belle.

— Je parie que ça ne doit pas être désagréable de vivre avec cette fille…

— C'est vrai, c'est super. Dis donc, est-ce que je t'ai dit que j'ai eu droit à des félicitations pour le premier scénario que j'ai révisé ? Une espèce de film d'horreur un peu dingue. Mais j'ai bien aimé le boulot.

— C'est génial, Tony.

— Oui. Evidemment, ce n'est pas comme si j'apprenais qu'on allait produire un de mes propres scénarios, mais c'est toujours ça. Et j'attends toujours de savoir ce qu'on va faire du scénario que je leur ai vendu. Je suis heureux d'avoir eu de bonnes critiques sur mon travail.

— Tu as dû fêter ton succès, pas vrai ?

— Oh, j'ai bu une ou deux bières avec Carrie en rentrant.

Je me crispe de nouveau. Et je me demande tout à coup pourquoi je tiens tellement à aborder un sujet qui ne fera que me rendre malheureuse.

— C'est… bien.

— Oui . Dis-moi, tu sais que je déteste te couper la parole, mais je dois finir un boulot. J'ai des délais à tenir. Je peux te rappeler plus tard ?

— Oui, si tu veux…

Je me sens de plus en plus malheureuse.

— Comment ça, « si tu veux » ? Evidemment ! Emma, tu es sûre que ça va ?

— Ça va.

— Tu m'as l'air un peu… déprimée.

— Moi ? Non, pas du tout. Ça va super bien.

Avec quelques pots de crème glacée, ou quelques verres, et peut-être même une partie de jambes en l'air sans importance, tout rentrera dans l'ordre.

— Bien ! Alors écoute, on se rappelle plus tard. Mais je dois finir mon travail avant le retour de Carrie. Elle me distrait tout le temps, ça me déconcentre.

Après quelques au revoir et la promesse en l'air de « se parler bientôt », je raccroche. Je sens un grand vide dans la poitrine, comme si mon cœur avait cessé de battre.

Et comme si je n'étais pas assez malheureuse comme ça, voilà que Rebecca débarque dans mon bureau. Après avoir vu ma tête, son large sourire disparaît. Elle s'assied devant moi, pleine de commisération.

— Qu'est-ce qui ne va pas ?

— Oh, rien ! Je viens juste de parler à Tony.

Au fait, elle ignore où j'en suis avec lui ! Je m'empresse donc d'ajouter :

— Ces hommes, je te jure ! Trop de boulot… Il n'a même pas le temps de… de dîner avec moi ce soir. Enfin bref, ce n'est pas grave.

— Oui, je connais la chanson… La semaine dernière,

il a fallu que je rappelle à Nash que c'était bientôt mon anniversaire. Tu comprends, il a déjà failli l'oublier complètement l'année dernière, heureusement que je l'ai traîné chez Bloomingdale pour lui montrer ce que je voulais comme cadeau. Si je ne lui avais pas fait la leçon avant, peut-être que je n'aurais jamais eu ma Bulova.

Elle me tend le bras pour me faire admirer sa montre incrustée de diamants. Elle sait que j'en rêve…

Je me surprends à avoir de l'admiration pour Rebecca. Voilà une femme qui sait parfaitement comment obtenir ce qu'elle veut. Je devrais en prendre de la graine.

— Cette année, je ne pense pas que Nash oubliera mon anniversaire. Quand j'y ai fait allusion la semaine dernière, il m'a dit au téléphone qu'il était justement en train d'essayer de faire une réservation au Colonial.

— Dis donc, c'est très tendance, non ? Et vous y allez quand ?

— Samedi, voyons, le jour de mon anniversaire.

Elle semble surprise, comme si elle s'attendait à ce que je me rappelle la date, moi aussi. Elle ajoute :

— Cette fois, je pense que c'est bon !

Aïe ! Elle remet ça !

— Comment ça, c'est bon ?

— Voyons, tu sais bien… Il va me demander en mariage ! Pourquoi m'emmènerait-il dans l'un des meilleurs restaurants de la ville ? D'accord, c'est mon anniversaire, mais ce n'est pas comme si j'avais trente ans ou quelque chose de ce genre…

Je note avec regret qu'elle a prononcé le mot « trente » comme si c'était un gros mot ! Il est vrai que c'est une jeunesse, puisqu'elle approche des vingt-neuf ans…

— Tu sais, tout est possible.

Elle paraît déçue par mon manque d'enthousiasme. Elle me demande perfidement, comme pour se venger :

— Alors, où en est ton projet d'article ?

Ses yeux parcourent les piles de magazines qui s'entassent sur mon bureau, les dessins que j'ai gribouillés sur mon bloc, le Twinkie entamé…

— Ça avance bien. Je viens de faire une petite séance de brainstorming. Et toi ?

— Oh, moi, j'ai déjà fini. Il faut juste que je le relise avant de le donner, dit-elle en tapotant la poche de sa veste où j'aperçois quelques feuillets soigneusement pliés.

J'ai envie de hurler ! Est-ce que j'arriverai jamais à être la première ?

— Bon, il faut que je file. J'ai une réunion avec Patricia cet après-midi. Elle m'a dit qu'elle avait quelque chose d'important à me dire.

Moi pas ! me dis-je en regardant Rebecca s'éloigner, et avec elle mes espoirs et mes rêves s'évanouir, enfouis dans la poche de son tailleur chic.

De vous à moi : quand on est monogame, on n'a jamais besoin de présenter ses excuses.

Quand Alyssa s'est enfin décidée à me rappeler en fin d'après-midi, elle a interrompu le long discours que je lui avais préparé pour vanter les qualités de Richard en me proposant un rendez-vous au club de gym à 19 h 30.

Puis, coupant court à mes protestations :

— Ecoute, tu as besoin d'exercice. Et moi, j'ai besoin de parler.

Forcée d'accepter sa proposition, je me retrouve donc à l'heure dite sur un banc, en train de pousser au-dessus de moi deux haltères qui sont censés raffermir ma poitrine. Théoriquement, mes seins devraient continuer à pointer vers le nord pendant quelques années encore…

Alyssa me regarde d'en haut… Et elle me lance brusquement :

— Je vais coucher avec Jason.

Les bras m'en tombent. Je laisse tomber les poids par terre.

— Quoi ?

— Ecoute, Emma, ne me fais pas la morale, je t'en prie, dit-elle vivement.

Je fais un quart de tour avec les genoux et je m'assieds face à elle.

— Je suis désolée, mais tu vas m'écouter. Alyssa, est-ce que tu réalises bien ce que tu es en train de faire ? Tu risques de mettre en danger la relation la plus importante de ta vie juste pour… pour te défouler.

— Ce n'est pas pour me défouler. C'est… bien plus que ça. J'aurais voulu que tu voies Jason quand j'ai pris un café avec lui l'autre jour ! Déjà, le fait qu'il ait accepté de me voir alors que son cabinet était fermé, parce qu'il ne voulait pas que je passe mon week-end à me faire du souci pour Lulu, ça en dit long sur lui !

— Tu le prends pour un martyr ?

— Non. C'est quelqu'un de sensible, qui s'intéresse aux autres. Cela fait bien longtemps que Richard, lui, ne s'est pas préoccupé de ce que je veux ou de ce dont j'ai besoin…

— Alyssa, je *sais* que Richard tient énormément à toi. Tu aurais vu comme il paraissait inquiet l'autre jour quand je l'ai eu au téléphone. Il t'aime.

Elle détourne le regard, et tente en vain de contenir les larmes qui s'échappent… et avec elles tous les doutes qu'elle a pu avoir…

— Je suis incapable de penser à lui, en ce moment. J'ai besoin de penser à moi. Tout me tombe dessus en même temps. Lulu…

Sa voix se brise…

— Lulu doit se faire opérer.

— Oh non ! Qu'est-ce qu'elle a ?

— Le scanner a détecté un kyste de la vessie. Jason dit que c'est peut-être bénin, mais c'est ce qui la fait souffrir.

Il pense que l'intervention ne devrait pas être lourde, car le kyste est petit. Mais Lulu a quinze ans et… on ne sait pas ce qui peut se passer.

Je me lève et je lui passe les bras autour du cou pour l'embrasser, la réconforter. Elle semble apprécier cette marque d'amitié.

— Je pense que tu devrais accepter que Richard soit à tes côtés pendant…

Elle échappe à mon étreinte.

— Arrête, Emma, je t'en supplie. Et surtout ne t'avise pas de me juger parce que j'ai envie d'avoir… enfin, d'être réconfortée par quelqu'un dont je me sens très proche…

Je ne suis pas persuadée que « réconfortée » soit le mot juste pour décrire ce qu'Alyssa peut attendre d'une relation sexuelle avec un type aussi chaud que le Dr Jason Carruthers. Mais je me mords les lèvres pour éviter de faire ce genre de commentaire.

— La seule chose que j'essaie de te dire, c'est que tu risques de perdre gros. Toi et Richard avez déjà des années de vie commune derrière vous. Pourquoi pas toute une *vie* ?

— Tu crois que ce serait honnête de m'engager pour la vie avec lui si j'ai des doutes ?

Là, elle marque un point. Je me demande ce que je ferais si je me trouvais dans le même cas de figure avec Tony. C'est que j'ai des sérieux doutes sur lui depuis notre dernière conversation. Peut-on dire qu'on connaît l'homme qu'on aime avant de rompre avec lui ? C'est vrai, je n'ai jamais vu Tony se prendre d'amitié pour quelqu'un, et encore moins tomber amoureux d'une actrice qui ne pense qu'à son corps !

Pourtant, je reste profondément convaincue que certaines personnes sont faites pour être ensemble.

— Tout le monde a des doutes, Alyssa. Mais on choisit de les surmonter si on veut faire sa vie avec quelqu'un que l'on aime. *Sinon*, comment songer à se marier, à faire des enfants ? A s'engager ?

Elle s'assied sur le banc en soupirant, la serviette sous le menton.

— Je commence à penser que l'on attache trop d'importance à l'engagement. Tu sais, les êtres humains sont une des rares espèces à rester en couple toute une vie.

— Arrête ! Serait-ce le genre de propos qu'un vétérinaire un peu intéressé tient devant sa proie ?

Elle lève la tête et paraît choquée que je puisse penser cela de son vétérinaire adoré.

— Jason n'est pas intéressé, comme tu dis. Et c'est justement parce qu'il ne l'est pas qu'il me plaît. Je ne pense pas que je l'aimerais autant si c'était le genre à faire des avances à une femme déjà presque fiancée. C'est pour cela que je ne lui ai pas parlé de Richard.

— Formidable ! Préservons l'innocence du bon docteur, du moins jusqu'à ce que tu te retrouves dans le même lit que lui dans un quelconque Motel 6.

— Il n'y a pas de Motel 6 à New York.

— Alyssa, tu n'envisages tout de même pas de tromper Richard sur son propre territoire ? Prends au moins le tunnel Lincoln pour aller dans le New Jersey. Vous y serez en sécurité.

— Tu es folle. Que ce soit ici ou ailleurs, quelle importance ?

— Ecoute, tu es en train de parler à quelqu'un qui n'a pas du tout envie que tu couches avec ce mec, où que ce soit.

Ce disant, je ramasse les poids et les lui colle dans les mains.

— C'est une option que je n'envisage pas, répond-elle en s'allongeant à son tour sur le banc.

Son menton volontaire reflète sa résolution.

— Peux-tu au moins me promettre une chose ? dis-je en m'apprêtant à lui prêter main-forte pour ses exercices.

Elle me regarde, s'attendant au pire.

— Peux-tu au moins attendre que l'opération de Lulu ait eu lieu ?

Elle sourit, presque soulagée que je ne lui aie pas demandé davantage. Par exemple, de refuser la pénétration ou un autre truc de ce genre.

— Ça me semble faisable. L'opération est prévue pour la semaine prochaine. Je pense que je peux attendre jusque-là…

Je la regarde pousser les haltères vers le plafond, le visage décidé.

Moi aussi, j'ai pris une décision. Une semaine. J'ai une semaine pour convaincre Alyssa qu'elle est sur le point de commettre la plus grosse erreur de sa vie.

De vous à moi : j'ai trouvé un substitut au désespoir. Et sans matière grasse !

Je suis toujours fascinée par le nombre de tâches sans importance que je peux exécuter en remettant à demain les choses essentielles… Par exemple, le projet que je n'ai toujours pas remis à Patricia.

Je commence ma journée en dressant une liste des « Dix raisons majeures pour lesquelles on fait mieux l'amour avec l'homme dont on partage la vie depuis cinq ans ». Et je m'empresse d'envoyer le tout par e-mail à Alyssa.

Puis je suis prise d'une soudaine passion pour le classement. J'ai toujours une masse de documents en attente que j'ai cachés dans un coin entre mon bureau et le mur.

Rebecca vient me voir dans l'après-midi et m'apprend que Patricia a adoré son projet pour le numéro consacré aux seconds mariages. Elle lui a même demandé de commencer à chercher des gens pour rédiger les articles. Puis elle a le culot de me demander *à moi* si je veux faire un papier sur le troisième mariage de ma mère ! Je refuse, bien entendu.

Je lui dis que je serai sans doute trop occupée à préparer mon numéro sur les mariées qui n'ont plus vingt ans... Je me garde bien de lui préciser que je n'ai même pas commencé à rédiger le projet.

Après son départ, je me rends compte qu'il n'y a plus de temps à perdre si je veux me mesurer à Rebecca. Mais un coup d'œil à ma montre m'indique qu'il est près de 16 heures. Il est beaucoup trop tard pour s'attaquer à un projet aussi vaste.

Je préfère appeler Jade à son bureau. Je voudrais connaître son opinion sur Tony et cette histoire de colocation. Surtout maintenant que j'ai appris que la colocataire est non seulement une femme, mais en plus une fille *canon*. Suffisamment belle et mince pour tourner des pubs pour *Close-Up*, une des marques de dentifrice les plus sexy qui soient sur les étagères des armoires de toilette... à en croire les campagnes de marketing ! J'en ai déjà touché un mot à Alyssa sous la douche, après la séance de gym d'hier, mais elle ne m'a été d'aucun soutien, si ce n'est pour me dire d'envisager une thérapie. « Pas à vie, m'a-t-elle précisé en voyant une lueur de panique dans mon regard, juste pour t'aider à te sortir de cette épreuve. Et à l'oublier. »

Bien entendu, j'ai aussitôt écarté cette hypothèse, en lui disant qu'elle est bien la dernière personne à pouvoir me conseiller de consulter. Inutile de dire qu'après ça, nous avons vite changé de sujet.

— Salut, me répond Jade d'une voix enjouée à l'autre bout du fil.

Il est clair que la pratique régulière du sexe l'a complètement transformée. Un vrai miracle ! Au début, je me sens même un peu coupable de lui casser de nouveau les pieds avec mes histoires... mais au bout d'un moment, je ne résiste pas à l'envie de lui raconter l'odyssée de Tony et de sa colocataire. Je sais que c'est ridicule, mais j'ai besoin de raconter quelque chose qui me donne l'impression d'avoir une vie moins nulle qu'elle ne l'est. Quitte à tailler en pièces cette pauvre Carrie... C'est d'ailleurs tout à fait le genre de femme à laquelle Jade et moi adorons nous attaquer ! Mince. Evaporée. Blonde... enfin ça, ce n'est qu'une supposition de ma part. Elle vit bien en Californie, non ?

— J'allais oublier ! dis-je en m'énervant un peu. C'est une actrice. Tony m'a dit qu'elle tourne une pub pour le dentifrice Close-Up. Entre autres...

— Je crois que je l'ai vue, cette pub ! me répond Jade d'un air triste. On voit une fille s'engouffrer dans un ascenseur. Et tomber sur un mec grand et beau, naturellement.

— Mon Dieu ! Tu parles d'un cliché. Tiens, je parie qu'*elle* aussi a tout du cliché. A quoi ressemble-t-elle ? C'est sûrement du grand classique, le genre blonde anorexique...

Pleine d'espoir, j'attends que Jade confirme mon hypothèse. Elle ne fait qu'un bref commentaire.

— Elle a de belles... dents.

Au bord de la nausée, j'expédie Jade en prétextant des courses urgentes à faire. En réalité, je n'ai qu'une chose en tête, c'est me réfugier dans mon appartement et m'y enterrer. Trouver un moyen de me soulager de ce fardeau : la vérité. Tony ne m'a pas attendue, il avance, lui. Pendant que moi... je ne fais que pédaler dans la semoule !

En arrivant au coin de ma rue, soudain je ne peux supporter l'idée de rentrer dans mon minuscule appartement. Je deviens claustrophobe. Surtout que je viens de me rendre compte que nous sommes mercredi... C'est le dernier jour où je peux raisonnablement accepter un rendez-vous avec Max van Gelder pour le week-end sans avoir l'air de me raccrocher à une bouée, du moins d'après Jade et son *Guide de la Chasse à l'homme*. Encore faudrait-il qu'il appelle, et comme ça n'a pas l'air d'être le bon jour pour moi, j'ai sincèrement des doutes...

Il s'en faut de peu que je ne m'arrête à la boutique coréenne (ils vendent des gâteaux sublimes.) Mais une fois encore, mes courbatures au niveau des abdos me rappellent très opportunément que je n'ai quand même pas fait tout ce chemin pour rien. Si j'ai sué sang et eau dans ce club de gym hier soir, je ne vais pas tout gâcher sous prétexte de me remonter le moral ! Je décide de tourner à gauche pour éviter toute tentation, et parce que j'ai une autre idée en tête…

Je fonce chez Heavenly Dee-lites, une petite boutique d'alimentation bio où j'avais l'habitude d'aller quand j'essayais de prouver à Tony quel intérêt je portais à ma santé. Ça remonte à l'époque où nous avons connu notre première accalmie sur le plan sexuel, et où je craignais d'avoir un peu trop de rondeurs pour être désirable. Plus tard, lorsque j'ai récupéré toutes mes facultés sexuelles, j'ai continué à fréquenter cette boutique parce j'étais devenue accro à leur produit phare, le Skinny Scoop, une substance givrée qui ressemblait à de la glace. J'avais réussi à me convaincre que la teneur en matière grasse était si faible que je pouvais en avaler des tonnes sans prendre un gramme.

J'arrive sur la University Place, et j'aperçois le fameux store rouge. Je me souviens de ce vieux couple charmant qui tenait la boutique… Pourquoi ai-je cessé d'aller chez eux ?

Dès que je pousse la porte du magasin, je découvre des rangées de légumes bio et des rayons entiers de plats allégés destinés à se faire plaisir sans mettre en danger son tour de taille. Je sais que je viens de retrouver mon petit paradis.

— Bonjour, vous allez bien ? me demande la femme qui s'occupe de la boutique avec son mari.

Elle a la soixantaine, un visage avenant. Lui aussi est adorable. Il se tient près de la caisse, un large sourire aux lèvres. Je suis un peu embarrassée de les avoir abandonnés aussi longtemps, et je n'aurais jamais imaginé qu'ils puissent me reconnaître. Je réponds :

— Bien. Et vous ?

— Nous allons très bien. Ça fait un petit moment qu'on ne vous voit plus…, me dit la femme.

Elle a l'air si contente de me voir ! On croirait le retour du « fils » prodigue !

— Vous savez ce que c'est… le boulot et tout le reste…

Je ne voudrais pas qu'elle pense que je les ai snobés, elle et son mari, pour aller m'approvisionner au nouveau supermarché végétarien de l'autre côté de la rue.

— Un Double Mocha Chip, c'est bien ça ?

Elle se rappelle même mon parfum préféré ! Je suis vexée qu'on devine aussi facilement mes envies.

— Gagné !

— Vous savez quoi ? J'ai l'impression que nous venons de vendre notre dernier pot. Mon Dieu, Ed ! Tu crois qu'il nous en reste en bas, dans le congélateur ?

Son mari réfléchit, puis son visage s'illumine.

— J'ai une idée ! Et si tu appelais Griff pour voir s'il peut nous dépanner ?

La femme sourit à son mari comme s'il venait d'avoir un éclair de génie.

— Bonne idée.

Puis elle se dirige vers le téléphone mural. Un instant après, elle parle à une personne qui attend apparemment ses instructions.

— Sois gentil, Griffin, peux-tu vérifier en bas s'il nous reste un pot de cette délicieuse Double Mocha Chip… S'il y en a, tu nous l'apportes.

Elle me fait un clin d'œil, et raccroche.

— Nous venons de faire installer ce poste téléphonique. Ça marche à merveille ! C'est notre fils qui nous a conseillé de le faire. Celui-là, c'est quelqu'un… Il n'est jamais à court d'idées… Il a même créé sa propre entreprise.

Je lui souris, en me demandant quelle tare peut bien avoir son fils pour qu'elle ressente le besoin de me vanter ses mérites à moi, sa cliente infidèle !

Elle reporte son attention sur une petite pile de dépliants publicitaires qu'elle était en train de préparer et de mettre sous enveloppe à mon arrivée. Voyant qu'elle a des difficultés à mettre son tampon sur la nouvelle boîte d'enveloppes, son mari accourt pour l'aider. C'est à ce moment-là que je me souviens de l'autre raison qui m'a poussée à venir ici : les voir ensemble, tous les deux. En même temps, ça me fait un peu mal au cœur. Moi aussi je pourrais être derrière un comptoir, avec un petit tablier blanc… Encore faudrait-il que je trouve un homme qui soit aux petits soins pour moi, comme ce monsieur l'est pour sa femme.

Ils continuent de s'affairer tous les deux en silence, comme deux complices. Soudain, la porte de l'arrière-boutique s'ouvre, et je vois surgir un mec génial ! Super-beau… Il se plante devant moi avant que j'aie le temps de le voir venir : jean à l'ancienne et T-shirt crasseux (qui doit être imprégné de tous ces délicieux parfums que Skinny Scoop Dee-lites propose à ses clients). Ça ne m'empêche pas d'apprécier ses larges épaules, ses hanches étroites et surtout ses magnifiques yeux bruns bordés d'épais cils noirs. Quant à ses cheveux, châtains et coupés court, on dirait de la soie, bien qu'ils soient couverts de poudre… Il devait être en train de travailler à la cave lorsqu'on l'a appelé. Et dans ses grandes mains dorées par le soleil, j'aperçois un énorme bac de Double Mocha Chip…

— C'est bien vous qui désiriez du Double Mocha ?

— Euh, en effet.

— Nous n'avons que cette taille, me dit-il en me tendant le pot. Trois litres, ça vous va ?

Tétanisée par son regard couleur noisette qui s'attarde sur moi, je réponds bêtement :

— C'est parfait.

Puis je me rends compte tout à coup du ridicule de la situation. De quoi ai-je l'air, plantée là toute seule devant lui, prête à emporter une incroyable quantité de crème glacée qui n'est peut-être pas aussi basses calories que ça…

Je me crois donc obligée d'ajouter :

— Mes colocataires et moi sommes complètement *accros*…

Il sourit et attrape un sac en plastique sous le comptoir, met la glace dedans et me le tend.

— C'est à vous. Et bon appétit !

Puis il se tourne vers le couple âgé qui paraît soudain absorbé dans la contemplation de la colle des enveloppes.

— Appelez-moi si vous avez besoin d'autre chose.

Ils le remercient d'un sourire. Il descend les marches et disparaît.

Je paie mon « prix de consolation » au vieil homme, et je rentre chez moi. Il me vient alors des idées bizarres, et un peu coquines. Je m'imagine que je retourne à la boutique, à l'heure de la fermeture, pour séduire le nouveau Monsieur Skinny Scoop. Ce qu'il est sexy ! Que peut-il bien faire là-bas ? Peut-être de simples réparations. A moins qu'il ne soit employé à temps plein ?

Je me dis qu'il vaudrait peut-être mieux que ce soit un homme à tout faire ou quelque chose de ce genre. Je ne peux pas me permettre de faire des folies avec un homme qui gagne à peine plus que le SMIC. Normal qu'une fille pense à ça, non ?

Ce couple a l'air de très bien le connaître… C'est peut-être le créateur du Skinny Scoop ! Ils le gardent dans leur cave pour fabriquer sans relâche ce mélange crémeux et si doux au palais, et qui semble avoir été conçu pour satisfaire les femmes… tout en ménageant leur tour de taille. Si seulement ça pouvait être vrai ! Ce serait l'homme idéal. Mon âme sœur. Je l'ai sans doute cherché là où il ne fallait pas…

J'émerge de mon rêve en approchant de mon immeuble. Ce que je peux être idiote avec mes illusions ridicules sur une vie de bonheur avec cet homme ! Je suis vraiment à côté de la plaque.

« Sois un peu réaliste ! Tu n'es qu'une ex-petite amie un peu trop ronde et qui vient de se faire plaquer. Tu rentres chez toi seule, et tu ne pourras sans doute pas t'empêcher d'engouffrer les trois litres de glace en découvrant qu'aucun message de Max ou de Tony ne t'attend sur ton répondeur… »

J'ouvre la porte en soupirant comme une âme en peine, et je me retrouve face à Béatrice qui, apparemment, vient elle aussi de rentrer. Elle a les bras chargés de provisions et a des difficultés à franchir le pas de sa porte.

— Bonjour, mon amie, dit-elle en m'apercevant.

— Salut, Béatrice. Ça va ?

— Oui, ça va… à part mon arthrite qui me fait de plus en plus souffrir. Juste le jour où je dois faire toutes mes courses chez l'épicier !

Puis ses yeux s'illuminent. Elle vient d'avoir une idée.

— Vous pourriez m'aider à rentrer tout ça chez moi ?

Bien que je tienne absolument à garder mes distances avec elle, je ne peux faire autrement que de la libérer de quelques sacs et de la suivre dans son appartement grand comme un dé à coudre. A première vue, c'est d'ailleurs la réplique parfaite du mien. Mais en regardant mieux, je vois que les murs sont couverts d'aquarelles de couleurs vives, signées pour la plupart par Béatrice elle-même. Certaines sont tout à fait remarquables, d'autres semblent être l'œuvre d'un enfant.

— Béatrice, c'est vous qui avez fait tout ça ?

— Eh oui, quand j'étais beaucoup plus jeune.

Elle pose les sacs sur la table et se retourne pour contempler les murs.

— Vous savez, maintenant, j'ai du mal à les voir, dit-elle en écarquillant les yeux à travers ses épaisses lunettes.

— Vous savez qu'elles sont très belles, dis-je.

Béatrice n'est peut-être pas celle que je croyais… C'est sans doute une vieille femme solitaire condamnée à une vie sans espoir. C'est peut-être une artiste, ou, du moins, elle a dû l'être… J'imagine soudain que cette solitude, elle l'a en quelque sorte choisie d'avance lorsqu'elle a décidé de mener la vie d'ascète qui est le lot de nombreux artistes. Elle n'est pas le fruit de je ne sais quelle terrible fatalité.

Je regarde Béatrice, et tente désespérément de découvrir la femme qui se cache derrière ces dents jaunies, ces cheveux sans forme, cette silhouette courte et trapue. L'artiste responsable de son propre destin.

— Je vous remercie, Emma ! dit Béatrice avec chaleur. Au centre de rééducation, tout le monde disait que j'avais le sens des couleurs.

En un clin d'œil, toutes mes visions disparaissent. Et Béatrice redevient Béatrice…

Au moment où je suis sur le point de m'en aller en abandonnant Béatrice à sa vie étriquée — c'est ce que je me plais à croire, vu de mon quatrième étage —, la voilà qui sort de l'un des sacs un grand conteneur en plastique. L'étiquette ne m'est que trop familière… Je me sens subitement au fond du gouffre.

Du Double Mocha Chip ! Le régal basses calories des femmes seules. Des femmes privées d'amour…

Chapitre 9

« Evitez de vous laisser aller… attendez au moins qu'il se retrouve dans votre lit. »

JADE MOREAU, docteur ès célibat.

De vous à moi : je suis devenue une ex pas possible.

Est-ce parce que j'associe depuis peu l'image de Béatrice à la mienne, ce qui est très difficile à vivre ? Ou parce que j'ai trouvé jeudi soir un message de mon père me demandant si je lui ai trouvé un avocat — ou mieux encore un mari-avocat — pour le représenter à son prochain procès et lui donner accessoirement quelques petits-enfants ? Ou tout simplement parce que j'en ai plus que marre d'attendre que Tony appelle pour s'excuser d'avoir pris un appartement avec une femme qui saura le rendre plus heureux que je n'aurais pu le faire ?

Quelle que soit la raison, j'ai commis l'irréparable… si j'en crois le fameux *Guide de la Chasse à l'homme* de Jade ! J'ai accepté de rencontrer Max van Gelder un vendredi soir. Alors qu'il a attendu le jeudi 22 heures pour m'appeler !

Je sais, il doit être persuadé que je n'ai rien d'autre à me mettre sous la dent. Que je suis désespérée et sans doute ennuyeuse à mourir pour être aussi disponible…

Je suis rentrée jeudi assez éprouvée par ma journée de travail. Je devrais dire de « non-travail », car je continue de sécher lamentablement sur mon projet. Il est vrai que j'étais quelque peu gonflée après avoir passé la soirée à me bourrer de Skinny Scoop, persuadée qu'aucun homme au monde ne pouvait me trouver ne serait-ce qu'une parcelle de charme ! Même les ouvriers du chantier qui travaillent à la reconstruction de la station *Union Square* depuis dix ans ne m'ont pas fait leur clin d'œil ou leur sourire habituel quand je les ai croisés en rentrant chez moi…

Inutile de dire qu'au moment où le téléphone a sonné à 22 heures, j'étais d'une gaieté folle ! Bonjour l'ambiance ! Mais dès que j'ai entendu la voix de Max van Gelder, j'ai cru défaillir… de joie. S'il m'avait demandé de le rencontrer sur-le-champ, j'aurais dit oui sans hésitation…

Mais aujourd'hui, c'est différent. Je suis assise en face de lui dans un pub, le *Chelsea Square*. Nous sommes confortablement installés devant une tequila et un Bombay Martini. Je le trouve incroyablement beau avec sa chemise et son jean bleu pâle traditionnel. Je suis heureuse d'avoir moi aussi opté pour un jean — assorti d'un haut moulant. Je n'ai pas l'air trop guindée, tout en étant sexy. Enfin, j'espère !

Je dois avouer qu'une partie de moi-même se demande encore comment j'ai pu avoir cette chance d'être assise là, en face d'un homme au langage châtié, érudit et totalement intimidant !

Pour meubler un peu, je lui confie que je ne suis jamais venue dans ce bar. Une remarque sans aucun intérêt, mais il y va de son commentaire.

— Ça me fait penser à Charles Dickens.

J'amorce un sourire en avalant une bonne gorgée de tequila. C'est vrai que je suis l'une des rares étudiantes en littérature anglaise à avoir décroché une licence et une maîtrise sans avoir jamais lu une seule ligne de Dickens. Cet auteur m'ennuyait à mourir au lycée, quand j'ai dû me farcir *Les Temps difficiles*. Je suis très fière d'avoir réussi à m'éviter cette épreuve, mais ce n'est pas le moment d'en parler, suspendue comme je le suis aux lèvres de Max !

Après avoir disserté un moment sur le côté glauque du pub, mal éclairé et plein à craquer, je m'empresse de changer de sujet.

— Avez-vous terminé ce papier pour *The New Yorker* ?

— Oui. C'est d'ailleurs en partie pour cela que je n'ai pas pu vous appeler plus tôt. Quand on a des délais à tenir...

— Je sais ce que c'est...

Et je continue de siroter ma tequila... Lui boit un Bombay Martini, ce qui m'impressionne beaucoup. Mais je n'ai pas bougé un cil lorsqu'il a passé la commande...

— A propos, vous m'avez dit l'autre jour que vous écriviez, mais je ne sais toujours pas sur quoi vous travaillez actuellement...

C'est l'heure de vérité. Avant même que j'aie eu le temps de préparer mentalement mon discours pour valoriser mon boulot chez *Bridal Best*, je m'entends répondre :

— Je travaille sur un roman.

— Nous sommes faits pour nous entendre, s'exclame-t-il en haussant les sourcils.

Ce premier signe d'encouragement et une nouvelle gorgée de tequila m'insufflent l'énergie dont j'avais besoin.

— Oui, je travaille dessus depuis un bon moment...

Ce n'est pas faux. J'ai commencé juste après le lycée. Le seul problème, c'est que, depuis la Période Tony, je n'ai fait que me prendre la tête parce que le roman en est toujours au même point !

Un petit coup de tequila me donne le courage de dévoiler une partie de la vérité.

— Je dois dire que je cale depuis un bon moment sur ce roman. Ce doit être la panne de l'écrivain. Ou alors, je manque de place. Vous savez, c'est peut-être tout simplement un problème de bureau. J'ai un ordinateur, mais je n'ai pas d'endroit où m'asseoir confortablement pour écrire...

« Tu es sûre que ce n'est pas parce que tu as déclaré forfait ? » me dis-je *in petto*.

Il sourit.

— En ce qui me concerne, lorsque le besoin d'écrire est là, je crois que je suis capable d'écrire n'importe où. Le plus important, je crois, c'est de trouver un bon sujet.

J'ai l'impression qu'il a lu dans mes pensées, dans mes excuses à peine voilées. Je vide mon verre de tequila. Ça me redonne du tonus. Il est urgent que je le fasse parler de lui, pas de moi.

— Et quel est votre sujet, si je ne suis pas indiscrète ?

— Eh bien, c'est un roman sur, comment dire, le passage de l'enfance à la maturité. Un jeune garçon devenu orphelin doit trouver sa voie.

Cette explication m'irrite un peu. Pourquoi faut-il que les hommes écrivent toujours des histoires sur les jeunes garçons sur le point d'atteindre l'âge adulte ? Qui peut bien s'intéresser à ces considérations philosophiques sur les prépubères ?

Malgré tout, je hoche la tête d'un air pénétré.

— Je vois, un *bildüngsroman*. C'est fascinant.

En guise de réponse, il se fend d'un large sourire. Je me recroqueville jusque dans les profondeurs de mon soutien-gorge ; j'en ai choisi un en dentelle noire, au cas où...

Puis il montre mon verre vide et fait signe au serveur.

— Je crois qu'il serait temps de vous commander autre chose.

En constatant que son verre de Martini est à peine entamé, je me sens gênée.

— C'est fou ! Je n'aurais pas cru que j'avais soif à ce point. Vous avez à peine touché…

— Avec un Bombay Martini, mieux vaut déguster lentement si on veut être capable de retrouver son chemin. Mais ne vous souciez pas de moi et détendez-vous. Que voulez-vous boire ?

J'opte pour une deuxième tequila et je suis son conseil… Je me sens en effet beaucoup plus détendue. Je l'écoute parler de la genèse de son livre, de la mort de son père.

A mon troisième verre — lui n'en est qu'au deuxième —, j'ai suffisamment bu pour lui parler enfin de mon vrai travail. Je commence à lui raconter toutes ces journées passées à écrire des sortes de manifestes sur le mariage. Je lance même des critiques un peu à la légère contre Patricia.

— Au bureau, tout le monde est persuadé que son mari, sur la photo de mariage, est un découpage en carton !

Apparemment, ça l'amuse. Alors je continue… Je parle de cette manie d'aller devant l'autel entretenue par la Rédaction du magazine. Et pour donner plus encore l'impression que je suis au-dessus de tout ça, j'évoque le désir quasi maladif de Rebecca d'arracher une demande en mariage à son fiancé modèle.

Je dois dire que mes paroles déchaînent l'hilarité de Max… Au moment où j'achève mon histoire, il pleure de rire ! Et ce n'est pas ce qu'il a bu : après le Martini, il s'est contenté d'une bière.

— Vous alors ! Je parie que vous rédigez sacrément bien. Et vous avez matière à écrire, me dit-il après avoir repris son souffle.

Comme mon verre est encore vide, il fait un nouveau signe au garçon. Mais j'ai la tête qui tourne.

— Non, merci... Je crois que je dois en rester là.

— Vous êtes sûre ? Moi je prends une autre bière.

C'est l'encouragement que j'attendais. Après tout, il y a longtemps que je ne me suis pas sentie aussi bien… Max m'apprécie, il me trouve drôle et il est persuadé que je suis un bon écrivain…

— La même chose ! dis-je en montrant mon verre.

Et je continue à charmer Monsieur, persuadée — ou presque — d'être très désirable. Me voilà à battre des cils, à lui tapoter gentiment le bras, à chercher son regard.

Nous quittons le pub et il me raccompagne chez moi, main dans la main. A-t-il aussi envie de moi que moi de lui ? Je commence à imaginer le moment où nous allons passer aux choses sérieuses.

Nous arrivons devant mon immeuble. La chaleur de l'alcool m'envahit tout entière. Je suis malade de désir, le désir inassouvi d'appartenir à cet homme qui me trouve si captivante. Je me sens tout à fait capable de coucher avec Max van Gelder, bien que ce soit notre tout premier rendez-vous. N'en déplaise à Jade, dont les avertissements ont été noyés sous le flot de tequila qui circule dans mes veines.

Nous nous arrêtons, et je lève les yeux vers lui. Des yeux certes un peu éteints mais, je l'espère, suffisamment suggestifs.

Il m'embrasse. Pas un baiser furtif pour souhaiter bonne nuit. Un baiser à pleine bouche ! Logiquement, je ne devrais pas me tromper en pensant que cet homme n'a qu'une chose en tête. Et pourtant… Je le sens un peu hésitant, comme s'il s'agissait pour lui d'un test.

Il recule et regarde mon immeuble. Comme s'il essayait de repérer ma fenêtre. Puis il me regarde de nouveau avec un petit sourire.

— Je pense qu'il serait plus sage de nous souhaiter bonne nuit ici.

« Max. Quel homme attentionné, me dis-je l'esprit embrumé. Un vrai gentleman. Il plairait même à Mamie Z ! » C'est vrai qu'il correspond à ses critères avec sa stature et sa fière allure. Et en plus, il se pourrait qu'il soit riche.

Quelque chose qui ressemble à de l'amour s'insinue en moi. Je n'ai pas dit que c'*est* de l'amour. C'est bien trop tôt ! Pour ça, attendons de louer des vidéos le vendredi soir et de partager notre brosse à dents le samedi matin…

Il me sourit et enlève doucement mes mains que j'ai nouées autour de son cou et les serre dans les siennes. Il reste là, à quelques pas de moi, et scrute mon visage. Je me sens un peu éméchée, et légèrement nerveuse.

Il brise la tension en éclatant de rire.

— Je n'arrive toujours pas à croire que vous avez avalé quatre tequilas en… — il me lâche les mains pour regarder sa montre — en quatre heures !

Je sens soudain les tequilas titiller mon estomac. Pourvu qu'elles ne remontent pas pour se répandre sur ses mocassins en chevreau ! Je ris un peu pour cacher mon malaise en le voyant reculer. Il me dit alors d'un ton très doux, et avec un geste de la main le plus anodin qui soit :

— Je vous appelle.

A ce moment précis, j'ai la certitude qu'il n'appellera plus jamais.

Je monte l'escalier en titubant. Tout est confus dans ma tête, et mes yeux me brûlent… Je réalise avec effroi que j'ai envie de pleurer, et qu'il ne me reste qu'une chose à faire. Une chose qui devient impérative à la vue de mon appartement vide.

J'appelle Tony. Ne me demandez pas ce que j'attends de ce coup de fil… Je n'en sais rien moi-même. Tout ce que je sais, c'est que j'ai vu sur le visage de Max van Gelder qu'il me rejetait ! Je ressens le besoin douloureux d'entendre la voix de celui qui naguère m'a assuré qu'il m'aimait plus encore que la vie même.

Pendant que le téléphone sonne, je consulte ma montre : minuit vingt heure de New York, ça veut dire 21 h 20 en Californie. 50 % de chances qu'il soit chez lui. Il est peut-être en train de faire l'amour avec sa colocataire. Je m'empresse de chasser cette pensée. C'est un des grands avantages de l'alcool : il aide à oublier.

— Allô ?

— Tony !

Il est là ! Quel soulagement !

— Emma, c'est toi ?

Sa voix est empreinte de chaleur. C'est certain, il est heureux. Il est content de m'entendre. Je dirais même qu'il jubile.

— Ça va très bien. Et de ton côté ?

— Super. Je suis en train de me préparer pour une réception. C'est la première d'un film, un des nouveaux films du studio.

Il éclate de rire.

— Et cette fois, comme je travaille pour eux, j'ai une invitation. Fini le temps où je forçais les portes…

— Ça m'a l'air très chouette, en effet.

— Alors, où en es-tu ? Je suppose que tu es sortie ce soir, et que tu viens de rentrer chez toi.

— Je suis allée au Chelsea Square.

— Ah, j'aimais beaucoup cet endroit.

Ça doit être un truc de mecs.

— Oui, ça m'a bien plu.

— Tu sais, c'est sûrement la chose que je regrette le plus à New York. Ici, on ne trouve pas ce genre de vieux bars sympas. A New York, il y en a plein.

Je lui lance sur le ton de la plaisanterie :

— C'est *ça* qui te manque le plus à New York ?

J'ai un peu peur de sa réponse.

— A part toi, bien sûr. Emma, c'est évident.

Ouf ! Mon cœur tambourine. Il m'aime, il m'aime, il m'aime.

— Alors, avec qui es-tu sortie ?

Je réponds sans réfléchir :

— Jade… Et quelques-uns de ses amis. Des mannequins. Juste des *mecs* avec lesquels elle a travaillé.

— C'est cool.

Apparemment, il se fiche pas mal d'apprendre que j'ai passé la soirée entourée d'une ribambelle d'apollons, les plus beaux mecs de New York.

— Comment va Jade ?

— Bien. Alyssa aussi. Par contre, la pauvre Lulu ne va pas fort. Il faut l'opérer.

— Non ? C'est moche. J'espère qu'elle va se remettre. J'adorais cette chienne.

Il a dit *adorait* ? « Mais alors, pourquoi, mais pourquoi as-tu abandonné Lulu ? Pourquoi m'as-tu abandonnée *moi* ? » Je ravale mon angoisse

— J'espère aussi qu'elle ira mieux. Alyssa est très affectée par tout ça.

— Surtout, embrasse-la pour moi.

— D'accord.

Je me sens plus légère. Il s'inquiète de moi et de mes copines. Et même de la chienne de ma copine.

— Ecoute, Emma, il faut que je me dépêche. Carrie peut être de retour d'un moment à l'autre. Je suis censé être fin prêt quand elle arrive, et je n'ai même pas encore pris ma douche...

Mon Dieu ! Il a fallu qu'il gâche tout...

— *Carrie ?* Je croyais que c'était toi qui avais une invitation ?

— Bien sûr. Mais j'ai demandé à Carrie de m'accompagner, répond-il innocemment.

J'insiste.

— Mais c'est ta *colocataire* !

Il se met à rire.

— Oui, et alors ? Y aurait-il une loi secrète qui empêche les gens d'aller à une première de film avec leur *colocataire* ? J'ai pensé que c'était une bonne occasion pour elle de prendre des contacts. N'oublie pas que c'est une actrice, et...

— Tony, dis-moi la vérité.

— La vérité ?

— Tu couches avec elle, c'est ça ?

— Quoi ?

— OK, mettons que tu ne couches pas avec elle. Enfin,

pas encore. Mais ce n'est qu'une question de temps. Quelques dîners à la maison, quelques soirées chez des amis. Et tu veux que je te dise ? Un soir, en rentrant, tu te retrouveras dans son lit ! Et puis l'étape suivante, vous n'aurez besoin que d'une chambre pour deux.

— Emma !

— Ah, je te reconnais bien là, Tony. Toujours à faire ce que tu veux, en te fichant bien de savoir si tu fais de la peine aux autres. Eh bien, je vais te dire, j'en ai plus que marre. Marre de ça, marre de tout !

Silence radio à l'autre bout du fil. Ce qui ne fait qu'accroître mon exaspération.

— Comment oses-tu m'appeler comme si de rien n'était, alors que tu es parti sur un coup de tête après avoir passé deux ans avec moi ?

Toute ma colère contenue trop longtemps remonte avec une violence que je ne soupçonnais pas.

— Et puis tu as le culot — parfaitement, le culot ! — de te farcir ta colocataire en pensant que ça ne me fera rien. Eh bien si, justement, ça me fait quelque chose. Ça me fait même très mal, si tu veux savoir. Tu peux peut-être te permettre, *toi,* de dire à quelqu'un que tu l'aimes et de t'en aller à l'autre bout du pays, mais *pas moi* ! Je t'ai dit que je t'aimais, et je t'aime toujours. Tu n'as pas le droit de changer les règles du jeu derrière mon dos. Tu n'as pas le droit.

En faisant une pause pour reprendre ma respiration, je réalise qu'il n'a toujours pas dit un mot. Et ça commence à m'énerver sérieusement.

— Et tu ne trouves rien à dire ?

— Il faudrait peut-être qu'on arrête de parler, me dit-il en soupirant.

Alors là, je vois rouge !

— Ben voyons ! La réaction typique des hommes, la

fuite. C'est vrai, pourquoi nous parler, et de quoi ? Pourquoi essayer de préserver notre relation ?

— Mais *quelle* relation, Emma ?

Je m'arrête net sur ma lancée. Il vient de me porter l'estocade. Entendre la vérité de sa bouche m'atteint en plein cœur.

— Je pensais que nous étions amis, dis-je d'une petite voix.

— Peut-être ne pouvons-nous pas être amis. J'ignore pourquoi j'ai cru que c'était possible… Bon sang, je me demande même comment notre couple a pu durer si longtemps ! Tu es tellement… difficile, Emma. Tu n'arrives jamais à prendre la vie comme elle vient…

— Je suis difficile, *moi* ? Je ne prends pas la vie comme elle vient ?

Ma colère redouble.

— Très bien, alors puisque tu es un petit génie dans le domaine des relations humaines, tu vas pouvoir me dire *exactement* ce que tu entends par « prendre la vie *comme elle vient* » ? Je suis censée faire quoi ? Qu'attends-tu de moi ?

— Laisse-*nous* vivre, Emma. Toi, et moi. Tous les deux c'est fini, tu comprends ça, c'est fi-ni !

Il a commencé à parler presque en chuchotant, mais les derniers mots hurlés à mon oreille résonnent encore dans ma tête…

Je reste là, pétrifiée, incapable de dire un mot. Et soudain, je reprends mon calme, malgré ma douleur.

— Ecoute, Emma, dit-il d'un ton radouci. Te blesser est bien la dernière chose que j'aie envie de faire. C'était peut-être une erreur de ma part d'avoir cru que nous pouvions rester amis tout de suite. Nous avons sans doute besoin de faire un break. Pour… pour dédramatiser !

Ma gorge se noue en entendant ce qu'il vient de suggérer. J'ai besoin de parler à Tony, moi, d'entendre sa voix.

— Je ne pense pas que ce soit une bonne...

— Arrête un peu de penser, Emma. C'est ça, ton problème. Tu penses trop, beaucoup trop. Et à tout.

Une fois de plus je me réfugie dans la colère.

— Désolée, mais je ne savais pas à quel point j'étais un *problème* !

Il pousse un nouveau soupir.

— Ecoute, tout ça ne nous mènera à rien. Faisons une pause, OK ? Mettons-nous d'accord pour ne plus nous parler pendant, disons, un mois.

Un mois ? Je me sens défaillir, mais c'est encore la colère qui me fait tenir.

— Un mois !

— Ce n'est pas si long…

Maintenant, je ne décolère plus. Je suis furieuse, et triste. Il est déjà si loin de moi qu'il peut supporter de rester un mois entier sans entendre ma voix. Sans savoir si je suis toujours vivante.

Mon sale caractère me pousse à surenchérir… même si je sais qu'au final, je serai la grande perdante. Une vraie loque.

— Je pense qu'un mois, ce n'est pas assez long !

Et je raccroche brutalement.

C'est alors, et alors seulement, que je laisse couler mes larmes…

De vous à moi : la vérité m'a libérée. Maintenant, je suis vraiment une femme larguée.

Quelque chose s'est cassé en moi. Ce n'était certainement pas vital car je me sens libérée d'un poids dont je ne soupçonnais même pas l'existence.

En me réveillant samedi matin, ma première pensée est que je suis seule. Complètement seule. Ma seconde pensée :

que je n'ai pas le temps de m'attarder sur ce sujet. Car j'ai des tas de choses à faire.

Je passe la journée devant mon ordinateur. Pas pour le plaisir de chauffer ma chaise. Non, je travaille. Je désactive la sonnerie de mon téléphone, et je commence à écrire. Au bout de quelques heures, j'ai en main le projet le plus innovateur, le plus solide, en un mot le meilleur que j'aie jamais élaboré pour *Bridal Best* dans toute ma carrière.

Je deviens lyrique pour décrire les choix auxquels sont confrontées les femmes célibataires qui n'ont plus vingt ans, je lance des idées d'articles. Du très bon travail.

Le lundi matin, je me rends au bureau avec la tenue qui s'impose — blazer noir et pantalon assorti — pour remettre à la secrétaire de Patricia, qui me regarde l'air étonné, les feuillets que je viens de remplir. Je suis très confiante. Même ma tenue me donne une impression de puissance. Puis je me dirige, savourant déjà mon triomphe, vers le bureau de Rebecca. Mais j'apprends par une note qu'elle est malade.

Je ricane intérieurement. *Pauvre petite !* Elle doit être chez elle en train de faire briller sa bague de fiançailles, espérant nous éblouir en la portant demain au bureau. Qu'elle ne compte surtout pas sur moi pour m'extasier avec les autres sur la taille et l'éclat du bijou. Je m'en fiche comme de l'an quarante.

Le soir, je retrouve Alyssa au club de gym. Même son histoire à venir avec le Dr Jason Carruthers me laisse de marbre. Ou plus exactement, voilà que j'approuve soudain sans réserve son besoin d'aller chercher ailleurs ce dont elle a besoin, sans se soucier des conséquences. C'est vrai… Qu'attend-elle de tout cela ? Le mariage ? Personne n'a réellement envie d'être pieds et poings liés, me dis-je en soulevant mes poids avec plus de vigueur que d'habitude.

Alyssa me regarde d'un œil soupçonneux, et je finis par avouer que j'ai eu ma grande explication la veille avec

Tony. Et que ça m'a ouvert les yeux. Alyssa réagit comme si elle se sentait confortée dans ses propos.

— Tu vois, je t'avais bien dit que tu étais en colère.

Mais lorsque je lui suggère de réserver la chambre d'hôtel pour son rendez-vous avec Jason, elle recommence à me regarder d'un air inquiet.

Le mardi, je prends un pot avec Jade au *Bar Six*. C'est Enrico qui nous fait l'honneur de nous servir. Cette nuit, il est sur le pont et je sens que nous allons le faire travailler dur, à remplir nos verres pour qu'ils ne soient jamais vides. Et pour que nous nous sentions en pleine forme.

Jade est bien entendu très contente de mon changement d'attitude. Chaque fois qu'Enrico disparaît pour servir une autre table, nous passons la soirée à faire de l'œil à tous les mâles qui passent trop près de nous sans se douter de rien. Ça nous amuse un bon moment. Le pied !

Nous nous octroyons même une petite cigarette, oui, même moi, pour essayer d'y voir plus clair. Et nous nous adossons à notre chaise, les jambes paresseusement croisées devant nous pour attirer les regards. Comme deux filles suffisamment au fait des lois qui régissent le monde pour ne pas s'en laisser conter par le premier venu…

A partir de jeudi, les choses commencent à se gâter.

Caroline me fait venir dans son bureau dès mon arrivée. Elle m'informe de son ton enjoué habituel que Patricia a lu mon projet et lui a demandé de le lire pour avoir son sentiment.

— Elle m'a demandé d'y jeter un coup d'œil parce que je suis votre supérieur hiérarchique direct, me dit-elle avec un sourire un peu forcé.

Puis elle me demande avec beaucoup de précautions :

— Emma, est-ce que tout va bien ?

— Tout va bien, dis-je avec conviction.

— Pas de problème d'ordre personnel ? poursuit-elle, comme pour m'amadouer.

Je fronce les sourcils.

— J'ai une vie… formidable.

Pourquoi ne le serait-elle pas ?

— Bien, dit-elle en s'adossant à sa chaise.

Elle a l'air soulagée, mais toujours un peu gênée.

— Je dois vous dire qu'après avoir lu votre projet pour le nouveau numéro, je suis un peu inquiète.

— A propos de quoi ?

— Eh bien, Emma, je ne sais comment vous dire cela mais…

Elle marque un temps d'arrêt.

— Ce que vous avez écrit ressemble à… à un manifeste antimariage.

Sidérée, j'ouvre la bouche pour me défendre. Mais curieusement, rien ne sort…

— Ecoutez, il se peut que ce projet ait dépassé vos intentions pour je ne sais quelle raison. Mais tel qu'il est, je dois dire qu'il est… inacceptable. Il est hors de question pour *Bridal Best* de publier un numéro avec les articles que vous proposez. Tenez, par exemple…

Elle commence à feuilleter les pages :

— « Ne vous croyez pas obligée de comprendre votre partenaire ». Ou encore : « Pas besoin de vous marier pour vivre votre vie. »

Après un instant de panique, je parviens à me ressaisir.

— J'ai pensé que, comme *Bridal Best* est dédié à la femme *sous toutes ses facettes*, nous pourrions explorer toutes les voies qui s'ouvrent à la femme en dehors du mariage. Plus j'ai réfléchi à ce problème, plus il m'est apparu qu'une femme qui attend un certain temps avant de se marier peut se rendre compte que le mariage n'est pas la seule, *a fortiori* la meilleure, solution.

Là, je suis persuadée d'avoir marqué un point.

Mais le visage de Caroline reflète au contraire une inquiétude croissante.

— Emma, je comprends ce que vous dites. Et d'une certaine façon, c'est un excellent point de vue. Mais *Bridal Best* est un magazine consacré à *l'organisation des mariages.*

Elle sourit, comme pour me faire comprendre le comique de la situation.

— Imaginez un instant ce que nous allons devenir, et nos annonceurs avec, si nous commençons à prêcher contre le mariage des femmes ? A mon avis, nous ne serons pas près de vendre beaucoup de pièces montées... Qu'en dites-vous ?

Elle a raison. La découverte récente de ma liberté de célibataire et le flot créatif qui l'a accompagnée m'ont fait totalement occulter ce point crucial. Je me sens vexée, humiliée. Mais qu'est-ce qui m'a pris !

— Je... je suppose que je n'étais pas dans mon état normal quand j'ai rédigé ce projet.

Caroline me sourit avec sa chaleur habituelle, comme pour me faire comprendre qu'elle ne me tient pas rigueur de ma bévue.

— Ne vous inquiétez pas pour ça, Emma.

Elle me rend mon papier.

— Peut-être pourriez-vous nous proposer une nouvelle version maintenant que vous avez une vision plus... claire des choses. J'ai hâte de lire votre nouveau projet.

Je hoche la tête sans conviction et je reprends mes feuillets d'une main molle. Je me lève pour quitter le bureau.

— Merci, Caroline. Je... je vais voir ce que je peux faire.

De retour dans mon bureau, je m'assieds pour essayer de comprendre comment j'ai si bien réussi à me faire passer pour une imbécile aux yeux de toutes celles qui comptent chez *Bridal Best.* Et, naturellement, qui se pointe devant moi ? Rebecca. C'est la dernière personne que je m'attendais à voir, étant donné qu'elle est absente pour cause de maladie depuis trois jours. En voyant son teint brouillé, son visage couvert de rougeurs enduit d'une sorte de pommade à l'oxyde de zinc, je dois dire que j'ai un choc. Elle a une tête à faire peur.

— Qu'est-ce qui se passe ?

— Il faut que je te parle. On peut prendre un pot ce soir ?

— Bien sûr.

Je suis intriguée. Je jette un coup d'œil rapide sur sa main gauche. Pas de bague. Je présume que ce qu'elle va me dire n'est pas joli joli.

Nous nous rendons au Rio Grande. Nous nous asseyons en terrasse pour que Rebecca puisse garder ses lunettes de soleil et dissimuler le plus possible son visage ravagé.

En chemin, elle a juste eu le temps de me dire qu'il s'agissait d'une dermatose provoquée par un arbuste vénéneux. Une fois qu'elle est assise face à moi et un verre de margarita devant elle, j'estime que j'ai enfin droit à quelques explications.

— Je voudrais quand même bien savoir comment tu as réussi à te choper cette dermatose en plein New York.

— Ce n'était pas à New York, dit-elle en me regardant comme si j'étais la dernière des abruties. Je suis partie en week-end avec Nash, samedi matin. Il n'y avait plus de place au Colonial le jour de mon anniversaire, et il m'a réservé une petite surprise à la place.

Elle avale une gorgée de margarita.

— Mon Dieu, quand j'y pense !

Aïe. J'ai oublié de lui souhaiter son anniversaire, mais à voir sa tête, elle n'est pas d'humeur à fêter quoi que ce soit !

— Bon, alors moi j'imagine déjà un petit nid bien douillet, des promenades au clair de lune. Bref, des tas d'occasions rêvées pour qu'il me pose la fameuse question. Il me semble que j'ai fait suffisamment d'allusions à mon désir de me fiancer avant trente ans !

Rien dans le visage de Rebecca ne trahit la moindre émotion. Et pourtant...

Je hoche la tête pour l'encourager à continuer, en évitant de lui faire remarquer qu'à trente et un ans, je suis loin d'être fiancée.

— Nous voilà donc dans les bois des Berkshires. Un endroit merveilleux. Je cherche partout mon nid douillet, mais voilà que Nash engage la voiture sur un chemin de terre. Je vois un panneau indiquant « Camping du Lac ».

— Oh, j'y suis allée quand j'étais gosse !

Elle n'a pas l'air surprise par ma remarque.

— Nash aussi, apparemment. Avec son père. J'ai l'impression qu'il a eu envie de revivre quelques souvenirs d'enfance. Ne me demande surtout pas pourquoi il a pensé que c'était la meilleure façon de me souhaiter *mon* anniversaire !

— Tu connais les hommes. Ils sont tous persuadés que nous allons adorer leurs caprices. Il doit y avoir un défaut de fabrication dans leur cerveau. Est-ce que je t'ai dit où Tony m'a emmenée pour le premier anniversaire de notre rencontre ?... A une séance d'entraînement au maniement de la batte de base-ball !

— Oui, bon. Donc j'ai essayé d'être sport, de ne pas frissonner d'horreur lorsqu'il a sorti la tente et m'a demandé d'un air enjoué de l'aider à la monter. Après tout, je me considérais presque comme fiancée...

Elle hausse les épaules.

— Je me suis dit que ça nous ferait une bonne histoire à raconter plus tard à nos enfants.

J'essaie d'imaginer Rebecca en mère de famille, avec ses ongles manucurés et sa coiffure impeccable. D'une certaine façon, les taches de pommade sur son visage m'évoquent certaines images. Mais on est loin de celle de la mère de famille.

— Donc nous montons la tente, et pendant qu'il s'active joyeusement, je décide de descendre près du lac et de prendre une douche.

— Oh, moi j'ai adoré ces douches en plein air avec vue sur les montagnes. Pas toi ?

A sa façon de hausser les sourcils, il est évident que non !

— Quand je reviens une heure plus tard environ, Nash me suggère de faire une promenade. Avec une espèce de petit sourire bizarre... Je me doute qu'il a manigancé quelque chose. Tu me suis ?

Elle avale une nouvelle gorgée de margarita.

— Il avait en effet manigancé quelque chose... Mais pas du tout ce à quoi je m'attendais.

Je me penche vers elle, soudain captivée par son récit.

— Il m'emmène pour une petite promenade dans la nature, à travers bois. Nous marchons pendant une vingtaine de minutes quand, tout à coup, je vois un cadeau avec un très bel emballage posé là devant moi, sur une souche.

— Est-ce que c'était... ?

Elle secoue la tête.

— Pas du tout. La première chose que j'ai remarquée, c'est que c'était bien trop gros pour contenir une bague.

Elle lève les mains pour me montrer la taille du paquet, environ trente centimètres.

— C'était à peu près la taille d'un ustensile de cuisine. Et d'ailleurs *c'était* un ustensile de cuisine !

Elle en frissonne rétrospectivement.

— Il m'a acheté un misérable ustensile de cuisine...

— Je ne comprends pas. Cette promenade à travers bois, qu'essayait-il de faire ?

— Apparemment, c'est ce que faisait le père de Nash pour l'anniversaire de son fils, quand ils campaient ensemble. Il s'en allait dans les bois en cachette pour y déposer un cadeau. Après, il jouait les étonnés, comme s'il se demandait qui avait bien pu mettre un cadeau à cet endroit. Mais il était certain que c'était pour Nash... C'était une sorte de jeu entre eux.

Elle soupire.

— Je suppose que je ne peux pas lui en vouloir. Son père est mort il y a un an, et c'est le premier été que Nash passe sans lui. D'une certaine façon, il voulait raviver ce souvenir. Mais, quand même, un *ustensile de cuisine* !

L'indulgence qui était apparue fugitivement sur son visage fait place à la colère et à l'incrédulité.

— Un ustensile de cuisine, ce n'est pas n'importe quel cadeau. Cela montre qu'il t'imagine en femme d'intérieur. En... en épouse.

— Peut-être, mais j'en aurais été plus certaine si j'avais trouvé une bague sur ce fichu tronc d'arbre ! C'est d'ailleurs ce que je me suis empressée de lui dire.

— Tu as fait ça ?

Je suis sidérée. Je découvre que Rebecca n'est pas le genre à mâcher ses mots, surtout quand on parle mariage.

— Absolument. J'étais tellement furax, je te jure, j'ai même pris son fichu cadeau, et je l'ai envoyé valdinguer dans les fourrés !

Elle a un petit rire amer.

— C'est ce qui m'a donné cette horrible dermatose.

Elle soupire et me raconte la suite de l'histoire.

— Quand j'ai viré son cadeau, il avait l'air si malheureux, et moi je me sentais si mal, que je suis allée fouiller dans les fourrés pour le retrouver. Et c'est ça qui m'a mise dans l'état où tu me vois ! Maintenant, je me demande pourquoi je me suis souciée de lui. Comment a-t-il pu me faire *ça* ! Nous sommes quand même ensemble depuis deux ans, bon sang !

Je souris tristement. Deux ans. Ça n'a rien à voir avec toute cette farce. Tony et moi sommes aussi restés deux ans ensemble, et je rencontrerai peut-être d'autres hommes avec lesquels j'aurai une liaison de deux ans ! Cette seule pensée me déprime.

— Il faut voir les choses en face. Je vieillis comme tout

le monde. Et maintenant que je commence à avancer dans mon plan de carrière…

Rebecca s'arrête, comme si elle réalisait ce que ça signifie pour moi. Trop tard, elle a gaffé, autant continuer…

— Il faut que je m'attelle à mes autres objectifs. Me marier, fonder une famille…

Tout ce petit plan de vie me fait douloureusement ressentir combien je suis loin d'avoir réalisé mes objectifs à moi. Je soupire et je me retrouve presque — *presque* — à lui avouer ce qui est arrivé entre Tony et moi. Mais j'ai la gorge trop serrée par l'émotion. Je stoppe à temps. Après ce fichu coup de téléphone, je suis bien trop vulnérable… Je risque de me mettre à hurler. Et c'est bien la dernière chose que je souhaite faire : pleurer devant Rebecca. La suite me donne raison…

— Bon, maintenant que Nash a enfin une idée de ce que j'attends de lui, je pense qu'il va commencer à faire les magasins pour m'acheter une bague. Je me demande si je ne devrais pas laisser traîner encore davantage de photos de bagues de fiançailles. Parce que la première fois, c'est clair, il ne les a même pas remarquées. Et je n'ai pas envie de me retrouver avec une bague qui ne me plaît pas, comme ces horribles diamants en forme de cœur. C'est vrai, il y a des choses que je refuse de porter. Même par amour.

J'imagine !

Je n'ai plus la force de prolonger cette conversation. Mon esprit est ailleurs, occupé à faire la liste de toutes les choses que Tony n'a pas faites pour moi. Même par amour.

De vous à moi : mon ego devient trop dépendant du voyant rouge de mon répondeur.

Le week-end arrive, et je n'ai toujours aucun message de la gente masculine. Même pas de mon père, que je ne peux me résoudre à appeler.

Tony n'appellera pas, c'est certain. Il a toujours eu l'habitude de tenir ses promesses, alors s'il a dit qu'il n'appellerait pas...

Comme je l'avais prévu, Max non plus n'a pas appelé. J'ai beau me dire que je m'attendais à ce qu'il me largue, ce rejet continue à me faire très mal. Mais qu'est-ce qui ne tourne pas rond chez moi ? Cette question me hante, à la perspective d'affronter un nouveau samedi soir seule. J'ai déjà appelé Alyssa, surtout pour lui demander des nouvelles de Lulu, qui a été opérée avec succès jeudi dernier, et qui se remet de son intervention chez elle. Mais je l'ai appelée aussi parce que le sentiment de solitude et d'abandon me taraude.

Alyssa m'assure que Lulu va bien, elle a seulement un peu mal et une impression de gêne. Puis elle me dit que Richard et elle restent chez eux ce soir pour s'occuper de la chienne.

— Tu peux venir nous voir, si tu veux, ajoute-t-elle après réflexion.

Mais je suis tellement déprimée que je ne peux même pas envisager de passer une soirée avec eux. En plus, Lulu n'a pas besoin de mes ondes négatives pour récupérer...

J'appelle Jade. Elle s'apprête à sortie avec Enrico. Ils vont en boîte. Bien entendu, ils me proposent de venir avec eux, mais la seule pensée de me contorsionner sur une piste de danse — surtout après m'être bourrée du reste de Skinny Scoop — ne me dit rien du tout...

Alors je me retrouve de nouveau seule en ce samedi soir. J'essaie de voir le côté positif des choses. Et si je travaillais un peu ? J'allume mon ordinateur, et je suis là assise devant mon écran, essayant de voir comment je peux modifier mon lamentable projet pour donner une idée plus sympathique du mariage. Je décide de recourir à une technique qui m'est toute personnelle et que j'utilise chaque fois que je veux éviter de rédiger : elle consiste à remettre à plus tard ce que je pourrais faire dans l'immédiat. Je commence donc à parcourir mes anciens dossiers, en commençant par celui intitulé *Notes*. Et je découvre avec surprise qu'il s'agit en réalité des toutes premières pages de mon fameux roman. Ou plus exactement, comme l'indique le nom du fichier, de notes éparses sur les personnages que j'ai envisagé de faire figurer dans le roman, et sur les scènes qui pourraient marcher. Je tombe sur un passage où je me suis lancée dans la rédaction de l'une des scènes, à peine quelques paragraphes. J'ai imaginé une femme assise devant son miroir. Elle est en train de se maquiller avant de sortir. Et voilà qu'en lisant, je me prends au jeu. Une fois arrivée à la fin du dernier paragraphe, une chose étrange se produit : je commence à taper sur mon clavier la suite de la scène. Je décris la tenue de la femme, l'endroit où elle se rend. Avant même de m'en rendre compte, j'ai déjà écrit trois pages !

Je suis très contente de moi. J'éteins mon ordi et je prends un bain revigorant. Et avant de m'endormir, je ressens un sentiment de satisfaction que je n'avais jamais éprouvé depuis que j'ai terminé la série de nouvelles pour mon diplôme de maîtrise. J'ai recommencé à écrire ! Ce qui s'appelle écrire. C'est comme si je commençais une nouvelle vie. La vie que j'ai toujours rêvé de vivre.

De vous à moi : d'accord… je n'étais pas entièrement satisfaite. Jusqu'à ce que le téléphone sonne.

Signe que je suis sur le point d'entamer une nouvelle vie, le téléphone se met à sonner le dimanche soir, rompant le silence qui m'a accompagnée une bonne partie du week-end. J'ai continué à écrire, un peu… mais je dois avouer que j'ai surtout fait du ménage.

Comme je suis absorbée dans la relecture des cinq pages

que j'ai pondues, je décide de ne pas répondre et de laisser le répondeur faire son office.

Je reste muette comme une statue en entendant la voix de Max van Gelder.

— Emma ? C'est Max, vous vous souvenez ?

Petit rire.

— Je suis désolé de ne pas vous avoir rappelée, mais j'ai eu un empêchement de dernière minute… Le *Rolling Stone Magazine*.

Nouveau rire, un peu suffisant cette fois.

Oh ! lala ! c'est pas vrai ! J'en tremble d'excitation.

— Bref, je me demandais si vous étiez libre ce week-end. Mon numéro est le 555-7684. J'espère vous entendre bientôt. Au revoir.

Encore sous le choc de la surprise, je bondis de ma chaise et je commence à danser une gigue endiablée. Il a appelé ! Max van Gelder a appelé !

Je ne peux pas célébrer cette victoire seule, c'est impossible. Et comme je veux éviter de le rappeler tout de suite, j'appelle Jade.

— Allô ?

Sa voix est plutôt enrouée.

— Tu dormais ? dis-je, incrédule. Il n'est que 20 h 30.

— Non, pas du tout. Je me reposais. Enrico est parti il y a une heure environ, et je suis épuisée…

On sent passer dans sa voix la satisfaction d'une femme comblée. Je m'écrie :

— Il a appelé.

— Qui ?

— Max. Max van Gelder. Cet écrivain que j'ai rencontré à la soirée où nous sommes allées ensemble.

— Ça lui a pris du temps, dis-moi. Qu'est-ce qu'il a dit ?

— Il avait du travail à rendre, un truc de dernière minute pour le *Rolling Stone*.

— Hmm, dit-elle, vaguement impressionnée. Et qu'est-ce qu'il voulait ?

— Qu'on se voie !

— Alors il t'appelle un dimanche soir ! Et vous avez fait des projets ?

— Des projets ? Ah non. Il m'a laissé un message, avec son *numéro de téléphone*.

— Ne le rappelle pas.

— Jade !

— Je n'ai pas dit « jamais ». Je veux dire : ne l'appelle pas tout de suite. Fais-le attendre. Il t'a bien fait attendre, non ?

Je vais avoir beaucoup de mal à suivre ses conseils.

— Combien de temps ?

— Au moins jusqu'à mercredi. Après, tu peux faire des projets pour le week-end.

— Mais il m'a dit « ce week-end ». C'est ce week-end qu'il veut me voir.

— Ma chérie, écoute-moi. Nous ne sommes pas en train de parler de ce qu'il veut *lui*. Si tu commences à tomber dans ce piège au deuxième rendez-vous, tu es fichue. Fais-le un peu mariner.

Je me rends compte qu'elle a raison. J'ai besoin de prendre la situation en main. Mais j'étais tellement certaine de ne plus entendre parler de lui que, sur le coup, le son de sa voix m'a mise dans tous mes états… Maintenant, j'ai repris un peu mes esprits.

— Tu sais ce qui est le plus drôle ? Il m'a appelée alors que j'étais en plein travail… d'écriture. On aurait dit un signe du destin. Tu sais qu'il est écrivain. Et moi je veux le devenir.

— Mais tu l'*es* déjà, Emma.

— Non, soyons honnêtes, je n'ai rien écrit ces derniers temps. Je ne parle pas de *Bridal Best*, bien sûr.

— Ça ne veut rien dire. Ce n'est pas parce qu'un

guitariste ne joue pas dans un orchestre qu'il ne sait pas jouer de la guitare.

— Depuis quand es-tu philosophe ?

— C'est le sexe qui rend les femmes comme ça. Tu verras.

— Tu as l'air de dire que je n'ai jamais connu ça. Tu oublies Tony…

— Oh, je t'en prie, ne me reparle pas de lui. Tony et toi, c'est *fini*.

— Bon, d'accord.

— Arrête d'être toujours d'accord avec moi. Dis-moi un peu, as-tu de la belle lingerie ? Si ce n'est pas le cas, il faut absolument aller chez Victoria's Secret cette semaine.

— Je n'ai pas dit que j'allais coucher avec lui dès le deuxième rendez-vous.

— On ne sait jamais. Et puis, je pense que ça te ferait le plus grand bien. N'oublie pas que le sexe est…

— … le Prozac des célibataires, je sais.

Mais c'est vrai que, tout à coup, je suis terrifiée à l'idée de coucher avec Max… ou plus exactement, avec quelqu'un d'autre que Tony. Ça m'effraie, mais ça m'excite en même temps.

— Je crois que je ferais mieux d'aller à la gym cette semaine.

— Parfait, à condition que tu le fasses pour *toi*. Parce que, entre nous, tu n'en as absolument pas besoin. Tu es super.

— Quand m'as-tu vue nue pour la dernière fois ? dis-je en me passant la main sur le ventre.

— Pas besoin de te voir nue pour savoir que tu es en forme. N'oublie pas que je suis styliste de mode.

Je souris. Après tout, c'est peut-être vrai que je suis belle. En ce moment en tout cas, je me sens belle. Depuis que Max m'a appelée, et à la pensée de le rappeler, j'ai déjà l'estomac qui se noue.

— Merci pour le vote de confiance, Jade.

— Ça sert à quoi, les amies ?

De vous à moi : je suis devenue dingue des hommes. Et pourtant, c'est tout juste si j'en ai un dans ma vie...

Lundi après-midi, je sors la version 2 de mon projet et je la relis trois fois avant de la remettre à Patricia. Je ne suis pas encore entièrement sûre que c'est ce que ma rédactrice en chef souhaite, mais je ressens une curieuse indifférence. Après tout, ce n'est pas mon roman.

Mon roman. J'y ai travaillé tout le week-end. C'est à lui que je ferai allusion *par hasard*, en bavardant avec Max quand j'aurai décidé de l'appeler. C'est un écrivain. Il comprendra.

En rentrant du travail, j'appelle Alyssa pour voir où en est Lulu... et pour m'empêcher de rappeler Max trop tôt. En plus, comme l'opération de Lulu s'est bien passée, il faut que j'aie l'œil sur Alyssa. Maintenant que j'ai retrouvé mes esprits, il faut que je l'empêche de faire n'importe quoi avec Jason, contrairement à ce que je lui ai dit récemment. J'ai d'ailleurs raison de m'inquiéter, car j'ai essayé de l'appeler au bureau, et j'ai appris qu'elle avait demandé un jour de congé. Pour emmener Lulu chez le véto, m'a-t-on dit... J'ai essayé de refréner ma panique pour ne pas inquiéter sa secrétaire, mais c'est vrai que je me fais du souci. Surtout qu'elle n'a pas donné signe de vie de toute la journée.

Cette fois-ci, elle répond. Elle me lance un « Bonjour ! » enthousiaste. Je la sens de bonne humeur.

— Que se passe-t-il ?

J'espère qu'elle n'a pas les hormones en folie après avoir passé l'après-midi avec le Dr Jason Carruthers.

— Je suis amoureuse.

— Mon Dieu. C'est pire que je ne le pensais.

— Et c'est toi que je dois remercier, Emma. Je suis si contente d'avoir attendu que Lulu soit opérée pour... enfin... tu sais bien.

Je commence à protester.

— Alyssa, après cette opération, tu es forcément vulnérable. Tu ne *peux pas* être amoureuse de Jason.

Elle se met à rire.

— Qui t'a parlé de Jason ? C'est Richard que j'aime.

Mon cœur fait un bond.

— Attends ! Reprends au début, si ça ne te dérange pas.

— Bon. Tu sais que Lulu est revenue samedi chez nous pour se remettre d'aplomb…

— Oui. Comment va-t-elle, à propos ?

— Oh, elle n'a jamais été aussi bien.

— Super.

Et j'attends qu'elle m'explique… Quelle révélation soudaine a-t-elle eue qui ait pu lui remettre les idées en place ?

— Pendant toute la journée de samedi, elle n'était pas dans son assiette. J'ai donc décidé avec Richard de lui donner les calmants que Jason a prescrits pour l'aider à dormir un peu.

— Et alors ?

— Nous nous sommes écroulés de fatigue vers 23 heures. Nous étions vraiment crevés d'avoir soigné Lulu toute la journée, et elle avait l'air de se reposer. Donc, nous avons estimé que nous pouvions aller nous coucher.

— D'accord.

Décidément, elle fait durer le suspense…

— Vers 1 h 30, voilà Richard qui saute du lit. Il me dit qu'il a entendu un bruit bizarre dans la cuisine où nous avions mis le panier de Lulu.

— Et comment allait-elle ?

— Mal. Elle n'arrêtait pas de vomir. Et chaque fois que Richard et moi tentions de l'aider ou de la calmer, elle gémissait et recommençait à vomir. Je n'ai jamais eu aussi peur de ma vie.

— Alors, vous avez fait quoi ?

— Que voulais-tu que je fasse ! J'ai appelé Jason.

— Et ?

J'ai la vision soudaine de Jason dans le salon d'Alyssa à 2 heures du matin, se partageant entre deux tâches : sauver la vie de Lulu et enlever Alyssa.

— Il n'était pas là. J'ai eu son secrétariat.

Tiens ! La merveille des merveilles a enfin montré son vrai visage.

— C'est vrai ?

— Il a rappelé dans l'heure. Entre-temps, Lulu avait cessé de vomir, mais elle était très faible.

— Il est venu ?

— Non. En fait, il était parti à Fire Island pour le week-end, et il n'avait aucun moyen de rentrer à New York avant dimanche, à cause des horaires de ferry et tout ça... Il nous a juste conseillé de bien hydrater Lulu. C'est ce qu'on a fait. Richard et moi sommes restés avec Lulu toute la nuit, en nous relayant pour lui donner un peu d'eau au compte-gouttes. C'est la seule chose qui marchait... Et nous l'avons réconfortée, tous les deux. Je n'avais jamais réalisé à quel point Richard aimait Lulu. Et m'aime, moi. Nous nous sommes soutenus toute la nuit, nous avons beaucoup parlé... C'était... très beau.

Je sens mes yeux s'humecter, et ma gorge se serre.

— C'est merveilleux, Alyssa.

— Attends, ce n'est pas fini. Aujourd'hui, j'ai emmené Lulu voir Jason. Apparemment, elle a fait une réaction allergique aux calmants qu'il lui a prescrits !

— Quel crétin !

— Ce n'est pas la faute de Jason. Comment aurait-il pu deviner qu'elle était allergique ? Elle n'a pas de dossier...

— Il aurait quand même pu faire quelques tests...

— Emma, j'ai beaucoup de gratitude envers Jason. Surtout depuis qu'il m'a donné les résultats de la biopsie, tout à l'heure : le kyste de Lulu est bénin.

— C'est merveilleux !

— Je sais. J'étais si heureuse que j'ai embrassé Jason comme du bon pain. Et le plus marrant, c'est que je n'ai pas ressenti la moindre attirance pour lui. C'est fini. Incroyable, non ?

Non, moi j'y crois. Malgré toutes les images qui me reviennent à la mémoire du Dr Carruthers et de sa sensualité débordante. Je suis si heureuse qu'Alyssa et Richard se soient retrouvés !

— Tu sais, j'envisage même de me tourner vers l'homéopathie la prochaine fois. La médecine naturelle, c'est peut-être plus indiqué pour Lulu. Il y a un véto dans East Village qui est spécialisé dans le traitement holistique. J'ai lu quelques trucs sur ce sujet, et je commence à penser que Jason n'est peut-être pas aussi au fait des dernières techniques que je le pensais.

Je souris. Une chose est certaine : sans parler de Lulu, Alyssa et Richard ont réussi un test qui prouve qu'ils sauront désormais affronter ensemble n'importe quel problème.

— Bon, il faut que j'y aille, maintenant. Richard *me* prépare un petit dîner pour ce soir, et j'entends des bruits de vaisselle dans la cuisine. Je vais voir s'il n'y a pas de casse…

Nous raccrochons quelques minutes plus tard. Je me sens de nouveau pleine d'espoir. J'ai la certitude maintenant qu'Alyssa et Richard sont faits l'un pour l'autre. J'en étais intimement persuadée, et j'avais raison.

Maintenant, toutes mes pensées se tournent vers Max. Je ressens comme un picotement, un curieux mélange d'impatience et d'espoir. Peut-être est-ce mon intuition qui me souffle que c'est Lui, l'homme de ma vie…

Chapitre 10

« L'amour est un enfer doré que seuls les vrais courageux peuvent fuir. »

BART FREELY, réalisateur de *The Lone Lover.*

De vous à moi : une nouvelle femme a pris possession de mon corps — la Célibataire de Choc.

Avec toutes ces bonnes vibrations dans l'air, impossible de me retenir plus longtemps de parler à Max. En ce mardi soir, l'inévitable se produit : je l'appelle. C'est plus fort que moi. Et en entendant le ton joyeux de sa voix, je sais que j'ai eu raison.

— Emma ! Je suis content de vous entendre. Comment allez-vous ?

— Fantastique. Et vous ?

— Très bien. Excusez-moi de n'avoir pas rappelé plus tôt, mais…

— Ça n'a pas été si long, en tout cas je n'ai pas remarqué. J'ai eu si peu de temps à moi, dis-je pour faire un mot… Je travaille sur un projet de numéro spécial de *Bridal Best*. Et j'écris un roman. Vous savez ce que c'est !

— Oh oui…, dit-il en éclatant de rire. Alors, vous êtes prête à vous changer un peu les idées ?

— Ça dépend de ce que vous avez en tête.

Mais au fond de moi, je sais très bien que je serai

partante de toute façon, même s'il me propose de regarder un match de football américain avec toute sa troupe d'amis buveurs de bière.

— Eh bien, le nouveau film de Bart Freely sort cette semaine : *The Lone Lover.* Freely est un de mes réalisateurs préférés.

Un frisson me parcourt l'échine. Freely est aussi un des réalisateurs préférés de Tony. Malheureusement, mon euphorie est de courte durée.

— Le film sort au *Beekman Theater*, tout près de chez moi. J'ai pensé que vous pouviez faire un saut dans l'Upper East Side pour changer un peu. Et puis, le *Beekman* est un vieux théâtre génial, et il a été rénové récemment…

Voilà qu'il m'invite dans son royaume. Mes antennes se dressent… *Il veut me présenter son domaine. Et peut-être aussi son appart.* Hmm.

— Ça me semble une super idée.

Je fais celle qui n'a pas pensé un seul instant à ce que tout ça implique sur le plan sexuel…

— Je pourrais venir vous chercher, si vous voulez…

Je suis très surprise — et extrêmement flattée — qu'il se propose de se taper tout ce trajet aller-retour rien que pour venir me chercher. Quelle galanterie ! Je m'empresse de répondre :

— Oh, ce n'est pas nécessaire. On pourrait se retrouver au théâtre, qu'en pensez-vous ?

— Ça me va parfaitement !

Je sens du soulagement dans sa voix.

— Il y a une séance à 21 h 50. Nous pourrions nous donner rendez-vous vers 20 h 30 ? Vous savez que ce n'est pas évident d'avoir des places un vendredi soir.

Et comment ! Je me souviens que Tony n'avait qu'une idée en tête quand nous allions au cinéma : arriver suffisamment tôt pour être sûr d'avoir des places au centre et où nous étions certains de bien voir, sans être gênés par quelque fâcheux. J'ai vécu avec cette névrose pendant deux ans, je sais que je suis capable de faire avec.

— C'est parfait.

— Bon, alors on fait comme ça. On se voit vendredi à 20 h 30.

— A bientôt.

Il ajoute :

— Vous savez, Emma, j'ai hâte de vous revoir.

— Moi aussi.

Et je suis sincère. Espérons que mes nerfs ne vont pas lâcher, et que je n'aurai pas de crise d'angoisse d'ici à vendredi.

De vous à moi : je finis par comprendre pourquoi le mot sexe est un mot de quatre lettres.

J'appelle Jade dans la soirée pour lui faire part de mes projets.

— Mais tu n'es pas *obligée* de coucher avec lui sous prétexte que tu es près de chez lui, voyons ! me dit Jade.

— Oui, je *sais.*

En fait, j'ai déjà choisi mentalement toute ma tenue, y compris la lingerie en dentelle…

— Moi, j'ai changé d'avis. Je ne pense pas qu'il faille coucher avec lui dès maintenant.

— Et te voilà maintenant le farouche défenseur du célibat !

— C'est vrai. Je n'aime pas la façon dont il est en train de manœuvrer. Il faut absolument lui rappeler qui commande. Si tu ne couches pas avec lui, il comprendra qu'il ne peut pas tout régenter à sa guise. Crois-moi, ils *essaient* toujours… Même Enrico, qui est à peine sorti de l'enfance, eh bien, il pense que c'est lui qui fait la loi. Parfois je le mets en boîte, pour avoir la paix. Mais en fait, c'est moi qui commande !

— Si j'ai bien compris, ça marche très fort avec Enrico ?

— Si on peut dire ! commente-t-elle, déjà sur la défensive. Nous n'avons pas de but précis, nous faisons l'amour. C'est tout.

— D'accord, d'accord. Pas la peine d'être aussi susceptible.

— Susceptible, moi ? Je suis simplement fatiguée d'être obligée de répéter à tout le monde, lui en premier, que nous n'avons pas de véritable liaison. C'est une relation purement sexuelle. Cela dit, question sexe, il est super doué. L'autre soir, je me préparais à sortir et il m'attendait dans le salon. C'est du moins ce que je croyais. J'étais en train de mettre du rouge à lèvres dans la salle de bains, et le voilà qui arrive, et qui se jette sur moi…

Elle soupire en revivant cet instant.

— Crois-moi, le lavabo n'est plus tout à fait le même depuis… Il m'a eue par surprise ! Et c'était drôlement chaud !

J'essaie d'imaginer un moment de passion intense de ce genre entre Max et moi, dans ma salle de bains. Mais je me rends compte que le lavabo est un peu trop près des toilettes, ce qui rendrait les choses pour le moins… improbables. Puis j'imagine Max nu. Cette vision me plaît assez. Elle me plaît même tellement que je suis obligée de me forcer à me reconcentrer sur la conversation.

— Une bonne entente sexuelle, c'est important dans un couple… Même si tu ne vis pas une vraie vie de couple… Dommage qu'Enrico ne soit pas un peu plus âgé, et davantage ton type. Ça aurait pu marcher entre vous.

Jade soupire.

— C'est ça le problème avec toi, Emma. Tu crois toujours qu'un homme et une femme doivent vivre le grand amour.

— Mais non ! Je suis juste en train de me dire que ça pourrait être génial. Max et moi, Enrico et toi. Richard et Alyssa.

— Tu fais trop de suppositions, Emma. Même Alyssa et Richard ne savent pas trop où ils en sont !

— Bien sûr que si !

Je m'empresse de lui raconter tous les détails sur les retrouvailles d'Alyssa et de Richard. Ça nous réchauffe le cœur.

J'ai l'impression qu'elle est contente pour eux. Comment ne pas l'être ! Jade pense que Richard et Alyssa sont faits l'un pour l'autre, moi aussi d'ailleurs. Mais elle ne peut s'empêcher de détourner la conversation… Elle plante là leur vie douillette de couple pour revenir sur la vie sexuelle aventureuse des femmes libérées.

— Tu veux dire que le Guérisseur de chiens est libre ?

— Tu es insupportable !

— C'est pour ça que tu m'aimes.

— C'est vrai. Je me demande ce que je serais devenue après l'histoire de Tony si tu n'avais pas été là pour me rappeler qu'il y a d'autres hommes sur terre…

— Tu veux dire, des cafards dans les caves des maisons ? C'est ça, New York ! Il faut faire avec.

— Jade !

Je veux bien accepter son côté aventurière du sexe. Ce qui m'inquiète davantage, c'est son cynisme.

De vous à moi : le cynisme pourrait bien devenir désormais ma seule protection.

Ce vendredi soir est arrivé trop vite à mon goût. Je n'ai eu le temps de faire qu'une séance de gym, et encore… Je ne me suis pas donnée à fond car j'ai passé pratiquement tout mon temps à traînasser au sauna avec Alyssa et à papoter sur le nouveau tour qu'a pris sa vie de couple avec Richard. Elle a eu la surprise de recevoir un bouquet de roses lundi à son bureau… Et en rentrant du boulot mardi, elle a eu droit à un massage intégral. Hier soir, Richard a même renoncé à un match de foot des Yankees à la télé pour passer un moment de détente avec elle. En plus, Lulu a retrouvé sa forme habituelle. Je suis sidérée de voir l'impact d'un petit traumatisme personnel sur la vie d'un couple !

Personnellement, j'ai à peine eu le temps de me remettre des deux nouvelles pas très réjouissantes qui me sont tombées dessus dans la semaine. Mercredi, j'ai appris que mon projet pour le numéro spécial de *Bridal Best* a finalement été refusé par Patricia. Caroline m'a suggéré, de son ton réconfortant habituel, d'écrire un *article* pour le numéro spécial de Rebecca sur les seconds mariages… Je n'ai pas montré beaucoup d'enthousiasme. D'autant que Rebecca, Marcy Keller et tous ceux avec qui je parle au bureau ces derniers temps n'ont pas pu s'empêcher de me faire savoir que le numéro spécial de Rebecca s'annonce très bien…

La seconde nouvelle, que j'ai trouvée sur ma boîte vocale jeudi, m'a causé un choc beaucoup plus important… La femme de mon père, Deirdre, m'a appelée au bureau. Comme j'étais absente, elle n'a laissé qu'un bref message après le signal sonore : « Il s'est remis à boire. » Puis, d'une voix un peu résignée : « Appelle-moi quand tu peux. »

Je dois l'avouer, je n'ai pas rappelé tout de suite. Je ne suis pas capable d'entrer dans leur vie, de replonger dans cet univers familial très perturbé au moment même où je fais tant d'efforts pour que ma vie soit à peu près normale, sans aller jusqu'au conte de fées. Et puis, je ne vois pas ce que je peux faire. Ces dernières années, j'en ai déjà reçu, des messages de ce genre. Je connais le refrain. Mon père passe trois ou quatre jours à boire, incapable de manger et de dormir. Puis il essaie pendant deux jours d'arrêter de boire. Après, c'est une journée d'angoisse et d'auto-apitoiement. Et quand les choses commencent à tourner mal, c'est la cure de désintoxication.

Je ne suis vraiment pas prête à affronter tout ça.

J'évite donc de me manifester pour l'instant. Nous

sommes vendredi soir, et j'ai même réussi — Dieu merci — à l'occulter complètement de mon esprit tandis que je me sèche les cheveux et que j'enfile mon plus beau jean. Puis je chausse mes escarpins, et un T-shirt orange sans manches un peu *funky* que Jade a déniché dans une vente promo et qu'elle m'a donné après l'avoir porté une seule fois. Je suis fin prête pour mon rendez-vous avec Max van Gelder. En tout cas, aussi prête que possible…

En arrivant devant le théâtre, j'aperçois Max qui fait les cent pas. Je suis contente qu'il soit déjà là. Jade m'a conseillé de me faire désirer, et j'ai réussi à avoir cinq bonnes minutes de retard sur l'heure du rendez-vous. Mais ça n'a pas été sans peine !

— Bonjour ! dis-je en allant à sa rencontre.

— Bonjour !

Il me détaille de la tête aux pieds, puis me donne un baiser rapide sur les lèvres.

Eh bien, c'est assez… *intéressant* comme entrée en matière, non ? On dirait le baiser d'un ado qui se lance pour la première fois.

— Je vous trouve superbe.

Max marque des points.

— Merci. Vous n'êtes pas mal non plus.

Il sourit et, pendant un instant, ses yeux scrutent mon regard, comme s'il me jaugeait. Je me sens un peu nerveuse, mais dans le bon sens du terme. En fait, je trouve ça plutôt excitant…

— On entre pour chercher les places ? J'ai déjà acheté les billets, dit-il en me prenant par la main.

Il me conduit à l'intérieur du théâtre. Je m'aperçois que nous sommes presque habillés pareil. Lui porte un pantalon en coton foncé et un chouette T-shirt style tenue de camouflage, moi le même pantalon et mon T-shirt orange. Nous avons plus l'allure d'un couple *hip* new-yorkais que Tony et moi ne l'avons jamais été. Et ça n'est pas pour me déplaire ! Après tout, Tony est du New Jersey... Et c'est difficile à cacher, même quand on possède des tonnes de pulls à col roulé noirs !

Mon nouveau boyfriend fait alors une chose typique de Tony. Il commence à faire une fixation sur le choix des places...

Il me chuchote discrètement qu'il faut absolument trouver des places avant l'arrivée de la foule. Une fois dans les lieux, il ouvre la porte et se met à étudier la salle.

— Bon, je crois qu'il y a encore de la place dans les rangées du milieu, mais certaines doivent être trop près de l'écran. Une seconde !

En me tenant fermement d'une main, il me traîne vers l'allée centrale. Toutes les places sont occupées à l'exception de deux en milieu de rangée.

— Je vous demande pardon, dit-il au premier type de la rangée, un costaud qui commence à regarder les sièges d'un air surpris, convaincu qu'il ne reste plus aucune place pour nous.

Nous nous glissons tant bien que mal vers les deux places convoitées. Max s'assied et se met à étudier son angle de vue en prévoyant tous les cas de figures. Il va jusqu'à s'enfoncer dans son siège pour voir si la personne assez petite qui est assise devant lui pourrait lui boucher la vue en changeant de position ! Une fois l'inspection terminée, il se tourne vers moi et me gratifie d'un sourire.

— Parfait, me chuchote-t-il. Et vous, vous voyez bien ?

— Ça va, dis-je, toujours aussi surprise de découvrir combien ses réactions sont les mêmes que celles de Tony.

J'ai une curieuse impression de déjà-vu. Tous les hommes sont-ils comme ça ? C'est peut-être très new-yorkais. Il faut dire que les cinémas sont tellement bondés ici...

— Vous voulez quelque chose à boire ou à grignoter ?

— Euh...

Je contemple la rangée de droite. Comme nous sommes

arrivés par le côté gauche, j'espère que cette fois il dérangera les autres gens, en évitant de repasser devant le Grand Costaud et toute sa bande.

— Avec plaisir. Un Coca Light.

— Entendu. Je vais aussi prendre du pop-corn.

Ce disant, il se fraye un passage sur la droite — ouf ! — ce qui me permet d'admirer au passage son charmant fessier. Je soupire en pensant que cette nuit s'annonce décidément pleine de promesses…

Max revient un quart d'heure plus tard, en jonglant avec deux sodas et un paquet géant de pop-corn. Une fois assis près de moi, il me tend galamment un soda et me lance un nouveau sourire à damner toutes les saintes.

— Ça fait une semaine que je brûle d'impatience de voir ce film.

Les lumières commencent à baisser, tandis qu'il place stratégiquement le sac de pop-corn entre nous deux. L'écran s'éclaire sur la première bande-annonce. Après avoir échangé quelques piques contre la médiocrité et le ridicule des trois bandes-annonces, nous faisons silence tandis que défile sur l'écran la longue liste des remerciements. Je me souviens du fanatisme de Tony en matière de cinéma : il ne fallait pas s'aviser de dire un seul mot pendant le film. J'imagine que c'est la même chose avec tous les mordus de son genre. J'en tire donc les conclusions : motus et bouche cousue.

Pour commencer, nous avons droit à la vie d'un jeune citadin, déchiré entre son amour pour son impossible voisin et la femme avec laquelle il vit depuis sept ans. Puis nous attaquons le plat de résistance. Pendant la projection de ce film, je fais deux constatations douloureuses. La première, c'est que Bart Freely — réalisateur génial d'après Tony et Max — structure tous ses films autour du thème de l'impossibilité pour deux êtres de se trouver sur le plan affectif. Et la deuxième, c'est qu'il y a entre

Max et moi pendant toute la durée de la projection une distance, une séparation physique énormes et quelque peu désagréables. Il a les yeux rivés sur l'écran, les genoux à distance respectueuse des miens… et de son bras il enlace le paquet de pop-corn comme s'il s'agissait d'une femme. Et par-dessus le marché, il prend toute la place sur mon accoudoir, comme le fait d'ailleurs mon voisin de gauche… Il ne me reste qu'à garder les mains sagement croisées sur mes genoux. Même nos épaules ne se touchent pas. J'ai l'impression d'être venue au cinéma toute seule !

Le film se termine par un gros plan sur notre jeune héros en train de lire du Nietzsche dans un restaurant à peine éclairé, quelques semaines après avoir été mis à la porte par sa femme et abandonné par son amant. Il semble incroyablement heureux dans sa solitude… En voyant cette dernière scène, je me sens envahie par un étrange pressentiment. Je jette un coup d'œil sur Max. Il est complètement pris par le film. La beauté des traits de son visage est soulignée par la lumière projetée par l'écran. C'est comme s'il avait totalement oublié ma présence.

Je crains que ce ne soit mauvais signe, même si je suis incapable de dire pourquoi. Ou plutôt, je n'ai pas envie de savoir.

Pendant le générique final, je me rapproche de Max et je lui prends la main.

Il me décoche alors son sourire carnassier, et toutes mes craintes s'évanouissent. Je me lance :

— Qu'en pensez-vous ?

— C'est grandiose ! Un petit bijou. Freely ne déçoit jamais. Cette façon de montrer la beauté mais en même temps le côté nihiliste et douloureux des relations humaines, c'est… c'est du génie à l'état pur !

Je fais taire la petite voix intérieure qui me conseille de me méfier, et je m'efforce d'avoir l'air pénétré qui s'impose tout en marmonnant un « hmm » qui ne m'engage à rien…

Au moment où je me vois déjà contrainte de dévoiler le fond de ma pensée, je suis sauvée par Max qui semble être tombé amoureux de sa propre voix. Il ne tarit pas d'éloges sur le « génie » de Bart Freely, et continue même à la sortie du théâtre. Il devient lyrique en évoquant la solitude de la condition humaine et la tristesse de ce qui se passe à Hollywood où il n'y a pas de place pour un metteur en scène aussi original (ça, c'est vrai !) et unique (pour qui ?) que Bart Freely...

Finalement, nous arrivons à notre deuxième destination de la soirée, un bar de la 71e Rue Est qui a la particularité de s'appeler « Bar », tout simplement. Le propriétaire ne doit pas avoir les moyens de fixer les dernières lettres de l'enseigne, qui pend lamentablement. Ou alors, il trouve ça très subtil !

— Vous êtes partante pour manger un morceau ? Ou boire un pot ? demande Max plein d'espoir.

Tiens, le Bar propose quand même de quoi se restaurer...

— Tout à fait, dis-je, un peu soulagée qu'il ne s'imagine pas des choses et qu'il ne me conduise pas directement à son appartement.

Tandis que nous prenons place à une table, les souvenirs de notre premier rendez-vous me reviennent à la mémoire. En regardant Max, assis face à moi, je me souviens de ce qui m'a d'abord attirée chez lui. A) il est terriblement sexy, B) c'est un intellectuel et surtout C) c'est un écrivain, et un écrivain à succès. D'ailleurs, il a une tête d'écrivain, me dis-je en le regardant éplucher attentivement le menu.

— Et si nous prenions d'abord quelque chose à boire ? Ensuite, nous pouvons éventuellement prendre quelques amuse-gueules. A moins que vous n'ayez suffisamment faim pour dîner ? me lance-t-il en me regardant par-dessus le menu dans l'attente de ma réponse.

Comment avouer à un homme qui me regarde comme ça que j'ai suffisamment faim pour avaler quatre plats ?

Comme si la nourriture était une chose tellement secondaire pour nous autres intellectuels… Je me demande soudain pourquoi j'ai tant de difficulté à dîner quand je suis de sortie ! Pourtant, je réponds :

— Ça me paraît une bonne idée.

Il ferme le menu en souriant.

— En ce qui me concerne, je sais déjà ce que je prends. Mon Bombay Martini habituel.

Puis il plisse le front, les yeux à demi fermés, comme s'il essayait de se rappeler quelque chose.

— C'était quoi déjà ce que vous buviez la dernière fois ? Un genre de tequila, je crois.

Tout à coup, les mots qu'il a prononcés en me quittant le soir de notre dernier rendez-vous me reviennent à l'esprit. Je vois aussi en une sorte de flash l'image de mon père avec quatre verres alignés devant lui, un pauvre sourire sur son visage las.

— Ce soir, je crois que je vais me contenter d'un verre de merlot.

Je n'ai pas la moindre envie qu'il pense que j'ai… un problème.

Il paraît déçu par mon choix , mais passe la commande au serveur qui vient de se manifester.

— Alors, ce livre, ça avance ?

— Oui, ça va.

Intérieurement, je suis plutôt crispée… Je viens de réaliser que je n'y ai pas touché depuis l'appel de Max dimanche soir. Je m'efforce de revenir en arrière, au moment où j'ai entendu sa voix sur mon répondeur.

— Et vous ? Vous avez terminé l'article pour *Rolling Stone* ?

— Oui. C'était juste une critique de livre. Ça n'a rien de sorcier, répond-il avec un haussement d'épaules.

Je ne relève pas la contradiction… Pourtant, si ma

mémoire est bonne, il a bien pris prétexte de ce travail pour s'excuser de n'avoir pas appelé plus tôt, non ?

— C'est super. Et comment était le livre ?

— Rien à dire de spécial. J'étais plutôt content de pouvoir retourner à mes propres travaux d'écriture, dit-il, l'œil brillant.

Nos boissons arrivent, et nous continuons à parler écriture. J'ai l'impression de répéter ce que j'ai déjà fait il y a deux ans, de parler non pas à Max, mais à Tony. La situation est à peu près la même : deux êtres passionnés d'écriture et qui s'efforcent de montrer quelles sont leurs vraies passions sans écouter forcément le discours de l'autre, si j'en crois ce qui nous est arrivé, à Tony et moi.

Je m'efforce de me concentrer sur l'instant présent, sur la façon dont Max s'anime quand il s'aperçoit que la conversation va dans son sens. Il a toujours une idée brillante à défendre… Je sens qu'en dépit de mes doutes, je suis en train de tomber amoureuse ! Comment pourrait-il en être autrement, avec ce merlot qui coule dans mes veines. Je me sens brûler d'une fièvre à laquelle je ne m'attendais pas. Probablement parce que je n'ai rien mangé depuis un bon moment pour absorber cet alcool. Je ne suis pas soûle, tant s'en faut. J'ai à peine touché au deuxième verre que j'ai commandé parce que Max a insisté… Ce doit être parce que j'ai encore à la mémoire le terrible message de Deirdre.

Et c'est sans doute par faiblesse, et parce que je suis dans un état semi-comateux depuis ma rupture avec Tony, que je sens monter en moi une vague de chaleur, et que je me sens irrésistiblement attirée par cet homme…

Deux heures plus tard, Max demande l'addition et nous quittons le bar. La fraîcheur de la nuit sur mon visage ne parvient pas à dissiper toutes les émotions que je ressens en cet instant. Je ne puis que hocher la tête lorsqu'il me propose d'entrer chez lui.

— Juste pour vous montrer comment c'est, me dit-il.

Il semblerait que Max ait un deux pièces génial avec une cheminée pour faire des feux de bois, le tout pour la modique somme de mille cinq cents dollars par mois. Il fallait le voir pour le croire...

— Oui, bon. D'accord.

Nous marchons enlacés, ma tête sur son épaule comme si nous nous connaissions depuis deux ans. Au contact de sa chaleur, je me sens détendue. Il a l'air si solide, si viril. Et j'ai tellement besoin de ce genre d'homme.

Nous arrivons chez lui. Max actionne l'interrupteur Aussitôt, chaleur et lumière envahissent la pièce. Et je me retrouve dans un vaste appartement de rêve pour une habitante des bas quartiers que je suis.

Je me tourne vers Max et je lui dis dans un souffle :

— C'est merveilleux.

Il sourit d'un air suffisant, comme s'il avait lui-même posé chacune des briques de la cheminée qui orne le mur d'en face.

— Venez, je vais vous faire visiter.

Il me fait traverser la cuisine. Pas l'ombre d'un ustensile pendu au mur ou caché dans un coin où jadis s'élevait un placard... Non, c'est une cuisine moderne entièrement équipée, avec une table et des chaises et même — ce qui est encore plus rare — une fenêtre. J'en reste la bouche sèche, sans voix. Il me prend la main et m'entraîne vers « la pièce de résistance ».

Sa chambre.

Des plafonds voûtés, une immense baie vitrée, et un lit somptueux dans les tons gris-bleu. J'aurais pu le soupçonner d'être un brin homo... C'est alors que je vois cette lueur dans ses yeux... un regard de prédateur. J'en reste interdite.

Il me faut cet homme. Je veux coucher avec lui, lui et tout le reste : le feu de bois dans la cheminée, la cuisine agencée, les immenses plafonds… Je suis en proie au désir le plus primaire, le plus violent qui soit. Le désir charnel.

— Vous voulez boire quelque chose ? dit-il, brisant la tension et me donnant le temps de me ressaisir. Il me semble que j'ai une bouteille de merlot… C'est bien votre poison préféré, ce soir ?

— Splendide !

Je le suis dans la cuisine. Je fais un effort surhumain pour ne pas me glisser dans ce lit douillet en suppliant Max de me faire l'amour jusqu'à ce que mon nom soit ajouté au sien sur le bail.

— Allez vous asseoir dans le salon. Il y a quelques CD sur l'étagère, près de la cheminée. Faites votre choix.

J'obéis, ravie qu'il m'ait confié la charge de choisir la musique. J'ai besoin de prendre un objet en main, pour m'aider à reprendre contact avec la réalité. Mais voilà qu'en fouillant dans les CD de Max, j'ai l'impression de faire un nouveau plongeon dans l'inconnu. Je ne connais aucun de ses disques. Il n'a apparemment que d'obscures importations de groupes anglais dont je n'ai jamais entendu parler, et des enregistrements de musique classique auxquels je ne connais rien.

Je finis par repérer un CD de Billie Holiday. Tiens, pourquoi pas ? C'est assez romantique, dans le genre. Peu importe que ce soit du blues… En entendant les premières mesures de *Lady Sings the Blues* distillées par les amplis, mon choix me paraît tout à fait… judicieux. Je prends place sur le canapé.

Oui, je suis prête. Prête à faire tout ce que Max voudra, tout ce qu'il a en tête. Et je suis certaine de savoir ce que c'est…

De vous à moi : cher lecteur, je couche avec lui.

Lorsque Max revient avec deux verres à la main, je joue les filles relax et sans états d'âme qui se sentent parfaitement à leur aise dans l'appartement de mecs prêts à tout. J'ai même fait valser mes chaussures et je me suis calée tout au fond du canapé. Cela dit, quand il arrive devant moi, je me sens quand même toute chose… Une fois de plus, son regard me jauge.

— Billie Holiday. Un bon choix.

Il me tend un verre et s'assied tout près de moi.

J'ai à peine le temps de siroter une gorgée de vin… Max m'enlève le verre des mains. Il me prend dans ses bras et m'embrasse avec volupté, avec tendresse… Je ne sais plus où j'en suis.

Je fais la seule chose que je sois capable de faire. Je passe à la vitesse supérieure. C'est plus fort que moi. Je suis submergée par un flot de tendresse… Je ne peux lutter qu'en posant ma bouche sur la sienne, en mordant sauvagement ses lèvres. Ses yeux reflètent la surprise, mais il répond à mon attente et, en quelques secondes, mon soutien-gorge rejoint mes chaussures par terre, puis c'est le tour de mon T-shirt…

— J'ai besoin de sentir ta peau sur la mienne, dit-il en arrachant son T-shirt et en se pressant contre moi.

J'ai l'impression de ne plus rien voir, j'ai juste eu le temps de noter, en le voyant torse nu, qu'il est très mince, mais athlétique et musclé. Solide. Tout ce dont j'ai besoin.

De toute évidence, Max en veut davantage… Il me murmure à l'oreille :

— Allons dans ma chambre.

En guise de réponse, je glisse ma langue entre ses lèvres et je l'embrasse passionnément. Il gémit et se lève, m'entraînant dans son sillage pour rejoindre la chambre, et ce lit moelleux qui n'attend plus que nous…

Quand ai-je pour la dernière fois senti l'odeur d'un homme sur la fraîcheur des draps ? Je suis bien incapable de m'en souvenir. Tout ce que je sais, c'est qu'il fait bon être allongée, là, sur le lit de Max. Il m'embrasse et s'éloigne de moi un instant, le temps de retirer son jean. J'ai un moment de panique en découvrant ses hanches étroites, et ce — mon Dieu — ce *Fruit of the Loom* ! Tout à coup, j'ai l'impression que Max m'est étranger. Ce corps lisse, et maigre, je ne le connais pas. C'est comme si mon cerveau ne s'y retrouvait plus et attendait quelqu'un d'autre, quelqu'un de familier comme… Tony.

Je ferme les yeux pour chasser cette pensée. Et je ne pense plus qu'à une chose… sentir le corps de Max sur moi, sa langue investir ma bouche, ses mains parcourir mon corps. Je me sens bien. C'est vrai, je suis très attirée par Max van Gelder, malgré ce corps étroit et ces mains un peu maladroites. Je l'aide à faire glisser mon jean et mon slip le long de mes jambes. Et je décide de laisser les choses suivre leur cours…

Et la fièvre de Max commence à me gagner, même si quelque chose en moi a complètement changé. Je le regarde stoïquement fouiller dans le tiroir de sa table de chevet à la recherche d'un préservatif. Comme toutes les femmes, je ne peux m'empêcher d'avoir en tête des visions fugaces et assez ridicules de sexes masculins couverts de latex… Non que la virilité de Max soit en cause, loin de là… Je dirais même qu'elle est nettement au-dessus de la moyenne (je parle des gens que j'ai connus). Même Tony est battu — tiens, prends ça en passant, espèce de toquard !

J'attends patiemment pendant qu'il se positionne et commence à bouger, s'efforçant de trouver le chemin dont la nature a doté toutes les femmes… Vous avez remarqué comme la plupart des hommes ont du mal à prendre leurs repères la première fois ?

Et tout à coup, je le sens en moi, le regard rivé quelque part sur l'oreiller sous ma tête, les traits plus détendus. Il commence à bouger, doucement d'abord, comme s'il ressentait plus de douleur que de plaisir. Je me sens un peu bizarre en regardant cet homme que je connais à peine aller et venir en moi et en voyant le plaisir l'investir peu à peu, ce plaisir que je ne partage pas encore avec lui. A-t-il lu mes pensées sur mon visage ? Il ferme les yeux.

Je l'observe un instant. Son visage m'apparaît tout à coup si vulnérable que j'ai envie de pleurer. Mais je ne pleure pas. Pourquoi pleurer en faisant l'amour ? Je me décide enfin à faire ce que font toutes les célibataires dans ma situation, aux prises avec un homme séduisant et conquérant, même s'il ne correspond pas exactement à leur attente. Je ferme les yeux. Et je me laisse aller…

Le mouvement de va-et-vient de Max commence à faire son effet… Sentir sa chaleur contre mon ventre commence à m'exciter. Je l'avoue, j'ai imaginé un instant que c'était Tony qui était là sur moi, soufflant et ahanant comme si tous ses efforts allaient sauver le monde. Mais le visage de Tony s'est vite effacé, faisant place à la colère. Je me concentre de toutes mes forces… Je m'entends crier : « Plus vite ! », comme les actrices de films porno. Tony a ramené une cassette un jour, dans l'espoir de pimenter un peu nos soirées.

Dans un dernier râle, Max s'effondre sur moi. C'est fini pour lui, mais pas pour moi ! Ah, mais non, n'allez pas croire que j'ai eu cette chance. Ce qui me fait comprendre que c'est *fini*, c'est que ce corps d'homme que je connais à peine et trempé de sueur s'est affalé, inerte, sur *mon* corps qui lui espère encore ce plaisir qu'il n'a pas eu, et qui ignore qu'il n'y a plus rien à espérer.

Max lève la tête, un sourire béat sur le visage, et me contemple. « Wow ! C'était super. »

Je lui rends son sourire. J'ai pris le parti de garder ma déception pour moi et d'affronter bravement la situation. En regardant ce visage détendu, rassasié, je retrouve le Max d'avant. Celui que je trouvais si séduisant dans son personnage d'intellectuel new-yorkais. Je recommence à l'aimer. Sans aucune garantie, si j'en crois la façon dont s'est passée notre rencontre sexuelle.

Arrive alors la question fatidique.

— As-tu, euh… ?

— Bien sûr, dis-je aussitôt, chassant de ma tête toute velléité de rébellion.

Je ne sais pas pourquoi j'ai menti. Peut-être avais-je envie d'y croire. Envie de croire que j'avais trouvé une sorte de satisfaction avec un homme qui me convient si bien… même s'il me paraît aussi difficile d'accès, pour ne pas dire impossible à aimer.

Son soulagement est évident. Il sourit.

— J'étais un peu embêté parce que, tu as vu, ça n'a pas, euh, duré très longtemps…

Puis il éclate de rire.

— Un manque d'habitude, peut-être…

Je suis suprêmement heureuse d'apprendre que Max van Gelder n'est pas l'étalon de l'Upper East Side qu'on pourrait croire !

Il m'embrasse les lèvres et me passe le dos de la main sur le visage. Son regard descend sur nos corps toujours enlacés.

— Ne t'en fais pas. Ça ira mieux quand j'aurai appris à apprivoiser ton corps.

Sa main quitte ma joue et glisse vers ma poitrine, s'attarde sur ma taille.

— Chaque femme est différente. Et je ne sais pas… où tu es le plus sensible.

Avant que nos regards ne se croisent de nouveau, j'ai compris qu'il a déjà trouvé ma principale zone érogène : mon cœur. Il est en train de me faire des promesses, des projets d'avenir auxquels je veux désespérément croire. Je m'efforce d'imaginer que ce visage va faire partie de ma vie. Je nous vois traversant Central Park la main dans la main, et en grande conversation autour d'un café au

Peacock. Je l'imagine dansant au mariage de ma mère, sous le regard fier et joyeux de Mamie Z.

Tout paraît possible soudain. Max est peut-être Celui que je cherche. Je peux peut-être aimer de nouveau.

Je décide cependant de ne pas passer la nuit avec Max. Ça ne me paraît pas une bonne idée. Et puis, j'espère qu'en partant plus tôt et en le laissant mariner un peu, je pourrai préserver un peu la magie qui s'est peut-être évanouie parce que je me suis abandonnée au deuxième rendez-vous…

J'annonce à Max que je vais partir, et il ne discute pas ma décision. Je ressens comme un pincement au cœur, un pressentiment que je m'efforce de chasser en m'extirpant du lit et en me mettant à la recherche de mes vêtements éparpillés un peu partout. Je ne peux m'empêcher de contempler cette cuisine douillette, cette cheminée si romantique comme pour les emmagasiner tout au fond de ma mémoire. « Assez ! Ça suffit. Tu les reverras », me crie une petite voix intérieure. Pourtant, j'en suis de moins en moins certaine… J'enfile mes vêtements et je réintègre la chambre. Max est déjà plongé dans un livre que j'ai aperçu quelques instants plus tôt sur sa table de chevet.

Décidé à bien faire les choses jusqu'au bout, il passe ses vêtements et descend l'escalier avec moi. Puis il reste avec moi dans la fraîcheur du petit matin pour m'aider à trouver un taxi. Nous parlons peu, sans doute parce que aucun des deux n'a envie de gâcher l'intimité qui vient de surgir entre nous. Est-ce parce que nous n'avons plus rien d'autre à nous dire pour cette nuit ? Ni même pour toutes les nuits à venir ? Je préfère ne pas y penser.

Un taxi s'arrête.

— Je t'appellerai, me dit-il.

J'ignore pourquoi, mais ces mots me glacent le sang. Peut-être parce qu'ils ne me semblaient pas nécessaires. Parce que ça allait de soi… Et que, maintenant, je n'en suis plus du tout certaine.

Après un baiser rapide qui ressemble davantage à un maladroit frottement de museaux, je me glisse dans le taxi. Sur le chemin du retour, je me sens soudain très seule, plus seule que je ne l'ai jamais été.

De vous à moi : le pire n'est pas forcément derrière moi.

— Tu as *couché* avec lui ! s'exclame Jade, incrédule.

Nous sommes attablées au *French Roast* pour prendre le petit déjeuner. Comme il fait un temps magnifique, nous avons choisi une table à l'extérieur. Je lui ai tout raconté quelques instants après avoir passé la commande, en espérant que Jade voie quelque chose de positif dans tout ça. Mais devant sa réaction, je comprends que j'ai fait erreur. Et maintenant, sous ce chaud soleil qui inonde notre table, je ne parviens pas à dissimuler mon désespoir.

— Quoi ? Ça ne t'est jamais arrivé à *toi* de coucher avec un mec dès le deuxième rendez-vous ?

— Pas si le type m'intéressait vraiment, rétorque Jade en posant sa tasse pour prendre une cigarette dans le paquet posé devant nous.

— Et qui t'a dit que Max m'intéresse ?

Sur le point d'allumer sa cigarette, elle stoppe net en haussant les sourcils. Je capitule.

— D'accord, j'ai tout faux, ça te va ? Et il ne me rappellera pas, c'est ça ?

Je ne me sens pas bien, tout à coup.

— Je ne sais pas, Emma. Peut-être que si. Mais ce ne sera pas grâce à ta brillante conversation. Une fois qu'on a fait l'amour avec un homme, difficile de revenir en arrière. De rejouer à apprendre à se connaître.

— Je ne crois pas que Max soit comme ça. Et n'oublie pas, il m'a laissé entendre que ce sera encore mieux une fois qu'il aura appris à bien connaître mon corps. Ça suppose qu'il compte me revoir encore un peu, non ? Ne serait-ce que pour faire l'amour et rien d'autre.

Jade tire sur sa cigarette.

— Il t'a dit ça avant l'orgasme ou après ?

— Après.

— Bon, alors il se peut qu'il soit sincère. Ou qu'il se soit cru obligé de faire ce genre de promesse. Et toi, tu as eu un orgasme ?

— Euh… non.

Jade détourne le regard, comme prise d'un intérêt soudain pour les gens qui passent sur le trottoir.

— Et alors ?

Je cherche désespérément à être rassurée. A m'entendre dire que Max van Gelder ne va pas me plaquer. Mais Jade n'a pas du tout l'intention de me bercer de faux espoirs.

— Tu sais, il a pu dire ça simplement… pour te consoler.

— Oh, s'il te plaît, Jade. Arrête. Il ne s'était rendu compte de rien… Et je… je lui ai dit que j'avais eu un orgasme.

Elle ouvre des yeux ronds.

— Tu sais, Emma, tu as encore beaucoup à apprendre.

Les petits déjeuners arrivent. Pendant que Jade écrase sa cigarette et s'attaque à son pain perdu, je me rends compte que tout ça m'a coupé l'appétit. Pourtant, ces œufs Benedict ont l'air délicieux.

Max ne m'appellera pas. J'en suis intimement convaincue. Pourtant, j'ai déjà eu cette certitude la première fois, et il m'a rappelée ! Si j'en crois la « loi de l'emmerdement maximum », il faut que je continue à penser qu'il n'appellera pas. Comme ça, il rappellera.

Mais une autre pensée me vient à l'esprit. Ai-je envie qu'il me rappelle ?

Je chasse rapidement cette idée, comme tout ce qu'il m'arrive de penser de désagréable sur Max van Gelder au cours de notre brève liaison. Ce qui compte pour moi, ce n'est pas de savoir si c'est un mec bien ou pas. C'est qu'il m'appelle. J'en ai besoin, même si je décide de ne plus jamais le revoir. C'est mon ego qui l'exige.

En rentrant chez moi, je constate que mon répondeur affiche « 0 » message. J'ai l'impression que les murs de mon appartement vont se refermer sur moi. Il aurait quand même pu me donner un petit coup de fil de courtoisie après le trajet de la nuit dernière, non ? Et me dire qu'il a passé un moment merveilleux et qu'il est impatient de me revoir ? Bon sang, nous avons fait l'amour, et je n'ai même pas eu d'orgasme. C'est vrai, quoi, ça mériterait une gerbe de roses !

J'envisage d'appeler Alyssa, mais elle doit être occupée à roucouler avec Richard. Je suis très contente pour elle, ce n'est pas le problème, mais, franchement, je suis totalement incapable de partager le bonheur de quelqu'un en ce moment…

Alors je décide d'appeler mon père. De toute façon, il faut bien que j'affronte la réalité à un moment ou à un autre, et il y a déjà trois jours que j'ai trouvé sur ma boîte vocale le message de Deirdre m'apprenant que mon père a replongé.

Elle répond à la seconde sonnerie.

— Allô ?

— Bonjour, Dee. C'est Emma.

— Bonjour.

Aucune émotion dans sa voix. Pas de colère ni de déception. Pour l'instant, je suis encore en terrain sûr.

— Comment ça va ?

— Bien. Ton père est en clinique.

Je soupire, mais je prends bien soin de ne pas donner prise à l'émotion. J'ai appris depuis longtemps qu'il ne sert à rien de manifester ses sentiments face aux transgressions de mon père.

— Je l'ai conduit au Rolling Pines ce matin pour commencer la cure de désintoxication, poursuit-elle du même ton neutre. Dieu merci, ils avaient un lit de libre.

Mon cœur chavire. Ce n'est pas la première fois que

mon père est entré volontairement dans un centre de ce genre. Je dirais même qu'il en visite un au moins une fois par an. En fait, nous en sommes au quatrième séjour au centre de Rolling Pines. Je me sens vidée.

Comme il n'est pas question d'aller le voir en milieu de semaine, je demande :

— Quels sont les horaires de visite le samedi ?

— De 10 heures à 16 heures. Sauf aujourd'hui car les visites sont interdites pendant les deux premiers jours.

Je sais. Les cures de désintox du Rolling Pines, ça me connaît. Il faut compter trois jours avant que la famille ou les amis soient admis.

— Tu veux que je te prenne à la gare samedi prochain vers midi ?

Après nous être mises d'accord sur l'heure, je l'écoute vider son sac sur mon père. Elle a tout fait pour l'empêcher de renouer avec l'alcool, mais ça n'a pas marché. Leur vie est devenue un cauchemar, elle a envie de tout laisser tomber. Je ne peux pas la blâmer d'être en colère, je ne pourrais même pas la blâmer si elle m'annonçait qu'elle quitte mon père. Je n'avais pas blâmé ma mère non plus. Qui peut vivre avec un homme qui attache si peu d'importance à sa propre existence ?

Je promets à Deirdre de venir ce week-end et de confirmer les horaires des trains. Puis je raccroche avec cette sensation de vide qui m'envahit chaque fois que mon père fait une rechute. Alors je fais ce que j'ai toujours fait : je la refoule au plus profond de moi, j'essaie de toutes mes forces d'oublier, jusqu'à ce que je ne ressente plus rien. Absolument rien.

Quelques instants plus tard, le téléphone sonne de nouveau. C'est ma mère. Sa voix est triste.

— J'ai appris pour ton père. Shaun m'a appelée.

Je soupire. Je n'ai pas très envie d'entrer dans les détails, mais je sais que c'est inévitable.

— Tu vas bien, ma chérie ? s'inquiète ma mère.

— Oui, ça va. Pourquoi veux-tu que ça n'aille pas ? Tu sais, on ne peut pas dire que j'aie été très *surprise*...

Ma mère reste silencieuse. Je parie qu'elle est en train d'évaluer les conséquences psychologiques de la rechute de mon père.

— Tu sais, on va peut-être pouvoir l'aider, cette fois.

— Oh, il est déjà entré en cure de désintoxication. Deirdre l'a emmené ce matin.

— Pauvre femme. Je me demande comment elle prend ça. Dis-moi, je suppose que tu viens samedi pour le voir ?

Elle connaît le refrain, elle aussi.

— Oui. Deirdre vient me chercher à midi. Je lui demanderai de me déposer chez toi après.

Je sais très bien que si je vais à Long Island ce week-end, une petite visite à ma mère est inévitable.

— Très bien. Je vais préparer un bon petit dîner et nous pourrons bavarder un peu. Tu ne devrais pas garder tes émotions pour toi comme tu le fais. Il faut en parler.

— Ne t'inquiète pas, maman. J'ai l'intention de prendre quelques petits remontants. Avec une bonne crise de larmes, ça devrait aller.

— Emma !

— Je plaisante, maman. Ecoute, je dois m'en aller, maintenant. Alors, on se voit samedi après-midi vers 16 heures ?

— Oui, et on parlera de tout ça.

Je sais que je n'y couperai pas. Ma mère va s'appliquer à décortiquer mes émotions.

Je me demande comment elle va s'y retrouver entre Max et mon père, sans parler de Tony et des dégâts qu'il a laissés derrière lui !

De vous à moi : je suis condamnée à passer mes samedis soir toute seule. A perpétuité, probablement.

Après avoir mis la dernière touche à mes projets du samedi en huit — un programme plutôt déprimant —, je me demande ce que je vais faire *ce* samedi. Pour l'instant, cette soirée s'annonce vide et froide…

Alyssa et Richard la passent chez eux, en amoureux. Quant à Jade, elle a prévu de sortir avec Enrico. Il est donc clair que je suis condamnée à rester seule. Je n'attends plus que Max m'appelle. Et je ne me torture plus la cervelle en pensant à Tony. Non, je suis obsédée par mon père, par sa maladie. Je remets en question tous les espoirs que j'avais fondés pour mon avenir.

Je frissonne et me retiens de pleurer. Il ne me reste qu'une chose à faire pour tenir le coup : une bonne séance de ménage.

Je commence avec le salon. Je retire les livres des étagères pour les épousseter un à un. Puis je m'attaque au bureau : je le fais briller, je range les papiers. Etape suivante : un coup de serpillière sur le carrelage. Je récure la cuisine dans tous les recoins et je bichonne ma salle de bains. Quand j'ai fini, elle brille comme un sou neuf !

Après avoir pris une bonne douche, je m'écroule sur mon lit, épuisée. Je m'aperçois qu'il est 16 heures… Trop tôt pour me coucher ! J'ignore le téléphone qui reste là, silencieux et menaçant.

J'imagine Max van Gelder montant l'escalier pour rentrer chez lui. Sur le point de mettre la clé dans la serrure, il est assailli par une bande de voleurs qui le rouent de coups et l'abandonnent sur le palier, meurtri et couvert d'ecchymoses. Puis ils s'en prennent à son appartement qu'ils mettent entièrement à sac. Ils emportent tout… sauf le CD de Billie Holiday. Et quand Max reprend conscience, la seule chose qui lui parvient à l'oreille, c'est cet air mélancolique : *What a Little Moonlight Can Do.* Et la seule personne à laquelle il pense, c'est moi.

Je jette un nouveau coup d'œil vers le téléphone. Il reste désespérément muet.

Je pourrais aller à la gym. Mais pour cela, je dois cueillir Alyssa avant qu'elle ne s'apprête à passer sa soirée romantique avec Richard, car c'est grâce à elle et à ses cartes d'invitation que j'ai accès au club. Et comme je suis totalement incapable pour l'instant d'entendre ses mots d'encouragement et d'incitation à la sagesse, oublions la séance de gym ! Il faudrait peut-être que je me décide à prendre une carte de membre...

Je suis là, étendue sur mon lit, à envisager toutes les possibilités... que je n'ai pas, et je finis par me calmer, puis par sombrer dans le sommeil. Un bref sommeil, mais délicieux : je rêve que je suis dans le lit de Max. Au moment où je roule sur le côté pour le réveiller, je découvre Tony à sa place. Il ouvre les yeux, encore à moitié endormi :

— Hello ! J'espérais que tu viendrais me voir.

Puis il me prend dans ses bras et me fait l'amour. Nous faisons vraiment l'amour, avec orgasme simultané et tout et tout...

Quand je me réveille, il fait déjà nuit. Et je réalise que je suis seule.

Sur cette constatation douloureuse, je me glisse à bas du lit et je me dirige vers la salle de bains. Je m'asperge le visage d'eau, et je passe la brosse pour me démêler les cheveux. Ils sont tout entortillés et bouclés parce que je me suis endormie alors qu'ils étaient encore humides. J'enfile mes chaussures et, après réflexion, je me mets un peu de rouge à lèvres... puis je descends l'escalier pour aller m'acheter de quoi dîner.

La fraîcheur de la nuit m'aide à mettre de l'ordre dans mes idées. Je décide d'aller à la bodega voir Monsieur Sourire. Pour reprendre mes bonnes vieilles habitudes.

A peine ai-je franchi le seuil du magasin et répondu au « Bonjour ! » rituel, je réalise que je ne peux me résoudre à balayer en un instant tous les efforts que j'ai faits. Même si j'ai le moral à zéro.

Je passe en catimini devant les gâteaux Hostess, devant les bacs de crème glacée pleins de Ben & Jerry's, et j'attrape un berlingot de lait écrémé, une boîte de thon et une barre de céréales, juste pour sauver la face.

— C'est tout ? me dit Monsieur Sourire en voyant les articles que j'aligne à contrecœur devant la caisse.

— Oui !

J'ai l'impression d'avoir aboyé ce *oui*... Mais Monsieur Sourire n'a pas l'air d'avoir remarqué quoi que ce soit. Il tape sur une touche de sa caisse d'un air guilleret et tend la main pour prendre mon argent.

— Et bonne nuit ! insiste-t-il, le ton joyeux.

Je prends mon sac et je sors, complètement déprimée.

Je ne peux pas rentrer chez moi comme ça, me dis-je en me retrouvant une nouvelle fois devant mon immeuble. J'ai besoin de *quelque chose* pour me remonter le moral.

Je me dirige comme un robot téléguidé vers le magasin Heavenly Dee-lites. Décidément, ce n'est pas mon jour ! me dis-je en apercevant la pancarte « Fermé » qui pend à la porte. Mais je reprends du poil de la bête en *le* voyant à l'intérieur de la boutique tourner la clé dans la serrure. J'amorce un mouvement de recul. Trop tard, il m'a vue ! C'est bien Lui, l'homme qui m'a fait fantasmer quelques secondes l'autre jour en m'apportant mon pot de crème glacée. Mister Skinny Scoop... Sauf qu'il est encore plus irrésistible que la première fois, avec son T-shirt impeccable et son jean délavé.

Il m'ouvre la porte.

— Salut ! j'étais en train de fermer, mais si vous avez besoin de quelque chose ...

Soudain je me demande de quoi je dois avoir l'air, avec mes cheveux en pétard et pas maquillée. Heureusement que j'ai mis un peu de rouge à lèvres...

— Euh, non. Je…

Le voilà qui me reconnaît tout à coup, et son visage s'éclaire d'un large sourire.

— Dites, c'est bien vous qui aimez la Double Mocha Chip, ou je me trompe ?

Je suis morte de honte. Il se souvient de moi… et de mon parfum favori. J'en déduis qu'il ne doit pas avoir oublié que j'ai pris trois litres de glace ce jour-là…

— C'est bien moi. Vous avez bonne mémoire.

De toute façon, c'est fichu. Ma dignité en a pris un bon coup.

— Quelque chose me dit que vous avez besoin de renouveler votre stock, me dit-il en ouvrant la porte. Entrez, j'en ai pour un instant.

Je franchis le seuil de la boutique, tous mes sens en alerte. En m'invitant à entrer à l'heure de la fermeture, Mister Skinny Scoop risque de réveiller mes fantasmes. Je sens le rouge me monter aux joues en m'imaginant brusquement en pleine action adossée au congélateur…

— Donnez-m'en seulement un demi-litre, lui dis-je d'une voix faible.

Il est derrière le comptoir, à bonne distance de moi.

— Tout de suite.

Il tend le bras vers le congélateur.

Hmm… « Il a de beaux bras », me dis-je *in petto* en le regardant fouiller dans les boîtes à la recherche du Double Mocha. Je pense à Jade. Elle serait contente, elle qui adore les hommes qui ont de beaux bras ! D'ailleurs, c'est beaucoup plus son type que le mien… C'est vrai, ça, à quoi est-ce que je joue ? Il est clair que je n'ai sûrement rien de commun avec cet homme. Après tout, c'est un… un… magasinier ou quelque chose de ce genre. Jade n'a sûrement rien de commun avec lui non plus, mais *elle*, elle s'en fiche totalement !

La merveilleuse main toujours aussi bronzée qui complète

ce bras musclé à souhait finit par trouver le Double Mocha Chip, l'extrait de la boîte et le laisse tomber dans un sac en plastique qu'il me tend.

— Et voilà ! Ça vous fait deux dollars soixante-quinze.

Je fouille dans mes poches et je lui tends un billet de cinq dollars. Au passage, mes doigts frôlent les siens, et c'est là que le phénomène se produit. Ce petit courant électrique dont j'ai souvent entendu parler, mais que je n'avais jamais ressenti moi-même.

Qui a dit que j'avais besoin d'avoir des points communs avec Mister Skinny Scoop ? J'ai peut-être tout simplement besoin de…

Je chasse cette pensée tandis qu'il me rend la monnaie. Je note son air blasé. Un mec comme ça n'a aucune raison de s'intéresser à moi. C'est du sexe à l'état brut ! Alors que moi…

Je ne sais plus qui je suis.

— Merci, dis-je en empochant la monnaie et en le gratifiant d'un pâle sourire.

— A votre service.

Il me décoche son sourire ensorcelant.

C'est fou ce que j'ai envie de faire l'amour avec lui ! Mais je me ressaisis et, faisant demi-tour, je me dirige vers la porte.

Qu'est-ce qui me prend ? Serais-je devenue une maniaque du sexe ? Soudain, le mode de fonctionnement de Jade devient lumineux pour moi. Voilà ce qui arrive quand on est brutalement plaquée par l'homme de sa vie. Quand on est convaincue que l'âme sœur n'existe pas, que l'amour vrai n'existe pas. On se met à déambuler dans les rues pour se réfugier dans la boisson et la débauche…

En franchissant la porte, je l'entends me crier :

— A bientôt !

Pourquoi pas ? Oui, il est *possible* qu'il me revoie bientôt. Et pas seulement pour acheter de la glace.

Je me retrouve chez moi, blottie sous mes couvertures, le Skinny Scoop dans une main, l'autre tenant ma cuiller suspendue en l'air… Je songe à ces paumés du samedi soir. Rien que l'idée de passer ma vie à faire des rencontres sans lendemain, à butiner à droite à gauche m'est insupportable… Je prends une cuillerée de glace et je la porte à ma bouche. C'est comme un baume contre les blessures de l'âme.

La tête un peu ailleurs, je regarde l'écran de ma télé. Je m'arrête sur une chaîne qui passe un sitcom sans prétention. C'est vrai ça, tous les bons programmes sont réservés aux jours où les gens sont généralement chez eux, c'est-à-dire tous sauf le samedi.

Au bout d'un moment, je me fais l'effet d'avoir un Q.I. aussi élevé que celui d'une courge ! Mais voilà qu'une publicité me sort de ma torpeur. Horrifiée, je vois une splendide blonde entrer dans un ascenseur avec un homme incroyablement séduisant. Leurs bouches se rapprochent de plus en plus… tandis qu'un tube de dentifrice à l'emballage aussi avenant que les protagonistes du spot me saute aux yeux sur l'écran.

La pin-up du dentifrice Close-Up !

Mon Dieu ! C'est encore pire que ce que je croyais. Je prends en pleine figure le sourire conquérant de Carrie, sa poitrine généreuse, sa taille de guêpe.

Tony a trouvé une nouvelle compagne. Une femme parfaite.

Chapitre 11

« Les hommes, on ne peut pas à la fois vivre avec eux et passer son temps à les faire entrer en clinique. »

DEIRDRE CARTER,
toujours mariée au père d'Emma. (Qui l'eût cru ?)

De vous à moi : je commence à douter de mon équilibre mental.

C'est dimanche matin que le téléphone se met à sonner. Je suis profondément endormie. Un sommeil — Dieu merci — sans rêve…

C'est Jade.

— Tu dormais ?

— Non, je suis levée.

Je suis heureuse d'entendre une voix familière après cette affreuse soirée durant laquelle je n'ai cessé de ruminer de sombres pensées.

— On se retrouve chez Joe Jr. ? Dans une demi-heure ? demande-t-elle.

C'est mon restau favori, et comme il est juste en bas de ma rue, ça m'arrange.

— D'accord.

Je raccroche et je regarde l'heure : 10 heures. Il doit y avoir un problème. Jade ne se lève jamais si tôt un dimanche matin !

Comme d'habitude, j'arrive chez Joe quelques minutes avant Jade. Je reçois un accueil royal de tout le personnel. Joe Jr. est une entreprise familiale, et tous les habitués sont considérés comme des membres de la famille. En ce moment, je serais prête à échanger ma vraie famille contre celle-ci !...

Jade arrive juste après moi. Nous nous asseyons dans un coin tranquille et commandons un café.

— Alors, Jade, que se passe-t-il ?

— C'est fini, me dit-elle en remerciant d'un sourire le serveur qui vient de remplir nos tasses.

— Fini ?

— Oui. Enrico et moi.

Mon cœur fait un bond.

— Que s'est-il passé ?

— Cette espèce de salaud débarque chez moi hier soir avec son énorme sac à dos, dit-elle en laissant tomber le sucre dans son café. Au début, je n'ai pas trouvé ça bizarre... Comme je lui avais dit qu'il pouvait rester chez moi, j'ai cru qu'il avait du linge de rechange dans son sac. Bon, je me mets du rouge à lèvres et je m'apprête à sortir... et alors là, il extirpe de son sac un peignoir de bain !

— Excuse-moi, mais je ne comprends pas.

— Lui non plus, apparemment. Il pensait laisser son peignoir chez moi pour l'avoir sous la main chaque fois qu'il passerait la nuit ici. Et le voilà qui l'accroche derrière la porte de ma salle de bains !

— Aïe. On dirait qu'Enrico a l'intention de marquer son territoire...

— Pendant qu'il y était, il aurait pu aussi faire pipi partout...

— Et qu'est-ce que tu as fait ?

— Que voulais-tu que je fasse ? Je lui ai demandé de remballer vite fait tout son attirail.

— Le pauvre !

— Comment ça, le pauvre ! Pauvre *Jade,* tu veux dire… C'est vrai, tout allait super bien, sexuellement on s'entendait très bien, on passait de bons moments ensemble. Et le voilà qui se met à jouer au petit ami officiel… qui essaie de s'incruster chez moi.

— Alors tu as rompu avec lui ?

— Je n'avais pas d'autre solution.

— Je ne sais pas, Jade. Tu aurais peut-être pu lui dire *gentiment* de remporter le peignoir chez lui et de ne rien changer à vos habitudes.

— J'ai essayé, tu sais. Mais il était tellement furieux qu'il a commencé à m'accuser de coucher avec d'autres mecs.

— C'est pas vrai !

— Si. Et toute la soirée a été gâchée. Même son peignoir n'y a pas survécu… Je l'ai arraché du crochet où il était suspendu et j'ai essayé de le lui rendre… Bref, ça a tourné au pugilat et… la manche n'a pas tenu le coup !

Elle prend un air vaguement coupable.

— Je me sens un peu mal sur ce coup-là. Je demanderai peut-être à la personne que je connais chez Ralph Lauren de le lui remplacer…

Maintenant, je suis sûre que son idylle avec Enrico est bel et bien terminée. Lorsque Jade couvre de cadeaux son mec du moment, c'est généralement qu'elle ne va pas tarder à le larguer. Comme si elle culpabilisait de mettre fin à une liaison. Même Michael, qui s'est conduit comme le dernier des salauds, a eu droit à six CD. Quant à Carl, qui n'a duré qu'un mois à peine, il a reçu une ceinture lestée pour entretenir sa forme.

— Et alors, que fais-tu maintenant ?

— Rien. Je te l'ai dit, c'est fini.

Alex, notre serveur habituel, interrompt notre conversation.

— Salut, les filles ! Qu'avez-vous choisi aujourd'hui ?

Jade commande sans hésiter une omelette garnie suffisamment riche en matière grasse et en hydrates de carbone pour que son sang s'arrête de couler dans ses veines, là, sur-le-champ !

Le serveur se tourne vers moi.

— La même chose.

Dès qu'il est parti, je demande à Jade :

— Tu crois que nous avons une tare, toutes les deux ?

Elle me regarde sans comprendre.

— Comment ça ?

— Eh bien, ni toi ni moi ne sommes capables d'avoir une liaison durable.

— Je te rappelle que je ne cherche pas ce genre de liaison, Emma. Et la fin de ta liaison n'a rien à voir avec *toi*.

Je me demande si elle pense réellement ce qu'elle vient de dire. Dit-elle la vérité lorsqu'elle prétend qu'elle ne veut pas de liaison durable ? Après l'épisode Ted, j'étais persuadée que son problème, c'était de trouver « le bon mec ». Mais chaque fois que j'aborde le sujet avec Jade, je me fais arracher les yeux ! Je préfère donc changer de sujet.

— Max n'a pas rappelé.

— L'écrivain ?

— Oui.

J'essaie de lire sur son visage qu'elle est d'accord avec moi. Oui, il y a quelque chose qui cloche chez moi.

— Ton problème à toi, ce sont les New-Yorkais. Ceux qui valent le coup ne sont pas libres. Et les autres sont trop demandeurs… Ce qu'ils recherchent, en fait, c'est un substitut de leur mère.

— C'est peut-être *moi* qui suis en manque. Il se peut que Max s'en soit aperçu. Il y a une chose que je ne t'ai pas dite : la première fois que nous sommes sortis ensemble, j'ai bu quatre verres. En quatre heures !

— Et alors ? lance-t-elle comme si ça n'avait aucune importance.

— Ce n'est pas normal. Il y a même fait allusion.

— C'est vrai ?

— Oui. Et ensuite, à notre second rendez-vous, il a eu l'air assez déçu que je me montre plus sage et que je boive du merlot. Remarque, ça ne m'a pas empêchée de me comporter comme une fille ivre et de coucher avec lui.

— Tu avais simplement envie de coucher, c'est tout.

— Peut-être. Ou peut-être que je ne suis bonne à rien…

Tout à coup, c'est plus fort que moi, j'explose…

— Mon père est en cure de désintoxication.

— C'est pas vrai ! Ne me dis pas qu'il a rechuté…

Elle a l'air d'avoir sincèrement de la peine pour moi.

— Je commence à me demander s'il n'y aurait pas une tare dans la famille, moi comprise. Tu sais, j'ai énormément bu à ce rendez-vous, et Max…

— Emma, je t'en prie. Ne parle pas comme ça. Je ne te suivrai pas sur ce chemin-là. Telle que je te connais, tu devais être un vrai paquet de nerfs quand tu es sortie avec Max. C'est vrai, personnellement, je le trouve très intimidant, avec sa façon de toiser tout le monde. Des tas de gens boivent trop quand ils sont très nerveux. Et puis, tu n'as pas tellement bu à votre second rendez-vous. Non, ce que je crois, c'est que tu avais envie de t'envoyer en l'air avec Max, et tu t'es jetée sur l'alcool pour te désinhiber.

— Possible. Tu sais, si je m'inquiète autant, c'est parce que mon père a… un problème avec l'alcool. Et je sais que c'est héréditaire, ce genre de choses…

Jade soupire et se laisse aller contre le dossier de sa chaise.

— Tu tiens absolument à te trouver une bonne raison pour expliquer qu'aucun homme au monde ne voudra jamais de toi. Mais moi je te le dis, Emma : il n'y a rien qui cloche chez toi. Tu es intelligente, belle, et si Tony est parti, c'est uniquement parce qu'on lui a proposé un travail. En ce qui concerne Max, il n'y a pas d'explication. Il n'y en a jamais. Regarde Ted. Nous avons passé des moments super ensemble, et il a disparu de la surface du globe…

On nous apporte nos plats. Nous commençons à piocher dans notre omelette au fromage et au jambon bourrée de corps gras. Je me demande si Jade croit à ce qu'elle dit, que tout ça est la faute des hommes et pas la nôtre. Quand je pense qu'elle vient de virer un mec de sa vie pour un malheureux peignoir de bain ! Ne sommes-nous que les victimes innocentes du comportement des hommes à New York ? Le problème ne vient-il pas *aussi* de nous ?

De vous à moi : c'est maintenant de notoriété publique, je ne suis qu'une pauvre minable.

Le dimanche soir, je n'ai toujours pas de nouvelles de Max. Cela fait une semaine très exactement qu'il ne m'a pas appelée. Le téléphone reste silencieux. J'ai juste reçu un appel d'un pauvre imbécile qui a eu le malheur de composer mon numéro par erreur. Inutile de dire que je l'ai envoyé balader en beauté, tellement j'étais déçue que ce ne soit pas celui que j'espérais. Max, ou même Tony. Pourtant je suis convaincue que Tony ne me rappellera jamais… Et cette pensée me fait encore plus de mal que l'indifférence de Max.

Nous sommes maintenant lundi, et je n'ai pas du tout le moral. J'arpente tristement le quai du métro. Je hais tous ces gens qui surgissent de partout et grouillent autour de moi… Je comprends mieux la fameuse phrase de Sartre : « L'Enfer, c'est les autres. »

Je monte dans le wagon et je me retrouve en train de regarder sans vraiment la voir une pub sur les hémorroïdes, entourée d'une foule de gens qui puent la sueur. Pour la énième fois, j'analyse mon rendez-vous avec Max.

En ce lundi matin lugubre, tous ces minuscules détails qui m'ont mise dans cet état prennent toute leur signification. La façon dont Max a manœuvré pour m'attirer sur son territoire, probablement dans le seul but de m'emmener dans son appartement au bon moment. Et ce film idiot de Bart Freely qui lui a inspiré quelques envolées lyriques sur les vertus de la solitude. La façon dont il m'a forcée à boire, sans doute dans l'espoir que je sois suffisamment ivre pour me laisser séduire.

Je n'ai pas besoin de tout ce cirque. Je n'étais pas soûle, je me sentais simplement seule… Car Tony me manque terriblement, même si je répugne à l'admettre.

J'arrive au bureau bien trop déprimée pour prêter attention aux papotages et aux petits cris d'excitation que j'entends un peu partout. Trop amorphe aussi pour voir Marcy Keller me faire de grands gestes afin d'attirer mon attention au moment où je pénètre dans mon bureau et où je clique sur mon ordinateur.

En me retournant, je la vois debout dans l'encadrement de la porte. Je passe rapidement devant elle en bredouillant une vague allusion à un café car je n'ai aucune envie d'écouter ses sempiternels commérages. Et franchement, je m'en fous. Pourtant, si j'en crois la rumeur, *Bridal Best* serait sur le point de fermer, et nos emplois seraient en danger. J'éprouve même une sorte de satisfaction malsaine en m'imaginant en train de faire le ménage dans mes tiroirs. Je me vois aussi un peu plus tard, après avoir croqué le peu d'économies que j'avais, vidée de mon appart minable. Cette pensée me donne sur le moment une sensation de liberté.

Jusqu'à ce que je réalise ce qui risque de se passer. Si je me retrouve au chômage et sans logement, je n'aurai qu'une solution : retourner chez ma mère. A trente et un ans !

Je reviens dans mon bureau, un café à la main. Je trouve un e-mail de Caroline qui me demande d'aller la voir « dès que possible ».

Comme je n'ai rien d'autre à faire que trier un monceau de papiers qui m'attend dans ma corbeille, je pose mon café sur le bureau et je descends aussitôt voir Caroline. Sa porte est ouverte. Je frappe doucement.

— Emma ! Merci d'être venue. Entrez et fermez la porte derrière vous.

Hmm, je n'aime pas ça. Il se passe quelque chose. Rien qu'à voir sa tête — une tête à vous présenter ses condoléances —, je ne présage rien de bon.

Je m'exécute et je m'assieds devant son bureau, attendant que le couperet tombe…

Caroline passe la main sur son ventre, un geste que j'interprète comme un signe d'anxiété.

— Je voulais tout d'abord que vous sachiez combien nous apprécions la qualité de votre travail, chez *Bridal Best.* Vous avez écrit quelques-uns des meilleurs articles que le magazine ait publiés ces dernières années.

C'est quand même un beau compliment ! Je ne peux m'empêcher de ressentir de la fierté. Puis le doute me gagne. Mon Dieu, est-ce qu'ils auraient décidé de me virer ?

— Je veux aussi insister sur la *difficulté* que nous avons eue à faire un choix pour le poste à pourvoir.

Je me sens envahie par un obscur pressentiment. Je crois que je sais ce qu'elle va m'annoncer.

— Malheureusement, nous ne pouvions retenir qu'une candidate. Et cette candidate, c'est Rebecca Sanders.

Caroline a l'air sincèrement peinée pour moi.

Je suis surprise de constater mon manque de réaction. Je ne ressens absolument rien en entendant ces mots auxquels je m'attendais et que je redoutais à la fois. A part une bouffée d'émotion qui m'envahit et ma tête qui bourdonne un peu, je me sens étrangement calme. Je remercie Caroline d'avoir bien voulu étudier ma candidature, et lui dis combien je suis convaincue (oui, je le suis) que Rebecca fera du bon travail.

Caroline m'explique alors que les candidates étaient bonnes toutes les deux, mais que Rebecca a été choisie parce qu'elle a déjà acquis une expérience du management dans son dernier poste.

— C'est ce qui a fait pencher la balance, Emma. Car le poste à pourvoir est avant tout un poste de *management*.

Elle me regarde longuement en mettant l'accent sur le dernier mot, et finit par sourire en voyant que je m'évertue à découvrir derrière ses paroles je ne sais quel message secret… qui manifestement ne passe pas !

Caroline continue de sourire, un sourire un peu triste… Je me lève et je marche vers la porte d'un pas un peu hésitant. Au moment où j'ai la main sur le bouton de la porte, elle m'appelle d'une voix douce qui aurait pu m'arracher des larmes si je n'avais réussi à refouler au plus profond de moi-même toute manifestation d'émotion.

— Emma, je sais que vous avez dû ressentir cette nouvelle comme un terrible choc. Mais il faut aller de l'avant, voir les autres options qui pourraient vous convenir. Vous avez un talent certain pour l'écriture. Ce n'est pas donné à tout le monde. Pas même aux éditrices senior spécialisées.

Je la regarde sans comprendre. Essaie-t-elle de me pousser à chercher un autre job ? Si ça se trouve, elle ne veut même plus que je fasse partie de son équipe, *a fortiori* que j'essaie de devenir son égale. Mon Dieu…

Mais elle me sourit de nouveau, comme pour m'encourager.

— Emma, vous pouvez venir me parler n'importe quand. De n'importe quoi. De l'écriture, de vos projets. Je serai toujours là pour vous aider.

Je murmure un vague « Merci », puis j'ouvre la porte et sors comme un automate de son bureau.

Une fois dans le couloir, je sens sur mon visage une vague d'air frais. J'ai l'impression d'être à nu devant tout le personnel de *Bridal Best*. Lucretia m'épie par-dessus la cloison de son bureau paysager, Nancy met un temps fou à faire ses photocopies pour m'observer. Quant à Marcy Keller, elle traîne près de la fontaine à eau, s'attendant à me voir craquer d'un moment à l'autre et tout lui raconter. Je décide alors de ne pas montrer à Marcy — et à personne d'autre d'ailleurs — combien je suis affectée par ce qui vient de se passer. Mais le plus étrange, c'est qu'à peine ma décision prise, je me demande subitement si je suis *réellement* affectée par tout ça. Est-ce que j'ai vraiment envie d'avoir ce poste au sein d'un magazine qui ne reconnaît même pas la valeur de femmes telles que moi ? C'est-à-dire des femmes irrémédiablement célibataires, sans aucune perspective de dépôt de liste de mariage, sans espoir d'être couverte de vaisselle et d'ustensiles de cuisine... Qu'elles aillent toutes se faire voir. Je n'en ai rien à faire. De toute façon, je ne leur dirai rien.

Je croise Nancy sans m'arrêter, je salue sèchement Lucretia qui baisse la tête, et je m'efforce de sourire à Marcy en passant près d'elle sans lui dire un mot.

Moins d'une heure plus tard, à la conférence de rédaction, lorsque Patricia annonce fièrement la promotion de Rebecca, je réussis même à rester stoïque, comme si de rien n'était. Tandis que l'heureuse élue se lève, le visage rayonnant, je souris et j'applaudis avec la même fougue que mes collègues. Sans oser toutefois la regarder dans les yeux. Pour que personne ne sache ce que je ressens.

Parce que, intérieurement, j'en crève.

De vous à moi : impossible de soigner une banale peine de cœur sans ordonnance.

Ce soir, je suis assise sur un tabouret dans la cuisine d'Alyssa. Elle vient de mettre au four ses lasagne aux légumes, et s'assied devant moi. Tandis que je lui fais le récit détaillé de ce qui m'est arrivé au cours de la journée, son visage exprime tour à tour la colère et la sympathie. Puis je passe aux détails sordides de mon rendez-vous avec Max. Je lui raconte la façon dont il a fini par me jeter... sans doute pour que je me sente encore plus misérable. J'ai un verre de vin posé devant moi, mais je n'y ai pas touché. Ça me fait peur. Je crains que l'alcool ne provoque chez moi une poussée de colère ou, pire encore, une crise de larmes.

— Mais pourquoi faut-il que ça m'arrive toujours à moi ?

Mon chagrin s'est mué en une vraie détresse.

— Ça n'a rien à voir avec *toi*, insiste Alyssa en me prenant la main, comme si elle voulait me faire revenir à la raison.

— Tu parles ! Les hommes vont à l'autre bout du pays pour me fuir. Et même ceux qui habitent ici m'évitent comme si j'avais, je ne sais pas, moi, la peste ! Il faut voir les choses en face, Alyssa. Personne n'a envie de partager quoi que ce soit avec moi. Même *Bridal Best* — ce fichu magazine pour qui la vie commence et finit avec le jour du mariage — ne me juge pas digne de rejoindre sa glorieuse équipe de cadres !

— Emma !

— Tu n'y peux rien, Alyssa. C'est comme ça. Et je suis fatiguée d'être humiliée, rejetée. Fatiguée… de tout !

Après un moment de silence, Alyssa me presse la main très fort, pour me réconforter. Je finis par lui confier l'autre sujet qui me ronge.

— Mon père est de nouveau en cure de désintoxication.

— Mon Dieu ! Depuis quand ?

Les yeux d'Alyssa sont pleins de commisération.

— Depuis samedi. C'est Deirdre qui l'a conduit là-bas. Il a recommencé à boire la semaine dernière, je suppose. Je n'en suis pas très sûre parce que, le temps que je le rappelle, il avait déjà rechuté. De toute façon, je n'aurais rien pu faire…

— Tu as raison ! Rien, dit Alyssa avec fermeté.

— Je vais le voir ce week-end.

— Tu veux que je t'accompagne ?

Je souris enfin. Cette bonne vieille Alyssa, Au moins,

je peux compter sur elle quand ça ne va pas. Cette pensée me réconforte.

— Merci, ça va aller. Et puis ma mère est déjà sur le coup. Après la visite, j'irai la voir. Je suppose que j'aurai droit à une bonne dose de bla-bla psy et à un bon dîner pour me remonter le moral.

Alyssa m'observe un bref instant.

— Je sais que tu ne crois pas beaucoup à toutes ces grandes théories, les « aide-toi toi-même », et tout ça. Franchement, moi aussi, il y a des moments où ça m'agace. Mais pour une fois, je crois que tu devrais envisager de te faire conseiller. Pour t'aider à y voir plus clair.

— Alyssa…

— Ecoute, je l'ai bien fait, moi. Après la mort de ma mère.

Je suis terrassée par cette nouvelle. Alyssa est allée voir un psy ! Elle me semble bien trop… normale pour faire ce genre de démarche.

— Je sais ce que tu penses, Emma. Mais tout le monde peut avoir besoin d'aide à certains moments de sa vie. Il y a des choses qu'on a beaucoup de mal à évacuer tout seul. Et avec ce qui est arrivé à ton père… Tu as absolument besoin de te déculpabiliser, de briser la chaîne.

Je lui souris. J'aimerais bien avoir cette faculté de considérer tout ce qui m'arrive comme un simple problème à régler. Moi, j'ai tendance à y voir une suite de désastres qui n'est pas près de s'arrêter… Je comprends tout à coup pourquoi des gens comme ma mère ont recours aux médicaments. Je devrais peut-être m'y mettre, moi aussi. Ne dit-on pas : « Telle mère, telle fille » ?

De vous à moi : certaines femmes sont faites pour la solitude et le malheur, d'autres pour le bonheur. Et sans se forcer.

Pendant toute la semaine, je suis inconsolable. Surtout après avoir annoncé à ma mère que la promotion m'est passée sous le nez. Elle est restée étrangement silencieuse. Ma paranoïa aidant, je suis persuadée qu'elle vient de comprendre que sa fille n'est bonne à rien, que ce soit en amour ou dans sa vie professionnelle. Mercredi soir, je déballe ma théorie à Jade.

— Mais non, c'est faux ! insiste Jade en me traînant chez Bloomingdale pour essayer de noyer mon désespoir dans la fièvre acheteuse.

Mais je suis bien incapable d'acheter quoi que ce soit. Je me contente de suivre comme un petit chien ma copine qui est en quête d'un Bikini pour le week-end du 4 juillet à Fire Island. Je réalise avec horreur que c'est dans deux semaines.

Jade se précipite vers les salons d'essayage, des cintres plein les bras. Je la suis sans conviction.

Il semblerait qu'un de ses amis photographes donne une grande fête dans sa villa du bord de mer. Il a promis à Jade de lui réserver un lit et de lui faire rencontrer une brochette de beaux mâles pour l'aider à surmonter la perte récente de son partenaire sexuel.

— Il a peut-être la place pour une personne supplémentaire, me dit-elle d'un ton enjôleur.

Je m'empresse de refuser. Même si je n'ai pas de projets spectaculaires à l'horizon, je suis convaincue que ce n'est pas le fait d'enfiler une robe pour passer le week-end avec des top models, leurs stylistes, leurs photographes et leurs adorateurs qui m'aidera à guérir. En plus, j'ai décidé d'abandonner pendant un certain temps la chasse à l'homme. Je ne pourrais pas supporter d'être larguée une nouvelle fois !

Finalement, aller à Long Island ce week-end n'est pas une mauvaise chose. Ça me donne une très bonne excuse pour ne pas participer à la petite virée que les filles du bureau ont concoctée pour fêter samedi soir la promotion de Rebecca. J'ai même réussi à avoir l'air déçue de devoir renoncer à ces festivités… Mais voilà que Rebecca a rappliqué en m'annonçant qu'elle soupçonnait Nash d'avoir fait les boutiques pour acheter la fameuse bague. La demande en mariage ne devrait plus tarder… Je me sens de nouveau prisonnière d'une spirale infernale dans laquelle tout sourit à Rebecca, et rien à moi.

Je tente de ne pas sombrer dans l'amertume. De garder la tête haute alors que j'ai ramé pendant toute la semaine, et de me forger une carapace contre le mauvais sort.

En descendant à la gare d'Huntington en ce samedi après-midi, je suis gonflée à bloc. Pas de place pour le sentiment. En voyant le visage sombre de Deirdre qui m'attend dans la voiture, je comprends qu'elle a pris la même résolution que moi.

Pendant le trajet, je remarque pour la première fois à quel point elle ressemble à ma mère. Même visage ovale, même type de peau. La seule chose qui diffère, ce sont ses yeux bleus. En fait, Deirdre est l'image de ma mère, en moins jeune. Plus marquée. Sans doute ce que serait devenue ma mère si elle était restée avec mon père… Même ses cheveux — mi-longs et coiffés n'importe comment — ont l'air triste !

En approchant de Rolling Pines, je me décide à parler.

— Comment va-t-il ?

— Toujours le même… Il a déjà repéré une bande de toxicos et d'alcooliques qu'il considère nettement plus atteints que lui. Alors, il ne se trouve pas si mal que ça.

— Est-ce que Shaun et Tiffany sont venus le voir ?

— Shaun est passé hier soir. Et jeudi. Mais Tiffany refait sa cuisine, elle est en pleins travaux. Elle n'a pas pu se libérer.

Rien de tel qu'un petit mur de soutènement et un peu de mastic pour échapper aux réalités sordides de la vie de famille ! Je soupire. Si seulement j'avais eu une excuse valable, moi aussi, pour éviter cette visite... Mais c'est difficile d'en trouver quand on est célibataire.

Quelques instants plus tard, nous nous garons sur le parking et nous nous dirigeons vers le bâtiment en évitant de marcher sur la pelouse, soigneusement entretenue. J'aperçois quelques pensionnaires assis à des tables de pique-nique, ou affalés sur des chaises de jardin pour respirer la dose d'air pur prescrite par les médecins. Je repère tout de suite mon père. Il est assis seul à une table qui a l'air isolée des autres, comme si on l'avait placée exprès à l'écart, derrière les arbres.

— Qu'est-ce que tu fabriques ici tout seul ? lui lance Deirdre en s'approchant de lui.

Papa lève la tête, comme surpris de notre visite.

— C'est à cause de l'ombre. C'est qu'il fait sacrément chaud dehors ! Et nous ne pouvons pas encore rentrer.

Il me regarde comme s'il était gêné de ma présence.

— Bonjour, Emma ! finit-il par me dire, à moitié debout pour m'embrasser sur la joue.

Puis il se laisse retomber sur sa chaise.

Il me fait pitié, avec son bras en écharpe et son visage couleur de cendre. Je remarque qu'il a une entaille au-dessus du sourcil. Je me demande si elle provient de sa chute du toit, ou d'un autre accident... Quant à ses cheveux, ils me paraissent bien plus gris qu'avant. Il a l'air vieux, et fragile.

Je ne peux m'empêcher de dire :

— Papa, tu n'as pas l'air bien du tout.

— Merci. Tu n'es pas mal non plus.

Puis il se tourne vers Deirdre.

— Tu m'as amené des cigarettes ?

Elle lui tend le sac qu'elle tient sous le bras. Il s'en saisit et glisse la cartouche de Camel sans filtre dans sa main valide.

— Et le briquet ? Je t'ai dit de m'apporter un briquet.

Il soupire.

— Quelqu'un m'a fauché mon malheureux briquet. C'est un trou perdu, ici. Il y a plein de voleurs qui rôdent...

Deirdre fourrage dans sa poche et pose sur la table trois boîtes d'allumettes.

— Les allumettes, ce n'est pas pratique. Comment veux-tu que j'allume ces satanées cigarettes avec mon bras qui...

— Je vais chercher une tasse de café, annonce Deirdre en ignorant la remarque de mon père. Tu veux quelque chose, Emma ?

— Non, merci.

— Moi j'en veux bien une tasse, dit mon père plein d'espoir.

Sans un mot, Deirdre traverse la pelouse jusqu'au bâtiment gris qui abrite — outre les centaines de pensionnaires dépendant de la drogue ou de l'alcool — une cafétéria.

Je me tourne vers mon père qui a mis une cigarette entre ses lèvres et s'acharne en vain à craquer une allumette avec une seule main.

— Tu peux m'aider ? me dit-il en s'apercevant que je l'observe.

Je m'exécute.

— Merci, dit-il en inhalant puis en rejetant une large bouffée de fumée.

Il fixe les arbres au loin.

Je ne dis pas un mot. Je me contente de le regarder. Que *puis-je* dire ? Ce n'est pas en lui faisant la leçon que je convaincrai mon père — Burt Carter — de s'arrêter de boire. Aucune parole d'encouragement, aucun discours plein d'amour et de chaleur n'en fera un père du genre *Brady Bunch Dad* ou *My Three Sons*. Je suis de la même chair et du même sang. C'est mon père, pour le meilleur et pour le pire. Pourtant, je ne peux rien faire pour lui. Absolument rien !

Il se décide enfin à me parler, et ce qu'il dit me surprend.

— Ma pauvre Emma, je deviens trop vieux pour ce genre de chose.

— Moi aussi, dis-je en penchant la tête pour éviter la fumée qui sort de sa bouche.

— Toi ?

Il lève les sourcils.

— Mais tu as toute la vie devant toi. Tu dois déjà gagner ton premier million, n'oublie pas !

Puis il se met à rire et me sort sa plaisanterie habituelle :

— Alors, ça se passe comment au boulot ? Tu l'as eue, ta promotion ?

Je réponds d'un air résigné :

— Non ! Ils l'ont donnée à une autre.

Il se retourne, me regarde un instant. Puis il tire une dernière bouffée, laisse tomber la cigarette sous la table et l'écrase du pied.

— Ah bon ! Tu sais, ça arrive. Mais c'est dommage pour toi. Un peu plus d'argent ne t'aurait pas fait de mal, pas vrai ?

Et à mon amour-propre non plus... Mais je garde ma réflexion pour moi et me contente d'acquiescer.

— Mais ça ira, ne t'en fais pas. Tu n'en as pas besoin, je me trompe ? Quand tu auras écrit ton grand roman, tu leur montreras à tous qui est le patron.

Pense-t-il ce qu'il vient de dire ? Est-il persuadé que sa fille réussira à faire ce qu'elle rêve de faire depuis toujours ? Hélas je ne vois que deux yeux éteints, injectés de sang, qui s'empressent de regarder ailleurs au moment où je capte son regard.

C'est Deirdre qui s'avance vers nous, une tasse de café dans chaque main. Elle marche la tête droite, comme si elle tentait d'éviter de regarder les hommes et les femmes qui se prélassent dans leurs chaises autour du bâtiment, ces visages livides, ces corps brisés et fourbus.

— Comment va ta mère ? me demande mon père, tout

en continuant à suivre Deirdre des yeux. Ton frère m'a dit qu'elle se remariait.

Apparemment, la troisième tentative de ma mère de convoler en justes noces l'amuse. Il doit s'imaginer que si le mariage est une fois de plus un échec, il pourra continuer à lui reprocher la faillite du premier.

— Oui, elle se remarie. Et je pense que cette fois, elle est tombée sur un type bien.

Je suis surprise de la soudaineté de ma repartie. J'ai pris tout de suite la défense de ma mère et de Clark…

— Mais j'espère bien ! dit-il en glissant une nouvelle cigarette dans sa bouche, comme pour rattraper le temps perdu. Le principal, c'est que tu te trouves quelqu'un qui sera toujours auprès de toi.

Deirdre pose les deux tasses de café sur la table, regardant tour à tour mon père et moi.

— Qu'y a-t-il ? Tout va bien ?

— Très bien, ma chérie.

Puis il retire de sa bouche la cigarette toujours éteinte, se soulève avec peine, et fait une grosse bise sur la joue de Deirdre.

— N'est-elle pas merveilleuse ?

— Bien trop pour toi, rétorque Deirdre en me regardant, mais je vois bien que le compliment l'a quand même touchée.

— Tu veux bien m'aider, mon amour ? dit-il en lui tendant les allumettes et en calant la cigarette entre ses lèvres.

En la voyant frotter l'allumette et l'approcher de la cigarette, je suis envahie par un sentiment étrange, fait de chagrin et, chose curieuse, de soulagement.

Je viens de réaliser qu'on est libre de son destin. Il n'est de fardeau que librement consenti.

Et moi, je veux être libre. C'est bien la première fois que je suis sûre de quelque chose…

De vous à moi : je dois me soumettre à une volonté supérieure à la mienne. Celle de ma mère.

A peine Deirdre m'a-t-elle déposée devant chez ma mère que je suis déjà impatiente de la voir. Après l'atmosphère glauque de cette journée éprouvante aux côtés de mon père, la perspective de profiter de son éternelle bonne humeur me réjouit.

J'entre, mais en apercevant l'amie de ma mère, Dorothea, assise là dans la cuisine, une petite lampe rouge « Danger » s'allume aussitôt dans ma tête.

— Emma, tu te souviens de Dorothea, n'est-ce pas ?

Et comment ! Dorothea était la partenaire de tennis de ma mère, et elle est devenue sa meilleure amie après le divorce de mes parents. Dorothea est aussi une psychologue avertie à laquelle ma mère n'hésite pas à faire appel chaque fois qu'elle ou l'un de ses enfants est en danger de perdre son optimisme et ses pensées positives pour sombrer dans la mélancolie.

— Comment allez-vous, Dorothea ? dis-je en plaquant un sourire forcé sur mon visage.

— Bien. Et *vous* ?

Elle a des yeux sombres, soigneusement maquillés. De toute évidence, le sujet d'inquiétude de ma mère en ce moment, c'est moi. Je suis confortée dans cette pensée lorsque, quelques instants plus tard, ma mère se lève d'un bond en s'exclamant :

— Vous avez vu l'heure ! J'ai intérêt à me dépêcher d'aller chercher Clark au collège si je ne veux pas qu'il reste enfermé là-bas tout le week-end !

Un brin soupçonneuse, je lui demande :

— Il n'a pas sa voiture ?

— Oh, c'est ton frère qui l'a empruntée. Il avait besoin d'un 4 x 4 aujourd'hui pour aller chercher le nouvel évier de leur cuisine au dépôt. Mais je ne serai pas longue.

La voilà qui attrape ses clés pendues au mur et qui se dirige vers la porte.

— Je vous laisse bavarder tranquillement toutes les deux, dit-elle en lançant un clin d'œil à Dorothea qui a le bon goût de paraître gênée.

Puis elle disparaît.

Je souris vaguement à Dorothea qui met de l'ordre dans ses cheveux noirs d'une main soigneusement manucurée et couverte de bagues.

— Je suis désolée, Emma, dit-elle avec un geste d'impuissance. Ta mère est persuadée que tu as besoin de te confier à quelqu'un… Tu sais, à cause de tout ce qui vient de se passer. Avec Tony, ton père…

Tout en parlant, elle a les yeux rivés sur moi comme si elle essayait de me dire : « Oui, tu *peux* me parler si tu veux, mais je ne te forcerai pas. »

— Ma mère pense que je suis incapable de gérer ma vie sans qu'elle mette régulièrement son grain de sel.

— Elle se fait du souci pour toi, Emma. Elle voudrait tellement que tu sois heureuse.

— Mais je *suis* heureuse.

Du moins, je le *crois*. C'est fou ce que je m'efforce de paraître heureuse chaque fois que ma mère s'efforce de *me rendre* heureuse !

Dorothea sourit, apparemment satisfaite de ma réponse.

— Mais j'en suis persuadée. Dis-moi, tu habites toujours à New York, dans West Village, c'est ça ?

— Oui… oui, c'est bien ça.

— J'adore ce quartier. J'y ai vécu plusieurs années. Et j'ai passé mon diplôme de sciences sociales à la New School University.

Maintenant que la conversation porte sur New York et ses environs, je me sens plus en confiance. Dorothea me raconte quelques histoires savoureuses sur sa vie de célibataire, avant sa rencontre avec son premier mari et son déménagement en banlieue (depuis, elle a divorcé et s'est remariée).

— Ah, c'était le bon temps, dit-elle en me regardant presque avec un peu d'envie. Et on ne peut jamais revenir en arrière. Tu as sûrement entendu dire ça des milliers de fois. Mais ce sont les meilleures années de ta vie, je t'assure. Crois-en mon expérience. Inutile de te précipiter pour passer à l'étape suivante. Tu as la chance de vivre dans la plus grande ville du monde. Profites-en pendant qu'il est temps !

J'essaie de tempérer cet enthousiasme un peu gênant, car copiner avec les amies de ma mère me met toujours mal à l'aise. Je me lance donc dans les plaisanteries classiques sur les appartements new-yorkais.

— Je crois que j'en profiterais plus si j'avais un grand appartement ! Mais pour habiter dans les quartiers les plus sympas, il faut payer le prix. Mon appartement à moi est très petit, à peu près de la taille d'un paillasson !

Ça la fait rire.

— Tu as un studio ?

— On peut appeler ça comme ça... Mais la plupart des gens qui vivent à plus de cinquante kilomètres du centre-ville auraient plutôt tendance à dire que c'est un « grand placard ».

— Le loyer est bloqué ?

— Bien sûr. Vous en savez sûrement quelque chose.

— Ah, ça oui. En fait, mon appartement de Thomson Street était un deux pièces à loyer bloqué. Mais je n'ai pas encore réussi à m'en séparer. C'est une de mes amies qui l'habite maintenant. Elle est divorcée et, pour elle, c'est l'idéal.

Puis, comme si elle pensait à quelque chose tout à coup, ses yeux s'animent et elle me regarde avec un regain d'enthousiasme.

— Tu sais, la dernière fois que nous avons bavardé,

elle paraissait très amoureuse du type qu'elle fréquente. Ils ont même parlé mariage et envisagé de déménager en banlieue. Je pourrais lui passer un coup de fil. Si jamais elle quitte cet appartement, tu pourrais le prendre. Il est très mignon, et pas très loin d'où tu es.

Mon cœur commence à s'emballer, comme chaque fois qu'on me fait miroiter la possibilité d'avoir un appartement plus grand sans dépenser des fortunes.

— J'aimerais bien le voir, enfin, si votre amie a *vraiment* l'intention de déménager.

— Même si ce n'est pas dans l'immédiat, ce n'est qu'une question de temps. Depuis qu'elle a quitté la banlieue, Stacy est un peu perdue. Elle se mariera bientôt et reviendra à Long Island.

Je me sens soudain d'humeur joyeuse. Quand ma mère revient avec Clark dans son sillage, j'ai même du mal à cacher mon excitation.

Ma mère nous regarde avec un petit sourire, mais se pose visiblement des questions.

— Eh bien, on dirait que vous avez bien papoté toutes les deux pendant que j'étais partie.

Dorothea me fait un clin d'œil, et je ne peux que lui sourire en retour.

— Oui, c'est vrai, nous avons bien papoté, dis-je, sentant renaître en moi un sentiment que je n'éprouvais plus depuis très, très longtemps.

L'espoir.

Chapitre 12

« Même les malades mentaux ont besoin d'amour. »

BÉATRICE SIMMS, mascotte, Pavillon des Incurables.

De vous à moi : j'ai découvert le prix du bonheur. C'est inférieur au prix du marché.

Il est frappant de constater à quel point l'espoir d'habiter un appartement plus spacieux à New York a des vertus apaisantes. Lundi matin, je me dirige vers le métro d'un pas léger, m'imaginant déjà dans un vaste salon, allongée sur un canapé, un vrai (pas un canapé-lit).

Cette pensée me suffit pour avoir l'impression de ne manquer de rien. Ou, plus exactement, de personne. Au diable Max, ses plafonds de six mètres et son équipement un peu supérieur à la normale… Si j'arrive à avoir cet appart, la belle vie est à moi ! Je suis prête à braver la *Pink Pussycat Boutique*, la sex-shop de West Village. A utiliser les gadgets sexuels, les trucs pour femmes seules. Et aussi, vous l'aurez deviné, à adopter cet adorable schnauzer miniature qui aboie joyeusement tandis que je longe la boutique de vente d'animaux en rentrant chez moi après le boulot. Ma vie prend un nouveau cours. Tout peut arriver.

Mardi, mon père sort du Centre. J'ignore si c'est pour bonne conduite, ou à cause d'un problème avec sa compagnie d'assurances… Je préfère ne rien demander car j'ai peur de la réponse. Mais quand je discute avec lui, son ton est joyeux — à ma grande surprise. En fait, c'est parce qu'il a mis le grappin sur un nouvel avocat pendant son séjour au Centre. Apparemment, Stan Farber a eu un petit problème avec les barbituriques, mais à part ça, c'est un bon avocat. Je crains que le bonheur retrouvé de mon père ne dure qu'un temps, le temps d'user la patience de Farber. Mais je m'en voudrais de faire tomber le nouveau dieu de mon père de son piédestal !

La semaine passe vite. Je suis particulièrement productive, alors que tout le monde s'attend à me voir faire mon travail habituel, sans plus. On parle beaucoup moins de la promotion de Rebecca depuis que de nouvelles rumeurs — véhiculées principalement par Marcy Keller — ont pris la vedette. Le bruit court que le mariage de Patricia bat de l'aile. Je ne pense pas que Patricia soit mariée depuis suffisamment longtemps pour que son divorce excite les foules, mais je suis soulagée d'abandonner mon rôle de vedette, de ne plus être au centre de toutes les spéculations. Tout le monde s'empresse donc d'ignorer mon existence, comme avant. Sans oublier tout à fait qu'une promotion vient de me passer sous le nez.

Plus le week-end approche, plus je me sens optimiste. J'ai même cédé à l'insistance de Jade qui me pousse à passer le week-end du 4 juillet avec elle à Fire Island. Il faut dire que j'ai une bonne surprise en enfilant mon maillot de bain : mon corps est devenu beaucoup plus ferme. Je me décide à monter sur ma balance… et je découvre que j'ai perdu plus de trois kilos !

Côté cœur, ce week-end sur la plage ne m'apporte rien. Tous les mecs sont bien trop « mignons » à mon goût. Mais il me permet de consolider ma relation avec Jade, à un autre niveau. Nous sommes liées par quelque chose de plus fort que d'avoir simplement grandi ensemble. Nous sommes deux célibataires en quête de l'âme sœur qui n'ont besoin de rien ni de personne, si ce n'est l'une de l'autre… et du dernier rouge à lèvres de Bobbie Brown. Jade a bien sûr le dernier-né dans sa petite réserve de maquillage personnelle. Nous écumons les bars de Fire Island dans des tenues provocantes, flirtant avec des types que j'aurais été terrorisée de rencontrer dans l'ascenseur il n'y a pas si longtemps. Puis nous plantons là près du bar ceux qui ont le malheur d'avoir le moindre défaut — une braguette ouverte, un excès de machisme… Je ne me suis jamais sentie aussi puissante. Ni aussi sexy. Encore que, depuis ma malheureuse expérience avec Max van Gelder, je n'ai guère eu qu'une simple bise pour me souhaiter bonne nuit…

Mais deux jours après mon retour à New York, tout s'écroule. Pour moi, bien sûr.

— Tu ne devineras jamais qui j'ai vu, me dit Jade.

Nous sommes attablées toutes les deux au *Revolution* pour boire un pot après le boulot, espérant d'une certaine manière revivre l'enchantement du dernier week-end après avoir renoué à contrecœur avec la routine.

— Je m'attends à tout, dis-je en sirotant ma *Tequila Linda* et en étudiant l'expression énigmatique de son visage.

— Ted est revenu.

Je suis à deux doigts de m'étrangler…

— Tu te fiches de moi…

— Absolument pas. Et attends la suite !

Je lis dans ses yeux un mélange d'incrédulité et, je dois bien l'admettre, d'excitation. Je me demande quel autre homme pourrait jamais susciter une telle émotion chez Jade.

— Apparemment, tu avais raison à son sujet.

— Qu'est-ce que j'ai dit, déjà ? Que c'était un salaud, un Monsieur Muscle sans cervelle ?

Je fouille ma mémoire pour essayer de retrouver tous les qualificatifs que j'ai dû utiliser à l'époque pour consoler Jade, désespérée et persuadée qu'elle ne le reverrait jamais.

— Non, dit-elle en secouant la tête. Rappelle-toi la

toute première explication que tu m'as donnée pour justifier son silence…

Au bout d'une minute, ça me revient.

— Qu'il a été heurté par un bus ?

Son large sourire me dit que j'ai vu juste.

— Ce n'est pas possible, tu me fais marcher !

— Je t'assure que non. Quand je suis rentrée chez moi hier soir, il m'attendait devant l'escalier de l'immeuble, plus beau que jamais malgré cette cicatrice incroyablement sexy sur le menton.

Si Jade est attirée par la chair à pâté, ça la regarde.

— Qu'est-ce qu'il a bien pu te raconter ?

— Qu'il a passé ces deux derniers mois à faire des va-et-vient à l'hôpital. Le lendemain de notre rendez-vous, il a sauté sur son vélo pour faire un tour sur le *West Side Highway*, et il s'est payé un bus. Il est resté en réanimation pendant deux semaines et, écoute un peu, quand il est sorti, la première personne à laquelle il a pensé, c'est moi. Il mourait d'envie de m'appeler, de me dire combien il appréciait ma compagnie…

En voyant l'expression rêveuse de Jade, je n'en crois pas mes yeux.

— Mais alors, *pourquoi* n'a-t-il pas appelé ?

C'est vrai, quoi, il faut bien que l'une de nous deux reste lucide. Et, de toute évidence, ce ne sera pas Jade.

— Eh bien, une fois sorti de l'hôpital, ce n'était pas si simple. Il a dû affronter une situation nouvelle. Il avait des contusions sur tout le corps, le visage déformé par une cicatrice. Quant à sa carrière de mannequin, elle était plus que compromise…

Jade en est tout émue.

— Et alors ? Est-ce que tu lui as dit que tu ne sortais qu'avec des mannequins, ou des mecs de ce genre ?

Jade me foudroie du regard comme si j'étais la reine des idiotes.

— Non, ça n'a rien à voir. Le problème, c'est qu'il n'avait plus de job. Il a perdu confiance en lui et il a eu la trouille. Il s'est mis dans la tête qu'aucune femme, surtout une femme comme moi, n'aurait plus rien à faire avec un paumé sans boulot.

Bien que je n'aie guère envie de pardonner à Ted, je commence à comprendre. Si les femmes souffrent pour des raisons esthétiques, les hommes eux se sentent diminués de ne pouvoir assumer leur instinct de chasseur. S'ils sont incapables de ramener à la maison de quoi acheter le bacon quotidien, ils ont l'impression de n'être plus bons à rien !

Malgré tout, je discute encore.

— Jade, je ne sais pas…

Rien qu'à la voir, je sais qu'elle ne m'écoute pas.

— Tu sais, il a même pensé que je ne le trouverais plus du tout séduisant. Pas seulement à cause de la cicatrice sur son visage, mais aussi des autres… Ce qui est marrant, c'est qu'avec tout ça, je le trouvais au contraire plus… viril. Et il y avait une telle douceur dans ses yeux, comme s'il avait envie de moi… mais n'osait pas de peur… de peur que je ne le repousse.

— Mais enfin, s'il tient à toi à ce point-là, bon sang, pourquoi ne t'a-t-il pas *appelée* ? Bon, d'accord, il était blessé. Et sans boulot, ça je le comprends. Mais de là à te laisser ruminer pendant tout ce temps sans même prendre la peine de décrocher son téléphone…

Je stoppe net en voyant l'expression de Jade.

— Qu'est-ce qui te prend, Emma ? Je pensais que tu serais heureuse pour moi. Je croyais…

— Je suis désolée. Excuse-moi si j'ai un peu de mal à croire tout ce que les hommes disent, ces temps-ci. Surtout quand on est à la limite de l'absurde !

Elle se radoucit un peu.

— Ecoute, j'ai pensé exactement la même chose que toi en rentrant chez moi hier soir, et en le trouvant assis devant la porte. J'étais prête à lui décocher quelques remarques acides et à poursuivre mon chemin. Mais il a commencé à parler. Et je l'ai écouté. Il m'a expliqué qu'à sa première sortie d'hôpital, avec toutes ses cicatrices, il était complètement HS. Il s'est dit qu'il ne pouvait décemment pas m'appeler. Il a essayé de m'oublier. Et après environ un mois de soins et d'entretiens avec un psychologue, il a compris qu'il avait besoin d'avancer, de vivre sa vie. Il a trouvé un job dans une société de travaux publics qui appartient à un ami. Après avoir travaillé de ses mains pendant un moment, il a repris confiance, il s'est senti revivre. Pendant cette période, il pensait tout le temps à moi. Il s'est dit qu'il avait trop tardé à m'appeler, qu'il était probablement trop tard.

Elle me regarde droit dans les yeux.

— Il m'a dit ce qu'il avait ressenti au cours de cette première nuit avec moi. Une sorte de lien, de *complicité*. Tu te rends compte ? Je ne m'étais *pas* trompée…

Puis elle poursuit son récit, l'expression de plus en plus rêveuse…

— Il savait que j'enverrais balader le téléphone si jamais il essayait d'appeler. Alors il a préféré venir m'attendre devant chez moi, en se demandant comment il allait s'y prendre pour que j'accepte au moins de l'écouter, même s'il devait renoncer à me revoir. Et crois-moi, quand je l'ai vu là, devant moi, j'ai d'abord été très choquée. J'étais en colère. Mais dès que j'ai vu son regard…

— Quel regard ?

— Il y avait dans ses yeux quelque chose qui me disait que tout ça, ce n'étaient pas des bobards. Que c'était la vérité.

Je réalise alors ce qui m'arrive. Mon Dieu, est-ce possible ? Je regarde de nouveau les yeux de Jade, je vois l'émotion qu'ils reflètent. Cette fois, c'est sûr. Jade, ma meilleure amie, ma confidente et ma complice de Célibat est sur le point de tomber éperdument, inexorablement amoureuse...

De vous à moi : Ted n'est pas le seul à avoir des cicatrices...

D'accord. je ne suis pas particulièrement heureuse de me retrouver seule à l'aube de mon Célibat nouveau. J'avoue même qu'il m'a fallu un certain temps pour me réjouir de ce qui arrive à Jade. C'est lorsque je les ai vus ensemble le vendredi suivant — nous avons dîné tous les cinq : Alyssa et Richard, Jade et Ted et moi, la cinquième roue du carrosse — que j'ai commencé à changer d'avis. J'avais besoin de voir de mes propres yeux *la preuve*, c'est-à-dire les blessures de Ted. Et j'ai vu... Et devant l'expression de bonheur intense et la douceur qui se lisent dans ses yeux chaque fois qu'il regarde Jade, j'ai compris qu'elle a trouvé le grand amour. Le genre d'amour qui donne un grand coup de balai sur le passé et tous les hommes qui ont pu compter avant... Le genre d'amour qui guérit de tous les maux.

Et je me retrouve de nouveau seule, en ce samedi soir. Mais cette fois, c'est différent. *Je* ne suis plus la même. J'ai eu des nouvelles de Dorothea qui m'a annoncé les fiançailles de son amie Stacy. Elle envisage de quitter le centre-ville dans les trois mois. A la mi-automne, je devrais donc me retrouver dans un appartement digne de ce nom, avec une magnifique cheminée. C'est ce que j'ai découvert en faisant un saut jusqu'à l'appart à la sortie du bureau... Je voulais savoir à quoi il ressemblait, et je dois dire que je suis emballée.

J'ai été accueillie par une Stacy radieuse qui n'a pu s'empêcher de me faire admirer sa marquise de 1,5 carat en faisant la visite guidée des pièces (!) J'étais tout excitée à la vue de ces hauts plafonds, de ces moulures, et même d'une baignoire à pieds de griffon. C'est un endroit où je pourrai me construire un nid, me construire une vie. Et qui sait, me dis-je en voyant la grande chambre et tous les placards de rangement, je pourrais aussi le partager un jour avec quelqu'un…

Mais ce soir, en descendant l'escalier de mon minable immeuble pour échapper un instant à mes quatre murs et aller chercher de quoi dîner, j'ai l'impression que je ne pourrai jamais trouver l'homme de ma vie. Le seul rêve que je m'autorise à faire, c'est de me retrouver dans mon nouvel appartement, assise en tailleur devant un feu de bois, un livre à la main et un schnauzer à mes pieds.

En dévalant le dernier étage, je stoppe net, frappée de stupeur. Béatrice sort de chez elle, toute sémillante. Et tenez-vous bien, elle porte une robe ! Bon, d'accord, une robe à grosses fleurs fluo, suffisamment large pour abriter temporairement une petite famille perdue dans le désert. Mais elle fait beaucoup plus… féminine.

— Bonjour, voisine ! me lance-t-elle alors que j'essaie de me glisser discrètement vers la sortie.

— Salut, Béatrice, ça va ?

Je suis déjà résignée à échanger quelques mots avec la vieille fille solitaire.

Mais Béatrice me dépasse en coup de vent, apparemment très pressée.

— Super bien. Sauf que je suis en retard.

En ouvrant la porte de l'immeuble, elle me chuchote sur le ton de la confidence :

— J'ai rendez-vous dans le parc avec *mon ami*. Nous allons manger des sandwichs à la dinde et des quatre-quarts, tous les deux ! s'exclame-t-elle en me brandissant un sac sous le nez, arborant un sourire d'enfant sur son visage ingrat.

Et sur ce, la voilà partie en me laissant tenir la porte. J'en reste muette de stupeur.

Ainsi, même Béatrice a trouvé quelqu'un. Alors que moi ! Je sais ce qu'il me reste à faire. Je me dirige vers Heavenly Dee-lites. Après tout, si une femme a envie de quelque chose dans cette ville, il faut qu'elle fasse l'effort d'oser aller le chercher, sans inhibitions. Et moi, je suis bien décidée à avoir l'homme qui s'obstine à hanter mes fantasmes depuis le jour fatidique où j'ai posé les yeux sur lui pour la première fois… au-dessus d'un bac de Double Mocha Chip : Mister Skinny Scoop !

Il doit gagner à peine plus que le SMIC, et alors ? Il est magnifique et c'est un mâle… C'est déjà pas mal. L'expérience m'a appris qu'il ne faut pas trop en demander.

Je marche donc d'un pas ferme en direction du magasin, cherchant en chemin mon reflet dans une des vitrines de la rue pour une dernière inspection éclair. J'ai soudain un sentiment de puissance. On dirait Jade avant Ted. Ce n'est pas si mal, c'est mieux en tout cas que l'image pathétique et tristounette d'ex-petite amie que je me trimballe depuis des semaines…

Arrivée devant la boutique, je me passe une dernière fois la main dans les cheveux pour me donner du courage et j'ouvre la porte qui tinte joyeusement, comme pour faire écho à mon excitation du moment.

C'est la vieille femme au doux visage qui m'accueille.

— Ah, c'est vous, vous allez bien ? me demande-t-elle gentiment tandis que je m'approche du comptoir.

— Bien, et vous ?

Je note au passage qu'elle est superbronzée, et qu'elle semble très détendue.

— Très très bien ! Mon mari et moi venons de faire une magnifique croisière vers Barcelone !

Puis elle ajoute en souriant :

— Un petit cadeau de notre fils.

J'essaie de cacher ma déception. J'aurais préféré qu'ils

prolongent leur croisière. J'aurais été plus tranquille pour draguer leur magasinier.

— C'est magnifique. Votre fils est très généreux.

— Ah, pour ça, c'est un *bon garçon*. Il ne pense presque jamais à lui. Pourtant il travaille dur, je vous assure. Les seules fois où je le vois un peu moins stressé, c'est quand il vient jouer aux cartes avec nous, tous les vendredis soir. Mon mari et moi faisons partie d'un club de bridge.

J'essaie d'imaginer ce fils parfait en train de battre les cartes et de les distribuer aux personnes âgées du club le vendredi soir ! Moi, je n'ai aucune vie sociale…

— Vous savez, je crois qu'il a seulement besoin de rencontrer la femme qu'il lui faut, me confie-t-elle en me regardant soudain avec un regain d'intérêt.

Mon Dieu ! C'est qu'elle a vraiment l'air de penser que je pourrais sortir avec son petit génie de fils… Tout mon plan de séduction est fichu !

— C'est, euh… c'est gentil de votre part, mais… comment dire, j'ai déjà un petit ami.

Elle paraît très surprise. Comme si ma présence seule dans sa boutique un samedi soir pour la énième fois ne collait pas avec l'image de vie en couple que je m'efforce de faire passer.

Puis elle revient à des choses plus terre à terre.

— Je suis désolée, ma petite demoiselle. Je m'égare un peu. Que puis-je pour vous ? Voulez-vous un litre de Double Mocha Chip ?

En regardant le congélateur rempli de produits Skinny Scoop, une nouvelle onde de tristesse m'envahit. Mais je n'ai aucune envie de renoncer à l'idée de rencontrer le magasinier de charme ce soir ! En voyant le Double Mocha Chip stocké en attente des acheteurs, je commence à échafauder un plan… Qu'arrivera-t-il si je réclame un parfum qui n'est pas en magasin ? Ça pourrait se terminer par un petit coup de fil à la cave, non ?

— Vous avez du Banana Nut Crunch ?

C'était le parfum préféré de Tony. Moi, je déteste ça. Pendant le temps qu'a duré notre liaison, ça a toujours été un point de discorde entre nous, car je n'ai jamais pu communiquer avec un homme qui n'aime pas le chocolat…

Je découvre avec joie qu'il n'y a aucune trace de Banana Nut Crunch dans le congélateur. C'est bien parti…

— C'est que je n'en ai pas ici, dit la dame après avoir fouillé consciencieusement partout. Voyons un peu s'il y en a en bas.

Et elle se dirige vers le téléphone mural. Quand je l'entends donner l'ordre de chercher ce fichu parfum, je commence à paniquer. Que vais-je faire si Mister Skinny Scoop débarque avec sa boîte à la main ? Comment lui faire part discrètement de mes intentions sans éveiller les soupçons de cette charmante vieille dame qui me trouve à son goût pour son idiot de fils ?

La porte qui mène à la cave s'ouvre brusquement. Mon cœur fait un bond dans ma poitrine. J'arriverai peut-être à lui glisser mon numéro de téléphone, ou à faire allusion à un bar du coin où il pourrait me retrouver…

Mais j'arrête là mes cogitations. Car c'est le charmant époux de la vieille dame que j'aperçois en haut des marches, un litre de Banana Nut Crunch à la main.

— C'est bien ça que tu voulais, Gloria ? demande-t-il en tendant le conteneur à son épouse.

— Oui, c'est ça.

Elle va vers lui, prend la glace dans sa main droite et, de sa main libre, caresse doucement le front ridé de son mari.

— Merci, mon chéri.

Ils se regardent quelques instants, un regard si plein d'amour que ma gorge se serre. Je me sens honteuse d'avoir échafaudé des plans pour séduire leur magasinier. L'homme disparaît dans l'escalier tandis que son épouse prépare mon sac. Je paie rapidement et je sors de la boutique pour regagner mon appartement vide avec mon pot de crème glacée (dire que c'est le parfum que je déteste le plus !)

Et le cœur en lambeaux...

En fourrant le pot de Skinny Scoop dans mon congélateur sans y toucher, je me demande pourquoi j'ai échoué aussi lamentablement dans ma tentative. Moi qui me prenais déjà pour une célibataire conquérante... Ce n'est pas Jade qui risque de se retrouver avec un litre de Banana Nut Crunch si elle crève d'envie de Double Mocha Chip !

Mais je ne suis pas sûre d'avoir choisi le bon exemple... Jade n'a jamais été désespérée au point de faire n'importe quoi pour plaire à un homme, au risque de ne pas se sentir bien dans sa peau.

Qu'ai-je fait de ma vie jusqu'ici ? Je me suis tellement appliquée à être conforme à ce que Tony attendait de moi que je n'ai jamais été à l'écoute de moi-même, de mes véritables besoins. Pendant que je fermais les yeux sur son refus de faire avancer notre relation — sous prétexte que j'étais comme lui une artiste solitaire —, j'ai complètement occulté ma personnalité.

Avec cette révélation, tout le puzzle de ma vie se met en place. Tout prend un sens. Max ne m'a pas rappelée, mais qui rappellerait une femme qui a une si piètre opinion d'elle-même qu'elle se jette dans les bras d'un homme dès le premier rendez-vous ? Le deuxième rendez-vous, c'était sans doute parce qu'il espérait assouvir un simple besoin sexuel avec la première fille consentante venue qui ne soit pas trop moche. Je connais bien New York ! La difficulté de nouer des contacts, et d'avoir une vie sexuelle épanouie.

Quand je pense que je suis là, assise près du téléphone, prête à accéder à tous ses désirs, à me demander quand il va enfin se décider à décrocher son téléphone pour redonner un sens à ma vie. Aux ordres...

Quelle idiote !

Tout ça doit cesser. L'attente. Cet espoir insensé qu'un

homme change ma vie, ou du moins qu'il transforme une existence à peine supportable pour me donner ne serait-ce qu'une vague idée du bonheur.

Désormais, Emma Carter n'attendra plus personne.

De vous à moi : je deviens la proie des dieux du shopping… et j'exorcise quelques démons.

La semaine suivante, en allant au bureau, j'ai droit à de nouvelles révélations. En me surprenant à rôder autour du bureau de la *copy editor* qui relit mon dernier article sur les chapeaux — espérant je ne sais quels compliments sur l'habileté de mes tournures de phrase —, je comprends soudain que je fais exactement le contraire de ce que je voulais. J'attends que quelqu'un d'autre me juge à ma place !

En réintégrant mon bureau, j'aperçois Rebecca dans le bureau de Patricia. Les deux femmes se sont lancées dans ce genre de tête-à-tête qui vaudra vraisemblablement à Rebecca d'atterrir un jour ou l'autre dans le bureau juste à côté de celui de Patricia.

Loin d'être désespérée, et de reprocher à toutes ces âmes égarées de *Bridal Best* de ne pas reconnaître mon génie et mes talents de manager, je me libère de cette curieuse emprise qu'elles ont toutes sur moi. C'est vrai, ça, qui est donc Patricia pour se permettre de décider si je suis faite pour tel ou tel type de travail ? Elle ne me connaît même pas. Je ne suis pour elle qu'une employée parmi d'autres. Tiens, je parierais même qu'elle ne connaît pas son propre mari. C'est à moi de prendre mon destin en main. Pas à elle. Ni à Rebecca. Ni à Tony, d'ailleurs ! C'est à moi de décider ce que la vie réserve à Emma Carter.

Après l'excitation première provoquée par ces révélations, je rentre chez moi, bien décidée à découvrir ce week-end ce qu'est la vie…

Mais je m'aperçois que je n'ai pas l'ombre d'un indice.

C'est sans doute pour cela que je tombe aussi facilement dans le piège que me tend ma mère le samedi matin.

— Emma, je suis contente que tu sois là, commence-t-elle alors que je décroche le téléphone dans un demi-sommeil.

J'ouvre les yeux et je fais demi-tour pour regarder l'heure sur ma table de chevet.

— Où veux-tu que je sois un samedi matin à 8 h 30 ?

Ignorant ma remarque, elle poursuit :

— Tu as des projets pour aujourd'hui ?

— Rien de spécial.

Je réalise un peu tard que j'ai parlé sans réfléchir. Ça laisse la porte ouverte à n'importe quel scénario imaginé par ma mère.

— Parfait ! J'avais l'intention de venir en ville faire un peu de shopping. J'ai besoin de chaussures. Macy fait des promotions, et le magasin de la 34e Rue possède cinq rayons « chaussures ». C'est bien mieux que celui du *Mall.*

Curieux cette façon de prononcer *Mall* avec un tel mépris, surtout chez une femme qui avait l'habitude de fréquenter ce coin au moins deux fois par semaine.

— Le mariage est dans deux mois, et je n'ai toujours pas d'escarpins ! Je pourrais aussi prendre des nouvelles sandales pour le voyage de noces. Et peut-être un modèle plus habillé à lanières pour le soir…

Si nous avons un point commun, ma mère et moi, c'est bien notre faible pour les chaussures. La seule différence, c'est qu'elle a plus de pouvoir d'achat que moi. C'est sans doute cela qui m'a décidée à passer tout mon samedi à faire les magasins avec elle, jusqu'à ce que mes mollets crient grâce et que tout mon être se rebelle à l'idée de comparer une nouvelle fois les avantages du nu-pieds par rapport à la chaussure fermée…

A moins que ce ne soit pour éviter de passer une nouvelle journée toute seule ! J'ai déjà médité tout mon vendredi soir sur le sens de ma vie. Je me suis même posé la question : *ai-je* une vie à moi ?

Je suis épuisée, assise à côté de ma mère qui essaie sa cinquième paire de sandales ouvertes, à petit talon, en cuir naturel… Elle affirme qu'elle en aura besoin au cas où sa tenue n'irait pas avec les sandales ouvertes noires à petit talon, ni avec les chaussures argentées à lanières et haut talon ou les escarpins noirs et les mules rouges qu'elle a déjà achetés en plus des escarpins blanc cassé qu'elle portera le jour du mariage ! Je me demande ce que je fais dans cette galère…

Je jette alors un coup d'œil sur les boîtes étalées à mes pieds… Il y en a au moins deux pour moi… Des sandales rouges à lanières et haut talon, super sexy ! Et la plus adorable paire de tennis que j'aie jamais vue. Et je me souviens que ce sont mes excès qui ont causé ma perte.

Finalement, ma mère lève la tête après avoir tenté sans succès d'ajuster la lanière de la paire de chaussures qu'elle est en train d'essayer pour dissimuler un peu son gros orteil.

— Tu sais quoi ? Finalement, je n'en ai pas vraiment besoin. Nous ferions peut-être mieux d'en rester là et d'aller manger un morceau. Qu'en dis-tu ?

Comme manger a toujours été l'un de mes passe-temps favoris, je vote pour.

Nous nous frayons un chemin à travers la foule pour sortir du magasin, et nous décidons de quitter ce quartier un peu stressant. Nous hélons un taxi pour aller déjeuner à *Zen Palate*. Ma mère vient tout juste de finir un livre sur les vertus du soja, et elle est impatiente d'aborder l'étape suivante : manger végétarien.

Une heure plus tard, ma mère déguste une assiette de nouilles au curry accompagnée de tofu aux légumes. Elle en est au milieu du plat lorsqu'elle pose sa fourchette.

— Tu sais, c'est bon, dit-elle en prenant un coin de nappe pour s'essuyer délicatement la bouche. Mais je ne sais pas si je pourrais manger ce genre de trucs toute ma vie. J'ai toujours été habituée à manger de la viande. Ne *pas* en manger me paraît anormal.

Je souris. J'ai retrouvé le moral maintenant que nous sommes à l'abri de cette fièvre acheteuse. Je déguste avec un plaisir non dissimulé une aubergine sautée et un pâté de soja frit.

— Eh bien, moi non plus je n'ai toujours pas franchi le pas, bien qu'Alyssa ne jure que par le soja et ses bienfaits.

— Comment va-t-elle, cette chère Alyssa ?

— Très bien. Elle et Richard s'entendent super bien, dis-je en me rappelant combien ils avaient l'air heureux la dernière fois que je les ai vus. Je parierais qu'ils ne vont pas tarder à se fiancer.

— Voilà une excellente nouvelle. Et Jade, est-ce qu'elle a quelqu'un ?

— Aux dernières nouvelles, elle est amoureuse.

— Amoureuse ? s'exclame ma mère qui ne cache pas sa joie. Et de qui ?

— Tu sais, ce type qu'elle a rencontré à la gym, Ted. Il est très gentil. Rien à voir avec Michael.

— Dieu merci.

Ma mère a eu l'occasion de rencontrer Michael une fois ou deux. Bien qu'elle ne l'ait vu que très peu de temps, elle estime que c'est un bon à rien qui ne se soucie que de sa petite personne. C'est ça, le privilège de l'âge ! Vers la cinquantaine, on acquiert un sixième sens pour jauger les hommes. On est capable de repérer un crétin à cinq cents mètres…

Ma mère ajoute :

— Il était temps que Jade trouve enfin quelqu'un de bien.

Un silence pesant s'abat sur nous. Je suis sûre et certaine que ma mère est en train de penser à moi, à présent. Elle doit être persuadée que sa fille n'a plus aucune chance de rencontrer l'âme sœur.

— Quoi ? Qu'est-ce qu'il y a ?

J'essaie d'effacer le regard qu'elle pose sur moi. Pense-t-elle que j'ai rencontré quelqu'un d'intéressant et que j'ai volontairement omis de lui en parler ?

— Rien ! J'étais juste en train de me demander où tu en étais, toi.

Me voilà aussitôt sur la défensive, ce qui casse un peu la bonne ambiance qui régnait entre nous. Je l'ai regretté plus tard, mais je ne sais quel démon intérieur me pousse à parler.

— C'est *moi* qui te préoccupe, ou ma *vie privée* ? Parce que si c'est la deuxième hypothèse, sache que je n'ai rien à dire. Mais si c'est la première…

— Emma ! Pourquoi deviens-tu agressive ? Je pensais que nous passions un bon moment, et…

— C'est peut-être ça, ton problème, dis-je en sentant la colère me gagner. Tu as toujours besoin de croire que tu passes un *bon moment*. Si tu voulais bien arrêter de prendre tes fichus médicaments ne serait-ce que quelques jours, tu te rendrais peut-être compte que, tout compte fait, la vie n'est pas si rose. Que notre vie est loin d'être une suite de *bons moments*. C'est plutôt l'enfer, oui !

Ma mère change de visage. Elle est blessée et inquiète à la fois. Je regrette aussitôt ce que j'ai dit. Zut alors, qu'est-ce que j'ai fait ? Et pourquoi ?

Ma colère se retourne contre moi et se change en haine.

— Je suis désolée, je ne voulais pas…

Elle fait un geste de la main pour me couper la parole.

— Tout d'abord, sache que je ne prends pratiquement plus d'antidépresseurs depuis… depuis que j'ai rencontré Clark, il y a quelques mois. C'est vrai, j'étais devenue dépendante, c'était devenu pour moi la seule façon d'affronter les coups durs. Mais ce temps-là est révolu. A présent tout est différent. *Je* suis différente.

Inutile de dire que je suis très surprise, et un peu sceptique.

— Ça ne t'inquiète pas de voir que ton bonheur dépend à ce point de Clark ? J'ai l'impression que tu as juste échangé une drogue contre une autre. L'amour a remplacé les antidépresseurs.

Elle secoue la tête avec véhémence.

— Non. Parce que lorsque j'ai rencontré Clark, je n'étais déjà plus la même sur le plan affectif. J'ai été suivie par un spécialiste. J'avais déjà réduit les doses à 500 mg par jour. J'avais l'impression de… de mieux me connaître. C'est-à-dire, je savais ce que je voulais faire de ma vie. Alors quand j'ai rencontré Clark, j'ai su tout de suite que c'était lui.

Cette fois, j'ai un choc. En passant d'un mariage à l'autre, en collectionnant les échecs, en donnant l'impression de faire de sa vie un immense gâchis, ma mère a apparemment réussi à trouver le bonheur. Je ressens à la fois l'ombre d'un espoir et le désespoir le plus total.

Moi aussi, je pourrais être heureuse un jour… Mais ça ne sera pas facile. Ce n'est pas au rayon « chaussures » de Macy que je trouverai le bonheur, ni au fond d'un pot de Skinny Scoop. J'ai l'impression qu'il me faudra subir encore pas mal d'épreuves avant de m'en approcher… Mais pour la première fois, je réalise qu'il est à ma portée. *A condition* que je lui laisse une chance…

De vous à moi : je suis forcée d'abandonner mon rôle de paria au bureau, et celui d'ex-petite amie.

La semaine suivante, j'ai l'impression qu'on a libéré tout à coup mes épaules d'un lourd fardeau. Je trouve le courage d'appeler mon père pour avoir de ses nouvelles. J'apprends avec joie qu'il semble sur le point d'abandonner l'alcool. Il a même commencé à participer à plusieurs réunions des Alcooliques anonymes, ce qui est bon signe. Il avait l'habitude de les dénigrer, prétendant que les gens qui fréquentaient ce type de réunions avaient « vraiment des problèmes ». Pendant des années, mon père a été persuadé d'appartenir à une autre catégorie, ce qui lui a permis de rester opérationnel même dans les périodes où il buvait le plus. Il avait un boulot, il a rénové sa première maison. Après son remariage, il a complètement retapé sa deuxième maison, malgré son âge. Et tout ça avec l'aide de ce bon vieux Johnnie Walker ! Mais après avoir pris sa retraite, et surtout depuis cette chute du toit, il a dû se rendre compte qu'il était temps d'affronter la réalité.

Je commence à envisager la situation sous un jour meilleur. Disons que je suis d'un optimisme prudent. D'autant plus prudent que Deirdre m'a quand même signalé qu'il continue de se démener pour trouver un nouvel avocat. Il veut porter plainte contre la société qui a fabriqué le harnais. Décidément, il a toujours besoin d'un bouc émissaire…

Cela dit, il n'est pas le seul ! Des boucs émissaires, j'ai découvert que j'en avais moi-même quelques-uns. Rebecca, par exemple. N'ai-je pas décidé que c'était en partie à cause d'elle que je ne réussirais jamais dans la vie ?

Les semaines qui ont suivi la montée en puissance de Rebecca, je suis devenue la modeste héroïne de tous les « bras cassés » et de toutes les aigries de *Bridal Best*. Des gens comme Lucretia Henry, qui n'a aucun espoir de promotion, et comme Marcy Keller, qui n'a aucune vie sentimentale, ne se sont pas privés de me faire savoir qu'elles estimaient que la promotion aurait dû me revenir. Que j'avais été victime d'une erreur d'appréciation de la Direction qui mettrait un jour le magazine en danger.

Je dois avouer que c'est grâce à ces commentaires acides que j'ai pu supporter de rester au bureau. Car il y a eu des moments douloureux après l'emménagement de Rebecca dans un bureau entièrement repeint, un vrai bureau avec une porte et une vue sur l'East River.

Comment aurais-je pu supporter tout ça si je ne m'étais

pas mis dans la tête que Rebecca, avec ses tailleurs de femme cadre et sa coiffure impeccable, avait aveuglé Patricia et les autres en leur faisant croire qu'elle était mieux qu'elle ne l'est en réalité ?

Pendant un moment, j'ai continué à faire tranquillement mon boulot. Un calme étrange s'est emparé de moi, qui m'a permis d'écrire des articles, de trouver des titres et de créer des accroches plus efficaces qu'avant… et dans les délais. J'étais en quelque sorte devenue indifférente à l'impact de mon travail sur les autres. Et cette attitude, aussi bizarre que ça puisse paraître, m'a rendu mon travail plus facile. On aurait dit une somnambule qui s'attaque à l'Everest. Qui n'atteindra sans doute jamais le sommet, mais qui réussira quand même à avancer à condition qu'elle n'ouvre pas les yeux et qu'elle ne voie pas les rochers menaçants, là, plus bas.

Puis, un jour, Caroline a mis les pieds dans le plat. J'étais assise dans mon bureau, les jambes croisées, occupée à soigneusement renommer tous mes fichiers pour jouer les championnes de l'organisation. Et je sens une présence à l'entrée de mon bureau. C'est Caroline, qui n'a plus la possibilité désormais de cacher sa grossesse ! L'inquiétude se lit sur son visage. Elle me demande de venir dans son bureau pour « bavarder un peu », et « quand j'aurai un moment » bien sûr.

Bien entendu, je me fais du souci. Est-ce que quelqu'un m'aurait entendue imiter Patricia et son prêchi-prêcha sur la magie de *Bridal Best* ? A moins que ce ne soit Marcy qui m'ait dénoncée après qu'une main anonyme a accroché au mur de la cantine une mariée en carton-pâte et sans tête…

Je laisse tomber mes travaux en cours et je me lance à la poursuite de Caroline. Bien que je ne sois pas totalement prête à affronter mon destin, il est clair que je suis incapable de rester dans l'incertitude.

Le temps que j'arrive à la porte de son bureau, elle a

déjà pris place au milieu des montagnes de papiers qui s'entassent dans la pièce. Bien qu'elle soit sur le point de prendre un congé de maternité de trois mois, elle a l'air plus calme que jamais face à la pression constante du respect des délais et à la vie de fou qui est le lot de tous chez *Bridal Best*. Elle a même l'air serein, la tête penchée sur la maquette posée sur son bureau.

Je m'apprête à décamper, de peur de la déranger. Mais elle lève la tête et paraît très surprise de me voir.

— Emma, vous êtes déjà là ! Entrez donc, j'en ai pour une minute.

Elle me montre la chaise devant elle. J'obéis et j'attends, anxieuse, qu'elle ait fini son travail. Quand elle relève enfin la tête, elle paraît aussi préoccupée qu'un instant plus tôt dans mon bureau.

— Alors, Emma, comment allez-vous ?

J'ai tellement envie de balayer ce pli soucieux de son front que je me lance dans un discours résolument optimiste, style « Tout va bien, je suis très motivée maintenant, et, vous savez, je m'organise de mieux en mieux… » Et j'en remets une couche en parlant de mon bureau si bien rangé, et si propre qu'on pourrait presque s'en servir comme table d'opération ! Je ponctue cette dernière sortie de mon petit rire habituel…

Mais ça ne l'amuse pas du tout.

— Oui, je sais, tout va pour le mieux. Mais ce que je veux savoir, Emma, c'est comment vous allez, *vous* !

Je sais ce qu'elle va me dire. Caroline est le genre de patronne sensible et ouverte aux autres, et qui tient à s'assurer régulièrement que les gens de son équipe sont heureux et se sentent appréciés. Comme je me suis laissée aller récemment à quelques manifestations de désespoir, je suis convaincue qu'elle veut aller au fond des choses.

— Mais très bien. La vie est belle, dis-je en réprimant un soupir.

— Et vos travaux d'écriture ?

— Bien.

Après tout, j'ai rendu mes deux derniers articles dans les délais et sans passer trop de temps dessus. C'est peut-être ça, le problème ? Je les ai écrits trop vite, et résultat, ils manquent de punch ! Il faut que j'en aie le cœur net.

— Est-ce qu'il y a eu… enfin, je veux dire… avez-vous eu des critiques négatives sur mon travail, récemment ?

— Pas du tout. Je suis simplement inquiète à votre sujet. Je pensais que vous pouviez être… déstabilisée par ce qui s'est passé au bureau ces derniers temps.

Je sais à quoi elle fait allusion. La promotion de Rebecca. Et ma déroute. Bon, impossible d'éviter le sujet… allez, je me lance.

— A dire vrai, Caroline, tout est devenu… plus simple pour moi depuis qu'on a pris la décision de donner la promotion à Rebecca. Je me concentre mieux sur l'écriture. Et tout me paraît… facile.

Elle sourit.

— Je suis ravie que vous me disiez ça.

Je suis soulagée d'avoir retrouvé aux yeux de Caroline mon statut d'employée comblée.

— Vous voulez savoir ce que je pense ? Je me suis demandé pourquoi vous teniez tellement à avoir ce poste…

Je n'y comprends plus rien. Qui suis-je, à ses yeux, dans cette société ? Attend-elle de moi que je sois une esclave à vie, faite pour pondre en continu des articles sur la magie du mariage et de son organisation ? Un vrai cauchemar…

Comme si elle lisait dans mes pensées, Caroline poursuit :

— Attention, comprenons-nous bien. Ce que je veux dire, c'est que j'ai toujours considéré que votre point fort était l'écriture. C'est une des raisons pour lesquelles je vous ai embauchée. Or, dans le poste auquel vous aspiriez, il y a très peu de travail d'écriture. C'est surtout une fonction de management.

Elle sourit.

— Je ne sais pas si je vous l'ai déjà dit, mais j'ai longtemps cru que je deviendrais écrivain. Juste après le collège, j'ai écrit pour la rubrique « Vie sociale » d'un journal de chez moi, dans l'Ohio. C'était avant que je ne rencontre mon mari. A cause de son travail, nous avons déménagé sur la côte Est, et je suis entrée chez *Bridal Best*. A mon arrivée, je suis vite devenue la meilleure rédactrice, jusqu'à ce qu'on me propose un poste de management. J'ai alors passé plus de temps à distribuer les articles qu'à les écrire. Vous savez, quand vous avez rejoint notre équipe, je me suis un peu retrouvée en vous.

Je n'en crois pas mes oreilles. Caroline — la Femme parfaite, la Mère parfaite et la parfaite Patronne — se retrouve en *moi* !

— Bien sûr, j'aurais pu garder l'écriture pour plus tard, mais des tas de raisons m'ont empêchée de réaliser ce rêve. De bonnes raisons, d'ailleurs. D'abord, Miles et moi avons acheté une maison qui avait bien besoin d'être retapée. Puis, surprise, Sarah est arrivée…

Elle éclate de rire.

Tiens, elle ne s'y attendait pas ! Jusqu'ici, j'ai toujours cru que Caroline avait soigneusement orchestré toutes les étapes de sa vie depuis l'adolescence. Son premier petit copain, son premier mari, sa première ferme dans le Connecticut, et ses trois adorables bambins si bien élevés.

— Lorsque mon deuxième enfant est né, on m'a proposé un poste de direction. Comment aurais-je pu refuser cet argent dont ma famille avait bien besoin ? Mon mari et moi souhaitions tellement assurer l'avenir de nos enfants.

Son visage prend une expression désenchantée. J'ai un élan de sympathie pour cette femme… J'ai toujours cru qu'elle avait vécu une vie de conte de fées, et je découvre qu'elle a dû renoncer à un rêve.

Elle doit lire dans mes pensées car elle ajoute :

— Comprenez-moi bien. Je ne regrette pas du tout les choix que j'ai faits. Ma vie de famille me donne toute satisfaction, et je suis heureuse de l'avoir construite avec mon mari. Pour ce qui concerne l'écriture, eh bien, nous verrons plus tard ... Chaque chose en son temps.

Elle me regarde alors droit dans les yeux.

— Mais pour certaines personnes, les choses peuvent se décanter plus tôt, à condition qu'elles ne se trompent pas de voie... qu'elles ne se laissent pas aveugler par l'ambition.

Je suis tentée de dire que je n'ai d'autre ambition que d'être l'une des meilleures recrues de *Bridal Best*. Mais je sais très bien que Caroline n'attend pas de moi un serment d'allégeance à l'entreprise. Elle attend bien davantage... Que je me consacre à mes espoirs et à mes rêves. Ce qui, pour des raisons que je veux ignorer, est beaucoup plus difficile à réaliser.

Puis Caroline aborde des sujets moins... délicats. Elle me demande mon avis sur la maquette qu'elle est en train de relire. Au bout d'un moment, je me lève pour prendre congé. Avant que je quitte son bureau, Caroline me griffonne le nom d'une amie qui est éditrice au magazine *Today's Woman*. Elle m'encourage fortement à la contacter si jamais j'avais une idée d'article qui ne corresponde pas à la ligne éditoriale de *Bridal Best*. A voir son sourire, je sais qu'elle fait allusion à mon récent projet, enthousiaste certes mais jugé déplacé, sur les femmes qui disent non au mariage. Et je comprends au quart de tour le message qu'elle veut me faire passer. Caroline est de mon côté. Elle m'encourage.

Ce soutien me fait du bien. Deux jours plus tard, j'envoie une lettre à l'amie de Caroline pour lui proposer un sujet d'article : « Comment rompre avec l'amour de sa vie ? ». Il faut croire que j'ai touché la corde sensible car elle m'appelle une semaine plus tard pour me proposer une avance de mille dollars pour écrire le papier. Elle pense faire paraître l'article dans le numéro d'automne, à la rubrique, « Vie privée ».

Abasourdie — et excitée comme une puce —, j'appelle aussitôt Jade et Alyssa pour leur annoncer la bonne nouvelle.

Jade ne peut s'empêcher d'y aller de son couplet : « Je te l'avais bien dit. »

Quant à Alyssa, elle propose de fêter l'événement le samedi suivant. Un dîner entre filles !

Et puis, ça fait tellement longtemps qu'on ne se voit pas, toutes les trois.

Plus on se rapproche du week-end, plus ce qui devait n'être qu'une petite fête prend des allures de festivités.

Alyssa débarque au *Miracle Grill* de *Bleeker Street*, le restaurant que nous avons choisi, avec une magnifique bague de fiançailles… et une petite étincelle dans les yeux qui en dit long sur son amour pour Richard. Mais elle insiste pour ne pas me voler la vedette et commande une tournée générale pour trinquer à mon succès. En attendant les plats, Jade et moi ne pouvons nous empêcher de réclamer des détails sur la demande en mariage !

Apparemment, Richard a choisi de jouer la carte du romantisme. Il a invité Alyssa à le retrouver à Central Park vendredi soir, après le travail, pour assister à un concert gratuit sur la grande pelouse. Tandis qu'Alyssa l'attendait à l'entrée de la 72e Rue, elle a vu soudain Lulu courir vers elle, sans savoir d'où elle venait. Alyssa a commencé par se poser des tas de questions, puis elle a aperçu Richard derrière elle, un panier de pique-nique à la main. Il lui a expliqué très calmement que Lulu avait « l'air de s'ennuyer à la maison ». Mais Alyssa a une nature soupçonneuse… elle a commencé à avoir des doutes ! Et ses doutes se sont confirmés lorsque Richard les a emmenées loin de la grande pelouse en direction d'un bouquet d'arbres, au fond du Parc. Alyssa a immédiatement reconnu cet endroit : c'est là qu'ils avaient gravé leurs initiales dans un tronc d'arbre juste après avoir emménagé à New York pour vivre ensemble. Richard a alors annoncé qu'il avait prévu un petit dîner en amoureux avant le concert. Alyssa était très émue, et attendait la suite, le cœur battant. Une fois la couverture étendue sur l'herbe, et Lulu bien sagement assise dans son coin comme si elle comprenait ce qui se passait, Richard a dit à Alyssa combien il l'aimait et lui a demandé de devenir sa femme…

A la fin du récit d'Alyssa, même Jade a les larmes aux yeux.

— Ça s'arrose ! dit-elle en faisant un geste en direction du serveur, un beau brun ténébreux auquel elle n'accorde qu'un battement de cils avant de commander une autre tournée.

Nous portons de multiples toasts en l'honneur des fiançailles d'Alyssa et du bonheur de se retrouver… Puis je demande à Jade des nouvelles de Ted.

— Il va très bien. Mais il me pousse à arrêter de fumer.

— Une bonne chose ! s'exclame Alyssa.

Je m'empresse de renchérir :

— Ah, ça oui ! Il faut vraiment que tu arrêtes, Jade. C'est tellement ringard…

— Et toi, la nouvelle recrue *hip* de *Today's Woman*, toi qui sais tout sur les nouvelles tendances, qu'as-tu de beau à nous dire ?

— C'est vrai, ça, on ne connaît même pas le sujet de ton article. J'ai tellement hâte de le lire. Ça parlera de quoi ?

— Comment oublier son ex…

Jade et Alyssa se joignent à moi pour lever leur verre.

— A ta santé, dit Jade.

Alyssa ne peut s'empêcher, malgré l'euphorie ambiante, de vérifier que mon moral est aussi bon que ça.

— Et toi, où en es-tu ? Je n'ai pas voulu amener la question « T » sur le tapis au moment où les choses tournent si bien pour toi…

— Ça va. Encore que... quand *Today's Woman* m'a téléphoné, j'ai eu envie de l'appeler.

— Tu as des nouvelles de lui ? demande Jade.

— Non. Pas depuis que je l'ai envoyé se faire voir parce qu'il s'amusait bien sans moi.

Elles restent silencieuses un instant. J'ai soudain comme un coup de flou. Comme si je *devais* aller mal parce que Tony n'a pas appelée. Pour être franche, je n'éprouve aucune tristesse. Ou plus exactement si, la tristesse que l'on ressent quand on a partagé pendant deux ans la vie de quelqu'un et qu'on n'ose même plus lui parler. Mais pas la tristesse d'une femme qui sait qu'elle a perdu le grand amour de sa vie, ça sûrement pas !

J'essaie d'ajouter une note d'humour à notre conversation.

— Je suis condamnée à être la râleuse de service larguée à New York. *L'éternelle Ex*.

Jade pose brusquement son verre.

— Emma Carter, tu n'es plus une ex !

Perplexe, je la regarde. Aurait-elle trouvé pour moi une meilleure définition ?

— Tu es devenue officiellement une vraie Célibataire. Et crois-moi, ça n'est pas mal du tout.

Nous portons un nouveau toast à ma nouvelle identité.

Chapitre 13

« Etre blonde n'est pas tout. Mais ça aide ! »

SEBASTIAN YEAGER, reine de Beauté déchue.

De vous à moi : je suis la meilleure amie d'une ex-petite amie.

Maintenant que j'ai franchi une nouvelle étape dans ma vie, j'arrive à m'affranchir de certaines choses. De la colère, par exemple. Je suis même revenue sur ma position vis-à-vis de Rebecca. J'ai réussi à pondre pour son numéro spécial un article très chouette sur le futur mariage de ma mère avec son troisième mari. Rebecca était enchantée, et moi fière de mes efforts.

Malgré tout, en la voyant glisser mon article dans son attaché-case, je ne peux m'empêcher de penser que certaines femmes ont tout dans la vie. Un boulot super. Un mec super. Moi, je ne joue pas dans la même catégorie.

En quittant mon bureau, Rebecca me promet de lire mon article très vite, dès ce soir. Et moi, je ne peux m'empêcher de l'imaginer pelotonnée devant un feu de bois, lisant mon papier pendant que Nash la couve des yeux, attendant qu'elle ait terminé pour la porter dans son lit pour un massage intégral suivi d'un examen approfondi de ses choix en matière de bague de fiançailles.

Je sais que ça finira par arriver. Ce n'est qu'une question

de temps. Pas plus tard que la semaine dernière, Rebecca m'a dit que Nash avait consulté le site Tiffany.com. Elle ne l'a pas épié — grands dieux, non ! —, elle est juste tombée par hasard sur l'adresse web en surfant sur l'ordinateur personnel de Nash. Ce qui veut dire qu'il a visité le site récemment.

Le lendemain, brûlant d'impatience d'avoir son avis sur mon article, que je me suis donné beaucoup de peine à écrire, je rôde autour de son nouveau bureau. Où peut-elle bien être ? Rebecca est *toujours* à l'heure, et il est déjà 9 heures et demie. J'ai presque réussi à me convaincre qu'elle s'est fait porter pâle pour éviter de me dire que mon article est nul… quand je la vois descendre l'escalier comme une folle et courir vers moi, sa mallette de cuir à la main, les yeux baissés. J'avance d'un pas hésitant vers le distributeur d'eau, près de sa porte. Je ne veux pas avoir l'air trop anxieuse… Je commence à remplir un gobelet en carton. C'est alors qu'elle m'aperçoit, sirotant mon verre d'eau d'un air dégagé. Mon regard croise le sien, et je suis frappée par l'immense désespoir que je lis dans ses yeux bleus.

— Je peux te parler ? dit-elle d'un ton suppliant.

En voyant le pli amer de sa bouche, j'ai même l'impression qu'elle va se mettre à pleurer.

— Bien sûr.

J'écrase le gobelet vide dans ma main et je l'expédie dans la poubelle. Puis je la suis dans son bureau. Elle use immédiatement des prérogatives de sa nouvelle fonction en claquant la porte derrière nous. Puis elle laisse tomber sa mallette par terre et s'assied en désignant d'un geste la chaise visiteurs. Je prends place face à elle. Elle soupire et m'annonce en me regardant droit dans les yeux :

— Ce salaud m'a plaquée.

Je suis tellement soufflée en entendant ces mots sortir de

cette jolie petite bouche aristocratique que je lui demande bêtement :

— Qui ça ?

— Nash, voyons ! Qui veux-tu que ce soit ?

Elle écume, les yeux lui sortent de la tête. Et soudain, comme si le fait d'avoir prononcé son nom lui causait une douleur intolérable, ses lèvres commencent à trembler.

— Rebecca, je suis désolée.

Et c'est vrai. Je ne peux pas supporter de voir une femme souffrir à cause d'un homme, même elle. Surtout après ma récente expérience… Chaque fois que je me laisse aller à y repenser, j'ai l'impression de recevoir un coup de poignard en plein cœur.

— Que s'est-il passé ?

Son regard se durcit brusquement, et son chagrin se mue en colère. Je préfère ça.

— Figure-toi qu'hier soir, il m'emmène au Lutèce. Je mourais d'envie d'y aller depuis longtemps, et il le savait.

Elle essuie du revers de la main la larme qui perle sous sa paupière et menace de couler.

— Il avait réservé depuis la semaine dernière. Alors bien sûr, moi je pense qu'il va me demander en mariage. J'ai même failli t'en parler, mais j'avais peur que ça ne me porte malheur… Bref, j'étais sûre. Tu comprends, il était allé sur le site de Tiffany, je me suis dit que c'était sûrement pour confirmer une commande, ou quelque chose de ce genre. Je te signale en passant que c'était uniquement pour chercher un stylo, un cadeau pour son patron qui part à la retraite !

Elle ravale la colère qui la submerge de nouveau et poursuit :

— Que pouvais-je imaginer d'autre ? J'ai pratiquement tapissé les murs de son appartement de publicités sur le fameux diamant *Lucida*, la dernière création de Tiffany. Tu vois de quoi je parle, tu sais avec une forme carrée…

J'ai effectivement un vague souvenir de cette bague qui figurait dans l'une de nos récentes maquettes. Je hoche la tête.

— Plutôt chouette, comme pierre, non ?

— En effet.

Ça, c'est bien elle ! Cette folie des bagues qui conduit certaines femmes à épouser des hommes sans intérêt simplement parce qu'ils sont très riches.

Elle refrène de nouveau sa colère et continue son récit.

— Bref, il m'emmène au Lutèce, et nous nous asseyons à une petite table face à face.

Ses yeux s'emplissent de larmes. Bien que je sois curieuse de savoir quel genre d'émotion le souvenir de couverts en argent et de serviettes de table artistiquement pliées peut réveiller, j'attrape la boîte de Kleenex sur son bureau et je lui tends un mouchoir.

— Merci.

Elle y plonge son délicieux petit nez et se mouche bruyamment.

— On est donc assis là, devant deux bons verres de bordeaux, les yeux dans les yeux. Et je me dis : « ça y est, enfin, il va faire sa demande ». Parce qu'il faut que je te dise, il paraissait *nerveux*. Idiote comme je suis, je trouve ça touchant, je me dis que c'est parce qu'il a peur que je dise non !

Furieuse, elle envoie valdinguer le Kleenex sur son bureau.

— Alors je me penche vers lui pour l'encourager, et je lui dis : « Mon chéri, tu as l'air si nerveux. Calme-toi. » Il me sourit et il dit : « C'est que j'ai tellement de choses à te dire ce soir. » Alors tu sais, mon cœur se met à battre si fort que j'ai l'impression d'être au bord de la crise cardiaque. Je pense que je vais avoir une attaque avant qu'il ne sorte la bague. Je lui dis : « Mon chéri, tu sais bien que tu peux tout me dire, tout me demander. Nous nous *aimons*, non ? »

La voix brisée, Rebecca ne peut plus contenir ses larmes. Elle donne libre cours à sa tristesse et à son amertume. Impuissante, je me penche pour lui presser la main en signe de sympathie.

— Et après, ce salaud m'annonce qu'il me quitte. Non, mais tu te rends compte !

Elle me regarde, complètement déboussolée.

A dire vrai, même à la vue de ses yeux rougis et de son visage bouffi de larmes, j'ai du mal à croire qu'un homme digne de ce nom abandonne en chemin un tel parangon de vertu. La bonne éducation faite femme, l'épouse modèle.

— Mais pourquoi ? Il t'a bien donné des raisons ?

— Ah, ça oui, des tas ! Ça se résume en quelques mots : c'est un garçon immature qui a peur de prendre ses responsabilités.

Elle attrape un nouveau mouchoir dans la boîte de Kleenex.

— Il dit qu'il a des choses à faire, qu'il n'est pas prêt. Que sa mère — oui, sa *mère* ! — a encore besoin de lui. Comme si Frederic Fekkai n'avait pas déjà pris toutes les dispositions pour assurer l'avenir de *sa* mère…

Je regarde Rebecca pendant quelques instants, le temps de tout bien intégrer. Puis je commets l'impensable… *Je ris.* C'est parti tout seul, impossible de m'en empêcher. Ce n'est pas que je sois insensible à cette rupture, bien au contraire. J'ai beaucoup de peine pour elle. Ce n'est pas non plus le fait que j'imagine Nash et sa mère. C'est que, tout à coup, toute cette histoire me paraît totalement absurde. Tous les moments d'angoisse que nous vivons à cause des hommes, je devrais plutôt utiliser le terme de « gamins », tout ça est d'un ridicule incroyable.

Je tente en vain de dissimuler mon hilarité. Il faut dire que Rebecca me regarde droit dans les yeux. Elle va sûrement penser que je n'ai pas de cœur ! Mais voilà qu'au contraire un sourire apparaît sur son visage couvert de larmes, et elle se met à rire avec moi. Le genre de fou rire que je ne lui ai jamais connu depuis l'époque où nous échangions des piques contre Patricia et son armée de demoiselles d'honneur.

Une fois notre crise de fou rire terminée et nos dernières larmes essuyées — les larmes les plus joyeuses qui soient —, Rebecca se laisse aller contre le dossier de sa chaise et soupire, le visage creusé de rides qui la font paraître soudain plus âgée.

— Ça ne va pas être facile. C'est sûrement la pire chose qui puisse m'arriver.

Ça, c'est encore à voir ! C'est que j'en ai vécu d'autres, moi, des sales moments après la Période Tony. Mais je sais ce qu'elle veut dire. Je ne connais que trop bien ce sentiment de désespoir qui vous submerge juste après que l'homme que vous aimez décide soudain de tout arrêter. C'est comme si votre vie entière s'écroulait comme un château de cartes, tombait en morceaux.

— Ça te semble la pire des choses maintenant, mais ça ne durera pas, dis-je prudemment. Tu vas te sentir abandonnée. C'est vrai, tu vas en prendre plein la figure. Mais après, crois-moi, ça ira mieux. Tu te rappelleras soudain qui tu étais *avant*, et ce que tu attendais de la vie. Et tu reprendras la route.

En tenant ces propos, j'ai l'impression d'ouvrir moi-même les yeux pour la première fois…

Elle hoche la tête d'un air pensif.

— D'où te vient une telle certitude, Emma ? Es-tu passée par là toi aussi avant de rencontrer Tony ?

— Oh non, ce n'est pas ça, dis-je avec un pauvre sourire. C'est ce qui m'arrive en ce moment !

Et là, impossible de me taire. Je lui déballe tout. La façon pitoyable dont Tony m'a annoncé son départ imminent, sa nouvelle vie avec la déesse de l'hygiène dentaire, et notre dernier entretien téléphonique qui m'a fait si mal.

Dès que j'en ai fini, Rebecca me regarde, stupéfaite.

— C'est dingue, je n'arrive pas à croire que tu aies subi tout ça ! Et tu ne m'as rien dit… Mais comment as-tu fait pour tenir le coup ?

Je réponds avec un sourire :

— Ça, je me le demande encore !

De vous à moi : une bonne séance chez le coiffeur vaut bien une consultation.

C'est ainsi que Rebecca et moi renouons des liens d'amitié. Je l'emmène au club de gym d'Alyssa où j'ai fini par m'inscrire après avoir utilisé toutes les invitations d'Alyssa et de Jade. Rebecca avait déjà son club à elle — sinon, comment aurait-elle pu conserver cette silhouette de rêve ? Mais fréquenter le même club nous rapproche. Je lui montre comment une bonne séance de StairMaster peut exorciser bien des démons juste après une rupture…

Nous sortons même prendre un pot un soir, et elle est suffisamment éméchée pour échanger une fois de plus quelques piques sur cette obsession du mariage qui règne chez *Bridal Best*. Bien entendu, Rebecca est un peu plus nuancée que moi… C'est que, maintenant, elle fait partie de l'équipe de direction.

Et voilà. Je suis à présent officiellement célibataire, et détentrice d'une carte de membre du club de gym. Et officiellement plus mince aussi. Car pour avoir ma carte de membre, j'ai suivi une séance spéciale avec Tom, un coach beau comme un dieu avec lequel j'ai envisagé un moment de sortir. Une séance à l'issue de laquelle Tom m'a demandé de monter sur la balance. J'étais morte de trouille… mais après quelques secondes, j'ai crié victoire. J'ai perdu en tout cinq kilos ! Cinq ! Je suis presque mince. A mes yeux, tout du moins.

Je suis aussi officiellement rédactrice à la demande.

Une fois terminé mon article pour *Today's Woman*, j'ai acheté un exemplaire de *Writer's Market* pour trouver de nouveaux débouchés.

Je suis tellement plus heureuse… Mais il manque toujours quelque chose. Quelque chose qui me donne une envie folle d'appeler Tony. Qui me ronge les sangs quand je pense aux erreurs que j'ai commises avec Max, et me permet de résister à l'envie de draguer Tom, mon coach de charme… J'aurais pu passer un nouveau cap difficile si je n'avais été momentanément sauvée par saint Sebastian en personne, excusez-moi du peu ! C'est un vendredi soir que j'ai eu la surprise d'entendre sa voix. Il était très heureux que je sois chez moi.

— Salut, Emma !

Ça alors, le retour du coiffeur prodigue !

— Sebastian, comment vas-tu ?

— Super bien. Et toi ?

— Bien.

— Tu es amoureuse ?

— C'est-à-dire…

Il n'attend même pas que je lui sorte une vague explication boiteuse.

— *Moi,* oui. Amoureux de la vie.

Ça alors ! J'ai craint un moment qu'un autre de mes amis n'ait rompu les amarres avec le Célibat.

— Si tu savais ce que j'ai appris de mon gourou, Emma. Tu devrais assister à une séance avec moi. Figure-toi que maintenant , je médite tous les jours. Je ne te dis pas comme ça m'a aidé à ouvrir les yeux sur la vie. Ils entament une nouvelle session la semaine prochaine. Il faut absolument que tu viennes.

Je commence à craindre que Sebastian ne fasse un peu trop le forcing pour que j'assiste à ses pseudo-séances. Genre : « Faites la découverte de votre Inconscient, en trois séances. »

— Tu sais, je…

— Dis-moi tout. Je suis impatient de savoir ce que tu deviens… Et d'abord, comment vont tes cheveux ?

C'est pas vrai ! Je comprends enfin la véritable raison de son appel.

— Toujours pas blonde…

— Hmm, on va peut-être pouvoir arranger ça. Tu es libre demain après-midi ?

Ce brave vieux Sebastian ! Il a toujours des idées brillantes quand il commence à être fauché… Ce n'est pas sa paix intérieure qui paie ses factures ! Mais autant profiter de l'occasion. J'accepte de le rencontrer dans son repaire de l'Upper East Side. Je lui déposerai en douce un peu de liquide sur son buffet en échange de ces mèches blondes sur lesquelles je fais une vraie fixation.

Finalement, c'est bien de Sebastian que j'avais besoin !

Le lendemain, je me retrouve assise dans sa cuisine. Les murs sont revêtus d'une étrange combinaison de couleurs, des tons voyants et rassurants à la fois. Je me sens comblée, comme l'est une femme lorsqu'on s'occupe vraiment d'elle.

La moitié de la tête recouverte de papillotes de papier d'aluminium, j'écoute Sebastian fredonner un air très relaxant en appliquant la touche finale. Je ressens quelque chose qui ressemble à du bonheur…

Une fois l'opération terminée, Sebastian règle le minuteur et s'empresse de nous faire du thé. En le regardant sortir ses feuilles de thé d'une boîte en fer-blanc et verser dessus l'eau frémissante, je note la grâce de ses gestes, et l'économie de mouvements. Tout entière sous le charme de sa présence apaisante, je constate que, quoi qu'il fasse, même les tâches les plus insignifiantes, il le fait avec un plaisir évident.

C'est certain, il est arrivé quelque chose à Sebastian. Ou *quelqu'un*… Une fois achevé le cérémonial du thé, il s'assied en face de moi, et penche la tête pour une courte prière. Je lui pose alors la question qui me brûle les lèvres depuis mon arrivée.

— Alors, tu as rencontré quelqu'un ?

Il secoue la tête et sirote son thé avec un soupir d'extase.

Je l'accompagne. Le thé a un goût assez désagréable. Serais-je en train de découvrir un nouveau breuvage ?

— Moi non plus, lui dis-je, bien qu'il ne m'ait pas posé la question. Et ça commence à me taper sur les nerfs.

Il sourit et me fait un signe de la main.

— Emma, tu as besoin de faire l'amour, c'est tout.

J'écarquille les yeux. Celle-là, je ne l'ai pas vue venir ! Surtout de Sebastian, assis là en tenue orientale, avec cette expression sereine et comblée sur le visage. Je m'attendais plutôt à une petite incantation pour m'apaiser l'esprit.

Il semble un brin offensé de me voir si surprise.

— Tu ne crois tout de même pas que j'ai une vie de moine ! Non, s'il te plaît.

Il passe les doigts dans ses cheveux blonds et bouclés, et son regard de chérubin devient malicieux.

— J'ai appris que la clé de toute relation, c'est de n'avoir aucune relation. Je suis tout simplement meilleur quand je suis seul. Plus en paix. Probablement parce que je n'ai plus rien à faire avec les idées bizarres des autres. Après John, j'ai eu suffisamment de liaisons pour y consacrer deux vies. Mais finalement, je n'attends rien de personne… si ce n'est une vie sexuelle. Et ça, ce n'est pas trop compliqué à obtenir…

Ah, la vie des homosexuels à New York ! Est-ce si facile de faire l'amour… sans se faire avoir ?

— Alors c'est ça, ton secret ?

— Mon secret ?

— Du bonheur, oui. Tu sembles si calme, si heureux.

Il sourit béatement.

— C'est mon gourou qui m'a appris le bonheur, Emma.

Aucun homme ne peut t'apprendre ça, dit-il en faisant un geste vers la photo encadrée qui trône sur son étagère.

C'est cette indienne qu'il m'a déjà montrée la dernière fois que nous nous sommes vus. J'étudie ses traits détendus, son *bindi* sur le front. Je ne suis pas convaincue. En dépit du sourire béat qu'elle arbore elle aussi, ses yeux m'ont l'air un peu… tristes.

— Penses-tu que certains êtres soient faits pour vivre seuls ?

Je redoute un peu la réponse.

— Seulement si c'est leur choix. Tout dans la vie n'est qu'un problème de choix. Mais la plupart des gens ne s'en rendent pas compte.

Sur ce, le minuteur se met à sonner, et Sebastian entre en action. Il vérifie sur quelques mèches si la couleur a bien pris, puis il commence à enlever les feuilles de papier alu. Nous nous dirigeons vers le bac pour le shampooing, et il commence à me rincer les cheveux. Je prie le ciel pour que la couleur soit conforme à mes attentes, et change ma vie.

Comme à son habitude, il prend bien soin d'éviter que je me voie dans la glace avant que le brushing ne soit terminé. Il adore ménager le suspense et regarder ma tête quand je découvre enfin le résultat.

Une fois de plus, il n'est pas déçu ! Devant ce blond chaud et brillant qui illumine mes traits, je suis envahie d'une immense joie. Mon sourire en dit long…

— Je suis magnifique !

Et je me retourne pour l'embrasser.

— Emma, tu as *toujours* été magnifique.

Il se penche en avant pour admirer son œuvre.

— Mais maintenant, tu l'es encore *plus* !

En regardant de nouveau mon reflet dans la glace, je constate avec délices qu'il a raison.

De vous à moi : je suis blonde. La chasse est ouverte !

Ce soir, je retourne chez moi l'estomac plein de nouilles japonaises et de légumes que Sebastian m'a fait goûter après en avoir fini avec mes cheveux. J'ai aussi au fond de mon sac le numéro de téléphone du cours de yoga le plus proche de chez moi.

Bien que je n'aie aucune intention d'avoir un gourou, Sebastian a au moins réussi à me convaincre des bienfaits de la méditation. J'ai donc pris la carte à tout hasard.

En arrivant au coin de ma rue, je m'arrête et je me dirige vers la boutique Heavenly Dee-lites. Après tout, je peux bien m'offrir un peu de Double Mocha Chip, non ? Pas pour noyer mon chagrin, bien au contraire ! Parce que la journée a été bonne, et que je veux la terminer en beauté avec un délicieux dessert basses calories.

Et puis, ça fait un moment que je ne suis pas venue, et je ne voudrais pas que ce charmant couple de petits vieux croie qu'il est arrivé quelque chose à leur fidèle cliente.

En franchissant le seuil de la boutique, je *le* vois. La panique me gagne. Je pensais qu'il avait donné sa démission, ou qu'il avait été séduit par je ne sais quelle autre cliente un peu paumée et viré sur-le-champ. Mais c'est bien lui, toujours les mêmes épaules larges moulées dans un T-shirt, les mêmes hanches étroites dans un jean délavé. Il me fait toujours le même effet…

— Bonjour, me lance-t-il avec un sourire enjôleur, Ça fait un moment qu'on ne vous a pas vue, mademoiselle Double Mocha Chip.

Aussitôt, je suis sur mes gardes. Moi qui n'avais plus de salive, voilà que je lui balance le genre de commentaire qu'une femme ne doit jamais faire à un homme avec lequel elle rêve de faire l'amour.

— Oui, eh bien, désolée de vous décevoir, mais j'ai eu des tas de choses à faire. Quant à mon nom, c'est Emma Carter…

— Hé là, attendez ! Qu'est-ce qui vous prend, Emma ? Je... je me demandais juste ce que vous étiez devenue...

Je sens ma colère s'évanouir. C'est vrai ? Il s'inquiétait pour moi ?

— Et mon nom à moi, c'est Griffin Rivers, mais vous pouvez m'appeler Griffin. Si nous devons continuer à nous voir, nous pourrions au moins nous appeler par nos prénoms.

Il sourit.

— Que puis-je pour vous ? La même chose ?

Un peu gênée, je réponds.

— Oui... la même chose.

Il fouille dans le congélateur et en sort la fameuse boîte. Avant de la fourrer dans un sac, il marque une pause.

— Excusez-moi, vous en voulez trois litres ou un demi-litre ?

Je réponds un peu vite :

— Un demi-litre, bien sûr.

— Rien pour vos amis, si je comprends bien...

Mes amis ? Quels amis ? Je stoppe net, en me souvenant des bobards que j'ai dû inventer la première fois pour dissimuler ma gloutonnerie.

— C'est-à-dire, figurez-vous qu'ils ont tous déménagé...

— Ah..., se contente-t-il de dire en guise de commentaire, mais son sourire en dit long.

Il met la boîte dans le sac et se dirige vers la caisse.

En me rendant la monnaie, sa main frôle la mienne. Et je ressens de nouveau comme une petite décharge électrique, cette communication rarissime dont j'ai entendu parler des millions de fois, mais dont je n'ai personnellement ressenti les effets que deux fois. Et les deux fois avec lui, Griffin, Mister Skinny Scoop. Je me rappelle tout à coup les paroles de Sebastian : « Tu as besoin de faire l'amour »... Aucune femme saine d'esprit ne quitterait ce magasin sans avoir décroché un rendez-vous avec un partenaire aussi prometteur. Qu'il soit smicard ou non, quelle importance ? Il est tellement sexy. Seulement voilà, comment vais-je m'y prendre pour l'attirer dans mon lit ? C'est un dieu. Tout à fait le type de Jade, mais trop bien pour moi. Rien à voir avec ces intellos à lunettes un peu gauches pour lesquels je craque généralement.

Je prends mon courage à deux mains — j'en ai presque à revendre depuis que Sebastian m'a fait ces splendides mèches blondes — et je me lance.

— Merci.

Bon, d'accord, et après ?

Cherchant désespérément à me raccrocher à quelque chose, je lui dis en montrant mon sac :

— Maintenant que mes colocataires sont partis, je reviendrai sans doute moins souvent. Forcément…

— Vous croyez ? Quand est accro à ce genre de truc…

Passons…

— Alors, si jamais je ne peux pas venir ici samedi soir, on pourrait quand même se voir. Je ne sais pas, moi, pour boire un pot, par exemple. Peut-être dans un endroit plus… enfin je veux dire moins…

Je jette un regard circulaire sur le magasin rempli de fruits et légumes bio pour lui faire comprendre le fond de ma pensée.

— Pourquoi pas dans un bar ?

— Ou au restaurant. Et si je passais vous chercher chez vous après la fermeture ? Disons vers 21 heures. Je suppose que vous habitez dans le coin…

— Vous savez quoi ? On pourrait se donner rendez-vous ici.

Il faut dire que je viens encore d'avoir une vision fugace de nos deux corps enlacés dans la boutique. Et puis je ne tiens pas à ce qu'il voie mon nid à rats trop tôt. Et si jamais nous tombions sur Béatrice ? Je l'imagine déjà en train de nous raconter par le menu tous ses problèmes digestifs.

Non, chaque chose en son temps. Il faut d'abord que mon charme opère…

— Bon, alors, à samedi 21 heures, dit-il.

— D'accord. A bientôt.

Je prends un air détaché, mais dès que j'ai le dos tourné et que je marche vers la porte, je suis prise d'un violent tremblement… J'ai l'impression que je vais tomber en mille morceaux.

Ça y est, j'ai un rendez-vous ! Avec le mec le plus beau que j'aie jamais eu envie de séduire.

En rentrant chez moi, je ne peux m'empêcher d'admirer ma nouvelle image dans la vitrine d'un magasin. Je suis devenue une femme nouvelle, qui sait ce qu'elle veut et n'a pas peur d'aller au-devant de ses désirs.

Ça doit être à cause de mes cheveux… Ou alors, c'est que mon heure est venue…

De vous à moi : ce que je découvre est encore plus satisfaisant que le sexe.

Je passe la semaine suivante à préparer ma grande scène de séduction.

— Tu es sûre que tu veux juste *coucher* avec lui ?

La réflexion vient de Jade. Curieusement, elle a descendu en flamme mon plan dès que je l'ai mise au courant.

— Que veux-tu que nous fassions d'autre ? Bon sang, ce mec vend des substituts de crèmes glacées.

— Ce que tu peux être *snob* !

— Tu te souviens de ce que tu disais… avant de passer tes samedis soir à faire cuire des pâtés pour Ted ?

— J'en ai fait un seul ! Juste un essai. Ted adore les pâtés… et je voulais savoir si mon four marchait toujours…

— Bref ! Je ne fais qu'utiliser tes propres termes quand tu t'es justifiée d'avoir transformé le pauvre Enrico en objet sexuel. Griffin n'est *pas* mon type. Oui, il est sexy, c'est vrai, il a un job... enfin, pas terrible. Mais je ne vois pas ce que nous pouvons avoir en commun.

— Je ne sais pas, moi, c'est peut-être un artiste et qui a pris ce job uniquement pour payer ses factures.

— Même Tony ne tomberait pas si bas : devenir vendeur dans une boutique de produits végétariens... Ça ne paie pas assez pour lui permettre de réaliser ses rêves, d'exercer des talents d'artiste, ou n'importe quel truc de ce genre. Je suis sûre que Griffin fait ça parce qu'il a l'impression de servir une bonne cause, de préserver la planète...

— Et alors ? En quoi ça te gêne ?

— Jade !

— Bon, d'accord. Mais sois prudente. Rappelle-toi dans quel état tu étais après avoir couché avec Max. Et tu n'en as plus entendu parler...

Ce rappel calme un temps mes ardeurs, mais je persiste et signe.

— Ça n'a rien à voir. Quand je suis sortie avec Max, je cherchais une vraie relation. Tandis que là, la seule chose qui m'intéresse, c'est le sexe. Et j'ai bien l'intention d'y arriver !

— Eh bien dis donc, Emma, si je m'attendais à t'entendre dire ça un jour. *Toi !*

— Tu as intérêt à t'y faire. Je ne suis plus la même.

— OK ! Mais j'espère que la nouvelle Emma n'oubliera pas d'emporter quelques préservatifs...

— Bien sûr que non, voyons.

Comme si je faisais ça tous les jours...

En fait, j'achète les préservatifs au vendeur de Duane Reade (lui et son éternel sourire de commande !), ce qui est déjà traumatisant en soi. Je les glisse dans mon sac et je m'apprête à quitter mon appart.

Je ne me suis jamais sentie aussi nerveuse. Ni aussi émoustillée. Mais ça ne fait qu'accroître mon malaise.

Je me regarde dans la glace pour me donner du courage.

Je dois avouer que je ne me trouve pas mal du tout ! J'ai finalement opté pour une jupe noire et un haut assez foncé dans les vert kaki. D'abord, parce que nous sommes en août et qu'il fait chaud, mais aussi parce que je ne veux prendre aucun risque. Je veux que Griffin ait envie de moi. Et je suis prête à engager la bataille avec mes cheveux doux comme de la soie, aux reflets dorés, et mon rouge à lèvres de star. Sans parler de mon coordonné slip-soutien-gorge de soie rouge... Oui, je me sens d'attaque ! J'enfile mes escarpins, j'attrape mon sac et me voilà partie en direction du Heavenly Dee-lites. Ce qui m'attend là-bas, c'est bien plus qu'un congélateur rempli de Double Mocha Chip !...

Il m'attend devant la porte. Apparemment, il vient de prendre sa douche et a revêtu un T-shirt sombre en coton, et ce qui ressemble à un pantalon en tissu high-tech dont Jade n'arrête pas de dire que c'est le top du top. Très cher, en tout cas. C'est déjà étonnant, mais quand je vois le magazine qu'il est en train de lire, confortablement assis sur le banc qui fait face à la boutique, je me pose franchement des questions. *Advertising Age* n'est pas le genre de lecture préféré de la jet-set végétarienne, ni la tasse de thé des gens qui passent leurs samedis soir à vendre du Skinny Scoop...

Mais je n'ai pas le temps d'étudier ces contradictions. Griffin lève la tête et m'aperçoit. En lisant la satisfaction sur son visage, je ne pense plus à rien d'autre.

— Hello, Emma, ça va ?

La seconde d'après, je le retrouve planté devant moi. Il me tient les deux mains et me dévisage comme s'il allait me dévorer toute crue. Mais il ne m'embrasse même pas — pourtant il en a envie, je le vois bien. En fait, il se comporte de la façon la plus naturelle qui soit avec une personne qu'il ne connaît pratiquement pas.

Pendant un bref instant, je plonge mon regard dans ses yeux ourlés de cils épais, et j'ai l'impression de connaître cet homme depuis toujours. Une pensée saugrenue me traverse l'esprit : notre enfant aura ces yeux-là.

Mon Dieu, il faut que je me ressaisisse. Je détourne mon regard et libère doucement mes mains de celles de Griffin, en riant bêtement. Lorsque je le regarde de nouveau, il est déjà en train de récupérer son magazine sur le banc, comme si rien ne s'était passé entre nous. Décidément, je ne suis pas très nette.

— Si vous le permettez, je vais remettre ça là-dedans.

Le voilà qui détache le banc de la devanture du magasin et le porte sans effort à l'intérieur. Avec la revue.

Puis il réapparaît et ferme la porte à clé derrière lui. Je suis de nouveau intriguée. Comment a-t-il pu se faire aussi beau après avoir passé sa journée à fabriquer et à servir du Skinny Scoop ?

Je demande avec un petit rire :

— Je suppose que le magasin est équipé d'une douche ? Je veux dire, à vous voir, on ne dirait pas que vous avez travaillé toute la journée.

C'est vrai, ses vêtements sont simples, mais d'une élégance raffinée. Il a dû les payer un certain prix.

— Mes parents ont un appartement pas très loin du magasin. J'ai utilisé leur salle de bains.

Sur ce, il me prend la main et m'entraîne vers le bas de la rue.

J'essaie de garder la tête froide.

— Ah bon, vos parents habitent ici, à New York ?

« Mon Dieu, faites qu'il n'habite pas chez ses parents ! » Pourtant, ça expliquerait pas mal de choses. Pour commencer, ses fringues de styliste alors qu'il ne doit pas gagner des masses.

— Ils ont toujours vécu ici. Je suis né à New York. Il y a quelques années, ils ont envisagé de prendre leur retraite en Floride, mais ils n'étaient pas prêts à abandonner la boutique.

— La boutique ?

J'ai dû mal comprendre.

— Eh bien, oui, Heavenly Dee-lites, dit-il en se tournant vers moi alors que nous atteignons University Place. Je suis désolé, je pensais que vous le saviez. Le couple qui gère le magasin, ce sont mes parents.

— C'est pas vrai !

Ce charmant couple, ses parents ? Mais alors…

— Je suis content d'avoir pu m'échapper ce soir.

Il rit, d'un rire franc et sonore.

— J'ai failli me laisser entraîner dans une partie de bridge avec leurs amis. Notez bien, ça ne me dérange pas de passer du temps avec eux, au contraire. Ça fait à peine six ans que je suis revenu à New York. Je suis resté un moment à Chicago. Ils se font vieux, et, franchement, je trouve qu'ils devraient laisser la boutique pour profiter un peu de la vie. En attendant, je viens ici le samedi pour les aider un peu, mais ce n'est pas facile. Vous comprenez, j'ai ma propre boîte…

Non, mais c'est pas vrai. Je n'y crois pas ! Ce mec n'est pas du tout ce que je croyais. Le smicard, l'objet sexuel, tu parles ! C'est un homme important. Incroyablement séduisant, mais, en plus, suffisamment gentil et attentionné pour consacrer quelques samedis soir à ses parents. A jouer au *bridge*.

Et je ne suis pas au bout de mes découvertes. Pendant le dîner au Nobu, où je mange divinement bien, j'apprends qu'il est concepteur-graphiste. Apparemment, il travaille avec un tas d'agences de pub, d'où sa lecture de tout à l'heure ! Il a grandi à New York. Pendant ses années de lycée, il a aidé ses parents à gérer la boutique. Après ses études à Princeton, il est allé à Chicago pour travailler comme créatif dans une grosse boîte, puis il est revenu à New York créer sa propre société. Evidemment, passer des samedis soir dans la boutique de ses parents ne correspond pas tout à fait à sa conception des loisirs, mais il tient à les aider car il se fait du souci pour eux. Ils travaillent trop, et impossible de les convaincre de prendre du bon temps tant qu'ils n'auront pas trouvé quelqu'un pour reprendre le magasin. Ils veulent qu'il passe en de bonnes mains.

En parlant de mains, c'est fou ce que les *siennes* sont belles !

Et pour couronner le tout, il possède un appartement dans le nouveau quartier le plus branché de New York. J'ai bien dit « possède »... Pas question de loyer à prix bloqué. C'est lui le *propriétaire*. Quand il est revenu dans sa ville natale il y a six ans, il a commencé par s'installer dans un loft avec d'immenses baies vitrées, dans un immeuble d'avant-guerre.

Ne vous méprenez pas. Ce splendide appartement, je ne l'ai pas vu ce soir-là. Sache, ô mon lecteur bien-aimé, que je n'ai pas couché avec lui à ce premier rendez-vous. Ça m'a paru... incongru. Au plus profond de moi, j'avais l'impression qu'il m'était interdit de me retrouver dans la même chambre que cet homme, dans le même lit. Je n'étais pas digne de lui.

J'ai tout de même eu très peur lorsqu'il m'a appelé un taxi après dîner, ne m'accordant qu'un bref mais délicieux baiser, et me disant :

— Je vous appelle.

Pourtant, il m'avait demandé mon numéro de téléphone aussitôt après avoir passé la commande, et j'avais trouvé ça plutôt bon signe.

Le temps que le taxi me dépose devant mon immeuble délabré, j'étais résignée. Et peut-être aussi un peu soulagée. Je ne suis pas prête pour un homme aussi extraordinaire que Griffin. Mais je suis au moins sûre d'une chose : même s'il n'appelle pas, ça ira. Je ne me sentirai pas abandonnée. Parce que maintenant, j'ai de la compagnie, et une compagnie que j'apprécie... La mienne ! C'est déjà beaucoup, non ?

De vous à moi : je n'ai rien vu venir.

Le matin suivant, le téléphone sonne à 11 heures. Je n'attends aucun appel… Quelle est donc ma surprise en entendant la voix douce et grave de Griffin me souhaiter une bonne journée ! Il m'assure qu'il a passé une soirée formidable avec moi, et meurt d'impatience de me revoir.

Il n'en a rien à faire, lui, de passer pour le dernier des ringards en jouant les impatients… Il a attendu à peine un jour avant de me rappeler. Il m'aime bien. Comme moi je l'aime.

Alors nous sortons ensemble dès la semaine suivante. Et le week-end d'après. Nous passons même le long week-end du 1er Mai ensemble. Et ça, même Jade est d'accord pour dire que ce n'est pas anodin… Cela fait si peu de temps que je connais Griffin ! Petit à petit, nous trouvons naturel de passer ensemble tous les week-ends. Etre séparés l'un de l'autre nous semble bizarre. Et c'est ainsi que, sans que je m'en rende compte, nous devenons un vrai couple.

— Tu as décroché le gros lot, m'assure Jade.

Nous sommes assises autour d'un bon cappuccino au French Roast, avec Alyssa que nous venons d'aider à choisir une superbe robe de mariée chez Vera Wang. Je viens de leur dire, avec moult détails à l'appui, combien Griffin est sublime quand il dort. Et Jade d'ajouter : « A poings fermés. »

— Il faut dire que, la nuit dernière, j'ai fait l'amour avec Griffin pour la première fois. C'est l'expérience la plus belle, la plus intime que j'aie jamais vécue.

— Tu ne peux pas savoir comme je suis heureuse pour toi, Emma, me dit Alyssa.

Elle a cette expression rêveuse qui est la sienne chaque fois qu'elle est confrontée à des amours naissantes. Et authentiques.

— On dirait que tout va bien pour nous, déclare Jade en portant la tasse de cappuccino à ses lèvres. C'est tout à fait moi après que j'ai passé ma première nuit avec Ted. Et je crois que nous nous entendons de mieux en mieux sur le plan sexuel. Qui l'eût cru ?

— Avec le temps, je pense que c'est toujours de mieux en mieux, décrète Alyssa. Je veux dire, il y a des périodes un peu plus calmes, mais on a de sacrés bons moments…

A la voir, on devine qu'entre Richard et elle, les choses vont plutôt bien. Très bien même.

Je lève ma tasse de cappuccino pour porter un toast.

— A tous les bons moments de la vie !

De vous à moi : c'est vrai, il y a encore des moments…

Inutile de vous mentir. Tandis que Griffin et moi prenons le chemin de la vie en couple, tout n'est pas rose. A commencer par le mariage de ma mère. Comme il a eu lieu dans les toutes premières semaines de ma liaison avec Griffin, il nous a paru hors de question de lui infliger un week-end en croisière avec toute la famille. D'autant plus qu'il ne connaissait encore personne… Je savais bien qu'il me faudrait faire les présentations un jour, mais je préférais attendre que notre relation soit plus solide. En fait, je craignais que Griffin ne trouve ma famille un peu… bizarre. Ma mère, pour commencer, a décrété que nous allions nous marier dès que j'ai prononcé son nom au téléphone. Mon père continue d'affirmer que j'aurais dû rester avec l'avocat. Quant à Mamie Z, il n'y avait qu'une chose qui l'intéressait, c'était de savoir s'il était grand ! C'est la seule chose qu'elle m'a demandée quand je l'ai appelée pour lui souhaiter ses quatre-vingt-douze ans. J'ai répondu :

— Un mètre quatre-vingt-deux !

Elle était tellement contente… j'ai craint un moment qu'elle ne nous fasse une crise cardiaque.

Il y a eu d'autres moments difficiles… Le jour du départ pour le mariage de ma mère, j'ai eu ma première dispute avec Griffin. J'ai fait une crise d'angoisse parce que, pendant que je mettais le cap vers les terres lointaines où ma mère s'apprêtait à prononcer les vœux sacrés du mariage (elle commence à les connaître…) avec les vagues en bruit de fond, Griffin a décidé de passer le week-end à Fire Island avec une poignée d'anciens copains de classe. Je n'en aurais pas pris ombrage si je n'avais appris incidemment que son ex, enfin presque, serait là aussi.

— Je sais que c'est facile de… de retomber dans les griffes de ses ex. On boit un verre, puis d'autres verres, on parle du bon vieux temps, on rit des bons moments et l'instant d'après… on *revit* tous ces bons moments dans les bras d'une autre !

— Tu es folle, me dit Griffin.

Et son regard en disait long sur le peu de cas qu'il faisait de mes craintes. Il est tellement différent de moi sur ce point. C'est sans doute ce qui nous a permis de si bien nous entendre.

J'ai donc vu ma mère se diriger vers l'autel pour la troisième fois, accompagnée au loin par la musique de mariachis. J'ai même évité la crise de larmes — ou la crise d'angoisse — lorsque l'estrade de bois sur laquelle je me tenais pour lire *The Ecstasy* de John Donne a commencé à tanguer et à craquer sous mes pieds, sous l'effet du vent…

Il faut bien avouer que lorsque nous avons organisé la cérémonie sur la plage, avec la location du belvédère, le choix du restaurant, et cette idée grandiose de confectionner des petits sachets de millet pour fêter les nouveaux mariés, personne ne s'est souvenu qu'aux Caraïbes, septembre est la saison des ouragans !

Nous avons quand même réussi à tenir bon jusqu'à la fin de la cérémonie, qui s'est terminée par un lâcher de colombes venues de je ne sais où au-dessus du couple, au moment même où le marié embrassait son épouse. Une petite surprise de dernière minute dont ma mère n'avait soufflé mot à personne, moi comprise. Je suis certaine que même les pires accros au mariage, chez *Bridal Best* par exemple, n'auraient jamais pu trouver d'excuses à cet épisode s'ils avaient su ce qui allait se passer *après*... Lorsque le dresseur a voulu ramener ses oiseaux « au bercail », dans leur cage en bambou, je ne vous dis pas la panique !... A la fin de la cérémonie, il nous restait en tout et pour tout *une* poignée de graines à lancer sur les mariés. Mais c'était largement assez. Il suffisait de regarder ma mère et Clark ensemble pour comprendre qu'ils n'avaient pas besoin de porte-bonheur pour que leur couple marche !

Malgré la bonne tenue — dans l'ensemble — des noces de ma mère, je dois dire que tout ça m'a laissé une impression bizarre. Même si je trouve totalement insensé d'envisager d'épouser Griffin — nous ne sommes ensemble que depuis un peu plus d'un mois —, je suis rentrée chez moi avec des idées de mariage plein la tête. Ça m'exaspérait, mais je ne pouvais m'empêcher de me demander si ce jour arriverait.

« Du calme ! » me conseillait Jade. Impossible. « Vis au jour le jour », me suggérait Alyssa, mais je m'imaginais déjà dans deux ans, quittée par Griffin qui me laissait seule à trente-trois ans, et sans l'ombre d'un espoir. J'ai réussi à garder cette angoisse pour moi, à préserver Griffin qui restait fidèle à lui-même, c'est-à-dire doux et prévenant. Mais je vivais chaque journée comme si une épée de Damoclès était suspendue au-dessus de ma tête.

C'est alors que — comme un signe de Dieu, ou plus prosaïquement une manœuvre bien calculée de Sebastian — j'ai trouvé dans mon courrier une belle carte imprimée m'annonçant que mon ex-coiffeur était devenu officiellement guérisseur. Pour quatre-vingt-dix-neuf dollars quatre-vingt-quinze la séance, je pouvais me purger de tous les maux de la terre et recouvrer mon âme innocente d'enfant.

A vrai dire, je ne suis pas prête à me lancer dans l'aventure, et pour être tout à fait franche, je crois bien que j'aurais beaucoup de mal à faire confiance à des gens qui vous promettent monts et merveilles… tout en vous ponctionnant vos économies ! Je n'ai retenu qu'une chose intéressante, cet institut de yoga dont Sebastian m'a donné l'adresse autrefois. Après avoir demandé les horaires, j'ai fini par m'inscrire.

Côté méditation, on ne peut pas dire que j'aie fait des prouesses. En atteignant le 3e niveau, j'ai découvert que j'étais plus encline à m'endormir au milieu du cours ou à avoir une crise d'angoisse à la seule idée d'une vie sans angoisse… Mais quand j'ai atteint le 5e niveau, quelque chose s'est passé. Même si le caractère spirituel de cet événement est un peu suspect, il m'a permis de mieux comprendre ma vraie personnalité.

Alors que je m'apprête à faire le salut au soleil, comme à chaque début de séance — une série de mouvements que je trouvais un peu stupides au début, mais que j'ai fini par trouver apaisants —, je repère un visage que je n'avais pas revu depuis mes cours d'analyse Moyens/Objectifs à l'université de New York. Celui du Pr Diana Young, le premier professeur d'écriture créative pour lequel j'aie éprouvé un réel respect. C'est elle que j'ai choisie pour me prodiguer ses conseils, et qui m'a aidée à rassembler une sélection de nouvelles lorsque j'ai préparé ma thèse.

Le temps de me mettre en position pour la suite du cours, je sais qu'elle m'a vue, elle aussi.

Sa présence me fait un effet bizarre. Je suis totalement abasourdie, incapable de me concentrer. Et quand je m'étends sur le dos à la fin du cours pour la phase de méditation, je ne suis plus capable de rien. Au lieu de me concentrer sur la voix apaisante du maître, qui nous amène doucement dans un état de conscience modifiée, je cherche le moyen de m'éclipser discrètement. Avec un petit geste de la main et quelques mots aimables à l'intention de cette femme qui m'a vue peiner tout un semestre.

Je me souviens que j'arrivais dans son bureau avec des bribes d'histoires… quand j'en avais ! Parce que, la plupart du temps, je ne faisais que trouver des prétextes pour expliquer de nouveaux dépassements de délai… A la fin du semestre, j'avais réussi à pondre six nouvelles pour ma thèse. Mais j'étais incapable de croire un seul mot de ses commentaires élogieux. J'ai quand même pris soigneusement note de ses quelques critiques, peu virulentes il est vrai.

Tandis que le professeur de yoga est en train de ramener peu à peu à la réalité ceux qui ont réussi à se laisser totalement aller — je n'en fais pas partie —, je me lève d'un bond, je ramasse ma serviette et je marche d'un air détaché vers la porte. Elle ne m'a peut-être pas vue…

— Emma ! Emma Carter ! C'est bien vous ?

Elle s'approche de moi. Avant même de me retrouver nez à nez avec ce visage doux à peine marqué par le temps, ces yeux gris pleins de vie qui semblaient toujours voir clair en moi, je réponds :

— Madame Young, comment allez-vous ?

Bien sûr, ses cheveux sont à présent presque entièrement gris, mais elle les a gardés longs et ramenés tant bien que mal en queue-de-cheval. Une bonne coupe ne lui ferait pas de mal ! Bien sûr, son corps — style asperge — est affublé d'un justaucorps vert absolument hideux… Mais c'est bien le Pr Young. Avec son mépris des diktats de la mode et du bon goût. Un écrivain extraordinaire, un vrai génie des mots. Je l'ai toujours vénérée et crainte à la fois.

— Mais quelle surprise ! Comment allez-vous ?

Ses yeux gris toujours aussi inquisiteurs sondent mon regard.

— Bien, très bien même.

C'est vrai, non ? En tout cas, *c'était* vrai, avant que je ne la voie.

— Vous continuez à écrire ?

Je comprends pourquoi je me sens mal à l'aise en m'entendant répondre, sur la défensive :

— Bien sûr ! D'ailleurs j'ai fait un article pour le numéro de *Today's Woman* qui paraîtra le mois prochain.

— Mais c'est merveilleux, dit-elle. Quel en est le sujet ?

Elle a l'air sincèrement heureuse pour moi. Et je me sens soudain ridicule. Comment lui expliquer que c'est un papier qui traite du thème de la rupture à l'intention des femmes qui viennent d'être plaquées ?

— Oh, sur les relations humaines, enfin, ce genre de choses.

— Intéressant. Mais dites-moi, avez-vous terminé le roman que vous aviez commencé juste après avoir obtenu votre diplôme ?

Sa question me désarçonne complètement. Je me sens défaillir, et la façade que j'ai eu tant de mal à construire pour donner de moi l'image de la sérénité et du bonheur s'écroule en mille morceaux. Je me demande si elle s'en aperçoit, car elle continue à me sourire. C'est vrai, je travaille comme rédactrice free-lance pour des magazines, j'ai un nouveau petit ami extraordinaire, mais… j'ai une sensation d'échec.

— Eh bien, en fait… non.

Devant son expression perplexe, je commence à expliquer en long et en large comment j'ai trouvé ce job pour ce magazine — sans donner de noms, bien entendu —, le succès que j'ai immédiatement rencontré, à ma grande surprise. Puis la promotion — sans mentionner l'intitulé de mon poste. Enfin, tout le parcours qui m'a conduite à écrire pour des revues.

A la fin de mon laïus, elle paraît satisfaite. Mais avant de partir, elle m'observe une dernière fois, scrutant mon regard comme toujours.

— Vous savez, j'ai toujours pensé que vous écririez des fictions. Allez savoir pourquoi !

Puis elle me prend dans ses bras et me félicite pour mon succès. Elle m'invite même à aller la voir à l'université.

Je reviens chez moi en traînant la jambe, et le moral dans les chaussettes.

Plus tard, je suis allongée sur le lit près de Griffin qui me caresse la joue en s'étonnant de mon mutisme. Il finit par m'interroger :

— Il y a quelque chose qui ne va pas, Emma ?

Ne pouvant me contenir davantage, je lui dis tout. Ma rencontre avec le Pr Young. Ma vie à la sortie de l'université. Jusqu'à présent, Griffin avait de moi l'image de la journaliste d'entreprise rédigeant des articles sur tous les sujets qui me semblaient intéressants. Il ignorait que je conservais jalousement dans un des fichiers de mon portable quelques notes éparses, une ébauche de roman qui symbolisait le rêve de ma vie.

Maintenant qu'il sait tout, j'ai peur qu'il ne me trouve faible. *Lui* ne craint pas de réaliser ses rêves. Il a même laissé derrière lui, à Chicago, un job au salaire mirobolant pour créer sa propre boîte à New York. Avec juste quelques investisseurs et beaucoup d'espoir.

Mais en scrutant ces yeux magnifiques, dont je suis tombée éperdument amoureuse, je ne vois aucune critique, aucun jugement, pas même de la peur.

J'y vois de l'espoir. Et — oserai-je le dire — de l'amour.

Il me dit alors quelques mots très simples, les mots que j'ai tellement envie d'entendre en ce moment.

— Emma, et si tu essayais ?

Puis il me sourit, de ce sourire qui m'embrase le cœur.

Je sais qu'il a raison.

Chapitre 14

« Les ex sont comme les rides. En avoir un peu vous donne de la personnalité. »

EMMA CARTER,
ex-petite amie qui sort de l'ordinaire.

De vous à moi : je suis devenue le centre de mon petit monde à moi.

Quelques mois plus tard, je me retrouve un samedi soir assise seule chez moi. Quel bonheur !

D'accord, les choses auraient pu mieux se passer. Griffin pourrait être là, lové contre moi sous les couvertures en cette nuit d'hiver. Mais il est en voyage d'affaires, et n'a pas pu se défiler.

Je suis installée sur mon canapé devant un vieux film, un demi-litre de *New-york Superchunk Fudge* de chez Ben & Jerry's dans la main. C'est un petit plaisir que je m'accorde depuis quelque temps et dont je n'ai pas eu le courage de parler à Griffin.

Disons-le, je passe vraiment un bon moment avec moi-même.

Nous aurions pu passer la soirée entre filles, mais Jade est en vacances. Elle est partie skier avec Ted. Quant à Alyssa, elle est probablement en train d'auditionner des musiciens avec Richard pour leur mariage. Ils doivent en être à leur énième version de *Always and Forever*, jouée par des artistes plus très jeunes mais toujours enthousiastes dans leur smoking bon marché.

Je ne peux pas non plus appeler Sebastian. Il est parti en Inde, où il a fini par rencontrer son gourou. Je suis ravie pour lui, mais sincèrement, j'aimerais qu'il revienne. Sa présence apaisante me manque… et en plus, mes mèches blondes ont besoin d'un coup de neuf.

Depuis que j'ai fui le petit monde de *Bridal Best* pour travailler à plein temps en free-lance, je n'ai pas revu Rebecca. D'après ce qu'on m'a dit, elle travaille très tard le soir et est aux petits soins pour Patricia. Marcy Keller, que j'ai rencontrée un jour par hasard chez *D'Agostino*, m'a confié que Patricia avait besoin d'amis. Il faut dire que mon ancienne rédactrice en chef de choc divorce d'avec son fantôme de mari. Il paraît qu'elle est dans un sale état, à deux doigts de la dépression nerveuse. Je suis certaine que Rebecca est en train de gagner des points en tenant la main de Patricia pour l'aider à traverser cette épreuve. A moins qu'elle ne se sente réellement solidaire, car sa propre rupture avec Nash ne date pas de si longtemps…

Passer cette soirée toute seule ne me coûte pas du tout. Je n'ai plus cette obsession des quatre murs… puisque j'en ai à présent douze, et même seize en comptant la salle de bains. J'en ai fini avec ma petite chambre dès que Stacy est repartie vivre dans sa banlieue avec son nouveau mari. D'après Dorothea, ils attendent déjà leur premier enfant. Quant à moi, j'attends… un nouveau tapis d'Orient pour aller avec les murs fraîchement repeints et la magnifique cheminée de marbre. On doit me le livrer la semaine prochaine.

Au moment où je plonge ma cuillère dans un coin de crème glacée particulièrement riche en *fudge*, le téléphone sonne.

— Ah ! Je suis contente que tu sois là…

— Comment vas-tu, maman ?

— J'étais inquiète. C'est qu'il y a une vraie tempête de neige. Il faut faire attention…

— Je sais, maman. J'ai trente et un ans, et j'ai déjà vu suffisamment de neige pour faire avec.

— Où est Griffin ?

— En Californie.

— *Quoi ?* coasse ma mère, aussitôt en alerte.

— *Pour affaires.* Il revient mardi, si le temps le permet.

Je jette un coup d'œil par la fenêtre. Il continue de neiger.

— Ah, pour affaires, bien sûr.

De toute évidence, elle est soulagée. Par moments, ma mère pense que cet homme magnifique qui a croisé mon chemin — et qu'elle a considéré comme son gendre potentiel dès leur première rencontre, le jour de Thanksgiving — va disparaître un jour dans un nuage de fumée à la minute même où elle s'arrêtera de nous surveiller. Difficile de lui en vouloir. Chaque fois que je me promène dans la rue au côté de Griffin, que je vois toutes ces femmes le dévorer des yeux et me lancer, à moi, un œil noir, je dois me pincer pour être sûre de ne pas rêver.

Pourtant, c'est un fait. Nous formons un couple. Ses parents ont été aussi ravis que ma mère quand nous avons commencé à penser mariage — ils ne se lassent jamais de répéter que c'est grâce à eux que nous nous sommes connus — mais Dieu sait ce que l'avenir nous réserve. Griffin et moi vivons au jour le jour, prenant les choses comme elles viennent, le bien comme le mal. Et ça me convient parfaitement.

— Puisqu'il n'est pas là, si nous parlions un peu de toi.

Ça y est, c'est reparti !

— Maman !

— Je veux juste savoir ce que tu cherches. Cela fait six mois !

— Maman, ces choses-là ne se font pas à la va-vite. Rome ne s'est pas faite en un jour.

— Dis-moi au moins où tu en es. S'il te plaît. J'en ai déjà parlé à toutes mes amies... Et depuis, Dorothea n'arrête pas de me demander des nouvelles !

Je souris.

— Bon, d'accord. J'en suis à la page 175. Mais ce n'est que le premier jet...

Mes paroles sont couvertes par le cri de joie de ma mère. Je ne peux m'empêcher de me sentir fière. Dès qu'elle a su que j'avais commencé à écrire un roman, ma mère est devenue ma plus grande fan. Bien qu'elle n'ait pas lu une seule ligne du manuscrit. Pour l'instant, je ne l'ai montré à personne, à part Diana Young qui a lu les cent premières pages et m'a fait ce commentaire : « Très prometteur. »

— Emma, jamais je n'aurais espéré...

— Pour être franche, moi non plus. Enfin, pas jusqu'à maintenant.

— Tu sais que Clark a un ami éditeur chez Random House, et il a dit qu'il jetterait un coup d'œil...

— Tu me l'as déjà dit, maman.

Elle m'en a déjà parlé une bonne cinquantaine de fois...

— Clark et moi sommes tellement impatients de le lire. Tu sais, lui aussi est très fier de toi.

Et la voilà qui se met à me parler de Clark. Je l'écoute d'une oreille distraite vanter les mérites de son mari, sa gentillesse, sa bonté... Elle ne peut pas s'en empêcher, même après six mois de mariage.

Après avoir raccroché, mon envie de Ben & Jerry's s'est envolée. Je me lève pour ranger la boîte dans le congélateur. Si jamais je ne la finis pas d'ici mardi, il faudra que j'avoue à Griffin mon infidélité à Skinny Scoop.

Je crois qu'il s'en remettra... Comme il se remet de toutes mes lubies, enfin presque.

Même mon père aime Griffin. Pourtant, on ne peut pas le soupçonner d'indulgence avec mes petits amis !

Ces temps-ci, il a meilleur moral. Il faut dire qu'il vient de s'inscrire, je ne plaisante pas, dans une école de droit. Je dois admettre qu'au début, j'ai eu des doutes sur sa vocation tardive. C'est en automne dernier que Deirdre m'a annoncé qu'il s'était porté candidat. Apparemment, c'est un rêve qu'il poursuit depuis longtemps et qui explique cet engouement pour les procès à répétition.

Et puis, ça ne peut pas lui faire de mal d'acquérir des connaissances en droit au moment où il démarre sa petite entreprise de conseil financier. Il n'y a pas beaucoup de comptables à New York qui ont cette double formation. Avec ça, il pourra même tripler ses honoraires déjà exorbitants… L'appât du gain a toujours eu beaucoup d'attrait pour mon père.

Je ne peux m'empêcher d'espérer que tout aille bien pour lui. Il n'a pas bu un seul verre depuis l'été dernier. Ce n'est pas son record de durée, mais c'est surtout son attitude qui a changé. Il a même cessé les poursuites contre le fabricant de harnais.

En revanche, quand vous avez le malheur de vous faire harponner par lui au téléphone, il vous entreprend sur la réforme de la fiscalisation et vous tient la jambe pendant des heures…

Ma mère est persuadée qu'il changera d'état d'esprit dès que Shaun et Tiffany auront un enfant, ce qui ne saurait tarder, attendu que la rénovation de la cuisine est terminée, et qu'ils ne prévoient pas d'autres travaux pour le moment. On verra bien si ce n'est qu'un vœu pieux !

Le lendemain matin, je me mets au travail. L'odeur du café me chatouille les narines et envahit mon appartement douillet. J'ai une brève pensée pour Tony. Il faut dire qu'il m'a appelée il y a deux mois à peine, « juste pour parler » m'a-t-il précisé. Il est clair qu'il se sent seul. Nous avons réussi à discuter sans nous chamailler, ce qui est presque un miracle. Mais je n'avais aucune envie de lui lancer à la figure l'existence de mon nouveau petit ami. En revanche, je n'ai pu m'empêcher de lui dire que mon roman avançait. Il était content pour moi et m'a félicitée avec, dans la voix, une pointe de regret et même d'envie. Quand j'ai essayé d'en savoir plus sur lui, j'ai appris que son scénario avait fini sur une étagère, après lui avoir tout de même rapporté une coquette somme. Il a aussi déménagé à L.A. Ce qui est plus embêtant, c'est qu'il a l'air de passer plus de temps à remanier les scripts des autres qu'à écrire les siens, surtout depuis que sa « parfaite » colocataire s'est déniché un petit ami qui s'est installé dans la chambre de Carrie. Il semble que le petit ami en question ait un penchant pour les ébats un peu bruyants. Toutes les nuits.

Bon, d'accord, cette anecdote m'a fait sourire... J'ai même jubilé en imaginant Carrie et son dieu du sexe pourrir la vie de mon ex. Mais l'important, c'est que Tony et moi avons fait ce soir-là ce que nous n'avions pas fait depuis les premiers mois de notre liaison. Nous avons parlé. Une *vraie* discussion. Sur l'écriture, sur la vie. J'ai découvert que j'avais beaucoup à lui apprendre, et il m'a paru assez impressionné. Eprouvait-il aussi une pointe de regret de m'avoir quittée ? De toute façon, je m'en fiche. Enfin, pas vraiment. Ça m'a permis de ressentir ce que toutes les femmes éprouvent quand elles prennent conscience de leur pouvoir.

Et là, alors que je tape sur mon ordinateur en m'interrompant de temps à autre pour faire quelques exercices auxquels j'ai recours quand je manque d'inspiration, par exemple me mettre de la crème pour les mains, ou trier du courrier sans intérêt —, je me rends compte que je suis vraiment heureuse.

Attention, je ne dis pas que tout est rose dans ma vie. Travailler en free-lance, c'est accepter de vivre au jour le jour, et mon roman n'est pas terminé. Et puis il faut absolument que je parle avec Griffin de notre avenir. Nous sommes tellement absorbés par nos carrières respectives que nous n'avons pas abordé sérieusement le sujet. Si ce n'est dans mon imagination débordante qui me fait naturellement craindre l'apparition de nuages... Je suis sûre d'être la seule à m'inquiéter, mais on sait bien que la peur de l'avenir est un syndrome typiquement féminin.

La vie m'a déjà donné beaucoup. Des amis super. Des moments comme j'en ai toujours rêvé. Une vie sexuelle épanouie, ce qui compte dans une ville qui n'est faite que de rencontres éphémères...

Mais j'ai surtout trouvé la personne que je n'avais jamais fait l'effort de chercher pendant cette période cauchemardesque qui a suivi le départ de Tony.

Moi.

N'est-ce pas le plus important, pour une femme ?

REMERCIEMENTS

Un grand merci aux personnes suivantes pour leurs conseils et leur soutien inconditionnel :

Joe et Joanne Scotto di Carlo, pour avoir cru en la magie de l'homme au « Skinny Scoop ». Mes frères chéris, Jim et Brian Curnyn. Kim Castellano-Curnyn et Triana Palumberi, qui avaient non seulement de super appartements new-yorkais, mais qui connaissaient aussi des types géniaux.

Dave Webber, le mec cool qui a ensorcelé ma mère juste après la rédaction de mon projet.

Linda Jean Curnyn, dont les combats pour maintenir l'ordre dans la maison ne sont pas passés inaperçus.

Toutes les nanas branchées, toutes ex-petites-amies à un moment ou un autre, qui ont dispensé leur sagesse féminine : Anne Canadeo, Lisa Sklar, Jennifer Bernstein, Alison Stateman et Karen Kosztolnyik.

Mes éditeurs, Joan Marlow Golan, qui m'ont encouragée et guidée dans ma première expérience romanesque et Margaret Marbury, la femme branchée par excellence sur qui je pouvais toujours compter. Margie Miller, pour ses magnifiques couvertures !

Mon cher et sage ami Roberto Lugo, qui a su préserver ma santé mentale.

Laura Wilkes et Todd Smith, les avocats les plus adorables que je connaisse, pour avoir veillé sur moi. Et sans oublier Bismarck (le lapin), bien sûr, qui, comme Lulu, doit avoir des qualités d'entremetteur. On ne sait jamais…

Composé et édité par HarperCollins France.

Achevé d'imprimer en avril 2019.

BLACK PRINT

Barcelone

Dépôt légal : mai 2019.

MIXTE
Papier issu de sources responsables
FSC® C108412

Pour limiter l'empreinte environnementale de ses livres, HarperCollins France s'engage à n'utiliser que du papier fabriqué à partir de bois provenant de forêts gérées durablement et de manière responsable.

Imprimé en Espagne.